AF597570

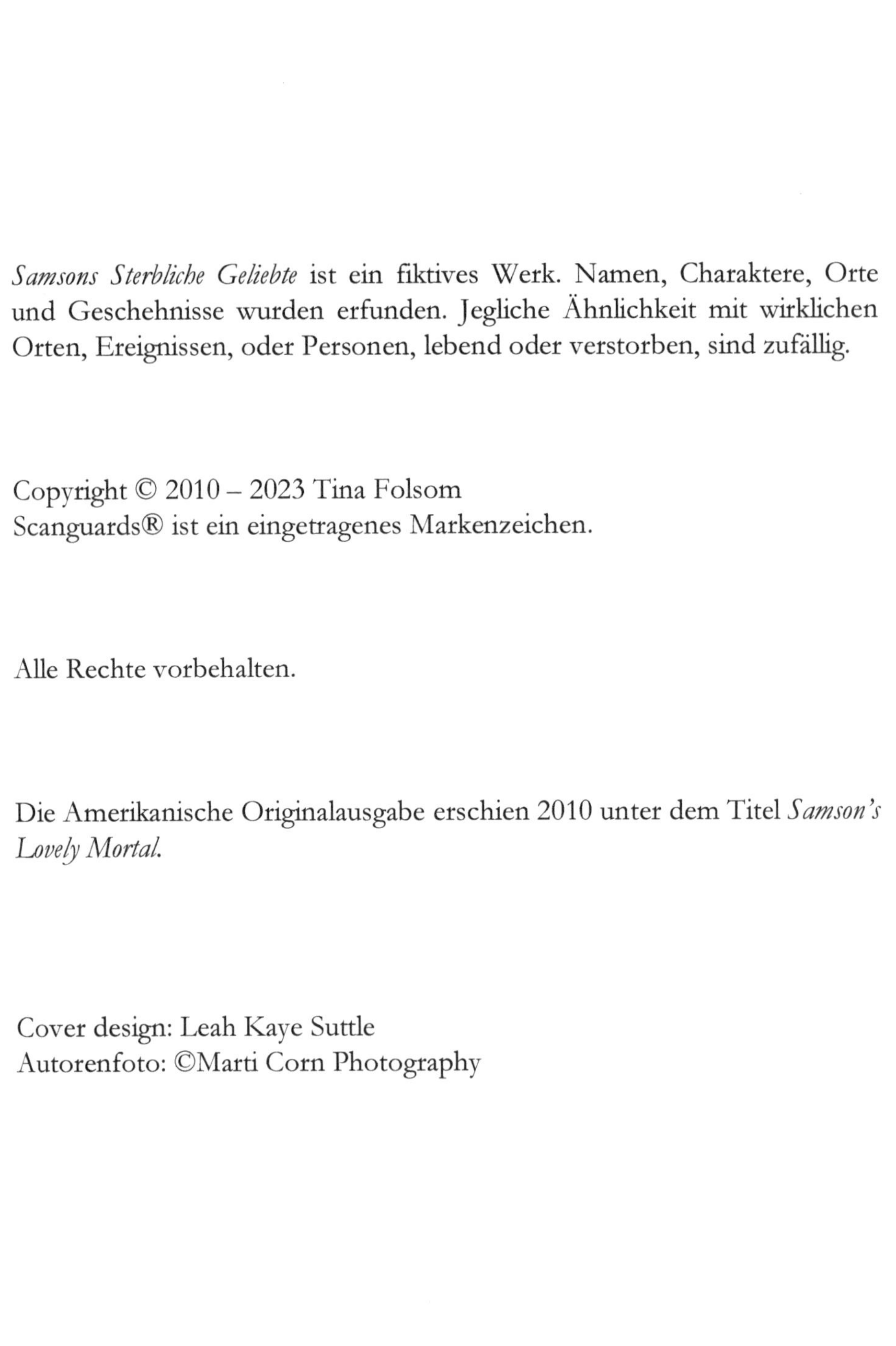

Die Amerikanische Originalausgabe erschien 2010 unter dem Titel *Samson's Lovely Mortal.*

Cover design: Leah Kaye Suttle
Autorenfoto: ©Marti Corn Photography

MEHR VON TINA FOLSOM

Samsons Sterbliche Geliebte (Scanguards Vampire – Buch 1)
Amaurys Hitzköpfige Rebellin (Scanguards Vampire – Buch 2)
Gabriels Gefährtin (Scanguards Vampire – Buch 3)
Yvettes Verzauberung (Scanguards Vampire – Buch 4)
Zanes Erlösung (Scanguards Vampire – Buch 5)
Quinns Unendliche Liebe (Scanguards Vampire – Buch 6)
Olivers Versuchung (Scanguards Vampire – Buch 7)
Thomas' Entscheidung (Scanguards Vampire – Buch 8)
Ewiger Biss (Scanguards Vampire – Buch 8 1/2)
Cains Geheimnis (Scanguards Vampire – Buch 9)
Luthers Rückkehr (Scanguards Vampire – Buch 10)
Brennender Wunsch (Eine Scanguards Hochzeit)
Blakes Versprechen (Scanguards Vampire – Buch 11)
Schicksalhafter Bund (Scanguards Vampire – Buch 11 1/2)
Johns Sehnsucht (Scanguards Vampire – Buch 12)
Ryders Rhapsodie (Scanguards Vampire – Buch 13)
Damians Eroberung (Scanguards Vampire – Buch 14)
Graysons Herausforderung (Scanguards Vampire – Buch 15)
Geliebter Unsichtbarer (Hüter der Nacht – Buch 1)
Entfesselter Bodyguard (Hüter der Nacht – Buch 2)
Vertrauter Hexer (Hüter der Nacht – Buch 3)
Verbotener Beschützer (Hüter der Nacht – Buch 4)
Verlockender Unsterblicher (Hüter der Nacht – Buch 5)
Übersinnlicher Retter (Hüter der Nacht – Buch 6)
Unwiderstehlicher Dämon (Hüter der Nacht – Buch 7)
Ace – Auf der Flucht (Codename Stargate – Band 1)
Fox – Unter Feinden (Codename Stargate – Band 2)
Yankee – Untergetaucht (Codename Stargate – Band 3)
Tiger – Auf der Lauer (Codename Stargate – Band 4)
Ein Grieche für alle Fälle (Jenseits des Olymps – Buch 1)
Ein Grieche zum Heiraten (Jenseits des Olymps – Buch 2)
Ein Grieche im 7. Himmel (Jenseits des Olymps – Buch 3
Ein Grieche für immer (Jenseits des Olymps - Buch 4)
Der Clan der Vampire (Venedig 1 – 5)
Begleiterin für eine Nacht (Der Club der Ewigen Junggesellen – Buch 1)
Begleiterin für tausend Nächte (Der Club der Ewigen Junggesellen – Buch 2)
Begleiterin für alle Zeit (Der Club der Ewigen Junggesellen – Buch 3)
Eine unvergessliche Nacht (Der Club der Ewigen Junggesellen – Buch 4)
Eine langsame Verführung (Der Club der Ewigen Junggesellen – Buch 5)
Eine hemmungslose Berührung (Der Club der Ewigen Junggesellen – Buch 6)

SAMSONS STERBLICHE GELIEBTE

SCANGUARDS VAMPIRE – BAND 1

TINA FOLSOM

AN ALL MEINE WUNDERVOLLEN LESER*INNEN

Danke dafür, dass ihr meine Arbeit unterstützt und mir somit erlaubt, euch mit den fiktiven Welten, die ich erschaffe, zu unterhalten.

Dies ist wahrlich der beste Beruf in der ganzen Welt!

Tina Folsom

1

„Lass mich deinen Schwanz lutschen.“

Die Vampirin zerrte an Samsons Hose. Sie befreite sein schlaffes Glied von seiner engen Jeans und saugte es in ihren sinnlichen Mund. Er sah, wie sich ihre roten Lippen fest um seinen Schaft schlossen, während sie ihn wie wahnsinnig bearbeitete. Die warme Feuchtigkeit ihres Mundes benetzte ihn, während sie an ihm auf und ab glitt.

Ihre Hand umschloss seine Eier und massierte sie im perfekten Rhythmus mit ihren Saugbewegungen. Sie hatte Talent, keine Frage. Er vergrub seine Hände in ihrem Haar und bewegte seine Hüften vor und zurück, um die Reibung zu verstärken.

„Härter.“

Seiner Aufforderung kam sie mit Enthusiasmus nach. Ihre Lutschgeräusche hallten in dem schwach beleuchteten Raum wider. Er ließ seinen Blick über ihren spärlich bekleideten Körper gleiten: heiße Kurven, toller Arsch, sogar ein hübsches Gesicht. Alles, was er sich von einer Sexpartnerin wünschen konnte. So begierig wie sie war, ihm einen zu blasen, würde sie vermutlich auch schlucken, was er besonders zu schätzen wusste. Doch obwohl er ihre verlockende Zunge an seiner Eichel spielen fühlte, bekam er trotz des harten Saugens keine Erektion. Ihre Geduld war an ihn verschwendet. Nichts rührte sich.

Ihr Kopf bewegte sich vor und zurück, ihr langes braunes Haar strich über seine nackte Haut und verfing sich in seinem Schamhaar, aber sein Körper war nicht bei der Sache. Genauso gut könnte sie einem Anderen sexuell zu Diensten sein und nicht ihm.

Schließlich stieß Samson sie erniedrigt und frustriert von sich. Könnten Vampire vor Verlegenheit erröten, wäre sein Gesicht ebenso rot wie die bemalten Lippen der Vampirin. Aber zum Glück war Erröten den Menschen vorbehalten.

Blitzschnell schob er seine nutzlose Männlichkeit zurück in seine Hose und zog den Reißverschluss hoch. Noch schneller entfloh er ihrer Gesellschaft. Seine einzige Hoffnung bestand darin, dass sie niemals erfahren würde, wer er war. Nur gut, dass er in einer fremden Stadt war und nicht in San Francisco, wo er bekannt war wie ein bunter Hund.

Eine Woche nach diesem peinlichen Zwischenfall machte ihm sein Freund Amaury einen Vorschlag.

„Versuch's einfach, Samson", beharrte er. „Der Typ ist absolut vertrauenswürdig. Er wird keine Silbe darüber verlauten lassen."

Sein alter Freund konnte das doch unmöglich ernst meinen. „Ein Seelenklempner? Du willst, dass ich zu einem Seelenklempner gehe?"

„Er hat mir schon bei vielem geholfen. Was hast du denn zu verlieren?"

Seine Würde. Seinen Stolz.

„Na gut, wenn du dich für ihn verbürgst, kann ich es ja zumindest mal ausprobieren." Und damit hatte er ohne großen Widerstand klein beigegeben. War das Verzweiflung?

„Und beurteile ihn nicht nach seinem Äußeren."

Die Praxis war ein Witz. Als Samson zum ersten Mal den dunklen Keller betrat, in dem der Psychiater praktizierte, hätte er sofort wieder kehrt gemacht, wenn ihn die Empfangsdame nicht schon gesehen hätte. Mit einem zuckersüßen Lächeln und steifem Rücken stellte sie ihre üppige Brust zur Schau.

Großartig! Ein Seelenklempner, der in einem Verlies arbeitete und eine Barbiepuppe als Wachhund beschäftigte!

„Mr. Woodford, bitte kommen Sie herein. Dr. Drake erwartet Sie bereits", begrüßte sie ihn mit schriller Stimme.

Sobald er Dr. Drakes Büro betreten hatte, wusste er, dass es ein Fehler war, hierher gekommen zu sein. Anstelle einer Liege gab es einen Sarg. Eins der hölzernen Seitenteile war entfernt worden, sodass sich eine erwachsene Person dort ebenso gemütlich hinlegen konnte wie auf eine Chaiselongue.

Der Typ musste verrückt sein. Kein moderner Vampir mit Selbstachtung würde sich freiwillig in einen Sarg legen! Vampire in San Francisco integrierten sich, passten sich dem menschlichen Lebensstil an. Särge waren out. Tempur-Pedic Matratzen waren in.

Der schlaksige Mann umrundete seinen Schreibtisch und streckte ihm zur Begrüßung die Hand entgegen.

„Wenn Sie glauben, dass ich mich in den Sarg lege, haben Sie sich aber geirrt", pöbelte Samson.

Der Arzt schien von der groben Bemerkung unbeeindruckt zu sein. „Ich sehe, wir haben alle Hände voll zu tun."

Er deutete auf einen bequem erscheinenden Sessel. Widerwillig setzte Samson sich.

Dr. Drake ließ sich in den gegenüberstehenden Sessel fallen. Als der Arzt ihn die ersten Minuten schweigend studierte, bewegte sich Samson nervös hin und her, die Hände auf den Armlehnen des Sessels verkrampft.

„Können wir anfangen? Ich glaube, ich bezahle Sie pro Stunde." Angriff war die beste Verteidigung, das hatte er schon früh im Leben gelernt.

„Wir haben in dem Moment begonnen, als Sie hereinkamen, aber ich bin sicher, das wussten Sie." Dr. Drakes Lächeln war unverbindlich, seine Stimme ruhig.

Samson kniff die Augen zusammen und versuchte, die angedeutete Maßregelung auszublenden. „In der Tat."

„Seit wann haben Sie diese Wutprobleme?"

Das waren nicht die Worte, die er erwartet hatte. Viel eher eine Frage im Sinne von *Also, was bringt Sie zu mir?* Jedoch nicht diesen direkten Angriff auf seine sowieso schon angeschlagene Psyche. Er hätte Amaury genauer nach den Methoden des Arztes fragen sollen, bevor er einen Termin vereinbarte.

„Wutprobleme? Ich habe keine Wutprobleme. Ich bin hier, weil ... die Sache ist ... ähm, mein Problem hat zu tun mit ..." Mein Gott, seit wann konnte er das Wort Sex nicht mehr aussprechen, ohne nervös zu werden? Er hatte nie irgendwelche Probleme damit gehabt, sich auszudrücken, wenn es um Sex ging. Sein Vokabular umfasste viele farbenfrohe Worte und er hatte normalerweise nie Schwierigkeiten damit, sie in den entsprechenden Situationen von sich zu geben.

„Hm hm." Der Arzt nickte, als ob er etwas wüsste und Samson nicht. „Sie glauben, es ist ein sexuelles Problem. Interessant."

War dieser Mann ein Gedankenleser? Samson wusste, dass manche Vampire gewisse Fähigkeiten hatten. Er selbst hatte ein fotografisches Gedächtnis. Er wusste, dass andere seiner Art die Zukunft vorhersehen oder Gedanken lesen konnten, war sich aber nicht sicher, wie weit verbreitet diese Talente waren.

Er musste wissen, ob er diesem Mann gegenüber im Nachteil war. Er wollte nicht mit jemandem arbeiten, der ihn wie ein offenes Buch lesen konnte, wenn er bestimmte Sachen nicht preisgeben wollte. „Lesen Sie Gedanken?"

Drake schüttelte den Kopf. „Nein. Aber Ihr Problem ist nicht ungewöhnlich. Es ist recht einfach zu analysieren. Sie zeigen Anzeichen von extremer Wut und Frustration." Er räusperte sich und beugte sich nach vorne. „Mr. Woodford, ich bin mir sehr wohl darüber bewusst, wer Sie sind. Sie führen eines der erfolgreichsten Unternehmen der Vampirwelt, wenn nicht sogar *das* Erfolgreichste. Sie sind unglaublich reich – und glauben Sie mir, dies wird in keinster Weise Einfluss auf mein

Honorar haben."

„Natürlich nicht", unterbrach ihn Samson. Der Quacksalber würde ihm so viel in Rechnung stellen, wie er glaubte, dass Samson bereit wäre zu bezahlen. Das wäre nicht das erste Mal. Er war es gewohnt, dass Leute ihre Preise anhoben, weil sie wussten, dass Samson es sich leisten konnte. Aber normalerweise versuchten sie das nur einmal. Niemand betrog ihn und kam ungeschoren damit davon.

„Und außerdem wurden Sie seit einiger Zeit nicht mehr auf gesellschaftlichen Anlässen gesehen, und das, obwohl Sie doch eigentlich ausgehen und hübschen Frauen den Hof machen sollten. Ich vermute, die Trennung von Ilona Hampstead hat etwas damit zu tun."

„Ich bin nicht hier, um über sie zu reden", stieß Samson hervor. Er weigerte sich sogar, ihren Namen auszusprechen. Sie spielte in seinem Leben keine Rolle, nicht mehr, und schon bei der Erwähnung ihres Namens sehnten sich Samsons Fangzähne nach einem brutalen Biss. Er ließ seine Handknöchel knacken. Würde sich das Brechen ihres Genicks genauso anhören? Es wäre Musik in seinen Ohren.

„Vielleicht nicht über sie, aber vielleicht über das, was sie getan hat. Es kann dafür nur einen Grund geben. Und wir wissen beide, welcher das ist. Somit stellt sich nun die Frage, ob Sie mir so weit vertrauen werden, dass ich Ihnen helfen kann."

Drakes blaue Augen unterstrichen seine Frage.

„Wobei?" Samson entschied sich, weiterhin alles zu leugnen. Bisher hatte das gut funktioniert.

„Die Wut zu besiegen." Der Arzt war ebenso hartnäckig, wie Samson stur war.

„Ich habe Ihnen schon gesagt, dass es kein Wutproblem ist."

Ein wissendes Lächeln umspielte die Lippen des Doktors. „Und ich sage, es ist eins. Was auch immer sie getan hat, es hat Sie so wütend gemacht, dass es Ihren Sexualtrieb blockiert, als wollten Sie sich nicht länger verwundbar machen."

„Ich bin nicht verwundbar. Das war ich noch nie. Nicht seit ich ein Vampir bin." Das Letzte, was Samson fühlen wollte, war Verwundbarkeit. Für ihn war das gleichbedeutend mit Schwäche. Wenn der Arzt mit seinen Anschuldigungen nicht vorsichtiger wurde, würde er sich bald als Opfer von Samsons Klauen wiederfinden. Vielleicht würde ein körperlicher Kampf dabei helfen, seine Frustration etwas zu mildern.

„Nicht im eigentlichen Sinne des Wortes. Wir sind uns alle Ihrer Stärke und Kraft bewusst. Doch ich spreche von Emotionen. Wir alle haben

Gefühle und kämpfen mit ihnen. Einige mehr als andere. Glauben Sie mir, mein Terminkalender ist voll mit Vampiren, die Hilfe benötigen, um mit ihren Emotionen zurechtzukommen."

Der Psychologe sah ihn an. Nein, er konnte Drake nicht erlauben, ihm so nahe zu kommen. Gefühle waren eine gefährliche Sache. Sie konnten einen Mann zerstören. Samson erhob sich aus dem Sessel.

„Ich glaube nicht, dass das hier funktionieren wird." Die Enge in seiner Brust zeigte ihm, welche Auswirkung Drakes Worte auf ihn hatten, selbst wenn er nicht bereit war, dies zuzugeben. Nicht einmal sich selbst gegenüber.

Drake stand auf. „Seitdem wir begonnen haben, uns anzupassen", fuhr er unbeirrt fort, „hat sich meine Arbeit vervierfacht. Die Anpassung an die Art und Weise, wie Menschen leben, hat vielen von uns sehr viel abverlangt. Nun müssen wir emotionale Probleme bewältigen, die wir für Jahrhunderte im wahrsten Sinne des Wortes für begraben hielten. Sie sind nicht alleine. Ich kann Ihnen helfen."

Samson schüttelte den Kopf. Niemand konnte ihm helfen. Er musste alleine damit klarkommen. „Senden Sie mir Ihre Rechnung. Auf Wiedersehen, Doktor."

Er stürmte hinaus und wusste, dass der Arzt einen Nerv getroffen hatte.

Na ja, Sex wurde sowieso überbewertet. Zumindest war es das, wovon er sich selbst zu überzeugen versuchte. Es gab Nächte, in denen er seine eigenen Lügen glaubte, aber das hielt nie lange an. Die Wahrheit war, er liebte Sex, viel Sex, doch keine der verführerischen Vampirinnen reizte ihn mehr. Egal wie sehr er es versuchte, er konnte keine Erektion mehr bekommen.

Er hatte noch nie davon gehört, dass einem anderen Vampir so etwas passiert wäre. Sexuelle Potenz war ein Hauptbestandteil des Vampir-Daseins. Impotent zu sein war ein unbekanntes Konzept in der Welt der Vampire. Nur Menschen wurden impotent. Falls sich diese Nachricht verbreitete, würde er die Achtung aller Vampire verlieren. Das konnte er nicht zulassen.

Letztendlich hatte er es sich selbst gegenüber eingestanden, dass er Hilfe brauchte. Einen Monat später hatte er einen weiteren Termin vereinbart in der Hoffnung, dass der Quacksalber doch etwas für ihn tun konnte.

Samson blinzelte und wischte die Erinnerungen an die letzten neun Monate beiseite. Heute Nacht war sein Geburtstag. Er würde versuchen, ein wenig Spaß zu haben.

Mit fließender Bewegung erhob er sich aus seinem Sessel und ging zum Bartresen auf der anderen Seite seines stilvollen Wohnzimmers. Dort schenkte er sich ein Glas seiner Lieblingsblutgruppe ein und trank es in einem Zug leer. Die dickflüssige Erfrischung ummantelte seine Kehle, stillte den Durst und dämpfte gleichzeitig seinen Hunger nach anderen Freuden. Gut, denn keine anderen Triebe würden heute Nacht befriedigt werden.

Ebenso wenig wie in den letzten zweihundertsiebenundsechzig Nächten.

Nicht, dass er mitzählte.

Nur seine Gier nach Blut wurde gestillt, seine anderen körperlichen Bedürfnisse, wenn sie auch vorübergehend gedämpft wurden, würden unbefriedigt bleiben. Manchmal wünschte er sich, er könnte sich betrinken und alles vergessen. Aber leider konnte sich ein Vampir nicht wie ein Mensch betrinken. Alkohol hatte keinerlei Auswirkungen auf seinen Körper. Was er jetzt nicht alles für ein wenig Betäubung geben würde.

Er hatte seinen Freunden ausdrücklich befohlen, ihm nichts zu schenken und keine Party zu schmeißen. Natürlich wusste er, dass es zwecklos und nur eine Frage der Zeit war, bis sie alle vor seiner Tür standen. Wie plündernde Barbaren würden sie in sein Haus eindringen, seinen geheimen Vorrat an hochwertigen Getränken saufen – der hauptsächlich aus teurem 0-Negativ bestand – und seine wachen Stunden mit alten Geschichten, die er schon hundertmal gehört hatte, verschwenden.

Sie hatten eine Überraschungsparty für ihn veranstaltet, als er die Zweihunderter-Marke erreicht hatte und auch heute, an seinem zweihundertsiebenunddreißigsten Geburtstag, würde es nicht anders sein, mit so ziemlich der gleichen Truppe.

In Erwartung der unausweichlichen Invasion seiner Privatsphäre hatte Samson sich mit einer eleganten schwarzen Hose und einem dunkelgrauen Rollkragenpullover bekleidet. Bis auf seinen Siegelring trug er keinerlei Schmuck.

Das Klingeln des Telefons durchdrang die Stille seines Hauses. Er blickte auf die Uhr an der Wand und sah, dass es kurz vor neun Uhr abends war. Genau wie er vermutet hatte: Die Jungs waren auf dem Weg.

„Hallo?"

„Hi, Geburtstagskind. Alles fit im Schritt?"

Nicht gerade die beste Wortwahl. Definitiv nicht.

„Was gibt's, Ricky?"

Trotz seiner irischen Herkunft hatte Ricky viele kalifornische Ausdrücke angenommen und klang nun mehr wie ein Beach-Boy-Surfer-Typ als der irische Kerl, der in ihm steckte.

„Ich wollte dir nur einen tollen Geburtstag wünschen und hören, was du heute Abend vorhast."

Warum Ricky diese Scharade immer noch aufrechterhielt, war für Samson ein Rätsel. Hatte er nicht begriffen, dass seine Überraschungs-Geburtstagsparty schon längst aus dem Sack war?

Samson kam direkt zur Sache. „Wann kommen alle?"

„Wie ... was?"

„Um welche Uhrzeit werdet ihr Jungs mich mit einer Geburtstagsparty überraschen?"

„Woher weißt du das? Ach, egal. Die Jungs wollten nur, dass ich sicherstelle, dass du auch zu Hause bist. Also geh nicht aus dem Haus. Und wenn unsere andere *Überraschung* vor uns ankommt, behalte sie dort."

Nicht schon wieder. Er hätte es wissen müssen. Doch er hielt seine Wut in Zaum.

„Wann werdet ihr jemals kapieren, dass ich nicht auf Stripperinnen stehe?"

Hatte er noch niemals und würde er auch niemals.

Ricky lachte. „Ja, ja, aber die da ist was ganz Spezielles. Sie ist nicht einfach nur eine Stripperin. Sie macht auch Extras."

War ihm heute nach Extras? Sehr unwahrscheinlich.

„Ich denke, sie wird dir was Gutes tun, du weißt schon, was ich meine. Sie ist gut, also gib ihr eine Chance, ok? Es ist zu deinem Besten. So kannst du nicht weitermachen. Holly hat gesagt –"

Samson schnitt ihm das Wort ab. Soviel zum Thema heute Abend etwas Spaß zu haben. „Du hast Holly davon erzählt? Bist du total verrückt? Sie ist die größte Tratsche der Unterwelt. Ich habe mit dir im Vertrauen geredet. Wie konntest du nur?"

Seine Nasenflügel bebten und seine Augen verengten sich. Mit seinen Fängen, die plötzlich aus seinem Mund hervorragten, hätte er einen Weltklasse-Ringer von hier bis Dienstag erschrecken können. Aber Ricky war kein Ringer, und er war nicht einfach zu erschrecken. Nicht einmal bis Montag.

„Vorsicht mit dem, was du über meine Freundin sagst, Samson. Sie ist keine Tratsche. Und übrigens hat *sie* die Stripperin vorgeschlagen. Die ist eine Freundin von Holly."

Perfekt! Eine Freundin von Holly. Sicher, das würde garantiert funktionieren!

Samson kochte immer noch vor Wut, war sich aber bewusst, dass es zu spät war, um die Sache abzublasen. „Na schön."

Er knallte den Hörer aufs Telefon und nahm Ricky somit die Möglichkeit, ins Detail zu gehen. Großartig! Jetzt, wo Holly von seinem kleinen Problem wusste, würde es bald die gesamte Unterwelt von San Francisco wissen. Er würde das Gespött auf jeder Party sein, die Zielscheibe jedes Witzes.

Wie lange würde sie brauchen, um die Neuigkeiten zu verbreiten – einen Tag, eine Stunde, fünf Minuten? Wie lange, bis das Tuscheln hinter seinem Rücken anfing? Warum gab er nicht gleich eine ganzseitige Anzeige im *SF Vampir Chronicle* auf, um ihr die Arbeit abzunehmen?

Samson Woodford, begehrter Junggesellen-Vampir, bekommt keinen mehr hoch!

2

Delilah Sheridans Augen schmerzten, aber sie fuhr fort, die Reihen von Buchungen nach Unregelmäßigkeiten zu überprüfen. Während sie ihren schmerzenden Nacken mit ihren Fingern knetete, sehnte sie sich nach einer Massage oder wenigstens einer Viertelstunde in einem Whirlpool. Keines von beiden würde heute Nacht passieren.

„Kaffee?", erklang Johns Stimme hinter ihr.

Sie schob eine Strähne ihres langen, dunklen Haares hinter ihr Ohr. „Nein danke, ich möchte heute Nacht schlafen können. Die letzten Nächte litt ich unter Schlaflosigkeit. Vermutlich bin ich immer noch auf New Yorker Zeit eingestellt." Ihr Blick war weiterhin auf ihren Computerbildschirm fixiert.

Trotz der bequemen Matratze hatte sie die Nacht zuvor kaum geschlafen. Und in den wenigen Stunden, die sie schlafen konnte, war sie von Träumen geplagt worden, die keinerlei Sinn ergaben.

Das geräumige Büro war praktisch ausgestorben. Die einzigen Personen, die sich hier noch aufhielten, waren John und sie. John Reardon war der Chefbuchhalter der San Francisco Zweigstelle des nationalen Privatunternehmens, welches Delilah überprüfen sollte.

„Ja, ich weiß, was Sie meinen. Es ist einfach nicht wie das eigene Bett, nicht wahr?" Johns Stimme klang mitfühlend.

„Immerhin haben sie mich in einer Firmenwohnung anstatt in einem Hotel untergebracht. Da werde ich wenigstens nicht von den Zimmermädchen gestört."

Sie übernachtete in einer komfortablen Wohnung, die dem Unternehmen gehörte. Doch was nutzte ihr das, wenn sie so oder so nicht schlafen konnte? Vor ihrer Reise nach San Francisco hatte sie nie Probleme mit Schlaflosigkeit gehabt. Im Gegenteil: Sie war jemand, der immer und überall schlafen konnte, egal, auf welchem Kissen sie lag. Und es musste nicht einmal ein Kissen sein.

Delilah rieb sich die Augen und schielte auf ihre Uhr. Es war schon nach 21 Uhr. Sie fühlte sich beinahe schuldig, so lange geblieben zu sein. John hatte darauf bestanden, ebenso lange hier zu bleiben wie sie. Er wollte sie nicht alleine im Büro lassen. Sie vermutete, dass er Buchprüfern misstraute, da sie herumschnüffeln könnten. Damit lag er richtig. Nicht, dass sie es schnüffeln nennen würde. Sie hatte alle Berechtigungen, die sie benötigte. Tatsächlich hatte sie sogar sehr genaue Anweisungen.

Sie war nicht nur hier, um die Zweigstelle des Unternehmens zu prüfen, sondern auch um gewisse Unregelmäßigkeiten zu untersuchen. Delilah war sich sicher, dass John keine Ahnung davon hatte. Ihm war mitgeteilt worden, dass es sich um eine der normalen Buchprüfungen handelte, welche alle Unternehmen regelmäßig durchführten.

„Entschuldigen Sie, John. Ich bin sicher, dass Sie nach Hause gehen möchten."

Sie wandte sich zu ihm. John lehnte gegen die Ecke eines Schreibtisches und hob gerade den Kaffeebecher an seine Lippen. Sein grauer Anzug schien ihm nicht zu passen und der Kragen seines Hemdes sah ausgefranst aus. Er war ziemlich groß und nett aussehend.

Vermutlich mochte er es nicht besonders, so lange im Büro bleiben zu müssen. Nun, sie war so oder so erschlagen, also konnte sie für heute auch Schluss machen. Auch wenn sie wusste, dass sie sich vermutlich die ganze Nacht im Bett hin und her wälzen würde.

„Fertig?"

Als sie zustimmend nickte, schien ein erleichtertes Schimmern in Johns Augen aufzuflackern. Er brauchte nicht mehr als zwei Sekunden, um in seine Jacke zu schlüpfen und seinen Aktenkoffer zu schnappen. John war mehr als in Eile, hier herauszukommen. Sie konnte es ihm nicht verübeln. Er hatte Familie, die auf ihn wartete. Und was erwartete sie zu Hause? Es war nicht einmal ihr Zuhause.

Nicht, dass jenes einladender wäre als die Geschäftswohnung. Auch dort wartete niemand auf sie. Kein Mann, nicht viele Freunde – nicht einmal eine Katze oder ein Hund. Sobald diese Aufgabe hier erledigt und sie wieder zurück in New York war, würde sie mehr ausgehen und sich verabreden. Das war der Plan. Ein ausgezeichneter Plan, den sie jedes Mal machte, wenn sie beruflich auswärts tätig war und den sie jedes Mal verwarf, wenn sie nach Hause zurückkehrte. Dieses Mal war es ihr jedoch ernst damit. Ehrlich.

Aber jetzt wollte sie noch etwas zu essen holen und dann versuchen zu schlafen. John war so freundlich, ihr die Richtung nach Chinatown zu zeigen, wo sie auf dem Weg zur Wohnung noch etwas zu essen mitnehmen konnte. Ihr Orientierungssinn war wesentlich schlechter entwickelt als ihr Sinn für Zahlen, und obwohl sie schon einmal in Chinatown gewesen war, hatte sie Schwierigkeiten, sich zurechtzufinden. Tagsüber kam sie normalerweise klar, doch wenn es darum ging, in der Dunkelheit ihren Weg zu finden, war sie verloren.

Nieselregen hatte eingesetzt und sie wollte nicht allzu lange herumlaufen. Sie flüchtete in das erstbeste chinesische Restaurant, das sie fand. Der Laden war so gut wie leer.

Die Frau am Eingang wollte sie zu einem Tisch führen, doch Delilah winkte ab.

„Nur zum Mitnehmen, bitte."

Die Bedienung reichte ihr die Speisekarte. Delilah überflog sie schnell und vermied es, ihre Finger zu lange auf der klebrigen Plastikhülle verweilen zu lassen. Die Speisekarte bot zu viel Auswahl. Wie viele verschiedene Arten gab es, Rind zuzubereiten? Rind mit Bambussprossen, Rind mit Pilzen, würziges Rind. Genug damit. Sie würde auf Nummer sicher gehen.

„Ich hätte gern das mongolische Rindfleisch mit braunem Reis."

„Brauner Reis dauert zehn Minuten." Die Chinesin war so freundlich wie eine Kreuzotter. Wenn sie glaubte, Delilah würde ihre Bestellung auf weißen Reis ändern, hatte sie aber heute kein Glück.

„Das ist in Ordnung, ich warte."

Delilah setzte sich auf einen der roten Plastikstühle in der Nähe des Eingangs.

Dies war ihre erste Geschäftsreise nach San Francisco. Als Freiberuflerin führte sie normalerweise spezielle Buchprüfungen entlang der Ostküste durch und wich selten von dieser Route ab.

Als die regelmäßigen statistischen Überprüfungen der Zentrale enthüllt hatten, dass bestimmte buchhalterische Zahlenverhältnisse in der Niederlassung in San Francisco nicht stimmten, entschieden sie sich dazu jemanden zu senden, der keinen vorherigen Kontakt mit dem Westküstenpersonal hatte, und beauftragten einen Externen. Das war schlau. Buchprüfer konnten mit den zu überprüfenden Angestellten einen zu freundlichen Umgang pflegen. Ein regelmäßiger Wechsel der Buchprüfer war darum generell eine gute Idee.

Und wenn jemand herausfinden konnte, wo die Ursache des Problems lag, dann war es Delilah. Ihre Spezialität war forensische Buchhaltung. Es war nicht ganz so aufregend wie Polizeiarbeit, doch war es vermutlich der aufregendste Bereich in der Welt der Buchhaltung, wenn es da so etwas wie Aufregung gab. Für einige war das ein Widerspruch in sich, aber nicht für sie. Außerdem konnte sie sich als Freiberuflerin damit einen sehr guten Lebensstandard leisten.

Diese Untersuchung sollte keine großen Probleme mit sich bringen. Bestimmte Verhältnisse zwischen festen Anlagen und Abschreibungen waren außerhalb der Norm und deuteten darauf hin, dass entweder jemand absolut inkompetent war oder aber versuchte, die Firma zu betrügen. Wie, das wusste sie noch nicht, würde es jedoch sehr schnell herausfinden.

Delilah war müde und wusste, dass sie dringend Schlaf benötigte, doch ebenso fürchtete sie sich davor, ins Bett zu gehen. Einige ihrer alten Alpträume waren wieder zurückgekommen und mischten sich mit neuen. Einige Monate lang war sie davon verschont geblieben, doch seit sie vor einigen Tagen in San Francisco angekommen war, hatten ihre schlimmen Träume wieder angefangen.

Es waren normalerweise immer die gleichen: Das alte französische Farmhaus, in dem sie vor über 20 Jahren gewohnt hatten, als ihr Vater eine Stelle als Gastprofessor angenommen hatte. Die Lavendelfelder, die das Grundstück umgaben. Die Wiege. Die Stille. Und dann die Gesichter ihrer Eltern. Die Tränen im Gesicht ihrer Mutter. Der Schmerz.

Aber dieses Mal mischten sie sich mit anderen, noch unbegreiflicheren Träumen.

Das viktorianische Haus sah im heftigen Regen Unheil verkündend aus. Licht fiel durch eines der Fenster. Abgesehen davon war es dunkel. Sie lief immer schneller, in Richtung des Hauses, in die Sicherheit. Sie traute sich nicht, zurückzuschauen. Er war immer noch da und verfolgte sie. Hände griffen nach ihren Schultern. Plötzlich schlugen ihre Fäuste gegen eine schwere hölzerne Tür. Etwas gab nach. Sie stolperte vorwärts und stürzte. In Wärme, Weichheit, Sicherheit. Zuhause.

„Mongolisches Rindfleisch mit braunem Reis.” Die Stimme der Frau unterbrach die Erinnerung an ihren Traum. Delilah bezahlte und nahm ihre Bestellung entgegen. Sie verharrte an der Tür.

Verdammt!

Es hatte angefangen, in Strömen zu regnen. Sie hatte ihren Regenschirm in der Wohnung gelassen, da sie dachte, sie würde ihn heute nicht benötigen. Und anstatt ihren Trenchcoat anzuziehen, hatte sie nur eine leichte Jacke mitgenommen, was sich jetzt als schlechte Wahl herausstellte.

Jeder hatte sie davor gewarnt, wie unvorhersehbar das Wetter in San Francisco war und nun konnte sie sich selbst davon überzeugen. Die Wettervorhersage hatte behauptet: kein Regen bis zum Wochenende.

Ihr blieb keine andere Wahl, als sich der Naturgewalt zu stellen. Delilah wusste, dass sie sich nur ungefähr drei Blocks von der Wohnung entfernt befand. Sie lief den Bürgersteig entlang und hielt sich dicht bei den Gebäuden, bog dann in die nächste Straße ein und ging um einen weiteren Häuserblock. Nun musste ihr Apartment ganz in der Nähe sein. Sie sah sich um, konnte aber im starken Regen nichts wiedererkennen.

Musste sie noch einen Block weiter?

Ihre Kleidung war mittlerweile durchnässt und nur eine heiße Dusche würde ihr helfen, sich wieder aufzuwärmen. Wo zum Teufel war sie nur? Sie bog um die nächste Ecke und fand sich in einer schmalen Seitenstraße wieder. Hier kam ihr überhaupt nichts bekannt vor, doch das störte sie gerade ebenso wenig wie der unaufhörliche Regen. Ihr größtes Problem war der Mann, der ihr entgegenkam. Auch wenn sie ihn im Regen nicht wirklich erkennen konnte, so würde sie dennoch ihr Erspartes darauf verwetten, dass der Typ sich nicht hier herumtrieb, um ihr einen Regenschirm anzubieten.

Im dämmrigen Licht der Straßenlaterne war seine imposante Statur nur eine Silhouette. Als ein schwacher Lichtschimmer eines erleuchteten Fensters auf seine linke Gesichtshälfte fiel, ließ sein Anblick sie am ganzen Körper frösteln. Die Narbe auf seiner Wange löste nicht gerade ein Vertrauen erweckendes Gefühl aus.

Delilah drehte sich blitzschnell um. Doch bevor sie noch in der Lage war, zwei Schritte zu gehen, packte seine Hand sie an der Schulter und riss sie zurück. Durch den plötzlichen Angriff verlor sie das Gleichgewicht und rutschte auf dem feuchten Bürgersteig aus. Ihre Beine gaben unter ihr nach und ihr Essen fiel auf den Boden, als sie versuchte, ihr Gleichgewicht zu halten und einen Sturz abzufangen.

Die Hand auf ihrer Schulter packte fester zu, während sie schrie und versuchte, ihn abzuschütteln. Sie stürzte bei dem Gerangel auf den Bürgersteig und ihr Angreifer beugte sich über sie, um sie hochzuziehen. Sie riss ihren Kopf herum. Zum ersten Mal konnte sie sein Gesicht deutlich erkennen. Deutlich genug, um später eine Identifizierung durchführen zu können, sollte dies nötig sein. Er war weiß und in den Vierzigern. Gewalttätigkeit und die Absicht, diese an ihr auszulassen, waren deutlich in seinem Gesicht geschrieben.

Delilah konnte nicht zulassen, dass er sie in irgendein dunkles Loch zog. Beim Überlebenstraining stand an erster Stelle, dem Angreifer niemals die Möglichkeit zu geben, das Opfer an einen anderen Ort zu verschleppen. Sie musste ihn hier loswerden, wo die Möglichkeit bestand, die Aufmerksamkeit von Passanten zu erregen.

Als ob das so einfach wäre!

Bei diesem Regen würde niemand vor die Tür gehen, nicht einmal ein Hund.

Der Typ zog sie am Kragen ihrer Jacke hoch und lockerte den schmerzhaften Griff an ihrer Schulter. Blitzartig streckte sie ihre Arme nach hinten und schlüpfte aus ihrer Jacke. Ihr Angreifer hielt erstaunt die leere Jacke in seinen Händen. Nun hatte sie eine echte Chance.

Sie hatte ihn überrascht und das gab ihr einige Sekunden Vorsprung. Im College war sie Kurzstreckenläuferin gewesen, was ihr in dieser Situation sehr zugute kam. Auch wenn der rutschige Untergrund nicht gerade hilfreich war – ebenso wenig wie die hohen Absätze ihrer Schuhe. Ihre Eitelkeit würde sie eines Tages noch umbringen.

Mit langen Schritten lief sie in die nächste Straße. Ihr Angreifer war ihr dicht auf den Fersen. Und er war schneller. Sie musste um ihr Leben laufen. Ihr Atem raste, als ihre Lungen nach mehr Sauerstoff verlangten.

Während sie die vor ihr liegende Gegend absuchte, traf sie im Bruchteil einer Sekunde eine Entscheidung und rannte in die Straße zu ihrer Rechten. Ein verzweifelter Blick über ihre Schulter bestätigte, dass das Scheusal sie immer noch verfolgte.

Die Straße absuchend erblickte sie auf der anderen Seite mehrere viktorianische Häuser. Bis auf eins waren alle dunkel. Es kam ihr merkwürdig vertraut vor, wie das Licht durch die Fenster des vorderen Zimmers fiel. Dies war ihre Chance und vermutlich ihre einzige. Ohne auch nur eine Sekunde langsamer zu werden, überquerte sie die schmale Straße, rannte die wenigen Stufen zum Haus empor und hämmerte an die Tür.

„Hilfe! Helfen Sie mir!"

Während ihre Fäuste weiter gegen die Tür schlugen, warf sie einen panischen Blick hinter sich. Ihr Verfolger war weniger als einen halben Block entfernt und kam näher. Sie konnte die Wut in seinem Gesicht sehen. Wenn er sie erreichte, würde er all seinen Ärger an ihr auslassen und sie konnte nirgendwo anders hin fliehen.

3

Wer zum Teufel hämmerte da an seine Tür? Samson würde seinen Freunden Manieren beibringen müssen. Ihm war klar, dass es draußen in Strömen regnete, doch das gab ihnen nicht das Recht, seine Tür einzuschlagen. Das würde ihnen gleich noch leidtun. Er war sowieso schlecht gelaunt, und dass sich seine Kumpels wie Barbaren benahmen, machte sie bei ihm nicht gerade beliebter.

Er riss die Tür auf.

„Verschwindet!"

Eine zierliche Gestalt mit tropfnassen Haaren und durchnässter Kleidung fiel in seine Arme.

„Helfen Sie mir, bitte!" Die weibliche Stimme hatte eine Dringlichkeit an sich, die er nicht ignorieren konnte.

Instinktiv zog er die Frau ins Haus und schlug die Tür hinter ihr zu.

„Danke." Das leise Murmeln war kaum hörbar, klang aber voll aufrichtiger Erleichterung.

Sie hob ihren Kopf und blickte ihn an. Große, grüne Augen, lange dichte Wimpern und üppige rote Lippen. Ihre weiße Bluse war durchnässt und sie hätte jeden Wet-T-Shirt-Wettbewerb sofort gewinnen können. Nicht, dass er jemals einen solchen Wettbewerb besucht hatte. Ihr schwarzer Spitzen-BH brachte ihre Brüste vorzüglich zur Geltung: 75C vermutete er.

Die Stripperin!

Na klar, sie war die Stripperin. Netter Einfall von den Jungs! Eine Stripperin, die eine Dame in Not spielen würde. Das war was anderes als die übliche Polizistin oder Krankenschwester, würde aber dennoch bei ihm nicht funktionieren.

Das letzte Mal, als seine Freunde ihn mit einer Stripperin überraschten, hatte Officer Versaut eine Leibesvisitation bei ihm versucht, die ihn völlig kalt gelassen hatte. Nicht einmal das kleine Bondage-Spiel hatte seinen Schwanz aus seinem todesähnlichen Schlaf erweckt. Was hatte Ricky nur dazu gebracht zu denken, dass dieses Schauspiel mehr Erfolg hätte?

Sie sah recht hübsch aus, sogar beinahe unschuldig. Er konnte ja für ein paar Minuten mitspielen, um zu sehen, ob sich bei ihm etwas regte. Natürlich ohne seine Erwartungen zu hoch zu schrauben.

„Was ist passiert?"

Sie roch wie ein nasser Hund und noch irgendwie anders, aber er konnte diesen Geruch nicht genau einordnen.

„Jemand hat mich angegriffen." Sie hielt inne, um zu Atem zu kommen. „Ich muss die Polizei anrufen." Sie zitterte und klang glaubwürdig. Diese Frau hatte anscheinend Schauspielunterricht genommen.

Beeindruckend.

„Nun, warum kommen Sie nicht zuerst ins Warme und werden Ihre nasse Kleidung los.“ Könnte es einen besseren Grund dafür geben, ihre Kleidung auszuziehen als die Tatsache, dass diese nass war? Ihn würde es nicht stören, sie mit seinem Körper aufzuwärmen.

Zwischen ihren Augenbrauen erschien eine Falte. „Nur ein Telefonat bitte. Ich kann mich zu Hause umziehen, danke." In ihrer Stimme schwang eine gewisse Schärfe mit, so, als ob sie irritiert wäre.

Ah, sie wollte also die Zurückhaltende spielen. Das war ihm auch recht. Er führte sie ins Wohnzimmer, in dem ein Feuer im Kamin knisterte. Sie stellte sich direkt davor und streckte ihre Hände den Flammen entgegen, um sich aufzuwärmen. Ihre nasse Kleidung klebte an ihrem Körper und unterstrich ihre verlockenden Kurven. Perfekte Proportionen. Nicht zu dünn, gerade genug Fleisch für ihn, um etwas in den Händen zu haben. Zumindest hatte Ricky jemanden ausgesucht, der ihn körperlich ansprach. Das war schon einmal ein Anfang.

„Du holst dir noch eine Erkältung in den nassen Klamotten", flüsterte er ihr von hinten ins Ohr. Sie zog ihre Schultern hoch und er konnte ihr die Anspannung anmerken. Offensichtlich hatte sie sein Näherkommen nicht gespürt. Was war nur mit ihren Sinnen los? Als er seine Hände auf ihre Schultern legte, erschrak sie und drehte sich um. Er deutete ihren wütenden Blick als eine Mischung aus Zorn und Angst.

„Ich muss gehen."

Nun wurde die Sache interessant. Sie spielte die schwer zu Erobernde. Ricky hatte recht, sie war gut. Vielleicht konnte sie ja wirklich etwas bei ihm in Bewegung bringen, aber nur vielleicht. Er mochte eine gute Jagd ebenso sehr wie jeder andere Vampir. Und er hatte schon eine ganze Weile nicht gejagt. Jede Frau wurde ihm praktisch wie auf einem Silbertablett serviert und so verlockend auch einige von ihnen waren, hatte doch keine ihn bisher erregt.

„Nicht so schnell. Ich denke, du hast vergessen, weswegen du hier bist. Zeig mal, was du zu bieten hast." Er ließ sie wissen, dass er bereit war mitzuspielen. Nur so zum Spaß.

Die Frau warf ihm einen weiteren verschreckten Blick zu und eilte in Richtung Tür. Samson war schneller und schnitt ihr den Weg ab. Nun fing er an, Spaß zu haben. Tatsächlich hatte er schon lange Zeit nicht mehr so viel Spaß gehabt. Was auch immer Ricky ihr zahlte, sie war jeden Cent wert.

Sie atmete schwer und tat immer noch so, als hätte sie Angst. Samson konnte ihre Furcht beinahe riechen. Er grub seine Hände in ihre Schultern und zog sie näher an sich heran. Ihm war egal, dass ihre nasse Kleidung seine Hose und seinen Pullover ruinieren würde.

„Nein, lassen Sie mich los!" Ihre verzweifelte Bitte hallte durch sein riesiges Haus.

„Du willst doch gar nicht gehen." Tief atmete er ihren Geruch ein. Ja, nasser Hund, aber doch noch etwas Anderes, etwas ganz Anderes. Benutzte diese kleine Vampir-Füchsin ein exotisches Parfüm? Es roch wunderbar und verführerisch. Ein schwacher Lavendelduft wehte ihm in die Nase.

Ihre verzweifelt dreinblickenden Augen schauten ihn an, während sie sich unter seinem Griff wand.

„Ich bin mir sicher, dass Ricky dich großzügig bezahlt – und wenn nicht, dann werde ich dir ein großzügiges Trinkgeld geben." Geld spielte keine Rolle. Wenn sie etwas bei ihm bewirken konnte, würde er mehr als großzügig sein.

„Bezahlt .... mich bezahlt?" Ihre Stimme war ein schriller Schrei, ihre weit aufgerissenen Augen unterstrichen ihre Panik. Wunderschöne Augen, deren Grün in hundert verschiedenen Facetten schimmerte.

Hatte der Schurke sie noch nicht bezahlt? Darum konnte er sich später kümmern, aber im Moment wollte er etwas Anderes. Eine kleine Kostprobe dieser verführerischen Lippen und dieser scharfen Zunge.

Sie hatte etwas an sich. Sie hatte sein Interesse geweckt. Samson neigte seinen Kopf und presste seine Lippen auf ihre. Sie versuchte, sich seiner Umarmung zu entziehen, aber ihre Versuche waren bestenfalls schwach. Samson wusste, dass Vampirinnen ebenso stark waren wie männliche Vampire, aber das Exemplar in seinen Armen hatte offenbar beschlossen, ihre Stärke nicht gegen ihn einzusetzen.

Ihre Lippen waren herrlich weich. Samson schob seine Hand auf ihren Nacken, um sie in Position zu halten, während er mit seiner Zunge versuchte, ihren Mund zu öffnen. Er wollte sie kosten, ihren Mund erforschen. Doch sie hielt ihre Lippen fest aufeinander gepresst und war scheinbar nicht bereit, schnell aufzugeben.

Die Frau kämpfte immer noch und versuchte, sich von ihm zu

befreien. Ihn störte das nicht. Die Wahrheit war, dass je heftiger sie Widerstand leistete, je mehr er sich ihres Körpers, den sie gegen seinen rieb, bewusst war, desto mehr wollte er sie. Er führte seinen Angriff auf ihre Lippen fort und strich mit seiner feuchten Zunge über sie. Er presste sie fest an sich und seine freie Hand glitt ihren Rücken hinunter, um ihren süßen Po zu drücken. Unter ihrer nassen Kleidung fühlte er ihre Körperhitze.

Ihr Busen wurde gegen seine Brust gepresst und ihr schneller Herzschlag ließ seinen gesamten Körper vibrieren. Er genoss ihre ungewöhnliche Weichheit. Und dann bemerkte er etwas Anderes. Er spürte, wie er auf sie reagierte. Plötzlich pumpte Blut in seine Lenden und drang in seinen Schwanz. Seine Hose wurde unbehaglich eng. Doch darüber würde er sich gewiss nicht beschweren.

Samson stieß ein lustvolles Stöhnen aus, als er spürte, wie sich seine Erektion gegen ihren Bauch drückte. Sie musste es sicherlich auch fühlen. Er hatte schon so lange keine Erektion mehr gespürt, dass es für ihn ein ganz unerwartetes Geburtstagsgeschenk war, nun festzustellen, dass sein alter Körper immer noch funktionierte. Mit seiner Hand an ihrem Hintern zog er sie enger an seinen Körper und rieb sich an ihr, um sie wissen zu lassen, dass sie das Unmögliche vollbracht hatte.

Er würde sie fürstlich dafür belohnen. Warum nur war sein Psychiater nicht darauf gekommen? Alles, was er brauchte, war eine Frau, die vortäuschte, ihn *nicht* zu wollen und schon würde sein Jagdinstinkt aktiviert. Umgekehrte Psychologie nannte man das. Er würde Drake feuern müssen. In all den Monaten war dem Quacksalber nichts Hilfreiches in den Sinn gekommen.

Plötzlich teilten sich ihre Lippen und er zögerte nicht, seine Zunge gierig hineingleiten zu lassen.

Oh Gott, ja!

Ihr Mund, ihr Geschmack – er unterschied sich von allem, was er jemals gekostet hatte. Seine Zunge stieß tief hinein und suchte nach ihrer. Ihr Körper schmiegte sich an seinen, als er ihren köstlichen Mund erforschte und neckend mit ihrer zögerlichen Zunge spielte, um mehr aus ihr herauszulocken. Er drang tiefer ein. Oh Gott, sie war köstlich.

Er streichelte sie begierig an ihrem Nacken, während seine andere Hand nicht aufhören konnte, ihren runden Hintern zu liebkosen und sie noch fester an sich zu ziehen. Sein Schwanz war steinhart und bereit zu explodieren. Samson konnte sich nicht daran erinnern, jemals eine solche Erektion gehabt zu haben, zumindest nicht in den letzten 150 Jahren.

Keine Chance, dass er sie gehen lassen würde, bevor er sie gründlich vernascht hatte. Er wollte sich, so lange er konnte, in ihr vergraben und das Vergnügen finden, das sich ihm in den letzten neun Monaten entzogen hatte.

Samson schluckte mehr von ihrem Geschmack, schlang mehr von ihrem Geruch hinunter und ganz plötzlich weiteten sich seine Nasenflügel.

Verdammt, was zum Teufel tat er da?

Scheiße! Er küsste keine Vampirin.

Sie war ein Mensch! Er hätte es in dem Moment wissen müssen, als sie in seine Arme gefallen war, aber er was so sauer auf seine Freunde gewesen, dass er wie ein Stier reagiert hatte, der ein rotes Tuch sah. Seine Freunde hatten ihm eine menschliche Stripperin geschickt! Hätten sie ihn nicht wenigstens vorwarnen können? Wenn er nicht vorsichtig war, würde er sie verletzen. Oder sich als Vampir entblößen. Diese Idioten!

Plötzlich verspürte er einen scharfen, stechenden und völlig unerwarteten Schmerz in seinem Fuß. Unverzüglich ließ er sie los und zuckte zusammen. Sie hatte mit aller Kraft ihren spitzen Absatz in seinen italienischen Designerschuh gerammt.

Was zum Teufel?

Was war nur in sie gefahren? Es gab überhaupt keinen Grund für diesen plötzlichen Ausbruch. Und außerdem hatte Ricky gesagt, sie würde Extras machen. Und dieser Kuss war ein *Extra.* Nichts mehr und nichts weniger.

Er starrte sie ungläubig an. Sie warf ihm einen wütenden Blick zu. Und als wäre das noch nicht genug, gab sie ihm auch noch eine Ohrfeige.

Bam!

Unterdrücktes Gelächter hinter ihm ließ Samson blitzschnell herumfahren.

Da waren sie: All seine Freunde sahen, wie er von einer Frau geschlagen wurde. Diese Situation würde als die Nacht in die Geschichtsbücher eingehen, in der Samson von einer sterblichen Frau geohrfeigt wurde.

Was war noch für seine vollständige Demütigung geplant?

„Verdammt, was tust du da, Samson?", fragte Ricky.

„Wie sieht es denn aus? Ich habe Spaß mit der Stripperin, die ihr mir zum Geburtstag geschickt habt." Seit wann war Ricky prüde? Immerhin war das seine idiotische Idee gewesen.

„Stripperin?", rief die Frau aus. „Ich bin keine *Stripperin*!"

Ricky schüttelte seinen Kopf und die Jungs hinter ihm konnten ihr dummes Grinsen nicht unterdrücken, als wären sie eine Gruppe von

Studenten und nicht erwachsene Vampire.

„Bist du blind, Mann? Das hier ist die Stripperin." Ricky zeigte mit dem Kopf auf eine Frau in einer kurzen Krankenschwesteruniform mit Strapsen, die zwischen seinen Freunden stand.

Samsons Augen schossen zwischen der Krankenschwester und der Dame in Not hin und her und blieben schließlich an Ricky hängen.

„Das –" Ricky zeigte auf die wütende Frau neben Samson. „– ist eine ernsthaft wütende Dame, bei der du dich besser sofort entschuldigst. Ich würde schon mal damit anfangen, auf die Knie zu fallen."

Guter Rat.

„Herzlichen Glückwunsch", sagte Amaury, sein ältester Freund. Sollte dies ein Versuch sein, die Situation zu entspannen, dann ging er deutlich daneben.

„Und alles Gute", fügte Thomas grinsend hinzu, wobei er ihm nicht zum Geburtstag gratulierte. Seine Augen waren auf Samsons Schritt fixiert. Nichts entging jemals Thomas' scharfen Augen, insbesondere nicht, wenn es sich um einen männlichen Körper handelte.

Samson verstand sofort, was Thomas meinte, aber es machte die Situation kein Stück angenehmer. Letztendlich musste er sich der Frau stellen, die er so leidenschaftlich geküsst hatte und bei diesem Gedanken fühlte er sich nicht sehr wohl. Insbesondere nicht mit seinem pulsierendem Ständer, der eine deutlich sichtbare Beule in seiner Hose hinterließ, einem Ständer, der nicht verschwinden würde, solange er ihren Geschmack auf seiner Zunge hatte.

Sie fegte an ihm vorbei aus dem Zimmer. Er konnte sie nicht einfach so gehen lassen. Hier war mehr als nur eine Entschuldigung fällig. Sie hatte geheilt, was seinem Psychiater nicht gelungen war, nicht einmal nach vielen Monaten mit wöchentlichen Sitzungen. Er musste etwas unternehmen, irgendetwas.

„Miss."

Sie ging weiter, als hätte sie ihn nicht gehört. Seine Freunde machten Platz, um sie durchzulassen.

„Bitte, es tut mir leid. Ich hatte keine Ahnung. Ich dachte, Sie wären die … es tut mir so leid. Sie müssen denken, dass ich ein Wilder bin. Bitte, Miss, lassen Sie mich Ihnen zumindest trockene Kleidung anbieten und etwas, um Sie aufzuwärmen. Mein Chauffeur kann Sie dann nach Hause fahren."

Sie stoppte und zögerte an der Tür.

„Bitte." Es kümmerte Samson nicht, dass seine Freunde ihn betteln sahen. Mit denen würde er sich später auseinandersetzen. Seltsamerweise wollte er nur, dass sie nicht auf ihn wütend war. Er verstand nicht, warum ihn das überhaupt kümmerte; sie war schließlich nur ein Mensch.

Allmählich schienen sich ihre Schultern zu lockern, als wich die Anspannung von ihr.

4

Delilah drehte sich um und sah ihn an. Sie konnte hören, dass es draußen immer noch regnete. Der Gedanke an trockene Kleidung und jemanden, der sie nach Hause fuhr, war verlockend. Außerdem konnte dieser Kerl immer noch irgendwo draußen auf sie lauern und dann wäre sie kein Stück besser dran als zuvor.

Aber war sie hier sicherer?

Schließlich hatte der Fremde, in dessen Haus sie Zuflucht gesucht hatte, sie praktisch angegriffen. Mit einem Kuss. Einem Kuss, der so hungrig und heiß, so leidenschaftlich und unwiderstehlich gewesen war, dass sie nicht widerstehen hatte können, ihn zu erwidern.

Sie hatte noch nie so auf jemanden reagiert. Kein Mann hatte sie jemals so erregt.

Trotzdem war es nicht richtig gewesen.

Doch gab es mindernde Umstände? Hätte er dasselbe getan, wenn er sie nicht mit der Stripperin verwechselt hätte?

Sie blickte zu der Frau in der Krankenschwesteruniform, dann sah sie auf ihre eigene Kleidung. Ihre weiße Bluse war so durchnässt, dass sie komplett durchsichtig war. Ihre neueste, hauchdünne Errungenschaft von *Victoria's Secret* schimmerte durch. Innerlich verfluchte sie ihre Vorliebe für schwarze Dessous. Kein Wunder, dass er sie für eine Stripperin gehalten hatte, vor allem, da er eine erwartet hatte.

„Sie erwähnten trockene Sachen?", fragte sie ihn schließlich.

In seinen Mundwinkeln deutete sich ein sanftes Lächeln an und er nickte. „Ich kann Ihnen einen Pulli und eine Jogginghose geben. Sie können sich im Badezimmer abtrocknen." Nun sah er fast unschuldig aus. „Ich bin sofort zurück."

Er lief die Treppe hoch. Seine langen Beine nahmen zwei Stufen auf einmal und seine Rückenmuskeln spielten unter dem Stoff. Pure Muskeln, kein Fett.

„Ich bin Ricky", stellte sich einer seiner Freunde vor. „Entschuldigung, ich glaube, das war alles meine Schuld. Ich habe Samson gesagt, er solle eine Stripperin erwarten. Normalerweise ist er ein wirklicher Gentleman. Bitte nehmen Sie ihm diesen, ähm, Vorfall nicht übel."

Er war groß und gut aussehend, mit einem jungenhaften Gesicht, Sommersprossen und einem vollen roten Haarschopf.

„Absolut!", stimmte der Nächste zu. „Ich bin Amaury."

Amore? Wie das italienische Wort für Liebe?

Was für ein eigenartiger Name für einen Mann. Er streckte ihr die Hand entgegen. Sie zögerte, doch schüttelte sie sie dennoch. Sein Händedruck war fest.

„Er stand in letzter Zeit unter erheblichem Stress. Bitte vergeben Sie ihm."

Er war ein großer, stämmiger Typ mit langen dunklen Haaren, die bis auf seine Schultern reichten. Aber er war kein Hippie. Er sah sehr gepflegt aus und sein langes Haar ließ ihn wie aus einer anderen Epoche erscheinen. Er hätte einem historischen Roman entsprungen sein können, in dem er als Ritter seine Lieblingsdame rettete. Seine blauen Augen waren durchdringend und sein Lächeln, das sich von den Lippen über sein gesamtes Gesicht ausbreitete, wirkte entwaffnend.

Jeder einzelne seiner Freunde bemühte sich, Entschuldigungen für ihn zu finden. Ein Mann, der solch anständige Freunde hatte, konnte kein schlechter Mensch sein. Sicherlich, Charles Manson hatte vermutlich zu irgendeinem Zeitpunkt auch Freunde gehabt und dennoch machte es ihn nicht zu einem guten Menschen. Das Gleiche galt für Jack der Ripper. Ted Bundy und der Zodiac Killer schossen ihr durch den Kopf.

„Er ist wirklich ein toller Kerl", erklärte ein anderer. „Thomas. Schön, Sie kennenzulernen, Ma'am."

Ma'am? Das war wirklich förmlich.

Sein herzliches Lächeln stand in absolutem Kontrast zu seinem Auftreten. Thomas war komplett in Leder gekleidet und sein Motorradhelm klemmte unter einem Arm.

Im Hintergrund stand eine vierte Person. Er schien ein wenig schüchtern und nickte ihr nur zu. Auch er war genau wie Thomas in Motorradkluft.

„Das ist Milo", stellte Thomas ihn vor und legte seinen Arm besitzergreifend um dessen Schulter.

„Nett, Sie alle kennenzulernen. Ich bin Delilah."

Sie trat von einem Fuß auf den anderen und fühlte sich unwohl, wohl wissend, dass die Männer ihren BH sehen konnten.

„Delilah? Wie in Samson und Delilah?", fragte Ricky grinsend.

Die Männer lachten leise. Sie ertappte Amaury, wie er Ricky mit dem Ellenbogen in die Rippen stieß im Versuch, ihn zum Schweigen zu bringen.

„Ja, mein Name ist Delilah."

Wie hatte doch gleich einer der Männer ihren Retter genannt, nachdem sie ihn geohrfeigt hatte? Hatte sie den Namen korrekt verstanden? Konnte sein Name wirklich Samson sein?

„Das ist ein wirklich hübscher Name." Amaurys Kompliment klang, als ob er die unangenehme Stille mit etwas füllen wollte.

„Samson, da bist du ja", sagte Thomas plötzlich mit Blick zur Treppe.

Delilah hob ihren Kopf und sah Samson die Treppe herunterkommen. Sie konnte ihre Augen nicht von ihm abwenden.

Sie sollte ihn nicht so anstarren, doch selbst wenn ihr Leben davon abhinge, hätte sie nicht damit aufhören können.

Er war groß, weit über 1,80 m und machte eine beeindruckende Figur in seiner schwarzen Hose und dem figurbetonenden, grauen Rollkragenpullover. Seine Hüften waren schlank, seine Schultern breit und er schien kein Unbekannter im Fitness-Studio zu sein. Seine dunklen Haare waren länger als es der Mode entsprach und gaben ihm zeitlose Schönheit. Seine haselnussbraunen Augen beanspruchten ihre volle Aufmerksamkeit.

Er glitt die Stufen hinab als gehörte ihm die ganze Welt. Er strahlte Selbstbewusstsein aus. Mit jedem seiner Schritte fühlte sie sich mehr und mehr zu ihm hingezogen. Je näher er kam, desto weniger war sie in der Lage die Netze zu durchtrennen, die er auswarf, um sie einzufangen, ohne ein einziges Wort von sich zu geben.

Samson. Dieser Name passte zu ihm. Dieser total sinnliche Mann hatte sie geküsst? Was hatte sie sich nur dabei gedacht, ihn wegzustoßen? Hatte sie vollkommen ihren Verstand verloren? Es gab keine andere Erklärung dafür.

Allein die Erinnerung an seine starken Schenkel, die er an sie gedrückt hatte, ließ ihre Körpertemperatur um einige Grad ansteigen. In wenigen Sekunden würde sie ein Fieber haben, das ärztlicher Behandlung bedurfte. Oder seiner Behandlung. Lieber seiner, da ein Arzt ihr vermutlich nicht helfen konnte bei dem was sie hatte: einen akuten Lustanfall.

Er blieb dicht vor ihr stehen und ihre Blicke trafen sich.

Plötzlich wurde sich Delilah bewusst, dass sie ihn die ganze Zeit angestarrt hatte, während er die Treppe herunterkam. Sicherlich hatte er bemerkt, wie sie ihn gemustert hatte. Sie atmete seinen männlichen Geruch tief ein und war nicht in der Lage, sich von ihm abzuwenden.

Samson reichte ihr einen Stapel Kleidung. Dabei berührte seine Hand aus Versehen ihre und löste einen elektrischen Funken in ihr aus.

„Am Ende des Flurs befindet sich ein Gästebad. Frische Handtücher sind im Wäscheschrank", sagte er mit sanfter Stimme.

„Danke", antwortete Delilah mit zitternder Stimme, die sie vermutlich wie einen verzückten Teenager klingen ließ.

Sie ging den Flur entlang zum Bad. Bevor sie es betrat, warf sie einen Blick über ihre Schulter und sah, dass Samson sie anstarrte. Seine haselnussbraunen Augen waren ihr gefolgt.

~ ~ ~

Samson drehte sich zu seinen Freunden um.

„Ich weiß nicht, warum ich immer noch mit euch rumhänge", fuhr Samson sie an, bevor er sich sein Handy vom Tisch schnappte. Er drückte die Kurzwahltaste.

„Weil du keine anderen Freunde hast." Wie so oft musste Ricky das Offensichtliche aussprechen.

Der Anruf wurde sofort entgegengenommen.

„Carl, bitte bringen Sie den Wagen in fünfzehn Minuten."

„Sicher, Sir."

„Danke." Samson legte auf und wandte sich wieder seinen Freunden zu.

„So, scheinbar geht es wieder aufwärts", bemerkte Thomas spitz und grinste von Ohr zu Ohr.

„Sie ist eine Sterbliche!"

Und die heißeste Frau, die ich jemals berührt habe.

„Wir sind nicht blind. Also, da *wir* sie nicht hergeschickt haben, wer ist sie?", fragte Ricky.

„Woher zum Teufel soll ich das wissen? Sie brach fast meine Tür ein und flehte um Hilfe."

„Ich kann das auch spielen, wenn dich das heiß macht“, unterbrach die Stripperin.

Samson zweifelte an ihrer Behauptung und ignorierte sie. „Okay, alle in die Küche und lasst mich für ein paar Minuten allein mit ihr."

„Mit mir?", schnurrte die Stripperin.

Keine Chance. Samson runzelte die Stirn. „Nein, mit der Sterblichen."

Er beobachtete, wie seine Freunde durch das Esszimmer hindurch in die Küche gingen, die sich im hinteren Teil des Hauses befand. Amaurys Hand tätschelte schon den Hintern der Vampirin. Sein Freund hatte bisher noch keine Frau getroffen, die ihm nicht gefiel.

Samson ging zum Bartresen und schenkte zwei Gläser Brandy ein. Er hatte sich an den Geschmack von Brandy gewöhnt und mochte das warme Gefühl, das der Alkohol in seiner Brust auslöste, wenn er einen Schluck trank. Abgesehen davon würde der Brandy keine Auswirkung auf seine Sinne haben. Es war hilfreich, mit menschlichen Getränken umgehen zu können, wenn er sich zu gesellschaftlichen Anlässen mit Sterblichen traf.

Vampire bewegten sich frei in der menschlichen Gesellschaft, die sich des Unterschiedes zwischen ihren zwei Spezies nicht bewusst war. Einige Leute wurden einfach für etwas exzentrischer gehalten als andere. San Francisco war der perfekte Ort für Vampire. Praktisch jeder war ein wenig schrullig und niemanden kümmerte das allzu sehr.

Samson nippte an seinem Getränk.

Verdammt, fühlte er sich gut! Seine Hydraulik funktionierte wieder und sogar besser als je zuvor. Sein Schwanz war hart wie Granit gewesen, als er seinen Körper an ihren gepresst und sie geküsst hatte. Wie es geschehen war, wusste er nicht und es interessierte ihn auch nicht, aber er wusste, dass nun wieder alles funktionierte.

Samson drehte sich zur Tür, als er ihre Schritte hörte. Sie trug eins seiner Sweatshirts und eine seiner Jogginghosen. Beides war ihr viel zu groß, doch hatte sie die Ärmel einige Male umgeschlagen, um nicht darin zu versinken. Verdammt, sah sie niedlich aus. Ihr langes Haar hatte sie mit einem Handtuch getrocknet.

„Bitte … kommen Sie hierher. Setzen Sie sich und wärmen Sie sich auf."

Sie kam Schritt für Schritt in den Raum, ihre Bewegungen zögerlich, ihre Augen wachsam um herauszufinden, ob es sicher war, näher zu kommen. „Danke."

„Brandy?"

Er reichte ihr das Glas. Sie nahm es entgegen und setzte sich in den Sessel, der dem Feuer am nächsten war. Dann nahm sie einen Schluck aus dem Glas.

„Verzeihung, ich habe mich noch nicht einmal vorgestellt. Ich bin Samson Woodford."

Sie sah zu ihm auf und er bemerkte, dass er immer noch stand. Er setzte sich ihr gegenüber.

„Delilah, Delilah Sheridan."

Delilah? Ein schöner Name für eine schöne Frau. Eine schöne *menschliche* Frau.

Absolut tabu.

Würde sie ebenso sein Ruin sein, wie die biblische Delilah der Untergang seines Namensvetters war? Ein weiterer Grund, sie nicht mehr anzufassen.

„Ich muss mich entschuldigen. Ich war unhöflich und das ist unverzeihlich."

Unverzeihlich, ja, aber dennoch erregend. Er wollte sie erneut spüren: die Hitze, die Erregung, ihren Körper. Selbst jetzt, als sie in formlosen, übergroßen Kleidern steckte, war sie für ihn verlockender als jede Vampirin, die er je gesehen hatte. Ihr Duft neckte seine Sinne und drohte, seine guten Manieren erneut zu überwältigen.

„Es war ein Missverständnis. Ihre Freunde haben es mir erklärt."

Ihre Wangen sahen rosiger aus. Vermutlich von der Wärme des Feuers und des Brandys, an dem sie nippte. Wenn er doch nur die Tropfen des Getränks von ihren Lippen lecken könnte, wäre sein körperliches Verlangen vielleicht gestillt.

„Wie geht es Ihrem Fuß? Es tut mir so leid."

„Keine Sorge, das wird schon wieder."

Wenn du ihn küsst und mir den Schmerz nimmst.

„Danke, dass Sie mir geholfen haben."

„Keine Ursache. Noch einmal, es tut mir aufrichtig leid, dass ich mich wie ein absoluter Trottel benommen habe." Samson strich sich mit der Hand durch sein Haar.

„Wo sind Ihre Freunde?"

Hatte sie Angst davor, mit ihm alleine zu sein? Das konnte er ihr noch nicht einmal übelnehmen. Mit dem Mann allein zu sein, der sie angegriffen hatte, sie leidenschaftlich geküsst und seine Erektion an sie gerieben hatte, trug nicht gerade dazu bei, eine vertrauenerweckende Atmosphäre zu schaffen. Konnte sie sehen, dass sich sein Schwanz schon wieder regte und für sie bereit machte? Samson rutschte in seinem Sessel herum und überkreuzte seine Beine.

„Ich habe sie in die Küche geschickt, um schon einmal mit der Party anzufangen. Ich versichere Ihnen, dass sie Sie hören werden, wenn Sie das Bedürfnis haben, nach Hilfe zu rufen. Nicht einer unter ihnen würde nicht sofort gelaufen kommen, um einer Frau in Not zu Hilfe zu kommen."

„Oh."

Ihr überraschter Blick ließ ihn, ebenso wie das plötzliche Erröten ihrer Wangen, zögern. Vielleicht fühlte sie sich doch nicht bedroht.

„Es tut mir leid, dass ich Ihre Geburtstagsfeier unterbrochen habe. Ich sollte lieber gehen."

Sie versuchte aufzustehen, doch er stoppte sie. „Ich habe meinen Chauffeur angerufen. Er wird in wenigen Minuten hier sein und Sie nach Hause bringen."

Delilah machte einen schwachen Versuch, sein Angebot abzulehnen.

„Das ist wirklich nicht notwendig. Ich kann mir ein Taxi nehmen."

„Bitte erlauben Sie es mir. Es ist das Mindeste, das ich tun kann, nach allem was ich Ihnen angetan habe."

Sie schenkte ihm ein dankbares Lächeln. „Danke sehr. Das ist sehr großzügig von Ihnen."

„Erzählen Sie mir, was Ihnen auf der Straße passiert ist." Er neigte seinen Kopf zum Fenster und schaute in die Dunkelheit.

„Irgendein Typ kam in einer Gasse auf mich zu. Ich rannte weg, stolperte und fiel und er griff nach mir. Ich entkam ihm, lief davon und er rannte hinter mir her. Er war dicht hinter mir, als Sie die Tür geöffnet haben."

Samson hob seine Augenbrauen. Er hatte niemanden gesehen, aber hatte sich auf die Person, die an seine Tür geklopft hatte, konzentriert. „Sind Sie sicher, dass er Ihnen nicht nur aufhelfen wollte, als Sie gefallen sind?"

Sie schüttelte ihren Kopf. „Ich bin mir sicher. Ich sah sein Gesicht; das war nicht gerade freundlich. Er verfolgte mich!"

Hatte sie überreagiert? Vielleicht war der ganze Zwischenfall absolut harmlos.

„Können Sie ihn mir beschreiben?"

„Ich habe ihn nur kurz gesehen, aber er war groß, ein Weißer, vielleicht Anfang vierzig. Er hatte eine Narbe auf der Wange."

„Glauben Sie, Sie würden ihn wiedererkennen, wenn Sie ihn noch einmal sehen würden?"

Sie nickte zuversichtlich. „Auf jeden Fall."

Eine Strähne ihres feuchten Haares verfing sich auf ihrer Wange und er musste sich beherrschen, nicht seine Hand auszustrecken, um sie ihr aus dem Gesicht zu streichen. Sie würde keine weiteren körperlichen Annäherungen von ihm mehr zulassen, nicht einmal die sanfte Berührung, nach der er sich jetzt sehnte.

Zärtlichkeit war etwas, für das Vampire nicht gerade bekannt waren, am allerwenigsten Samson. Begierde, Leidenschaft – ja, aber Zärtlichkeit?

Samson hörte, wie sich die Haustür öffnete. Sekunden später machte sich Carl an der Tür zum Wohnzimmer bemerkbar.

„Sir, entschuldigen Sie die Unterbrechung. Ihr Wagen ist bereit, wenn Sie ihn benötigen."

Delilah erhob sich aus dem Sessel und Samson bereute, dass er Carl nicht aufgetragen hatte, sich Zeit zu lassen. Er hatte sich an der Gesellschaft der bezaubernden Frau erfreut und hätte sie gerne noch länger genossen. *Sie* genossen? Was zum Teufel dachte er sich dabei? Es war besser, wenn sie jetzt ging, bevor er noch etwas wirklich Dummes anstellen würde.

„Ich hole meine Sachen. Ich habe sie im Badezimmer gelassen."

„Keine Sorge. Ich lasse sie morgen zu Ihnen bringen, nachdem sie gewaschen und gebügelt wurden."

Ihre Sachen noch ein wenig länger zu behalten würde ihm ermöglichen, ihren Duft noch einmal einzuatmen.

„Aber das ist nicht –"

„– notwendig?" Er lächelte. „Bitte erlauben Sie mir, Ihnen diesen Gefallen zu tun."

Als sie nickte, sagte er zu Carl: „Carl, bitte fahren Sie Miss Sheridan nach Hause. Sie wird Ihnen ihre Adresse geben. Und begleiten Sie sie bis zur Haustür und warten Sie, bis sie sicher drinnen ist. Ich möchte nicht, dass ihr irgendetwas passiert."

„Ja, Sir."

„Vielen Dank." Delilah reichte ihm die Hand. „Und herzlichen Glückwunsch zum Geburtstag."

Samson lächelte und nahm ihre Hand. Er führte sie langsam an seinen Mund und hauchte einen Kuss auf ihren Handrücken, ohne den Augenkontakt zu unterbrechen. „Ich danke Ihnen."

Mit einem Lächeln auf den Lippen wandte sich Delilah um und folgte Carl hinaus, während Samson ihr mit seinen Augen folgte.

5

Die Stripperin war nicht annähernd so heiß wie Delilah, aber sie würde ihm genügen. Doch er hatte Bedürfnisse und diese mussten befriedigt werden.

Er schlenderte in die Küche und sah, wie Amaury rote Flüssigkeit von den Brüsten der Stripperin leckte. Blut. Ihre Krankenschwesteruniform war vorne weit geöffnet.

Vampire tranken das Blut anderer Vampire nicht, um sich zu ernähren. Es war jedoch Teil des Sexakts, und es machte ihnen Spaß, so zu tun als ob. Offensichtlich hatten seine Freunde etwas von Samsons Vorräten auf die Frau gegossen und genossen nun, es von ihrem Körper zu lecken.

„Hör auf, sie zu monopolisieren. Jetzt bin ich dran!", beschwerte sich Ricky und stieß Amaury zur Seite.

Amaury grinste diabolisch, machte jedoch Platz für Ricky. „Teilen wir?" Ricky nahm Amaurys Vorschlag an.

Mit lustvollem Stöhnen ließ Ricky seine Zunge über die Brust der Stripperin gleiten. Er leckte die restlichen Blutstropfen ab, bevor er seine Lippen über ihren Nippel schloss. Die Frau warf ihren Kopf zurück und stöhnte laut.

„Ja, Baby." Nicht, dass die Beiden die Aufforderung der Stripperin gebraucht hätten.

Milo und Thomas sahen den Dreien mit wenig Interesse zu.

„Soweit ich weiß ist das immer noch *mein* Geburtstag", unterbrach Samson.

Ricky und Amaury ließen von den Brüsten der Stripperin ab. Alle Augen waren plötzlich auf Samson gerichtet.

„Und?", fragte Ricky.

„Was?"

„Willst du mal ran?", fragte Ricky und unterstrich seine Frage mit einer unmissverständlichen Bewegung seiner Hüften.

„Das muss ich jetzt mal ausprobieren." Samson deutete auf die Stripperin.

„Komm her, Baby, leck mich", bot sie an, doch er schüttelte nur den Kopf.

„Ab nach oben für eine Privatvorstellung."

Für diesen ersten sexuellen Akt nach neun Monaten Abstinenz

bevorzugte er ein wenig Privatsphäre.

„Natürlich, Baby."

Samson folgte der Stripperin die Treppe hinauf. Er hatte sie noch nicht einmal nach ihrem Namen gefragt. Aber das spielte keine Rolle. Alles, was er brauchte, war ein williger Körper, in den er eindringen konnte. Verdammt, er hatte Sex vermisst. Endlich würde er seine fleischliche Lust befriedigen und wieder normal sein.

Wow, hatte die Sterbliche ihn heiß gemacht. Sie konnte Tote zum Leben erwecken und genau das hatte sie auch getan. In mehr als nur einer Hinsicht war sein Schwanz in den letzten neun Monaten tot gewesen. Jetzt nicht mehr. Ab heute Nacht würden die Dinge wieder normal sein.

Als er die Schlafzimmertür hinter sich schloss, drehte sie sich zu ihm um und begann einen verführerischen Striptease. Es war nichts, was er nicht schon zuvor gesehen hätte. Stück für Stück entledigte sie sich ihrer weißen Krankenschwesteruniform. Zuerst fiel die Bluse auf den Boden, dann ihr kurzer Rock. Mit geschmeidigen Bewegungen löste sie die Nylons von den Strapsen und rollte sie einen nach dem anderen hinunter.

Ihre Hände glitten zu ihren Brüsten und pressten sie zusammen, um deren Größe hervorzuheben. Bazookas. Nacheinander schälte sie ihre melonenartigen Busen aus den Halbkörbchen ihres BHs.

Sie spreizte ihre Beine, um ihm einen guten Blick auf ihre Muschi zu geben. Samson sah, dass ihr Slip im Schritt offen war. Sie war kahl rasiert. Etwas, was er nicht besonders mochte, aber es würde genügen. Mit einer Geste forderte er sie auf, sich umzudrehen, sodass er einen guten Blick auf ihren Hintern werfen konnte. Ihr String verbarg nichts. Langsam schlängelte sie sich aus den Fäden, die ein Slip sein sollten, und stand schließlich nackt vor ihm.

Er warf einen flüchtigen Blick auf das antike Himmelbett. Nein, er würde es nicht mit ihr im Bett treiben. Über die Chaiselongue gebeugt reichte völlig aus. Er würde sie von hinten nehmen und sie ficken, was das Zeug hielt. Wenigstens musste er ihr so nicht ins Gesicht sehen und konnte sich vorstellen, sie wäre jemand anders.

Ein hübsches Gesicht blitzte in seinen Erinnerungen auf. Delilah. Er konnte sich vorstellen, es wäre Delilah.

Genau, das war der Plan.

Ein perfekter Plan.

Die Stripperin würde dagegen nichts einzuwenden haben. Immerhin war es das, wofür sie bezahlt wurde. Sie würde tun, was immer er von ihr verlangte.

Exzellent.

Es gab nur ein Problem mit seinem brillanten Plan.

Sein Schwanz war komplett schlaff.

Tot.

Absolut verflucht tot!

Kein einziger Blutstropfen floss durch ihn, um ihn aufzurichten.

Schrumpelig wie eine Backpflaume.

Was zum Teufel ging hier vor? Bis vor wenigen Minuten hatte alles funktioniert und nun, mit einer nackten Frau, die nur darauf wartete, von ihm gefickt zu werden, konnte er ihn nicht hochbekommen!

Nicht einmal einen Zentimeter.

Keine Bewegung, gar nichts.

„Worauf wartest du, großer Junge?", neckte sie ihn und klimperte mit ihren mit Mascara beschmierten Wimpern.

Samson starrte sie wütend an. Verspottete sie ihn?

Sie ging zwei Schritte auf ihn zu und legte ihre Hand über den Reißverschluss seiner Hose.

Sie stieß einen enttäuschten Seufzer aus. „Oh."

Blitzschnell ergriff er ihr Handgelenk und zog ihre Hand von ihm fort. Mit dem nächsten Atemzug stieß er sie von sich.

„Scheiße!"

Augenblicke später stürmte er nach unten. Die Stimmen seiner Freunde drangen von der Küche zu seinen Ohren.

„Nun, entweder war das ein höllischer Orgasmus …", begann Ricky.

"… oder überhaupt keiner", grübelte Amaury.

„Überhaupt keiner", bestätigte Thomas.

„Oh Mist." Das war Milo. „Arme Sau!"

Samson stürmte in die Küche und funkelte Milo an.

„Fuck!" Mit der Wucht eines Vorschlaghammers schlug Samson seine Faust so hart auf den Tresen, dass die Granitplatte in mehrere Stücke zersprang.

„Amaury, hol ihm etwas Blut, schnell", befahl Ricky ruhig.

„Bin schon dabei." Amaury reichte Samson ein Glas mit der roten Flüssigkeit. „Hier Samson, trink. Das hast du nötig."

Samson schnappte das Glas aus Amaurys Hand und kippte es in einem Zug hinunter. Dann starrte er Ricky an.

„Du machst der Stripperin besser klar, dass – wenn sie auch nur ein Sterbenswort verliert über das, was heute passiert ist – ich ihr hübsches Genick breche. Hast du verstanden?"

Ricky nickte. „Wir gehen lieber, Jungs!" Er winkte sie aus der Küche.

Samson konnte sie im Flur hören, als die Stripperin die Treppe herunterkam.

„Aber er hatte einen Steifen, als die Sterbliche hier war. Ich habe es gesehen. War ja gar nicht zu übersehen", flüsterte Thomas. Trotzdem konnte Samson es aufgrund seines empfindlichen Gehörs wahrnehmen.

„Ich vermute, dass es mit ihr auch funktioniert hätte. Eine Schande, dass sie eine Sterbliche ist", flüsterte Amaury zurück. Dann änderte sich sein Ton. „Hey Süße, da wir dich für die ganze Nacht bezahlt haben, wie wäre es, wenn du mit zu mir kommen würdest? Ich habe da etwas, was ich dir zwischen diese riesigen Titten drücken könnte …"

Ein Kichern war die Antwort der Stripperin.

Sekunden später waren sie alle weg. Das Haus war wieder still.

Amaury hatte recht. Mit Delilah hätte es geklappt. Samson war sich dessen sicher. Warum also konnte er bei der Stripperin keinen hochbekommen? Sie hatte einen tollen Körper und war willig.

Doch sie war nicht Delilah. Verflucht, ihre Lippen waren köstlich gewesen, genauso wie ihre schüchterne Zunge, die er aus ihr hervor geschmeichelt hatte. Himmlisch. Was für ein Kuss, was für ein geschmeidiger Körper mit genau den richtigen Kurven. Er wusste, dass es nicht einseitig gewesen war. Samson hatte ihre Erregung gespürt.

Verdammt, er wollte sie. Was auch immer er dafür tun musste, er musste sie einfach haben.

Samson wählte eine Nummer. Der Anruf wurde umgehend beantwortet.

„Dr. Drakes Praxis. Was kann ich für Sie tun?", schnurrte die Barbiepuppe wie ein Kätzchen.

„Samson Woodford. Ich muss Dr. Drake sehen."

„Heute Nacht haben wir keine Termine mehr frei. Wie wäre es mit 1 Uhr morgen früh?", bot sie ihm nun mit einer wesentlich kühleren Stimme an. In all der Zeit, die er die Praxis besuchte, hatte er nie Interesse an ihr gezeigt, und schließlich hatte sie aufgegeben, ihren Charme an ihn zu verschwenden. Auch gut. Samson konnte weder sie noch ihr zuckersüßes Lächeln ausstehen.

„Sie können bestimmt einen früheren Termin finden. Wenn ich bedenke, was für unerhörte Gebühren mir Ihre Praxis in Rechnung stellt, interessiert es mich einen Scheiß, wessen Termin Sie absagen müssen." Es handelte sich um einen echten Notfall.

„Einen Moment bitte." Ein Klicken in der Leitung und einen Moment der Stille, dann war sie wieder am Telefon. „Er kann Sie in einer halben Stunde empfangen."

„Dachte ich es mir doch."

Samson legte auf, schnappte sich seinen Mantel von der Garderobe und ging in Richtung Tür. Er würde zu Fuß nach Pacific Heights gehen. Die Nachtluft würde seinen Kopf klären. Und das brauchte er dringend.

Mit aufgestelltem Mantelkragen und seinen Händen tief in den Taschen vergraben pirschte er durch die Nacht. Der Regen hatte nachgelassen.

Samson verstand nicht, warum diese Frau ihn so beeindruckt hatte. Sie hatte einen tollen Körper und war hübsch – doch er war schöne Frauen gewohnt. Als einer der begehrtesten Junggesellen der Stadt konnte er sich immer die Schönste der Schönen aussuchen.

Er war mit vielen schönen Frauen ausgegangen. Vielleicht war *ausgehen* nicht das richtige Wort – er hatte Sex mit vielen hübschen Frauen, wann immer ihm danach stand. Es gab einen steten Vorrat an willigen Frauen, alle Vampirinnen natürlich, die seine fleischlichen Gelüste in der Hoffnung befriedigten, dass er eine von ihnen als seine Gefährtin wählen würde.

Aber als er schließlich eine gewählt hatte, hatten seine Probleme erst begonnen.

Bei einer Wohltätigkeitsveranstaltung hatte er eine Frau getroffen, die neu in der Stadt war. Er hatte ihren Namen schon ein paar Mal gehört, und in dem Augenblick, als er die große Rothaarige erblickt hatte, war es um ihn geschehen – er wollte sie haben.

Es ging das Gerücht um, dass Ilona Hampstead aus einem großen Chicagoer Vampirzirkel stammte und sehr gute Verbindungen in der Welt der Vampire hatte. Sie war prominent und hatte San Francisco zu ihrer neuen Heimat auserkoren.

Sie gab sich unnahbar und Samsons Jagdinstinkt setzte sofort ein. Es kostete ihn mehr als einen Monat, sie ins Bett zu bekommen. Während dieser Zeit schlief er weiterhin mit jeder Vampirin, die er haben konnte, nur um seinen Frust loszuwerden. Aber dann bekam er seine Trophäe und er stellte sie gerne bei jedem gesellschaftlichen Anlass zur Schau. Wo auch immer er sich in der Stadt zeigte, konnte man sie an seiner Seite sehen.

Die Zeitschriften waren voll mit Bildern, die sie beide bei vielen Veranstaltungen zeigten. Im Gegensatz zum herkömmlichen Glauben waren Vampire auf Bildern zu sehen. Viele waren sogar sehr fotogen.

Im Verlauf der nächsten Monate verliebte er sich in sie und sie wurde ein Teil seines Lebens. Er war schon viel zu lange alleine und der Gedanke, eine ständige Gefährtin zu haben, der er vertrauen konnte, war einfach verlockend. All seine Freunde versicherten ihm, was für ein tolles Paar sie waren, alle bis auf Amaury, der seine Gefühle und Gedanken für sich behielt.

Ihr Sexleben war ausgezeichnet, sie hatten den gleichen Freundeskreis, den gleichen gesellschaftlichen Stand. Sie waren ein perfektes Paar.

Es war nur eine Frage der Zeit, bis Gerüchte über einen bevorstehenden Blutbund im Umlauf waren. Der Gedanke einer dauerhaften Verbindung mit Ilona erregte ihn. Etwas fehlte in seinem Leben und sie konnte diese Leere füllen.

Samson schob die Gedanken an die verhängnisvolle Nacht beiseite, in der seine Welt auf einen Schlag zerstört worden war. Die Vergangenheit hatte jetzt keinen Platz in seinem Leben. Nur die Gegenwart war wichtig.

Er fragte sich, ob die Tatsache, dass Delilah menschlich war, etwas damit zu tun hatte, wie er auf sie reagierte. Obwohl er früher, als er noch wilder und ungezähmter war, Sex mit sterblichen Frauen gehabt hatte, hatte ihn keine dieser Frauen wirklich interessiert. Sein Interesse an ihnen war so gering, dass er es ganz und gar aufgegeben hatte, mit menschlichen Frauen zu schlafen.

Sex mit Sterblichen ging mit größeren Gefahren einher, als es die Sache wert war. Amaury teilte diese Ansicht nicht. Doch Samson hatte immer das Gefühl, sich zurückhalten zu müssen, und war niemals wirklich in der Lage, seine Kraft und Stärke an ihnen auszulassen, ohne zu riskieren, sie zu verletzen. Am Ende kam es ihm mehr wie eine lästige Sache vor, als dass er weiterhin dazu Lust gehabt hätte. Weibliche Vampire waren so viel einfacher im Umgang, wenn es um Sex ging. Sie konnten mit der Stärke und Wildheit ihres Sexpartners mithalten und zerbrachen nicht so einfach.

Samson wusste, dass es verrückt war, den Gedanken an die menschliche Frau weiter zu verfolgen, aber er war verzweifelt. Er brauchte Sex und zwar schnell, ansonsten würde er sich in eine gefährliche Bestie verwandeln, dessen Stimmungen nicht länger kontrolliert werden konnten. Er würde zu einer Gefahr, nicht nur für sich selbst, sondern auch für alle um ihn herum.

Weniger als eine halbe Stunde nachdem er sein Haus verlassen hatte, erreichte er die Praxis des Psychiaters und stürmte hinein.

„Danke, dass Sie mich so kurzfristig empfangen konnten."

Dr. Drake hob eine Augenbraue. „Was ist so wichtig, dass es nicht bis morgen warten konnte?"

„Es ist etwas passiert."

Er blickte ihn an und die Augen des Psychiaters flackerten. „Oh, verraten Sie mir, wer sie ist und was sie getan hat."

„Das ist es ja. Ich habe keine Ahnung." Samson ließ sich in den Sarg fallen und streckte sich der Länge nach auf der weichen Polsterung aus.

Als Samson den Zwischenfall mit Delilah Szene für Szene nacherzählte, hörte Drake schweigend zu.

„Was bedeutet das?", fragte Samson.

„Interessant. Und Sie sagten, dass die Stripperin Sie völlig kalt ließ, nachdem die andere Frau Sie so erregt hatte?"

„Es war, als wäre ich in eine Gefriertruhe gestiegen."

„Interessant." Er spitzte seine Finger vor dem Gesicht und stützte die Ellbogen auf den Armlehnen auf. „In unserer Sitzung letzte Woche sagten Sie, dass Sie etwas vermissen. Können Sie das näher erklären?"

„Jetzt?"

„Ich glaube, dass es im Zusammenhang mit diesem Erlebnis sehr wichtig ist."

Samson atmete ungeduldig aus. „Na gut. Es ist nur – ich kann es nicht wirklich beschreiben. Da war diese Leere, egal was ich tat oder wieviel ich erreichte. Es fühlte sich immer an, als ob ich nicht komplett sei, als ob ein wichtiger Teil von mir fehlte."

„In welcher Weise?"

„Da war diese Sehnsucht nach etwas, das mich endlich vervollständigen würde. Ich glaubte, dass der Blutbund diese Leere füllen würde."

„Der Blutbund mit Miss Hampstead? Das bezweifle ich."

„Wieso sagen Sie das, Doktor?"

„Ein Blutbund ist nichts anderes als eine formelle Krönung dessen, was schon vorhanden ist. Der Bund existiert bereits. Das Ritual formalisiert den Bund nur noch. Das Ritual kann Sie nicht vervollständigen, wenn Sie diese Vollständigkeit nicht zuvor schon in Ihrem Partner gefunden haben."

„Das verstehe ich nicht. Das Ritual formt den Bund. So wurde es mir beigebracht."

Drake schüttelte seinen Kopf. „Das ist ein weitverbreitetes Missverständnis unter den Vampiren."

„Ich habe diesen Bund mit Ilona nicht gefühlt, nicht wie Sie es beschreiben. Ich dachte es würde nach dem Ritual deutlicher werden."

„Glauben Sie mir, Sie sind nicht der Einzige, der das glaubt. Doch wenn Sie die Verbindung zu ihr nicht schon vorher gespürt haben, dann war ein Blutbund mit ihr nicht vorgesehen. Der Blutbund ist etwas, das man nicht erzwingen kann. Wie dem auch sei, ich kann nun besser verstehen, warum Sie so reagierten, als Ihre Beziehung mit Ilona in die Brüche ging. Nun ergibt das alles einen Sinn."

Drake stand auf und näherte sich. „Bequem?"

Samson sah um sich und erkannte plötzlich, wo er sich befand – in dem Sarg.

„Was zum …?"

Er sprang auf und entfernte sich von dem hässlichen Möbelstück. Er hatte in all seinen Sitzungen nie den Sarg benutzt und immer darauf bestanden, auf einem Sessel zu sitzen, oder ungeduldig auf und ab zu gehen. Er war wirklich am Durchdrehen! Nicht nur verstand er Drakes kryptische Bemerkungen nicht, im Moment ergab auch sonst nichts in seinem Leben einen Sinn.

„Oh oh."

„Was? Verdammt noch mal, was?", forderte Samson eine Antwort. Wofür bezahlte er den Quacksalber denn überhaupt?

„Ich denke, ich weiß, was passiert ist. Indem Sie einer verletzlichen Sterblichen gegenüberstanden, haben Sie sich erlaubt, wieder verletzlich zu werden und haben Ihren Schutzwall fallen lassen. Sobald Sie jedoch mit der Vampirin zusammen waren, ging die Mauer wieder hoch und Ihr Ständer runter."

Als ob er ein mentales Bild seines schlaffen Schwanzes brauchte. „Danke für die bildliche Darstellung. Ich vermute, dass Sie mir diese Einsicht in Rechnung stellen werden?"

„Hm, eine Sterbliche, ich meine, es könnte funktionieren. Es ist durchaus möglich. Viele von uns haben Sex mit Menschen. Selbstverständlich würde es gefährlich sein – zumindest für sie, doch wenn Sie vorsichtig wären … nun ja, es könnte funktionieren."

Verblüfft sah Samson den Arzt an. Was schwafelte der Psychiater da? Sprach er mit sich selbst? „Verdammt, Drake, was zum Teufel soll ich nun machen?"

„Hören Sie zu und tun Sie zumindest einmal, was ich Ihnen vorschlage. Nur ein Mal. Finden Sie diese Frau und schlafen Sie mit ihr. Sie müssen das aus Ihrem System rauskriegen. Ich verspreche Ihnen, nachdem Sie diese Frau hatten, wird Ihr Körper sich daran erinnern, wie es war und in den Normalzustand zurückkehren. Vertrauen Sie mir."

„Aber sie ist eine Sterbliche. Verstehen Sie das nicht?" Der Doktor konnte dieses kleine Detail doch nicht so einfach vergessen haben.

„Ich verstehe es vollkommen, glauben Sie mir. Ich verstehe die Gefahr, in der sich die Frau befinden wird. Sie müssen vorsichtig sein, dass Sie sich nicht entblößen. Aber ich glaube, dass Sie sich genug im Griff haben, damit das nicht passiert."

„Und was, wenn das nicht der Fall ist? Wie kann ich nach so langer Abstinenz sicher sein, dass ich meinen Körper kontrollieren kann?"

Drake zuckte mit den Schultern. „Sie ist nur eine Sterbliche, nur ein Mensch. Nehmen Sie sich von ihr, was Sie brauchen und machen Sie mit Ihrem Leben weiter. Sie müssen so schnell wie möglich mit ihr schlafen, ansonsten wird diese Gelegenheit wahrscheinlich schnell verfliegen. Verstehen Sie nicht? Es ist, als wäre Sie geschickt worden, um Ihnen zu helfen. Tun Sie es und hören Sie auf, sich um die Konsequenzen zu sorgen. Was soll's? Sie könnte es sogar genießen, wenn man Ihren Ruf bedenkt …" Drake besaß die Unverfrorenheit zu glucksen.

Samson überdachte Drakes Worte. Er wusste, wozu er im Bett fähig war. Und er war seinem Ruf immer treu geblieben. Er würde vorsichtig sein und versuchen, zärtlich mit ihr umzugehen. Das Mindeste, was er tun konnte war, ihr eine Nacht der ultimativen Lust zu schenken, eine schöne Erinnerung. Und wenn sein Arzt glaubte, es wäre so einfach, war es das vielleicht sogar. Diesmal musste er dem Psychiater zustimmen. Verdammt, er wollte nichts weiter, als sie besinnungslos zu vögeln. Und nun hatte ihm sein Arzt das quasi verschrieben.

6

Delilah kuschelte sich unter die warme Bettdecke, als sie ein Geräusch hörte.

In der Dunkelheit konnte sie nichts sehen. Aber sie fühlte ein schweres Gewicht auf ihrem Körper, das sie tief in die Matratze drückte. Hände, die nach ihr griffen, sie berührten, sie erforschten.

Sie sollte sich gegen den Eindringling wehren, aber aus unerklärlichem Grund tat sie das nicht.

Dann drückte sie ein Körper nach unten und starke Schenkel nahmen sie gefangen. Eine Hand strich ihr das Haar vom Hals. Warme Lippen küssten ihren Hals, eine Zunge leckte sie, heißer Atem streichelte sie. Es fühlte sich gut an und sie ließ sich tiefer in die Sinnlichkeit sinken.

Bis plötzlich … *Nein!*

Zähne scharf wie Rasierklingen gruben sich in ihren Hals und durchdrangen ihre Haut. Warme Flüssigkeit lief ihre Haut entlang. Sie roch den metallischen Geruch. Blut!

Zu ihrer Überraschung war dieses Gefühl nicht schmerzhaft. Es war …

Ein lauter, sich wiederholender Ton stoppte ihren letzten Gedanken.

Piep! Piep! Piep!

Sie schoss hoch. Es war Tag. Der Wecker ertönte.

Sie griff sich an den Hals, wo sie den Biss gespürt hatte, aber ihre Haut war glatt, perfekt wie immer. Keine Wunde, kein Blut. Nur wieder ein Traum.

Zumindest hatte sie geschlafen.

Ein Blick auf die Uhr bestätigte, dass sie ins Büro musste, und zwar schnell.

Endlich hatte sie einige Buchungen in den Dateien gefunden, die sie die Nacht über geprüft hatte, die keinen Sinn ergaben. Sie wollte ihre Vermutungen bestätigen und die Originaldokumente im Büro einsehen. Sie hatte so eine Ahnung, als wäre sie etwas auf der Spur.

Nach einer schnellen Dusche zog sich Delilah an und warf einen Blick auf die Kleidung, in der sie nach Hause gekommen war. Samsons Kleidung. Wenigstens hatte sie einen Grund, ihn wiederzusehen. Okay, es wurde auch Ausrede genannt. Sie konnte ihm seine Sachen zurückbringen. Vielleicht würde er sie hereinbitten. Sie würde versuchen, heute Abend nach der Arbeit bei ihm vorbeizugehen in der Hoffnung, dass er zu Hause war. Alleine.

Mit einem Blick aus dem Fenster stellte sie fest, dass es immer noch nieselte und sie besser ihren Regenschirm mit zur Arbeit nehmen sollte. Während sie in der Garderobe nach dem Schirm suchte, hörte sie ein Klopfen an der Tür.

„Wer ist da?"

„Gregory vom Empfang. Ich habe eine Lieferung für Sie."

Sie mochte es, dass das Gebäude einen Concierge-Dienst hatte. Damit fühlte sie sich sicherer, insbesondere nach dem Angriff der letzten Nacht.

Delilah öffnete die Tür und konnte Gregorys Gesicht hinter den zwei Dutzend roten Rosen, die er trug, gar nicht sehen.

„Guten Morgen, Miss Sheridan."

Der starke Duft überwältigte sie beinahe. Die Rosen waren wunderschön und dunkelrot wie Blut.

„Wow! Sind Sie sicher, dass die für mich bestimmt sind?" Sie kannte hier niemanden. Abgesehen davon war es weder ihr Geburtstag oder Valentinstag noch irgendein anderer besonderer Tag.

„Ja, der Herr, der sie brachte, gab mir Ihren Namen. Und das hier." Er reichte ihr einen Kleiderbügel mit Kleidern, die in Plastik eingewickelt waren. Ihre Kleidung.

War Samson unten? Ihr Herz flatterte und ihre Hände fühlten sich plötzlich klamm an.

„Ich glaube, bei den Blumen befindet sich eine Karte." Gregory stellte die Vase mit den Rosen auf den kleinen Tisch im Foyer, bevor er ging.

„Dankeschön."

Nachdem sie die Tür geschlossen und ihre Sachen in den Schrank gehängt hatte, suchte sie nach der Karte.

Die Karte war handgeschrieben in eleganten, altmodischen Buchstaben.

Meine aufrichtigste Entschuldigung für letzte Nacht. Würden Sie mir die Ehre erweisen und mich heute Abend ins Theater begleiten? Darf ich Sie um 19 Uhr abholen? Samson Woodford. P.S. Mein Assistent Oliver wartet unten auf Ihre Antwort.

Die Schmetterlinge in ihrem Bauch begannen zu tanzen. Sie musste sich setzen. Er wollte, dass sie mit ihm ausging.

Zu einer Verabredung.

Sie hatte eine Verabredung!

Oh Gott, war sie aufgeregt. Die Schmetterlinge in ihrem Bauch tanzten ein kleines bisschen schneller. Und das würden sie den ganzen Tag lang tun, dessen war sie sich sicher.

Minuten später traf sie den jungen Mann, der geduldig in der Lobby des Gebäudes wartete.

„Miss Sheridan?"

„Sind Sie Mr. Woodfords Assistent? Oliver?"

Er trug einen dunklen, formellen Geschäftsanzug wie auch Samsons Fahrer die Nacht zuvor, obwohl er bestimmt fünfundzwanzig Jahre jünger war als Carl.

„Ja, Ma'am. Er bat mich, auf Ihre Antwort zu warten."

Ihr Herz flatterte. „Bitte richten Sie Mr. Woodford aus, dass es mir eine Ehre sein wird, ihn heute Abend zu begleiten."

„Er wird sich freuen, das zu hören."

Sie nickte ihm zu und wandte sich zur Doppeltür, um sich auf den Weg zur Arbeit zu machen.

„Ah, Miss Sheridan?"

Sie sah über ihre Schulter, neugierig, was er noch von ihr wollte. „Ja?"

„Mr. Woodford hat mich ebenfalls gebeten, Sie zu fahren, wo immer Sie hin möchten."

„Oh, das ist nicht notwendig. Ich gehe nur zur Arbeit. Das ist nicht weit. Danke sehr."

„Bitte erlauben Sie mir, Sie zu fahren. Die Limousine steht direkt vor dem Eingang."

Er öffnete ihr galant die Tür und führte sie zum Wagen. Warum verwöhnte Samson sie so? Oder träumte sie wieder? Das konnte unmöglich Wirklichkeit sein.

Delilah gab Oliver die Adresse des Büros und machte es sich für die kurze Fahrt bequem. Der Lärm der Stadt drang nicht in den Wagen. Es war beinah wie eine kleine, sichere Oase. Was für ein Luxus. Irgendwo, irgendwann würde sie für diesen Luxus bezahlen müssen – im kosmischen Sinne. Nichts war umsonst. Nicht in ihrer Welt.

~ ~ ~

Obwohl es draußen schon hell war, war Samson immer noch wach. Er war müde, doch er wollte noch nicht schlafen gehen. Er musste wissen, ob Delilah seine Einladung zum Theater angenommen hatte.

Nachdem er von Dr. Drakes Praxis zurückgekommen war, hatte er den Rest der Nacht damit zugebracht, Berichte der verschiedenen Niederlassungen seines Unternehmens, Scanguards, durchzusehen.

Als er zu Beginn des neunzehnten Jahrhunderts in einen Vampir verwandelt worden war, hatte er sehr schnell begriffen, dass auch ein Vampir Geld zum Leben brauchte. Aus einer Laune heraus begann er, sich an Reisende zu vermieten, die während der Nacht Schutz benötigten. Es stellte sich heraus, dass Sicherheit ein profitables Geschäft war. Es bedeutete gleichzeitig eine ständige Versorgung mit Verbrechern und Kriminellen, von denen er sich ernähren konnte, während er reiche Reisende oder teure Lieferungen beschützte.

Später verwandelte er sein Einmannunternehmen in eine Gesellschaft und stellte andere, gleichgesinnte Vampire ein. Als Vampir erreichte er endlich den Erfolg, der ihm als Mensch nicht vergönnt gewesen war. Die Ironie war, dass er als Vampir in der Lage war, Sterbliche vor anderen Vampiren zu beschützen. Es war Samsons Art, seine Menschlichkeit zu bewahren.

Heutzutage stellte seine landesweite Firma Sicherheitskräfte und Bodyguards für Unternehmen, Berühmtheiten, ausländische Würdenträger und andere Persönlichkeiten bereit. Während er den Sitz des Hauptquartiers in New York beließ, zog er sich nach San Francisco zurück, um ein ruhigeres und normaleres Leben zu führen. So normal, wie das Leben für einen Vampir möglich war.

Viele seiner Angestellten waren ebenfalls Vampire und arbeiteten meist als Nachtwächter oder Bodyguards. Er hatte einige menschliche Manager herangezogen, die Scanguards tagsüber nach außen hin vertraten und Öffentlichkeitsarbeit leisteten. Nur sehr wenige seiner sterblichen Angestellten kannten Samson oder hatten ihn jemals gesehen. Und Samson würde kaum einen seiner menschlichen Angestellten erkennen, wenn er ihm auf der Straße begegnen würde. Samson wollte das so haben.

Er hielt sich aus dem täglichen Geschäft heraus, doch hielt er sich gern über alles auf dem Laufenden, indem er alle wichtigen Berichte der verschiedenen Niederlassungen prüfte.

Ricky, Amaury und Thomas arbeiteten alle für ihn. Ricky war für die Einstellung von Vampiren verantwortlich, Amaury befasste sich mit Immobilien und Thomas leitete den IT-Bereich. Ihre Freundschaft stand der Arbeit nicht im Weg – nun ja, zumindest nur selten. Milo fing an, mit ihnen herumzuhängen, seit er und Thomas vor beinahe neun Monaten unzertrennlich wurden.

Die Verdunkelungsvorhänge in Samsons prunkvoll eingerichtetem Schlafzimmer waren geschlossen, während er auf seinem Himmelbett saß und die Berichte überflog. Alle paar Sekunden warf er einen flüchtigen

Blick auf sein Handy. Er hatte seinen Assistenten Oliver vor über einer halben Stunde zu Delilahs Wohnung geschickt und bisher immer noch keine Nachricht erhalten.

Oliver war ein Sterblicher und agierte als Samsons Augen und Ohren während des Tages. Er war einer der wenigen Menschen, der wusste, dass Samson ein Vampir war. Samson hatte Oliver vor einem kriminellen Leben bewahrt und dieser zahlte es ihm mit Loyalität und Hingabe zurück.

Carl, der ein Vampir war, war sein Fahrer, Butler und persönlicher Assistent während der Nacht. Samsons persönliche Angestellte verdienten mehr als manch ein Manager eines großen Unternehmens. Samson war nicht außergewöhnlich großzügig, doch kannte er sowohl die menschliche als auch die vampirische Natur sehr gut. Wenn Angestellte extrem gut bezahlt und noch besser behandelt wurden, dann waren sie loyal. Und Loyalität war für Samson das Wichtigste.

Warum brauchte Oliver so lange? War Delilah noch nicht wach? Er schaute auf die antike Uhr an der Wand. Es war nach acht Uhr morgens und er war müde. Ein Summton machte ihn auf eine Nachricht auf seinem Handy aufmerksam. Er las sie.

Sie sagte ja.

Ja! Ja! Ja!

Samson konnte sich nicht daran erinnern, wann er das letzte Mal so aufgeregt gewesen war, eine Frau zu sehen. Oder überhaupt aufgeregt war. Er würde sicherstellen, dass alles perfekt ablaufen würde. Er konnte sich jetzt schon vorstellen, was er alles mit ihr tun würde, wie er sie berühren würde und wie er bis zur absoluten Erschöpfung in sie eintauchen würde. Das würde sein richtiges, wenn auch verspätetes, Geburtstagsgeschenk an sich selbst sein.

7

„Aber Sie haben die Daten doch hier“, sagte John und deutete auf ihren Computermonitor.

Delilah schüttelte den Kopf und versuchte, ihre Irritation über Johns Unwillen bezüglich ihrer Anfrage für sich zu behalten.

„Nein, die elektronischen Aufzeichnungen genügen nicht. Ich brauche die Originaldokumente für diese Buchungen”, beharrte sie und blickte zu John auf, der über ihren Tisch gebeugt stand. Eine Geste, die sie als Einschüchterungsversuch interpretierte. Sie würde sich davon nicht einschüchtern lassen.

Sie bemerkte, wie sich Schweiß auf Johns Stirn sammelte. „Die sind nicht hier. Die befinden sich alle in einem Lagergebäude in Oyster Point.”

„Wo ist Oyster Point?”

„In South San Francisco.”

„Nun, dann sollte es nicht zu viele Umstände machen, sie hierher zu bringen. Lassen Sie sie heute Nachmittag anliefern.”

Auch wenn sie nicht mit San Francisco und der näheren Umgebung vertraut war, so wusste sie doch, wo South San Francisco lag, da sie auf ihrem Weg vom Flughafen zur Innenstadt daran vorbeigefahren war. Es konnte nicht länger als zwanzig Minuten dauern, um zu dem Gebäude in Oyster Point zu fahren.

„Ich fordere sie an, kann aber nicht garantieren, dass sie heute Nachmittag schon zu uns geschickt werden. Wir nutzen eine andere Firma dafür und ich habe keinerlei Einfluss darauf, wie schnell die dort arbeiten.“

„Ok, solange Sie sich darum kümmern. Wenn es nicht heute Nachmittag ist, dann will ich die Unterlagen morgen früh auf meinem Schreibtisch haben. Morgen ist schon Freitag und ich möchte wirklich nicht das ganze Wochenende hier im Büro verbringen. Und ich nehme an, Sie auch nicht.”

Sie warf ihm noch einen entschlossenen Blick zu. Wenn sie ihm mit Arbeit am Wochenende drohen musste, dann sollte es eben so sein. Es bedeutete nicht, dass sie die Absicht hatte, dieses Wochenende zu arbeiten. Sie hoffte, sich am Samstag und Sonntag ein wenig die Sehenswürdigkeiten ansehen zu können. Der Plan war, die Buchprüfung nächste Woche Mittwoch abzuschließen. Sie war sich sicher, bis dahin das Geheimnis gelüftet zu haben, das sich in den Büchern versteckte.

Was sie bisher entdeckt hatte, war vielversprechend. Es schien, als manipulierte jemand die Abschreibungen in den Büchern. Sie vertraute ihrem Gefühl, welches ihr sagte, dass etwas verdächtig war. Es war sehr methodisch ausgeführt worden und es schien, als ginge es schon fast ein Jahr so.

Nur ein Jahr – seltsam. Delilah schaute sich erneut die Daten auf ihrem Bildschirm an und bestätigte den Zeitraum. Warum waren Aufzeichnungen des laufenden und des vorherigen Jahres schon in einem Lager? Die meisten Unternehmen würden nur Unterlagen, die älter als drei Jahre waren, auslagern. Das kam ihr sonderbar vor, sehr sonderbar.

Der Grund, warum sie von John die Originaldokumente haben wollte, war, dass sie sehen musste, wer die Buchungen erst veranlasst und dann genehmigt hatte. Die Computereinträge zeigten dies nicht. Die Daten wurden von Angestellten eingegeben und die Freigabe wurde normalerweise vom unteren oder mittleren Management erteilt.

Delilah war sich bewusst, dass, auch wenn es gegen die Unternehmensregeln verstieß, viele Angestellte ihre Passwörter teilten, wenn es hart auf hart ging und Dinge erledigt werden mussten. Obwohl sie wusste, wessen Passwort die fraglichen Buchungen genehmigt hatte, konnte nur das Original bestätigen, wer wirklich dahintersteckte. Und wer auch immer die Transaktionen in die Wege geleitet hatte, würde in großen Schwierigkeiten stecken, sobald sie ihren Bericht geschrieben hatte.

„Ich wollte in Chinatown essen gehen. Wollen Sie mich begleiten?", fragte John überraschenderweise.

Delilah dachte daran, dass sie letzte Nacht nicht dazu gekommen war, ihr chinesisches Essen zu genießen und bekam nun richtigen Heißhunger. Sie lächelte ihn dankbar an.

„Ja, das wäre großartig. Ich bin am Verhungern."

„Dann mal los."

Sie schnappte sich ihre Jacke von der Garderobe bei der Tür und folgte John hinaus. Obwohl sie schon beinahe eine Woche in San Francisco war, war dies das erste Mal, dass John ihr angeboten hatte, ihn zum Mittagessen zu begleiten. All die anderen Tage schien er während der Mittagspause immer in Zeitnot zu sein. Er eilte immer sofort aus dem Büro, sobald sie es für ihre eigene Mittagspause verließ.

Chinesisch essen würde eine willkommene Ablenkung sein und hoffentlich den Tag schneller vergehen lassen. Sie konnte kaum erwarten, dass es 19 Uhr wurde und damit Zeit für ihre Verabredung mit Samson.

Was sollte sie anziehen? Sie hatte nichts Elegantes mitgebracht. Vielleicht konnte sie nach der Arbeit noch bei einer Boutique vorbeischauen und etwas Passendes kaufen.

Sie ging neben John die steilen Straßen entlang, die nach Chinatown führten.

„Hatten Sie schon einmal *Dim Sum*?", fragte er.

„Sicher. Ich esse es ständig in New York. Aber ich glaube, unser Chinatown ist nicht annähernd so groß wie das hier in San Francisco."

„Ich habe irgendwo gelesen, dass San Franciscos Chinatown das größte in den ganzen Staaten ist. Ich bin mir nicht sicher, ob das wahr ist, aber es könnte schon sein." John war überraschend gesprächig. „Es sind viele Läden hier, und wenn Sie einige Blocks in Richtung Stockton gehen, finden Sie dort sogar einige recht gute Lebensmittelgeschäfte. Hier unten gibt es meist nur Kleinkram und Souvenirs. Und unzählige Touristen."

„Ja, das ist mir aufgefallen. Ich bin hier schon mal durchgegangen und die Bürgersteige waren so voll, dass man kaum vorwärtskam." Sie schaute die Grant Street hinunter, die Hauptstraße in Chinatown. Dort wimmelte es von Touristen und Händlern.

„Dieses Wochenende wird es sogar noch voller sein. Es ist das Chinesische Neujahr und Samstagnacht gibt es eine Parade. Vielleicht wollen Sie sich das ja ansehen. Ich gehe normalerweise mit meinem ältesten Sohn dort hin. Der liebt es. Es gibt einen Drachen und noch allerlei andere Attraktionen."

„Vielleicht sehe ich mir das an."

Sie folgte John in ein chinesisches Restaurant. Die Bedienung führte sie zu einem Tisch. Die rote Tischdecke war mit einer Glasplatte abgedeckt, die die Bedienung schnell abwischte.

„Zu trinken?" Sie war barsch, beinahe unhöflich.

„Tee", erwiderten John und Delilah gleichzeitig.

„Ich wette, Sie können es kaum erwarten, wieder nach Hause zu kommen und in Ihrem eigenen Bett zu schlafen", grübelte John.

Delilah lächelte. „Absolut." *Nicht.*

Jetzt wo sie Samson getroffen hatte, wünschte sie, sie könnte ihren Aufenthalt verlängern, um zu sehen, ob sich da etwas entwickeln könnte. Aber das stand nicht in den Sternen.

„Es muss schwer sein, wegen des Jobs immer unterwegs zu sein."

Delilah nickte geistesabwesend. Sie hatte es nie als schwer empfunden. Eigentlich war es ein Segen, so viel unterwegs zu sein. Zumindest musste sie so nicht zugeben, wie einsam sie wirklich in ihrer kleinen Wohnung in New York war. Wenn sie unterwegs war und in Hotels übernachtete, konnte sie zumindest anderen gegenüber immer vorgeben, was für ein interessantes Leben sie doch führte. Niemand würde sie gut genug kennenlernen, um sie zu durchschauen und herauszufinden, wie wenig sie nach Hause lockte.

Sie hatte weder Brüder noch Schwestern, zumindest nicht mehr. Ihre Mutter hatte Probleme gehabt, schwanger zu werden und Delilah hatte als Kind jahrelang um einen kleinen Bruder oder eine Schwester gebettelt. Als ihre Mutter endlich im Alter von beinah fünfunddreißig schwanger wurde, war die gesamte Familie begeistert gewesen. Etwas über ein Jahr später war ihre Welt zusammengebrochen und ihr kleiner Bruder war tot. Danach war ihre Mutter nie mehr dieselbe.

Ihr Vater war beinahe zehn Jahre älter als ihre Mutter und lebte nun in einem Heim für Alzheimer-Patienten. Er erkannte sie nicht mehr, und wenn sie sich auch in finanzieller Hinsicht um ihn kümmerte, so hatte sie aufgehört, ihn zu besuchen. Für ihn war sie nur eine Fremde, und wenn sie ihn sah, tat es ihr jedes Mal weh.

Ihre Mutter war zwei Jahre zuvor gestorben. Es war ein Segen, dass ihr Vater dies nicht wusste. Die Krankheit hatte schon zu viel von seinem Bewusstsein gefordert, als dass er begreifen konnte, dass seine geliebte Ehefrau, mit der er über vierzig Jahre verheiratet gewesen war, an Krebs gestorben war. Die Ärzte hielten sie regelmäßig über seinen Zustand auf dem Laufenden, doch mehr konnten sie nicht tun. Es schien ihm gut zu gehen und das Heim, das sie für ihn ausgewählt hatte, war eins der besten.

Kein Mitglied ihrer ehemals so glücklichen Familie war noch übrig.

„Delilah, möchten Sie etwas von diesen?", holte John sie aus ihren deprimierenden Erinnerungen.

Die Bedienung zeigte ihnen eine Platte mit kleinen Knödeln.

„Oh, sicher."

Sie tauchte einen Knödel in die Sojasoße und verschlang ihn. „Das ist köstlich. Kommen Sie oft hierher?"

„Mindestens ein- bis zweimal die Woche. Es ist ziemlich günstig gelegen vom Büro aus. Meine Frau hasst chinesisches Essen, daher gönne ich es mir während der Mittagspausen", gab er zu und lachte. „Oh, das erinnert mich an etwas: Meine Frau wollte wissen, wann ich heute Abend nach Hause komme. Sie will mein Leibgericht kochen."

Delilah fing Johns neugierigen Blick auf.

„Ich hatte geplant, das Büro heute Nachmittag gegen 17 Uhr zu verlassen."

Sie konnte wahrscheinlich in weniger als einer halben Stunde Kleidung einkaufen und dann …

„17 Uhr. So früh? Haben Sie Pläne für heute Abend?" Seine Frage klang so beiläufig, dass sie sie beinah nicht gehört hätte.

… duschen, die Beine rasieren, ihre Zehennägel lackieren …

„Ja, ich habe Pläne. Ich gehe ins Theater.” Vielleicht rosa für die Zehennägel? War rot zu aggressiv?

„Das klingt nach viel Spaß. Welches Stück sehen Sie sich an?”

„Das weiß ich ehrlich gesagt nicht.“

Delilah wandte ihre Augen ab, um zu verhindern, dass sie ihre Erregung über die bevorstehende Verabredung widerspiegelten.

„Was meinen Sie damit, Sie wissen es nicht?”, fragte John verwirrt.

„Ein Bekannter führt mich aus und ich habe total vergessen zu fragen, welches Theaterstück wir uns ansehen.” Ein Bekannter – sie wollte, dass Samson weit mehr war als das, oder zumindest ein Bekannter, mit dem sie Sex haben konnte. Viel Sex. Viel guten Sex. Wenn er im Bett genauso gut war wie sein Kuss versprach, dann würde es viel großartigen Sex geben.

Die Temperatur im Restaurant schien plötzlich zu steigen.

„Zu scharf?”

„Was?” Delilah hob ihren Blick und begegnete Johns wissbegierigem Starren.

Er zeigte auf ihren Teller. „Der Knödel.”

„Ja, ja. Ich glaube, ich habe zu viel scharfe Soße erwischt.”

Es war vermutlich sicherer, nicht mehr an Sex zu denken, während sie mit John zu Mittag aß. Oder während des restlichen Tages im Büro, besonders da das Gebäude keine Klimaanlage hatte.

8

„Wie sehe ich aus?"

Da Vampire sich nicht spiegelten, musste Samson mit Carl vorliebnehmen.

„Elegant." Carl war kein Vampir vieler Worte.

Samson fingerte an seinem Hemdkragen herum. „Zu viel? Sollte ich etwas weniger Auffallendes anziehen?"

Er trug eine dunkle Hose und ein weißes Hemd, an dem die obersten zwei Knöpfe offen waren. Keine Krawatte.

„Wenn ich es nicht besser wüsste, Sir, würde ich sagen, Sie sind wegen heute Abend nervös."

„Haben Sie mich schon jemals nervös gesehen, Carl?"

„Niemals, Sir. Nicht ein einziges Mal in den achtzehn Jahren, die ich nun schon für Sie arbeite. Sie sind das Selbstbewusstsein in Person. Was es umso seltsamer macht, wenn ich das sagen darf."

Der Punkt ging an Carl.

„Schon so lange?"

„In der Tat."

Samson erinnerte sich noch gut an die dunkle Oktobernacht, in der er eine schicksalhafte Entscheidung getroffen hatte. Carl zu retten oder ihn sterben zu lassen?

„Bereuen Sie es?", fragte Samson. Er bereute, Carl das Leben als Vampir aufgebürdet zu haben. Doch damals hatte er nur wenige Sekunden gehabt, um eine Entscheidung zu treffen. Carls Angreifer hatten ihn zum Verbluten liegen lassen. Hätte er ihn nicht verwandelt, wäre Carls Leben zu Ende gewesen.

Carl zog seine Augenbrauen hoch. „Bereuen, dass ich für einen Gentleman arbeite?"

Samson antwortete kopfschüttelnd: „Ich bin kein Heiliger. Wir beide wissen das."

„Keiner von uns ist das. Aber Sie sind ein Gentleman. Ich denke, Ihre Mutter, Gott sei ihrer Seele gnädig, wäre stolz auf Sie. Sie muss eine außergewöhnliche Frau gewesen sein, einen Sohn wie Sie aufgezogen zu haben."

Samson lächelte. „Sie hätten sie gemocht." Er hielt einen Moment inne. „Carl, haben Sie jemals daran gedacht, was anderes zu tun? Ich meine, wollten Sie nie eine andere Karriere verfolgen?"

„Es gibt nichts, was ich lieber täte, als für Sie zu arbeiten."

„Es freut mich, das zu hören. Wissen Sie, ohne Sie wäre ich ziemlich verloren. Wenn ich Sie nicht hätte, wären mein Haushalt und mein Leben ein Chaos."

„Danke sehr. Sollen wir, Sir?" Carl zeigte auf die Haustür, wie immer darum bemüht, Samsons Zeitplan einzuhalten.

„Und Sie sind sicher, dass ich gut aussehe?" Samsons Stirn runzelte sich.

„Ja, Sir", nickte Carl und half ihm in den Mantel, bevor er die Haustür öffnete. Es hatte aufgehört zu regnen.

Als Samson es sich auf dem Rücksitz der Limousine bequem machte, fragte er sich, wie er es angehen lassen sollte. Lässig und lieb? Aggressiv? Sexy? Verdammt, er hatte keine Idee, was bei Delilah ankommen würde. Abgesehen von ihrem Namen und wo sie wohnte, wusste er überhaupt nichts über sie. Gut, Oliver hatte ihm auch berichtet, wo sie arbeitete, aber er hatte keine Idee, was sie eigentlich machte. Das Gebäude, zu dem Oliver sie gefahren hatte, beherbergte mehr als zwanzig verschiedene Firmen. Vielleicht hätte er Oliver anweisen sollen, eine Hintergrundprüfung vorzunehmen, sodass er mit etwas mehr als nur seinem Charme bewaffnet wäre, um durch diesen Abend zu kommen. Und sie ins Bett zu bekommen. Sein Bett.

Er wusste, dass er es vorsichtig angehen lassen musste, da er sich schon die Nacht zuvor wie ein Höhlenmensch benommen hatte. Vielleicht wäre eine liebenswert-charmante Annäherung das Beste bei ihr. Er würde das als Erstes ausprobieren. Später könnte er immer noch etwas anderes versuchen.

Die Fahrt war kurz, beinahe zu kurz für ihn, um seine Gedanken zu sortieren. Er hielt Carl davon ab, aus dem Auto auszusteigen.

„Danke, Carl, ich hole sie persönlich ab."

Samson trat auf die dunkle Straße und ging in die Lobby. Er liebte die Wintermonate, da die Sonne früh unterging und ihm somit mehr Möglichkeiten gab, sich draußen aufzuhalten.

Der Concierge meldete ihn übers Telefon an. Samson wartete geduldig und wappnete sich für eine mindestens zehnminütige Wartezeit. Er wusste, wie Frauen waren. Die Vampirfrauen, die er gedatet hatte, hatten ihn garantiert immer warten lassen, als sei es ein ungeschriebenes Gesetz, niemals pünktlich zu sein. Sicherlich waren sterbliche Frauen nicht viel anders.

Die Lobby war mit einem großen Wandgemälde geschmückt und er bewunderte das Kunstwerk. Er war schon lange nicht mehr hier gewesen. Seinem Unternehmen gehörten einige Wohnungen in diesem Gebäude.

„Samson."

Delilahs Stimme ließ ihn auf dem Absatz umdrehen. Sie hatte weniger als zwei Minuten benötigt, um herunterzukommen. War das wirklich sie? Sie sah noch schöner aus, als er sie in Erinnerung hatte. In der Nacht zuvor war sie klatschnass gewesen, aber jetzt schien ihr langes Haar ihren Kopf wie Seide zu umgeben. Ihr Gesicht war makellos, und wenn sie Make-up benutzte, dann war es nicht sichtbar. Ihre grünen Augen funkelten. Sie trug einen schwarzen, schwingenden Rock und ein violettes Oberteil, das an einer Seite geknotet war. Er konnte kaum abwarten, diesen Knoten zu öffnen und sie aus den Kleidern zu befreien.

„Delilah." Er führte ihre Hand an seinen Mund und hauchte einen Kuss darauf. „Danke, dass Sie meine Einladung angenommen haben." Ihr Duft umschlang ihn sofort und hüllte ihn wie ein Kokon ein.

Sie lächelte ihn strahlend an. „Ich freue mich, Sie zu sehen."

„Sollen wir?" Er bot ihr seinen linken Arm an und sie hakte sich unter. In dem Bedürfnis, mehr von ihr zu spüren, legte er seine rechte Hand direkt über ihre Finger und drückte sie sanft. Sie war weich und warm. Heute Nacht würden diese Finger ihn an genau den richtigen Stellen berühren, so wie seine Hände jeden Zentimeter ihres Körpers erkunden würden.

„Was werden wir uns ansehen?"

Samson hatte keine Ahnung. Er hatte Oliver gebeten, ihm die besten Tickets zum erfolgreichsten Stück der Saison zu besorgen, aber hatte total vergessen, Oliver zu fragen, welches Stück es denn nun war. Er hatte die Tickets in seine Jackentasche gesteckt, ohne auch nur einen Blick darauf zu werfen.

„Das ist eine Überraschung."

„Ich liebe Überraschungen!"

Sie würde viele Überraschungen mit ihm erleben. Hoffentlich nur gute.

Er half ihr in den Wagen und sprach seinen Fahrer an. „Wir sind bereit, Carl."

Als die Limousine von der Bordsteinkante abfuhr, öffnete Samson die Bar vor ihm. Er nahm eine kleine Platte mit Sushi und Kanapees heraus.

„Ich vermute, Sie haben noch nicht gegessen."

„Danke, das ist sehr aufmerksam von Ihnen."

Delilah errötete und die Farbe stand ihr gut. Vielleicht konnte er noch andere Dinge finden, die ihr das Blut in die Wangen schießen ließen.

„Champagner?", fragte er, öffnete bereits eine Flasche und schenkte zwei Gläser ein. Er reichte ihr eins und stieß mit ihr an.

„Hoffentlich hinterlasse ich heute Abend einen besseren Eindruck als gestern." Er schaute ihr tief in die Augen.

„Das haben Sie bereits."

Ihr Eingeständnis war unerwartet. Konnte er nun direkt von liebenswert und charmant zu sexy und feurig übergehen? Ein Teil seiner Anatomie stimmte dem schon eindeutig mit *ja* zu.

Runter, Junge!

Samson bewegte sich in seinem Sitz und deutete auf die Kanapees. „Was hätten Sie gerne?"

Sie streckte ihre Hand nach einem Stück Sushi aus. Er schüttelte den Kopf, nahm das Stück und führte es an ihren Mund.

„Aufmachen", drängte er sie mit sanfter Stimme.

Sie gehorchte sofort und er legte ihr vorsichtig das kleine Stück Sushi in den Mund. Seine Finger berührten dabei kurz ihre Lippen, doch das war kein Zufall.

Sie schluckte.

„Möchten Sie denn nichts essen?"

„Nein, ich hatte ein spätes Mittagessen", log er, „und abgesehen davon füttere ich Sie lieber." Nicht, dass ihm die Idee von ihr gefüttert zu werden missfallen würde, aber Sushi stand nicht direkt auf seinem Speiseplan. Keine feste Nahrung für einen Vampir.

Er sah, wie das Verlangen in ihren Augen wuchs, als er ihren Mund ansah. Er stellte sich vor, wie diese Lippen seine nackte Haut berührten. Wie würde sein Körper reagieren, wenn ihr Mund ihn liebkoste?

„Kann ich noch etwas haben?", fragte sie mit seidiger, verführerischer Stimme. Wusste sie, dass dies schon das Vorspiel war?

Er platzierte ein Kanapee in ihren Mund und ließ seinen Finger provokativ an ihren Lippen verweilen, bis sie auf ihn reagierte und sie sie über seiner Fingerspitze schloss. Mit langsamen Bewegungen entzog er ihr seinen Finger und ließ ihn über ihre geschlossenen Lippen gleiten.

Er konnte schon spüren, wie sein Körper auf sie reagierte. Noch zehn Sekunden länger und sie würde ihm wieder eine pulsierende Erektion schenken.

„Mögen Sie die Auswahl an Essen?" Es war nicht die Essenswahl, die er diskutieren wollte. „Ich kann Ihnen alles geben, was Sie haben wollen." Die Frage, *was* er ihr geben wollte, war angedeutet. Vorzugsweise einen Teil seines Körpers. Vorzugsweise den Teil, der momentan um mehr Platz in seiner Hose bat.

„Nein, das hier ist ziemlich perfekt." Ihre Augen streiften über seinen Körper und sandten prickelnde Vorfreude in seine Lenden.

„Mehr?" Für wie viele Stunden wäre sie in der Lage mit ihm mitzuhalten, bevor sie nackt, heiß und verausgabt in seinen Armen zusammenbrach?

„Ich bin heute sehr hungrig."

Sie spielte sein Spiel mit und das gefiel ihm. Sie zeigte keinerlei Schüchternheit. Sie zeigte ihm, was sie wollte und war nicht verlegen. Das war ein Zeichen einer starken Frau. Er konnte es kaum erwarten herauszufinden, wie sie im Bett war – wenn er es jemals mit ihr bis zu einem Bett schaffte und nicht schon vorher irgendwo über sie herfiel. Was durchaus möglich war.

„Dann muss ich Sie wohl weiterhin füttern. Ich möchte nicht, dass jemand das Gerücht verbreitet, ich würde meine Gäste nicht gut versorgen. Niemand wird meine Gesellschaft hungrig verlassen."

Darauf reagierte sie mit dem Befeuchten ihrer Unterlippe. Sein Blick wurde unfreiwillig zu ihren Brüsten gezogen, als er aus den Augenwinkeln heraus sah, dass sich ihre Nippel versteiften und gegen den Stoff ihres Oberteils drückten. Sein Schwanz reagierte und neigte sich in ihre Richtung.

Als er ihr das nächste Kanapee reichte, hielt sie seine Hand fest. Nachdem sie das Essen hinuntergeschluckt hatte, öffneten sich ihre Lippen erneut. Langsam und bedächtig zog sie einen seiner Finger in ihren Mund und leckte ihn sauber. Er sog scharf den Atem ein. Sie lutschte ihn sanft und ihre Blicke begegneten sich.

Sie tat dasselbe mit dem nächsten Finger. Samson fühlte, wie sein Schwanz sich in ihre Richtung bog und sich anstellte, um als nächster in den Genuss ihrer delikaten Lippen zu kommen.

„Köstlich." Delilah bewegte sich im Sitz und änderte die Art, wie sie ihre Beine kreuzte, was seine Aufmerksamkeit auf ihre geschmeidigen Waden zog. Makelloses Fleisch. Perfekt für einen Biss, einen Kuss, oder beides.

Zum Teufel mit dem Theater. Zum Teufel mit Manieren. Zum Teufel mit der Vorsicht.

„Sir, wir sind da", sagte Carl.

Überrascht sah Samson aus dem Fenster. Der Wagen hatte vor dem Theater angehalten.

9

Delilah beobachtete Samson aufmerksam, als er ihr wie ein Gentleman aus dem Wagen half, beinahe, als hätten die wenigen Minuten des sinnlichen Spiels nie stattgefunden.

Sie konnte kaum glauben, wie kühn sie im Auto gewesen war. Normalerweise war sie nicht der Typ Frau, der Männer anmachte. Aber sie hatte ihre Hemmungen über Bord geworfen, als er sie mit dem ersten Stück Sushi gefüttert und sie in eine Frau verwandelt hatte, die nur von ihrer Begierde getrieben wurde.

Als sie ausstieg und ihren Rock zurecht rückte, sah sie zur Markise hoch. *Wicked* stand dort – als hätte jemand gesehen, was sie getan hatten. Ja, sie war sündhaft, denn zum ersten Mal wollte sie etwas und würde alles tun, um es auch zu bekommen.

„Sollen wir?“

Samson führte sie durch die Menschenmenge und legte seine Hand besitzergreifend auf ihren Rücken. Sie konnte dabei an nichts anderes denken als an die Wärme seiner Handfläche und die intime Berührung seiner Finger.

Ihre Sitze befanden sich in den mittleren Reihen des Parketts und boten einen großartigen Blick auf die Bühne. Seine Schulter berührte ihre, als sie nebeneinander Platz nahmen. Er neigte sich zu ihr, um ihr das Programmheft zu reichen. Ihre Hände berührten sich, als sie es ihm abnahm. Die Berührung sandte eine Hitzewelle durch ihren Körper, tief hinein in ihr Inneres, und sie wollte bei dem Gefühl laut stöhnen.

„Ich hoffe, es wird Ihnen gefallen”, flüsterte er dicht an ihrem Ohr.

„Ganz bestimmt.”

Sein Mund war nur wenige Zentimeter von ihrem entfernt. Wie einfach es doch wäre, ihn zu küssen.

„Ich werde dafür sorgen!“

Sie würde ihn beim Wort nehmen.

Die Lichter im Theater erloschen und das Gemurmel der Zuschauer verstummte. Alles wurde still. Delilah konnte fast die Elektrizität zwischen Samson und ihr prickeln spüren, als sie plötzlich seine Hand auf ihrer fühlte. Der sinnlichste Mann, den sie jemals getroffen hatte, hielt in der Dunkelheit des Theaters ihre Hand. Die Berührung zauberte Bilder von heißem Sex in ihr Gehirn und sie fühlte ihre Körpertemperatur hochschnellen.

Samson hielt ihre Hand während des gesamten ersten Aktes und ließ sie nur los, wenn es einen Anlass für Applaus gab. Sie bemerkte, wie er sie mehrere Male von der Seite ansah, aber sie erwiderte seinen Blick nicht. Sie war zu besorgt, dass ihre guten Manieren sie verlassen würden wie Ratten das sinkende Schiff und sie ihn gleich hier im Theater vernaschen würde. Weder brauchte noch wollte sie Zuschauer für das, was sie mit ihm anstellen wollte.

Als die Lichter in der Pause angingen, ließ Samson ihre Hand los.

„Es ist hier sehr warm geworden." Sie fächelte sich mit der Hand Luft ins Gesicht.

„Wahnsinnig heiß. Möchten Sie etwas trinken?"

Was sie wirklich brauchte, waren einige Spritzer kaltes Wasser ins Gesicht, bevor ihr Körper sich selbst entzünden würde. Oder vielleicht eine kalte Dusche, um die Flammen zu löschen, die in ihrem Bauch loderten.

„Das wäre großartig."

Sie standen auf und bahnten sich einen Weg durch die Menschenmenge in Richtung Bar. Samson war direkt hinter ihr. Seine Hand auf ihrer Hüfte führte sie vor ihm her. Als sie an der Tür einen Engpass erreichten, musste sie abrupt anhalten und konnte nicht weitergehen. Sein Körper drückte sich unerwartet an ihren Rücken. Seine Brust fühlte sich kräftig und hart an und seine Hand, die auf ihrer Taille ruhte, glitt nun über ihren Bauch, um sie dicht an sich zu ziehen.

„Ich vermute wir werden hier für eine Weile nicht wegkommen." Trotz seiner Bemerkung schien ihn die Verzögerung nicht zu stören. Seine Hand lag niedrig auf ihrem Bauch und durch den Rock verfolgten seine Finger gemächlich den Saum ihres Slips. Fast unmerklich presste sie ihren Körper an ihn und fühlte die steife Kontur seiner Erektion in ihrem Rücken. Seine Hand auf ihrem Bauch hielt sie fest, sodass sie sich nicht weiter gegen ihn reiben konnte. Hatte er bemerkt, was sie tat?

„Delilah, wir müssen geduldig sein."

Sie fühlte seinen warmen Atem an ihrem Nacken und seine Lippen berührten beinahe ihre Haut. Seine Worte bestätigten ihr, dass er ihre schamlosen Bewegungen bemerkt hatte und genau wusste, was sie vorhatte. Warum war sie trotz ihres dreisten Verhaltens nicht verlegen?

„Geduld wird überbewertet, finden Sie nicht?"

Ihre Erwiderung entlockte ihm ein leises Lachen. Doch er entließ sie nicht aus der intimen Position, in der er sie hielt. Im Gegenteil, es fühlte sich an, als ob er sie noch näher zu sich zog, oder wurde seine Erektion größer? Seine Finger schienen noch tiefer zu gleiten, um provokativ gegen ihre Schamhügel zu drücken.

„Wird es Ihnen zu heiß?" Seine Stimme klang beinahe unschuldig, während seine Hände sich alles andere als unschuldig benahmen.

„Ich mag es warm."

Keiner der anderen Theaterbesucher konnte seine Antwort auf ihr Eingeständnis sehen, doch Delilah konnte sie fühlen.

~ ~ ~

Samson rieb langsam seinen Daumen gegen ihr Geschlecht. Der dünne Stoff ihres Rockes bot wenig Widerstand. Seine Nase nahm ihren Duft war, den süßen Duft der Erregung. Er war überrascht, wie weit sie ihn gehen ließ und wären nicht so viele Zeugen um sie herum, würde er sie sofort hier im Stehen nehmen.

Alles, was er tun müsste, wäre ihren Rock hochzuheben, ihren Slip loszuwerden und sie wäre bereit, von ihm gevögelt zu werden. Auch ohne sie zu berühren, wusste er, dass sie schon feucht war – feucht genug, dass er ohne Widerstand in sie eindringen könnte. Was wäre, wenn er sie irgendwo im Theater in eine dunkle Ecke zog? Würde sie mitmachen?

Bevor er sich einen Plan zurechtlegen konnte, löste sich der Engpass auf und er musste sie aus seiner intimen Umarmung entlassen.

Sie gingen an die Bar.

„Was hätten Sie gerne?" Es fiel ihm schwer, seine Stimme normal klingen zu lassen. In seinen Ohren konnte er nur die Lust und das Verlangen hören, welches sein Körper nicht unter Kontrolle bringen konnte.

„Nur etwas Wasser, bitte."

Während er die Bestellung aufgab, entschuldigte sich Delilah, um sich frisch zu machen und ließ ihn allein an der Bar zurück. Seine Augen folgten ihr. Sie hatte Kurven an genau den richtigen Stellen. Wie konnte eine Frau wie sie immer noch ohne feste Beziehung sein? Waren all die menschlichen Männer total blind? Nun gut, zumindest musste er keine Konkurrenten loswerden. Sie würde bald nur ihm allein gehören – sehr bald.

„Wunschdenken", sagte eine Person hinter ihm, die er nie wieder hatte hören wollen. Sollte er sie ignorieren und einfach gehen?

„Ich sagte –"

Samson drehte sich blitzartig um. „Ich habe dich schon beim ersten

Mal gehört, Ilona." Jegliche Höflichkeit war aus seiner Stimme gewichen.

Er warf einen flüchtigen Blick auf die umwerfende Schönheit, die vor ihm stand. Sie war bis aufs I-Tüpfelchen zurechtgemacht und ihr langes, rotes Haar war kunstvoll über ihre nackten Schultern drapiert. Das enge Korsett ihres Kleides betonte ihren Busen und die dunkelgrüne Seide unterstrich die Farbe ihrer Haare und ihrer Haut. Sie war umwerfend, aber er ließ sich nicht davon blenden. Nicht mehr.

„Sind wir heute ein wenig angespannt?"

„Was dich nichts angeht. Solltest du nicht auf dem Weg zu einer Kostümparty irgendwo in der Hölle sein?", erwiderte Samson, nahm die Flasche Wasser entgegen und bezahlte den Barkeeper.

„Definitiv angespannt. Also ist es wahr?"

Er warf ihr einen scharfen Blick zu, unwillig auf ihre Andeutung einzugehen.

„Geh und spiel deine Spielchen mit jemand anderem. Du solltest mittlerweile kapiert haben, dass mich deine Gesellschaft nicht interessiert."

„Es war mal anders. Du hattest dich sogar danach gesehnt. Erinnerst du dich nicht mehr?"

Er erinnerte sich nur zu gut. „Ich kann mich nicht mehr an die Zeit erinnern. Damals war ich vorübergehend geisteskrank. Also, warum verschwindest du nicht einfach? Es muss doch unzählige reiche Kerle in der Stadt geben, mit denen du noch nicht geschlafen hast. Oder hast du die mittlerweile alle schon gevögelt?"

Sie nippte nonchalant an ihrem Glas Wein. „Zumindest kriegen die ihn noch hoch." Ihr leichter Ton verleumdete das Gift in ihren Worten.

Samson zischte mit zusammengepressten Zähnen. Wie gern er ihr doch ihr Genick brechen würde. Leider gab es hier zu viele Zeugen.

„Du solltest mit den Lügen, die du verbreitest, vorsichtig sein", warnte er sie mit gedämpfter Stimme. „Lügen können Leute töten. Auch Leute wie dich."

„Sie werden nicht Lügen genannt, wenn sie wahr sind. Es sieht ganz so aus, als hätte ich dich kaputt gemacht."

Verdammte Holly! Sie verbreitete den Klatsch schneller als ein Live-Video bei Facebook.

„Schmeichel dir nicht selbst. Das steht dir nicht."

„Wenn du zu mir zurückkommst, kann ich dich wieder reparieren", summte sie, offensichtlich ganz von ihren verführerischen Kräften überzeugt.

Der Gedanke ekelte ihn an. Wie er jemals ihre teuflischen Hände auf sich hatte ertragen können, war ihm ein Rätsel. Er wollte sie nie wieder verspüren.

„Du kannst nicht reparieren, was nicht kaputt ist.” Denn dank Delilah funktionierte alles wieder hervorragend.

„Lügner.”

„Ich würde dich nicht einmal anfassen, wenn du die letzte Frau auf Erden wärst. Also lass mich in Ruhe.”

Samson wandte sich ab, doch sie legte eine Hand auf seinen Arm. Schlagartig drehte er sich herum, warf ihr einen giftigen Blick zu und entriss ihr seinen Arm.

„Liebling, es tut mir leid, dass ich dich so lange habe warten lassen”, zwitscherte Delilah plötzlich neben ihm. Er fühlte ihre warme Hand auf seinem Arm. Die Anspannung in seinen Muskeln ließ unverzüglich nach. Dankbar wandte er sich ihr zu.

„Hier ist dein Wasser, Süße.”

Aus den Augenwinkeln konnte er Ilonas Überraschung sehen. Sie stand wie erstarrt da und beobachtete ihn, während er seine Hand auf Delilahs Rücken legte, um sie fortzuführen.

„Danke.“

Sie gingen zur anderen Seite der Bar.

„Es schien mir, als wolltest du sie loswerden.” Eine unausgesprochene Frage lag in ihrer Stimme.

„Das stimmt.”

„Kennst du sie?”

Sollte er es ihr erzählen? Es konnte nicht schaden. „Ex-Freundin.”

„Oh. Sie ist wunderhübsch.” Delilah klang ernüchtert.

„Nur äußerlich.”

Samson wusste, was sie fühlte. Frauen, egal ob sterblich oder unsterblich, waren in einer Sache gleich: Sie verglichen sich immer mit anderen Frauen. Er musste sie daran hindern, sich darüber Sorgen zu machen. Er zog sie in eine Ecke und schaute ihr tief in die Augen.

„Du bist schöner als jede Frau, die mir je begegnet ist. Und wenn nicht so viele Leute hier wären, würde ich dir jetzt gleich zeigen, wie begehrenswert ich dich finde.”

Er strich sanft mit seinen Fingern über ihre Wange. Er wollte sie küssen, aber nicht hier, da er wusste, dass er nicht in der Lage wäre aufzuhören, wenn er erst einmal angefangen hatte. Stattdessen zog er ihre Hand an seinen Mund und küsste ihre Fingerspitzen. Ihre Haut war warm und süß. Er liebkoste ihren Zeigefinger, sog ihn mit seinen Lippen in den Mund und ließ seine Zunge mit ihm spielen.

„Samson …" Ihre Stimme war nur ein Flüstern.

Er beobachtete, wie sie ihre Augen schloss und tief einatmete, bis er von ihrem Finger abließ. Er war mehr als zufrieden mit der Wirkung, die er auf sie hatte. Sie reagierte auf jede seiner verführerischen Handlungen und er benutzte noch nicht einmal seine vampirische Fähigkeit der Gedankenkontrolle.

Vampire nutzten diese Fähigkeit, um bei ihren Opfern Gedanken zu platzieren, die ihnen erlaubten, sich ihnen zu nähern und sich von ihnen zu ernähren, um dann später die Erinnerungen der Opfer an die Ereignisse zu löschen.

Da Samson sich nur im Notfall von Menschen ernährte, musste er Gedankenkontrolle nur selten anwenden. Er trank Blut, das er von einer Blutbank erwarb und war damit zufrieden. Zwar war es nicht dasselbe wie das warme, pulsierende Blut direkt aus einer menschlichen Vene, doch es genügte, um seinen Hunger zu stillen und seinen Körper zu ernähren.

Doch heute Abend wollte sein Körper etwas anderes als Blut. Er wollte Delilah.

„Wir sollten zu unseren Plätzen zurückkehren. Wir wollen doch nicht den zweiten Akt verpassen."

„Nein, wir wollen gar nichts verpassen."

Der heisere Ton in ihrer Stimme bestätigte ihm, dass sie nicht über die Aufführung sprach. Samson spürte, wie seine Hose sofort enger wurde. Das war jetzt nicht der richtige Zeitpunkt für eine Erektion, aber leider Gottes hatte er keine Kontrolle darüber. Es war besser, sich in der Dunkelheit des Theaters zu verstecken.

Er blickte sie von der Seite an, als sie schweigend den zweiten Akt verfolgten. Er wollte sie so sehr, dass es schmerzhaft war zu warten. In der Dunkelheit griff er nach ihrer Hand und sie erwiderte willig seine Berührung. Er brauchte mehr. Es war dumm, sich wie ein Schuljunge zu fühlen und in der Dunkelheit zu fummeln. Aber er konnte nicht anders. Zögerlich führte er ihre Hand zu seinem Oberschenkel, wo er sie liegen ließ. Würde sie sie entziehen?

Er konnte der Handlung auf der Bühne nicht länger folgen, wenn sich neben ihm ein viel aufregenderes Geheimnis enthüllte. Als er ihre Hand losließ, war sein Körper angespannt. Jetzt war der Moment, wo sie ihre Hand entweder wegziehen oder dort liegen lassen konnte, wo sie war. Durch den Stoff seiner Hose sandten ihre Finger Hitzewellen durch seinen Körper.

Delilah tat weder das eine noch das andere – sie zog ihre Hand nicht weg, doch sie ließ sie auch nicht einfach dort liegen. Stattdessen bewegte sich ihre Hand zärtlich an seinem Oberschenkel auf und ab. Sie streichelte ihn und wanderte noch höher. Verdammt, sie brachte ihn um! Sein steifes Glied drückte gegen seine Hose und er hatte in dem engen Sitz keine Möglichkeit, es sich bequemer zu machen.

Ihre warme Hand wanderte höher seinen Oberschenkel hinauf. Er war fast so weit, dass er gleich hier und jetzt kommen könnte. Wann würde diese verdammte Aufführung zu Ende sein? Samson hielt den Atem an, bis er bemerkte, dass sie ihn ansah. Sie lachte leise. Was war so lustig?

Delilah neigte sich zu ihm und er fühlte ihren Mund dich an seinem Ohr. „Du solltest nicht mit dem Feuer spielen, wenn du die Hitze nicht verträgst."

Verdammt! Sie spielte auf ihm wie auf einer Geige und verwandelte ihn zu Wachs in ihren Händen. Und sie war sich dessen bewusst. Er hatte sich selbst immer als das Raubtier gesehen, aber sie hatte die Rollen getauscht. Er konnte es kaum erwarten, den Spieß später umzudrehen.

„Rache ist süß." Und er würde sie durch und durch genießen.

„Schh!", tadelte ihn jemand von hinten.

Samson ergriff wieder Delilahs Hand und hinderte sie daran, ihn weiter zu liebkosen, doch beließ er sie weiterhin auf seinem Oberschenkel. Er konnte das aushalten – aber nur knapp. Er hatte schon lange nicht mehr so viel Spaß mit einer Frau gehabt, nicht seit er ein sterblicher Teenager gewesen war. Als Vampir war Sex fieberhaft, wild und dunkel geworden. Ohne Spiele und ohne Spaß. Er fragte sich, ob Delilah seine unbeschwerte Seite wecken würde und ihn wieder sorglos und entspannt werden lassen konnte.

Er konnte sich nicht daran erinnern, wann er zuletzt mit einer Frau gescherzt hatte, doch mit Delilah schien alles so einfach zu sein. Sie nahm sich selbst nicht zu ernst und machte es ihm leicht zu vergessen, was er war. Sie behandelte ihn wie einen normalen Mann, denn sie hatte keine Ahnung, was er war. Vielleicht brauchte er das heute Nacht: nur ein Mann zu sein, nicht ein Vampir.

10

Ilona brummte in sich hinein und verließ das Theater.

Sie hatte jegliches Interesse am zweiten Akt verloren. Konnte man ihr das verdenken? Sie hatte Samson seit der Trennung nicht mehr gesehen. Und ihn nach so langer Zeit in Begleitung einer Sterblichen zu sehen, brachte sogar sie aus dem Gleichgewicht – insbesondere da sie gehört hatte, dass er unter Potenzstörungen litt. Was tat er also mit einer sterblichen Frau? Als ob eine Sterbliche jemals einen Mann wie Samson befriedigen könnte. Was für eine lächerliche Vorstellung!

Ilona war mit der Empfangsdame von Dr. Drake befreundet und wusste daher von Samsons Sitzungen beim Psychiater. Nicht, dass es sie kümmerte, ob er noch einen hoch bekam oder nicht. Sie hatte kein Interesse mehr an ihm, insbesondere seit klar war, dass er niemals den Blutbund mit ihr schließen würde.

Sie schoss an einem wartenden Pärchen, das ein Taxi herangewinkt hatte, vorbei und riss die Tür auf.

„Entschuldigen Sie mal, aber –"

Ilona ignorierte den Protest des Mannes und fauchte ihn an. Sie fühlte sich besser, als er zusammenzuckte und zurückwich.

Als sie sich in den Rücksitz fallen ließ und die Tür zuschlug, nannte sie dem Fahrer ohne nachzudenken eine Adresse.

Erst als sie sich in den Sitz zurücklehnte, wurde ihr klar, dass es nicht ihre eigene war, die sie ihm genannt hatte. Sie seufzte. Vielleicht war es besser, nicht nach Hause zu gehen, wenn sie bedachte, in welcher Stimmung sie sich befand. Ihr Unterbewusstsein schien besser zu wissen, was sie brauchte.

Ablenkung!

Weniger als zehn Minuten später stand sie vor einer Wohnungstür. Sie hatte kaum Zeit, ihr Kleid zu richten, bevor sich die Tür öffnete.

Amaury schaute sie von oben bis unten an. Wie immer sah er teuflisch verführerisch aus und das war genau das, was sie heute Nacht brauchte.

„Schau an, was die Katze angeschleppt hat", sagte er langsam.

Sie marschierte an ihm vorbei in das angrenzende Wohnzimmer. „Ich wusste nicht, dass du ein Typ für Klischees bist."

~ ~ ~

Amaury ließ die Tür ins Schloss fallen. „Manche Dinge ändern sich. Im Gegensatz zu dir."

Nein. Sie war immer noch so selbstbewusst und kaltherzig wie eh und je. Manche Sachen änderten sich wirklich nie.

Er beobachtete, wie sie sich an die Bar lehnte. „Wie geht's, Amaury?"

Mit hochgezogenen Augenbrauen gab er sich nicht einmal die Mühe, ihre Frage zu beantworten. „Was willst du, Ilona? Ist dein Vibrator kaputt? Oder weshalb bist du sonst hier?"

Sie spitzte ihre Lippen. „Bist du immer so grob?"

„Nur mit dir, Liebling. Weil ich weiß, dass das genau nach deinem Geschmack ist, nicht wahr?"

„Und?" Sie hielt inne. „Planst du auch zu liefern?"

Amaury blickte auf seine Armbanduhr. „Ich muss eine Stunde überbrücken. Das wäre eine Möglichkeit." Er könnte schon ein wenig Sex vertragen. Er konnte *immer* Sex vertragen.

„Wenn du nur eine Stunde Zeit hast, sollten wir die Zeit nicht damit verschwenden, so zu tun, als wären wir alte Freunde." Sie öffnete ihre Lippen und ließ ihre Zunge hervorschnellen. Sie leckte ihre Unterlippe und er folgte ihrem Blick, als dieser auf seine Lenden fiel.

Amaury wusste, was sie sah: einen Vampir, der für horizontale Spielereien zwischen den Bettlaken bereit war. Er war immer bereit. Nur über Sex zu reden konnte ihn erregen. Es war sowohl ein Geschenk als auch ein Fluch.

Es war nicht das erste Mal, dass er Ilona vögelte und es würde vermutlich auch nicht das letzte Mal sein. Sie hatte einen großartigen Körper und sie liebte es grob. Grob war für ihn in Ordnung. Besonders mit einer Frau wie ihr.

„Warum heute Nacht?" Er war noch nicht bereit, ihr ihren Willen zu lassen. Je länger er sie hinhielt desto geiler würde sie werden. Und eine geile Ilona versprach einen großartigen Fick.

„Was kümmert es dich? Ich bin hier oder nicht?"

Er konnte mit Sicherheit sagen, dass sie etwas verheimlichte. Sie gab vor, es wäre ein Abend wie jeder andere, doch er konnte ihre Frustration spüren. Tief in ihrem Inneren. Irgendetwas hatte sie sehr aufgeregt. Das war der Grund, warum sie ihn brauchte: Sie musste ihre Anspannung loswerden. Und er wusste genau wie.

Amaury ging mehrere Schritte auf sie zu und blieb wenige Zentimeter vor ihr stehen. „Was trägst du unter diesem Kleid?"

„Nichts."

Genau wie er es ihr nach ihrem ersten sexuellen Kontakt befohlen hatte. Er räusperte sich anerkennend. Er bevorzugte es, wenn seine Frauen vorbereitet erschienen. Es gab keinen Grund, Zeit damit zu verschwenden, nervtötende Unterwäsche loszuwerden. Er selbst trug nie welche.

„Da wir beide wissen, dass du nicht gerne bläst, lass uns doch gleich zur Hauptvorstellung kommen, ja?"

Er gab ihr keine Zeit, auf seine Worte zu reagieren. Stattdessen warf er sie über seine Schulter und trug sie zum Sofa. Sie protestierte nicht und er hatte das auch nicht erwartet. Er ließ sie auf die weichen, cremefarbenen Kissen fallen.

Amaury ließ sich nach ihr auf das Sofa fallen und drückte sie unter sich. Er rieb seine Lenden an ihr und presste seinen Ständer an ihren Oberschenkel.

„Gib's zu, du hast meinen Schwanz vermisst, nicht wahr?"

„Arroganter Bastard!", zischte sie und versuchte, ihn von sich zu stoßen.

Er packte ihre Handgelenke und ließ sie einen Moment lang zappeln. „Und doch kommst du immer wieder. Ich glaube, da gibt es etwas, was du von mir willst. Und wir wissen beide, dass es nicht mein Charme ist – somit bleibt nur mein Schwanz übrig."

Er wusste, dass all das nur ein Spiel für sie war und sie nur vorgab, es nicht wirklich zu wollen. Doch der Geruch ihrer Erregung verriet sie. Er sog ihren Duft ein und tat es so auffällig, dass sie mitbekommen musste, was er tat.

„Wie arg hast du es diesmal nötig?" Er erlaubte ihr nicht, seinem Blick auszuweichen. Sie müsste ihm sagen, was sie wollte und dann würde er entscheiden, ob er es ihr geben würde oder nicht.

Ilona presste ihre Lippen zusammen und er konnte ein Grinsen nicht unterdrücken. Wie immer war sie nicht dazu bereit, darum zu bitten. Auch gut.

„Ich schätze, hiermit habe ich meine Antwort. Vielleicht wird ja ein Schlag auf deinen Hintern deine Zunge lösen."

Ein interessiertes Flackern ließ ihre Augen aufleuchten.

Genau wie er vermutet hatte.

„Du Rohling!" Ilonas Stimme klang nicht wütend genug, um als Protest zu gelten. Tatsächlich klang es mehr wie eine Einladung. Nicht dass er eine benötigt hätte.

Eine Sekunde später rollte er sich zur Seite und drehte sie auf den Bauch. Während er mit einer Hand ihre Handgelenke festhielt, hob er mit der anderen ihr Kleid an.

„Lass mich sehen, ob du mich angelogen hast, oder ob du wirklich nichts darunter trägst. Du weißt, wie ich ausraste, wenn mich jemand belügt." Zu viele Lügen und das Biest in ihm würde ausbrechen.

Ein tiefer Atemzug war die Antwort. Und dann ein Kommentar: „Ich weiß."

Amaury wusste sofort, was er unter der grünen Seide ihres Abendkleides finden würde. Also bereitete er sich darauf vor, Ilona zu bestrafen.

Er schob den Stoff hoch. Erst über ihre Knie, dann über ihre Oberschenkel. Als er ihre runden Backen erreichte, hielt er kurz inne. Als er den Stoff über ihren Hintern zog und um ihre Taille gebündelt hielt, genoss er den Anblick, der sich ihm bot. Cremige, delikate Haut. Bleich.

Beinahe nackt, aber nicht ganz. Einen String zu tragen ließ sie als Lügnerin dastehen.

Mit einer Hand strich er langsam über ihren Hintern. Sein Finger hakte sich unter ihren String und hob ihn an. Einen Moment später ließ er ihn zurück auf ihre Haut schnellen und zischte dabei missmutig.

Ilona seufzte erwartungsvoll. „Oh, den habe ich total vergessen."

Noch eine Lüge.

Sie hatte es also ganz arg nötig. Und er würde es ihr besorgen. Er war nicht der Typ, der eine Frau im Bett enttäuschte. Und außerdem war er gerade in Stimmung für etwas Unanständiges.

Er hob seine Hand von der glatten Haut ihres Hinterteils und holte aus.

„Keine Lügen mehr heute Nacht." Seinem Befehl folgte ein kurzer aber brennender Schlag auf eine Backe.

Ilona stöhnte in das Kissen, als er ihr eine Sekunde Gnadenfrist erteilte, bevor der nächste Schlag auf die andere Backe erfolgte. Sein Handabdruck war nur für einen kurzen Moment sichtbar und verschwand dann wieder. Bei einem Menschen wäre er wesentlich länger zu sehen gewesen. Jedoch nicht bei der Vampirin unter ihm.

Er stieß ihre Beine mit seinem Knie auseinander. Als sie nicht schnell genug Folge leistete, schlug er sie erneut. Links und rechts. Ihre Schenkel öffneten sich sofort, doch der String verdeckte die Sicht auf ihre Muschi. Der musste verschwinden. Schließlich war Amaury ein visueller Typ.

„Keine Strings mehr." Er riss ihn ihr vom Leib und warf ihn auf den Fußboden.

„Ja", flüsterte sie und in ihrer Stimme schwang die Erregung mit, in der seine Sinne schon längst badeten.

Er führte seine Hand zwischen ihre Schenkel und seine Finger befeuchteten sich mit ihrem Saft. Sie zuckte, als seine Hand ihren Kitzler fand und ihn zwischen Daumen und Zeigefinger rollte.

Doch er ließ sie es nur für eine Sekunde genießen, bevor er seinen Finger in ihre Muschi schob. Diese Bewegung ließ sie beinah vom Sofa abheben.

„Du hast es wirklich nötig", kommentierte er.

„Ja, sehr nötig." Sie klang atemlos.

„Ich habe genau das richtige Ding für dich." Ein ganz schön großes Ding.

Schnelles Vampirtempo war eine gute Sache, wenn es darum ging, seinen Schwanz zu befreien. In diesem Augenblick war es wirklich praktisch. Als er seinen Reißverschluss öffnete, sprang seine Erektion stolz hervor. Er hielt sich nicht weiter damit auf, seine Hose ganz auszuziehen.

Er wusste, dass er einen großen Schwanz hatte, einen größeren als ein durchschnittlicher Vampir. Viele Frauen waren nicht in der Lage, ihn sofort komplett aufzunehmen. Doch Ilona war von unzähligen Männern ausreichend gevögelt worden, sodass sie kein Problem mit einer größeren Portion Schwanz hatte. Und er war bereit, ihr diese Portion zu servieren. Zentimeter für steinharten Zentimeter.

Sich hinter ihr in Position bringend griff er mit beiden Händen nach ihren Hüften und stieß in ihre heiße Grotte. Sie begrüßte ihn glatt, heiß und nass. Er stieß immer wieder zu und nahm ihr Stöhnen als das, was es war: Anfeuerung.

„Härter!", schrie sie und klang dabei zornig.

„Du gibst mir keine Befehle!", gab er bissig zurück und stieß noch härter zu, während er ihr gleichzeitig einen weiteren Schlag auf ihren Hintern gab. Und noch einen. Er bestimmte, wo es lang ging und würde ihr das auch deutlich machen.

„Oh Gott, ja!"

Amaury grinste diabolisch. Er wusste genau, was sie brauchte. Und was er wollte.

„Ich glaube, du brauchst einen richtig schönen Arschfick, damit du weißt, wer in meinem Bett das Sagen hat." Eine Drohung, die er bereit war, auch auszuführen.

Er fühlte, wie sich die Muskeln in ihrer Muschi verkrampften. Nein, er würde sie nicht kommen lassen, noch nicht. Stattdessen zog er seinen Schwanz heraus und hielt sie ganz still.

„Verdammt, du Bastard! Was zum Teufel machst du da? Fick mich, jetzt!" Sie war verrückt vor Geilheit und kratzte und krallte nach ihm.

„Oh, ich werde dich ficken. Nach meinen Regeln." Doch ihre gut benutzte Muschi war nicht genug für ihn.

Er tauchte seinen Finger in ihre nasse Grotte und befeuchtet ihn mit ihrem Saft. Als er ihn herauszog, ließ er ihn zwischen ihren Pobacken entlang gleiten, bis er ihre andere Öffnung fand. Sie hielt komplett still. Sein Finger fuhr um den Rand ihrer Enge und befeuchtete ihn mit ihren Säften.

Innerhalb von Sekunden entspannte sie sich und er fühlte, wie sich ihr Rücken aufbäumte, als sie versuchte, sich gegen seinen Finger zu stoßen, um ihn dazu zu verleiten, einzudringen. Doch er brauchte keine Überredungskünste. Sein Finger drang in ihre enge Öffnung ein und ihre Muskeln schlossen sich fest um ihn.

Er ließ ihre Hüfte los und griff unter das Sofa, um die Gleitcreme hervorzuholen, die er dort immer für solche Situationen aufbewahrte, und entnahm eine großzügige Portion. Das Verteilen der Creme mit seinen Fingern um und in ihrer Enge bereitete ihm beinah so viel Vergnügen, wie sie zu ficken.

Aber nur beinahe.

Schon jetzt keuchte und stöhnte sie jedes Mal, wenn er seinen Finger in ihr enges Loch stieß. Nun benutzte er zwei Finger, um sie für seinen massiven Schwanz zu dehnen.

„Sag es mir jetzt oder ich lass dich hier einfach hängen. Sag mir, was du willst."

Ein Moment des Zögerns. Er hatte nichts anderes erwartet. Dann: „Ich bin gekommen, um meinen Arsch gefickt zu kriegen. Bist du jetzt glücklich?"

Glücklich? Amaury war nie glücklich. Befriedigt? Ja. Befriedigt konnte er sein. Und in wenigen Minuten würde er sogar sehr befriedigt sein.

„Dann bist du zum Richtigen gekommen."

Er zog seine Finger langsam heraus, platzierte seinen Schwanz an ihrem Hintereingang und stieß zu. Der enge Ring an ihrem Eingang entspannte sich und das Gleitmittel half ihm einzudringen. Nur einen Zentimeter. Dann einen Weiteren.

Ilonas Stöhnen steigerte sich zu einem Schrei. „Ja!"

Und dann durchstieß er den Eingang und drang tief in sie ein. Er spürte, wie ihre straffen Muskeln sich so fest um ihn schlossen, als würde sie ihn mit ihrer Faust umklammern. Amaury wusste, dass sie keinen Schmerz verspürte, da er nur ihre Lust wahrnahm. Gut. Selbst wenn es nicht so wäre, hätte er seinen Schwanz nicht herausgezogen. Nicht jetzt. Nicht wenn ihre Muskeln genau den Druck ausübten, nach dem er gierte. Es würde ein kurzer Fick sein, aber ein verdammt guter.

Er zog seinen Schaft zurück und stieß ihn dann tief in sie. Und wieder raus und rein. Er fand den Rhythmus, der ihn wild machte und Erlösung versprach.

„Ja, du magst es, wenn ich dich so ficke, nicht wahr?", drängte er sie, sich zu ergeben, „Deswegen kommst du auch immer wieder. Weil es dir keiner so besorgen kann."

„Mehr!"

„Ich habe mehr. Viel mehr." Und er stieß härter zu, trieb seinen Schwanz tiefer und schneller in sie. Er wusste, dass er schnell kommen würde, wenn er so weiter machte. Sie war zu eng, zu heiß. Es war zu viel.

„Du hast das engste Arschloch, das ich je gefickt habe."

Seine Hand glitt zu ihrer Muschi und fand auf Anhieb ihren Kitzler. Eine Berührung und ihr übersensibler Körper explodierte. In dem Moment, als er spürte, wie ihre Muskeln sich verkrampften, verlor er die Kontrolle und kam gleichzeitig mit ihr zum Höhepunkt.

Sein Sperma schoss in kurzen Stößen in sie und ahmte ihre Zuckungen nach. Sekunden später brach er auf ihr zusammen.

„Und versuch nie wieder, mich herumzukommandieren." In Wahrheit war ihm jede Ausrede willkommen, damit er sie schlagen konnte – das machte ihn höllisch geil.

„Solange ich bekomme, was ich will ..."

„Machen wir uns doch nichts vor, Ilona. Keiner von uns wird jemals bekommen, was er will."

Sie schnaufte verärgert. „Als ob du wüsstest, was ich will."

„Du bist nicht viel anders als ich, auch wenn du das nicht zugeben willst. Aber wenn du glaubst, du könntest dein leeres Herz mit Geld, Macht und bedeutungslosem Sex füllen, dann bist du noch irrer als ich. Nichts davon wird dein kaltes Herz erwärmen. Frag mich, ich bin da der Experte."

Das war er mit Sicherheit. Amaury schloss seine Augen, um den Schmerz, an den er sich erinnerte, zu verdrängen. Verflucht dazu, die Emotionen anderer Leute zu spüren, war es ihm nicht möglich selbst Liebe zu fühlen. Loyalität, Freundschaft, Wut, sogar Schuld, Schmerz und Lust – er hatte keine Probleme all das zu fühlen. Aber Liebe? Dafür war kein Platz in seinem verkümmerten Herzen.

„Du hast unrecht. Geld und Macht werden mich ein ganzes Stück auf meinem Weg zum Ziel weiterbringen."

Amaury rollte sich von ihr herunter und zuckte mit den Schultern. „Wenn du dich selbst täuschen willst, bitteschön. Das ändert die Fakten nicht."

Sie wandte ihm ihr Gesicht zu. „Glaubst du wirklich, dass es mich auch nur ein bisschen interessiert, was du denkst?"

Er lachte. „Natürlich nicht. Alles, was dich interessiert, ist mein Schwanz. Ich bin nicht derjenige, der spinnt."

Sie schlug nach ihm, doch er fing ihren Arm mühelos ab.

„Sieht so aus, als bräuchte jemand noch ein paar Schläge." Und noch einen schnellen Fick.

Amaury schaute auf seine Uhr. Er konnte noch zwanzig Minuten entbehren, bevor er sich an die Arbeit machen musste.

11

Als der letzte Vorhang fiel und der Applaus erlosch, blickte Samson seine hinreißende Begleitung an.

„Versuchst du immer, Unruhe im Publikum zu stiften?", neckte er sie.

„Aber, aber, wie würde ich das denn anstellen?", fragte Delilah unschuldig und schaute ihn mit ihren großen Augen an.

„Mich mit diesem Blick anzuschauen ist schon mal ein Anfang." Wenn sie so weiter machte, würde er sie hinter einen Vorhang ziehen und direkt dort vernaschen.

Sie schüttelte den Kopf. „Nein, bleiben wir mal bei der Wahrheit. Du hast damit angefangen."

„Du hast mich nicht daran gehindert."

„Ich bin nur eine schwache Frau."

Er lachte von Herzen und zog damit die Aufmerksamkeit mehrerer Theaterbesucher auf sich. „Oh ja, du bist eine Frau. Schwach bist du aber nicht. Ich wette, du kannst jeden Mann in die Knie zwingen."

„Wie kommst du denn darauf?"

„Ich bin das lebende Beispiel dafür, wieviel Macht du über Männer hast." Er neigte seinen Kopf zu ihr.

„Sollen wir von hier verschwinden, bevor *du* Unruhe stiftest?" Ihr Kichern war erfrischend.

Er lachte und zog sie aus ihrem Sitz. „Wohin möchtest du jetzt gehen?"

„Wie wäre es, wenn wir einfach weiter machen? Du hast doch sicherlich noch etwas geplant, oder nicht?"

Oh ja! Der Plan war, sie in der nächstbesten dunklen Ecke auszuziehen.

„Was, wenn dir nicht gefällt, was ich geplant habe?" Es gefiel ihm, sie zu necken.

„Probier' es einfach aus."

Eine Kostprobe? Sofort.

Samson leckte sich die Lippen. Es gab verdammt viele Dinge, die er probieren wollte und sie zu kosten war nur der Anfang. „Ich denke, das werde ich machen. Nein. Streich das. Ich *weiß*, dass ich es tun werde."

Mit seinem Arm um ihre Taille führte er sie zur Treppe. Das Theater war fast leer und sie waren die Letzten, die das breite Treppenhaus hinunter zu einem der Seitenausgänge gingen. Das Klappern ihrer hohen Absätze durchdrang die Stille.

Sie waren allein. Er könnte sie an die Wand drücken und gleich hier im Treppenhaus nehmen. Ihr Stöhnen würde durch die Leere hallen, von den Wänden abprallen und das Geräusch verstärken. Aber es wäre zu schnell vorbei. Nein, er musste sich ablenken und sie in sein Haus bringen, wo er sie die ganze Nacht für sich haben konnte.

„Warum quälen Frauen sich und tragen diese hochhackigen Schuhe?", fragte Samson.

„Weil Frauen nicht gerne klein sind."

Er lachte leise. „Das nennt man zierlich. Und Männer mögen zierliche Frauen. Das löst in ihnen den Beschützerinstinkt aus."

Sie boxte ihn spielerisch. Er lachte, um seine wahren Gefühle zu verstecken. Hatte sie auch nur die geringste Vorstellung, was ihm ihre Berührung antat und wie nahe er daran war, seine Kontrolle vollkommen zu verlieren?

„Wenn du kämpfen möchtest, kann das arrangiert werden. Aber ich muss dich warnen, ich gebe nicht so leicht auf."

Und mit dir werde ich nackt kämpfen.

„Ich auch nicht."

„Das sollte dann ein interessanter Kampf werden."

„Platziere deine Wette."

„Ich setze mein Geld auf das Mädchen."

„Warum?"

„Ich kenne die Schwächen des Mannes."

Er würde einer Frau nie wehtun. Und schon gar nicht einer Frau wie ihr. Eine Frau, die ihm geben könnte, wonach er sich sehnte.

Sie verließen das Gebäude. Die Stufen hatten sie zu einem Seitenausgang in einer schmalen Gasse geführt. Samson konnte die Hauptstraße ein Stück entfernt vor ihnen sehen.

„Pass auf die Pfützen auf!", warnte er sie und leitete sie um eine große Lake herum, die der Regen des vorherigen Tages hinterlassen hatte.

„Wie bitte? Du meinst, du wirst nicht deinen Mantel ausbreiten und mich darüber gehen lassen?"

„Savile Row, Süße. Ich glaube nicht, dass mein Schneider das schätzen würde."

Samson drehte sie zu sich und zog sie in seine Arme. „So, das ist es also, wonach du suchst, nach einem altmodischen Traumprinzen?" Delilah hatte keine Vorstellung davon, wie altmodisch, oder besser gesagt, wie *alt* er wirklich war.

„Ich weiß nicht, wonach ich suche." Ihre Stimme bebte. Ihr Gesicht war immer noch gerötet, doch zweifelte er daran, dass es irgendetwas mit der Hitze im Theater zu tun hatte. Ihr Lächeln war verschwunden und ihr Blick traf seinen.

„Kann ich bei der Suche vielleicht helfen?" Langsam beugte er seinen Kopf und näherte sich ihrem Mund. Ihre geöffneten Lippen versprachen ihm den Genuss, den sein Körper begehrte. Er brauchte diesen Kuss und er brauchte ihn jetzt.

„Ihr zwei, gegen die Wand!", schnitt eine bedrohliche männliche Stimme durch die Stille und zerstörte den Augenblick. Oh – dafür würde er bezahlen müssen!

Mit Lichtgeschwindigkeit drehte Samson seinen Kopf in die Richtung, aus der die Stimme kam und starrte auf einen großen Mann und in die Mündung einer Pistole. Er spürte Delilah in seinen Armen erzittern und zog sie beschützend an sich. Die Hitze ihres Körpers erfüllte seinen und trotz der gefährlichen Situation erlaubte er sich, diese Nähe zu genießen.

Samson wusste, er musste schnell handeln und er konnte weder sein superschnelles Vampirtempo noch seine Fänge benutzen, um den Angreifer abzuwehren. Er würde nichts und niemandem erlauben, diesen Abend, den er für sich und die Frau in seinen Armen geplant hatte, zu zerstören. Er konnte nicht riskieren, sie zu verängstigen oder auch nur vermuten zu lassen, dass er nicht so war, wie er schien. Sein Geheimnis musste gewahrt werden.

„Habt ihr nicht gehört, was ich gesagt habe? Du da, gegen die Wand!", wiederholte der Angreifer, „Ich will das Mädchen, jetzt gleich!"

Samson erkannte sofort, dass der Verbrecher ein Mensch und somit einfach zu kontrollieren war. Delilah schnappte nach Luft und er legte seine Hand auf ihren Hinterkopf, um ihr Gesicht an seine Brust zu ziehen.

Du wirst nicht abdrücken.

Er benutzte die einzige Waffe, die ihm zur Verfügung stand: seine Gedankenkontrolle.

Du wirst nicht schießen.

"Delilah, bitte tu, was ich dir sage. Stell dich hinter mich."

Er schob sie hinter seinen breiten Rücken. Er konnte fühlen, wie sie zitterte.

„Oh Gott, nein", wimmerte sie, „er wird dich töten."

Nicht sehr wahrscheinlich. Es war nicht gerade einfach, einen Vampir zu töten, insbesondere nicht mit einem Revolver. Selbst wenn der Angreifer auf ihn schoss, würde der Schuss nicht tödlich sein. Es würde schmerzen, doch schnell verheilen.

Nur wenige Dinge konnten einen Vampir töten: ein hölzerner Pfahl durch die Brust, eine Silberkugel, dem Sonnenlicht ausgesetzt sein und schwere Körperverletzungen, die zu massivem Blutverlust führten. Wenn ein Vampir in eine Explosion geriet, würde er ebenso sterben wie auch durch Feuer. Doch der Mann mit der Waffe stellte keine Gefahr für Samson dar.

Nichtsdestotrotz musste er vorsichtig sein. Delilah war bei ihm und er konnte nicht riskieren, dass sie verletzt wurde.

„Hey, du Idiot. Ich will nur das Mädchen. Gib sie mir und ich lasse dich am Leben. Kein Grund, hier den Helden zu spielen."

Samson streckte einen Arm nach hinten, um Delilah zu beruhigen. „Schließ deine Augen, Süße, und alles wird gut." Er sprach leise und beruhigend. Er wollte sie nicht noch mehr beunruhigen, als sie ohnehin schon war.

Du wirst nicht schießen. Du wirst uns nicht angreifen.

Er wusste, dass er ihn schnell überwältigen konnte, aber wie würde er das Delilah erklären? Wie könnte er seine übermenschlichen Fähigkeiten erklären, ohne einen Verdacht zu erregen? Ihm waren die Hände gebunden. Er konnte den Gauner lange genug kontrollieren, damit er nicht schoss, aber auch das würde irgendwann verdächtig werden.

Der Mann musterte ihn aufmerksam und kam plötzlich einige Schritte auf ihn zu. Samson konnte sein Gesicht nun deutlich sehen, zusammen mit der Narbe auf seiner Wange und dem kleinen Tattoo auf seinem Hals. Sehr ungewöhnlich und unverwechselbar. Da er wusste, dass er den Mann bei einer erneuten Begegnung wiedererkennen würde, legte sich Samson einen Plan zurecht. Es gab keinen Grund, ihn jetzt zu töten. Es genügte, ihn zu verscheuchen und später seine Männer auf ihn anzusetzen.

„Was willst du?", fragte Samson gelassen.

„Bist du taub? Das Mädchen!" Die Stimme des Mannes war ein Knurren.

„Nicht machbar."

„Dann bringe ich dich um." Er sah aus, als wolle er den Abzug drücken, tat es aber nicht.

Samson nutzte seine momentane Verwirrung aus, um sich auf ihn zu stürzen. Mit einem hohen Tritt seines rechten Beines schleuderte er die Waffe aus der Hand des Angreifers. Der Mann starrte ihn sprachlos und schockiert an.

Lauf! Lauf und komm nicht zurück!

Und wie ein verängstigter Hase lief er aus der Gasse. Es war vorbei.

Samson drehte sich um und war mit drei großen Schritten bei Delilah.

„Alles ist gut", versicherte er ihr, als er sie in seine Arme zog, „Er ist weg."

Sie zitterte wie Espenlaub. „Er hat dich nicht verletzt, oder?"

„Nein. Dazu hatte er keine Gelegenheit."

„Wo hast du gelernt so zuzutreten?"

Er hielt sie auf Armeslänge von sich und starrte ihr ins Gesicht. „Hatte ich dich nicht gebeten, die Augen zu schließen?"

„Ich habe geblinzelt." Sie vergrub ihren Kopf an seiner Schulter. „Du hättest nicht so ein Risiko eingehen sollen. Er hatte eine Waffe."

„Die Alternative kam nicht in Frage. Nichts ist geschehen. Er war nur ein übler Gauner."

Delilah schüttelte ihren Kopf.

„Was?"

„Ich habe ihn wiedererkannt. Es war derselbe Typ, der mich letzte Nacht angegriffen hat."

Die Erkenntnis traf ihn wie ein Schlag. „Bist du dir sicher?" Samson legte eine Hand unter ihr Kinn und zwang sie, ihn anzusehen.

„Absolut sicher."

Verdammt, er hätte ihn nicht davonkommen lassen sollen. Es konnte kein Zufall sein, dass es derselbe Typ war. Etwas stimmte hier nicht.

Er hob Delilah problemlos in seine Arme und trug sie aus der Gasse.

„Ich kann laufen."

„Sei nachsichtig mit mir." Ihren Körper so dicht an seinem zu spüren beruhigte ihn.

Sofort als er die Gasse verließ, sah er die Limousine. Carl lehnte am Wagen und wartete auf sie. Als er sie näherkommen sah, zeichnete sich ein besorgter Blick auf seinem Gesicht ab und er öffnete sofort die Tür.

„Ist etwas passiert, Sir?"

Samson hob Delilah ins Auto. „Wir wurden angegriffen. Fahren Sie uns bitte nach Hause, Carl, schnell."

Er glitt in den Sitz neben Delilah und nahm ihre Hand in seine, bevor er mit der anderen Hand sein Handy hervorholte. Der Wagen war schon in Bewegung, als die Verbindung zustande kam.

„Ricky, wir wurden angegriffen." Er ließ seine Stimme so ruhig wie möglich klingen, um Delilah nicht noch mehr zu beunruhigen.

„Wer wurde angegriffen?"

„Delilah und ich, außerhalb des Theaters."

Ricky unterbrach ihn. „Du hattest eine Verabredung mit der

Sterblichen?"

„Würdest du bitte zuhören? Delilah hat ihn als denselben Typen wiedererkannt, der sie gestern Nacht angegriffen hat. Ich werde Carl veranlassen, später eine Skizze per SMS zu schicken. Er ist bestimmt nicht schwer ausfindig zu machen. Er hat ein Tattoo am Hals und eine Narbe auf der Wange. Vermutlich ist er ein Bandenmitglied. Lass die Jungs die Stadt nach ihm durchkämmen, sobald du seine Beschreibung vorliegen hast."

Geistesabwesend führte er Delilahs Hand an seine Lippen und küsste ihre Finger zärtlich. Er musste sie spüren, um sich zu vergewissern, dass mit ihr alles in Ordnung war.

„War er ein Vampir?", wollte Ricky mit leiser Stimme wissen.

„Nein, definitiv nicht."

„Dämon?"

„Auch nicht, nur ein normaler Verbrecher." Hoffentlich verstand Ricky, dass er damit einen Menschen meinte. Er konnte nicht deutlicher werden, da Delilah direkt neben ihm saß und seinen Teil der Unterhaltung mithörte.

„Und du hast ihn davonkommen lassen?" Rickys Vorwurf hallte in seinen Ohren.

„Was glaubst du denn? Ich konnte nicht riskieren, dass Delilah etwas passiert." War Ricky high? Er wusste sehr wohl, dass er den Kerl nicht einfach vor ihren Augen hätte umbringen können, ohne sich selbst bloßzustellen.

„Du hättest hinterher ihre Erinnerung daran auslöschen können. Jemals daran gedacht?" Ricky behielt einen leisen Ton bei, sodass Delilah ihn nicht hören konnte.

Er hatte recht, doch irgendwie brachte Samson es nicht übers Herz, seine Vampirfähigkeiten bei ihr einzusetzen. Etwas hielt ihn davon ab. Er wollte nicht, dass irgendetwas seine Beziehung zu Delilah beschmutzte.

Beziehung?

Wie war ihm nur dieser seltsame Gedanke in den Sinn gekommen?

„Ich muss Schluss machen. Mach, was ich dir gesagt habe. Und noch etwas: Er hat seine Waffe in der Seitenstraße neben dem Theater fallen lassen. Hole sie und finde heraus, wem sie gehört. Carl wird dir sagen, wo wir waren." Er beendete den Anruf.

„Stimmt etwas nicht?" Delilah klang besorgt.

Sofort wurde ihm klar, dass er am Telefon zu schroff gewesen war und dass er besser sein Temperament gezügelt hätte. Er wollte nicht, dass sie sich sorgte. Sanft zog er sie näher, legte einen Arm um ihre Schultern und nahm ihre Hand in seine.

„Nichts. So ist Ricky eben. Manchmal ein wenig stur. Du musst dir keine Sorgen machen. Dieser Mann kann dir nicht mehr wehtun."

~ ~ ~

Samson küsste ihre Hand. Delilah liebte das Gefühl seiner Lippen auf ihrer Haut. Es beruhigte sie. Sie kuschelte sich dichter an ihn und hoffte, er würde sie nicht für übertrieben schreckhaft halten. Sein starker Körper gab ihr Sicherheit und das war genau das, was sie im Moment brauchte.

„Sollten wir nicht zur Polizei gehen?"

„Die Polizei unternimmt in solchen Dingen nie etwas. Lass Ricky das erledigen. Er arbeitet im Sicherheitsdienst und weiß, was zu tun ist." Seine Stimme klang entschlossen, als wäre er sich sicher, was das Richtige in dieser Situation war. Ein Mann, der die Führung übernahm.

Sie blickte zu ihm auf. Dieser Zwischenfall hatte ihn kein bisschen beunruhigt. Während sie wie ein Bäumchen im Wind gezittert hatte, war er ruhig und gefasst geblieben, als wären Vorfälle wie dieser alltäglich für ihn.

„Du hältst mich vielleicht für verrückt, doch bis dieser Verbrecher geschnappt ist, möchte ich, dass du bei mir bleibst."

Sie sah ihn überrascht an. „Bei dir?"

„Ich weiß, wie dieser Vorschlag klingen muss, insbesondere nach … du weißt schon … doch ich möchte nicht, dass du allein bist. Jemand ist offensichtlich hinter dir her, und bis wir wissen, wer das ist und warum, würde ich mich wesentlich besser fühlen, wenn du unter meinem Schutz stehen würdest."

Delilah fragte sich, ob es ihm plötzlich peinlich war, die kleinen erotischen Spiele zu erwähnen, die sie gespielt hatten. Hatte dieser verdammte Zwischenfall seine Stimmung zerstört? Sie vermutete es. Es sah aus, als fühlte er sich nun verpflichtet, sie zu beschützen. Sie hatte heute Nacht bei ihm bleiben wollen, doch nicht um unter seinem Schutz zu stehen. Nein, sie wollte *unter* seinem erotischen Körper begraben sein, seinem nackten Körper.

„Du willst mich beschützen?"

„Natürlich!" Samson warf ihr einen sonderbaren Blick zu.

„Ist das alles?"

Zu ihrer Überraschung lächelte er und schüttelte den Kopf. „Nein, das ist nicht alles. Wenn ich dich nur beschützen wollte, würdest du in meinem Gästezimmer übernachten."

Etwas in ihrem Magen schlug einen Salto. „Und ich werde nicht in deinem Gästezimmer schlafen?"

„Nur, wenn du darauf bestehst." Mit seinem Daumen strich er ihren Kiefer entlang und sein Blick war auf ihre Lippen fixiert. „Selbstverständlich werde ich dich zu nichts drängen, was du nicht willst, doch hoffte ich, dich davon zu überzeugen, stattdessen mein Bett zu wählen."

Seine Stimme war heiß und voller Leidenschaft. Seine Augen erschienen plötzlich viel dunkler, als er seinen Kopf näher zu ihr brachte.

Sein Bett. Hatte er wirklich sein Bett gesagt oder halluzinierte sie? „Wirst du auch darin sein?" Ihr war es heiß, unerträglich heiß, bei dem Gedanken, das Bett mit ihm zu teilen.

„So lange, wie du mich dort haben willst." Seine Hand an ihrem Kinn zog sie dichter an sein Gesicht. „Das letzte Mal, als ich dich geküsst habe, habe ich mich dir aufgezwungen. Ich möchte nicht, dass das heute Nacht wieder der Fall ist. Somit bitte ich dich, Delilah, küss mich."

Als ihre Lippen gegen seine streiften, konnte sie spüren, wie er scharf die Luft einzog. In dem Augenblick, als sich ihre Lippen berührten, schien alles um sie herum zu verschwinden und mit dem Hintergrund zu verschmelzen. Sie fühlte kaum noch die Bewegung des Autos oder das Leder der Sitze. Samson zog sie in eine enge Umarmung und seine Lippen gaben ihr die Aufmerksamkeit, nach der sie sich sehnte. Ihren Kuss erwidernd knabberte und saugte er an ihren Lippen. Sie spürte seine Zunge sanft über ihre Lippen gleiten, so vorsichtig, dass sie dachte, er würde nie damit in ihren Mund eindringen. Bis er es dann doch tat, und zwar meisterhaft. Seine Zunge umkreiste ihre, forderte sie auf, mit ihm zu spielen, mit ihm zu tanzen.

Sein Kuss sandte lodernde Flammen durch ihren Körper, so heiß, dass sie meinte, innerlich zu verbrennen. Das Feuer brannte tief in ihrem Bauch und sandte Wärme und Feuchtigkeit zwischen ihre Beine, die sich in ihrem Slip sammelte und ihn in Sekunden gründlich durchnässen würde. Sie war ein bebendes Bündel in seinen Armen. Bei jedem leidenschaftlichen Angriff seiner Zunge auf ihren Mund erbebte sie und war nicht in der Lage, ihre Reaktion auf ihn zu kontrollieren. Sie hoffte, er würde nicht bemerken, wie verloren sie in seinen Armen war, wie komplett und vollständig sie in seinem Bann stand. Abrupt zog er sich zurück.

„Alles okay?" Samsons Stimme klang besorgt, doch gleichzeitig atemlos und rau.

„Bitte hör nicht auf", bettelte sie und presste ihren Mund an seinen.

Ohne einen weiteren Moment zu verlieren, fuhr er dort fort, wo er aufgehört hatte.

Seine Hand glitt ihren Rücken hinab, verlagerte sie und zog eins ihrer Beine über seinen Oberschenkel. Sanft liebkoste er ihre prallen Backen, glitt tiefer zu ihren Oberschenkeln bis zum Saum ihres Rockes. Sie spürte, wie er über ihre nackte Haut strich und wie seine Hand unter ihrem Rock höher wanderte. Immer höher. Seine Finger erreichten ihren Slip, wo er einen Augenblick zögerte, bis sie beinahe unhörbar stöhnte. Als hätte er auf dieses Zeichen gewartet, ließ er seine Hand unter den Stoff gleiten, streichelte ihre bloße Haut und drückte sie sanft.

Delilah wusste, dass dieser Mann praktisch ein Fremder war und dass sie ihm nicht erlauben sollte, sie so intim zu berühren. Schließlich kannte sie ihn doch kaum. Doch sie konnte sich nicht zurückhalten. Seine Berührung erregte sie und sie hatte sich schon lange Zeit nicht mehr so scharf gefühlt. Sie konnte ihrem Körper nicht die Freude vorenthalten, die er ihr versprach. Als seine Hand tiefer glitt, um nach der Wärme und Feuchtigkeit zu suchen, die sich zwischen ihren Beinen sammelte, stieß sie ein weiteres Stöhnen aus.

Wenn er noch länger so weitermachte, würde sie gleich hier im Wagen kommen. Sie musste sich zusammenreißen und versuchen, etwas Kontrolle über ihren Körper zu bekommen. Doch wie konnte sie das erreichen? Seine Hand versprach ein Vergnügen, das sie lange Zeit nicht mehr gespürt hatte und die Reaktion ihres Körpers war unkontrollierbar. Selbst wenn sie ihm hätte widerstehen wollen, hätte sie nicht die nötige Kraft aufgebracht. Warum erlaubte sie ihm, sie so intim zu berühren?

Ein weiterer Seufzer entfloh ihrem Mund, als er seine Lippen von ihren trennte.

„Wir sind da." Seine Stimme war so atemlos, wie sie sich fühlte, und als sie in seine Augen sah, waren diese ganz dunkel, fast so, als hätten sich seine Pupillen vollständig aufgelöst. Die haselnussbraune Farbe war komplett verschwunden.

Sie sah sich um. Carl hielt die Wagentür auf. Sie hatte nicht bemerkt, dass sie angehalten hatten, oder dass jemand die Tür geöffnet hatte. Mit einem einzigen Kuss hatte sie all ihre Sinne verloren.

12

Carl wartete geduldig, während Samson ein weißes Blatt Papier aus dem Sekretär im Wohnzimmer holte und sich setzte. Delilah schaute ihm zu, wie er zu zeichnen begann. Seine Bewegungen waren schnell. Innerhalb von Minuten konnte sie das Abbild eines Mannes erkennen. Samson hielt ihr das Blatt entgegen.

„Sieht ihm das gleich?"

Sie traute ihren Augen nicht. Die Zeichnung zeigte das absolute Ebenbild des Kriminellen, der sie angegriffen hatte. Zusätzlich zu dem Gesicht des Mannes hatte Samson auch das Tattoo gezeichnet: zwei Kreise mit einem Kreuz in der Mitte.

„Als hättest du ein Foto gemacht. Wie kannst du das so gut?"

„Fotografisches Gedächtnis", erklärte Samson und reichte das Blatt Papier an Carl weiter. „Schicken Sie das per SMS an Ricky. Er wartet darauf. Und dann …" Er blickte sie an. „Carl kann einige deiner Sachen einpacken und sie hierher bringen, wenn du ihm sagst, was du für die nächsten paar Nächte benötigst."

Die nächsten paar Nächte? Das klang gut. „Das wäre großartig. Carl, bringen Sie einfach alles." Delilah angelte nach dem Schlüssel in ihrer Tasche. Als sie aufblickte, sah sie, dass Samsons Miene vor Schock wie eingefroren war. Sein Adamsapfel hüpfte, als er schwer schluckte.

„Alles, Miss?", fragte Carl höflich, doch sie ignorierte ihn.

Während sie zu ihrem großzügigen Gastgeber blickte, lachte sie. „Du solltest einen Blick in den Spiegel werfen und dein Gesicht sehen!" Sie brachte sich wieder unter Kontrolle. „Unbezahlbar."

Sein überraschter Gesichtsausdruck, als er dachte, sie würde bei ihm einziehen, war ein köstlicher Anblick. Doch sie wollte ihn nicht länger leiden lassen.

„Entschuldige, es ist nicht, was du denkst. Ich bin beruflich hier in San Francisco und habe nur einen kleinen Koffer und meinen Laptop. Daher dachte ich, Carl könne alles herbringen. Wenn dir das nichts ausmacht."

Samson atmete sichtbar erleichtert auf. „Für eine Sekunde hast du mich wirklich erwischt, das habe ich nicht kommen sehen." Er sah jetzt entspannter aus. „Carl, würden Sie bitte Miss Sheridans Sachen holen und ins Gästezimmer bringen?"

Delilah reichte Carl den Schlüssel zu der Wohnung. Er drehte sich zum Gehen um.

„Und Carl, könnten Sie noch beim Supermarkt anhalten und etwas zu essen für Miss Sheridan holen? Ich glaube, mein Kühlschrank ist ziemlich leer."

„Was hätten Sie gerne, Miss?"

„Delilah?"

„Was immer du isst", antwortete sie. Sie wollte wirklich keinen Aufwand machen. Wenn es ums Essen ging, war sie nicht wählerisch.

Carl sah ein wenig verloren aus. „Sir?"

„Holen Sie einfach etwas Obst, Milch, Joghurt, Kaffee, Cornflakes, Brot, halt das übliche", wies ihn sein Boss an, „und Carl, danke."

„Gute Nacht, Sir, gute Nacht, Miss."

Eine Sekunde später war Carl verschwunden. Delilah blickte noch immer zur Tür, als Samson von hinten seine Arme um sie schlang und sie an sich zog.

„Hast du versucht, mich damit zu schockieren?" Er begann, an ihrem Ohrläppchen zu knabbern.

„Hat es funktioniert?"

„Was glaubst du?"

Seine Lippen wanderten an ihrem Hals entlang und strichen sanft über ihre Haut, bis sie eine Gänsehaut bekam.

„Ist dir kalt?"

Wie konnte ihr kalt sein, wenn seine heißen Hände über ihren Bauch strichen?

„Heiß."

Und ihr wurde mit jeder Sekunde heißer.

„Das dachte ich mir." Samson klang verdächtig selbstzufrieden.

Einen Arm ließ er um ihre Taille geschlungen, während er den anderen höher bewegte. Dabei glitt er über die Mitte ihres Oberkörpers durch das Tal ihrer Brüste, bis er den Ausschnitt ihres Oberteils erreichte.

„Was hast du versucht, mir anzutun, als wir im Theater waren?" Sein Finger strich an der Linie entlang, an der ihr Oberteil aufhörte und ihre Haut begann. Ihre Haut kribbelte, als seine Finger sie berührten.

„Eine Reaktion von dir zu bekommen."

Samson presste sie fester an seinen Körper und rieb seinen Schwanz gegen ihren Po. Er hatte eine ausgewachsene Erektion und machte kein Geheimnis daraus.

„Diese Art von Reaktion?" Wollte er ihr Geständnis, dass sie seine Reaktion bemerkt hatte? Oh, das konnte er haben ... mehr als das!

Ihre Hand wanderte nach hinten, um an der Seite seiner Hüfte entlang nach unten zu gleiten, während sie ihre Pobacken gegen den harten Umriss seines Schafts rieb und ihm ein nicht sehr dezentes Stöhnen entlockte. Es fühlte sich so gut an, dass sie nicht lassen konnte, es zu wiederholen. „Ich wollte wissen, ob deine Reaktion die gleiche wäre wie in dem Moment, als du mich für die Stripperin gehalten hast."

~ ~ ~

So, also *hatte* Delilah bemerkt, dass er hart geworden war, als er sie letzte Nacht geküsst hatte. Und obwohl sie wusste, welchen Effekt sie auf ihn hatte, hatte sie seine Einladung angenommen. Mutig. „Zufrieden?"

„Ich glaube, du musst ein wenig mehr tun, um mich zufriedenzustellen."

Samson akzeptierte diese Herausforderung. Seine Hand glitt an ihrem Hals entlang. Langsam ließ er sie unter ihr Oberteil gleiten und liebkoste ihre Brust. Er nahm ihren festen Hügel in die Hand. Ihren sehr *empfänglichen* Hügel.

„Das ist ein Anfang. Samson?"

„Hmm?" Seine Hand war damit beschäftigt, ihre Nippel zu necken, bis sie hart wurden.

„Die Stripperin letzte Nacht ..."

Er vernahm ihr Zögern. Ihre Frage blieb unausgesprochen, doch er wusste, was sie hören wollte.

„Ich habe sie nicht angefasst. Ich habe sie fortgeschickt. Nachdem ich dich geküsst hatte, war es mir nicht mehr möglich, eine andere Frau anzufassen. Es fühlte sich nicht richtig an." Das entsprach zwar nicht ganz der Wahrheit, doch das Ergebnis war das Gleiche. Er hatte die Stripperin nicht berührt.

Delilah legte ihren Kopf zurück und er nutzte die Gelegenheit, seine Lippen auf ihren entblößten Hals zu pressen. Ihren verführerischen, entblößten Hals. Er konnte ihr heißes Blut durch ihre pulsierenden Adern fließen spüren, direkt unter ihrer blassen Haut. So vertrauensvoll. So verführerisch.

„Nachdem du gegangen warst, habe ich mich die ganze Nacht gefragt, ob du mir jemals erlauben würdest, dich zu küssen und zu berühren. Oder ob du mich wieder bekämpfen würdest."

Sie gab ihm seine Antwort, indem sie seine Hand, die auf ihrer Hüfte lag, nahm und langsam tiefer drückte. Dieser Einladung konnte er nicht widerstehen. Mit einer raschen Bewegung hob er ihren Rock an und ließ seine Hand darunter gleiten. Ihr Duft leitete ihn zu der warmen Feuchtigkeit, die sich zwischen ihren Beinen gesammelt hatte, und seine Hand strich über ihren durchnässten Slip.

„Ist es das, was du willst?"

„Ja." Sie stöhnte und öffnete ihre Beine. Mühelos glitt seine Hand in ihren Slip und wanderte zu den zarten Hautfalten, die den Eingang zu ihrem Körper verbargen.

„Du bist so feucht."

„Das ist ganz allein deine Schuld."

„Letzte Nacht habe ich davon geträumt, in dir zu sein, zu fühlen, wie sich deine Muskeln um meinen Schwanz verkrampfen, wenn du kommst. Ich konnte an nichts anderes denken. Den Tag zu überstehen war unsagbar schwer." Er hatte kaum geschlafen. Vielmehr hatte er Tagträumen über sie nachgehangen und von den Dingen fantasiert, die er mit ihr anstellen würde.

„Mir erging es nicht viel besser, nach dem, was du letzte Nacht in mir geweckt hast."

In stiller Einladung kippte Delilah ihr Becken seiner Hand entgegen.

„Sag mir, hast du dich selbst berührt und dir dabei vorgestellt, es sei meine Hand?"

Seine Finger spielten mit ihrem warmen Fleisch, teilten ihre prallen Lippen und verteilten ihren Saft. Sie stieß ein weiteres Stöhnen hervor, doch antwortete ihm nicht.

„Hast du dich zum Orgasmus gebracht?"

Delilah schüttelte den Kopf. „Nein."

„Warum nicht?" Vorsichtig schob er einen Finger in ihren einladenden Schlitz. Sie war so eng, dass er sicher war, dass sie eine ganze Zeit lang nicht gefickt worden war.

„Ich wollte, dass du es tust."

Und das würde er. „So?" Er benutzte seinen Daumen um ihren Kitzler zu finden und liebkoste ihn, während sein Finger langsam in ihre Öffnung hinein und heraus glitt.

„Oh Gott, genau so." Ihr Kopf fiel gegen seine Brust.

„Du fühlst dich so gut an. Noch besser als in meiner Vorstellung."

„Hmmm." Ihr Körper begann, sich in einem verlockenden Rhythmus mit ihm zu bewegen. Er nahm seine zweite Hand zu Hilfe. Er spreizte ihre Lippen und gab ihren vergrößerten Lustknopf seinen Fingern preis. Er rieb ihn leicht und sandte noch mehr Empfindungen durch ihren Körper. Sie war so einfach zu deuten und reagierte so unmittelbar auf seine Berührungen.

„Ich werde nicht aufhören, bis du hier für mich kommst", hauchte er in ihr Ohr. „Ich will deinen Orgasmus durch deinen Körper rasen fühlen und ich will der Grund dafür sein." Der Gedanke, sie kommen zu lassen, erregte ihn mehr als jedes erotische Spiel mit einer anderen Frau das je zuvor getan hatte. In diesem Moment war ihm sein eigenes Vergnügen egal und er wollte nur ihres erleben. Nun, da er wusste, er würde sie haben, konnte er warten und die Vorfreude genießen.

„Kannst du das für mich tun, kannst du für mich kommen?"

Sein Schwanz war fest an ihren Rücken gepresst und er wusste, dass seine Erektion auch später noch vorhanden sein würde. Sie würde nicht nachlassen, nicht wenn er ihren Körper so nahe spürte. Mit jeder Bewegung rieb sie sich an ihn und war sich scheinbar nicht bewusst, was für Empfindungen sie damit durch seinen Körper jagte.

„Oh Gott!", stöhnte sie atemlos.

Er massierte ihre Klitoris, folgte den Bewegungen ihres Körpers und beschleunigte sein Tempo im Gleichschritt mit ihren Bewegungen. Nun schob er zwei Finger in sie hinein und bewegte sie gleichmäßig hinein und heraus, was sie noch lauter zum Stöhnen brachte. Sein Daumen bewegte sich unbarmherzig auf ihrem geschwollenen Kitzler und ermüdete nicht.

Samson bemerkte, wie sich ihre Atmung veränderte, ihr Körper sich verspannte und ihre Bewegungen abgehackt wurden. Er genoss es, wie ihr Körper auf seine Berührung reagierte. Seine Finger waren nass von ihrem Saft und der Duft ließ seinen harten Schwanz nach Erlösung sehnen.

„Das ist es, Süße, genau so."

Sie ritt seine Finger wie eine erfahrene Reiterin. Ihre Haut war gerötet, ihr Puls ging schneller und er konnte praktisch riechen, wie ihr heißes Blut durch ihre Adern floss, direkt unter der Haut, wo seine Lippen sich sanft saugend an ihren Hals drückten.

Doch er würde sie nicht beißen. Das hier war für sie. Aus irgendwelchen unerfindlichen Gründen wollte er für sie der beste Liebhaber sein, den sie je hatte. Er wollte ihr dafür danken, was sie für ihn getan hatte und für die Art, wie sie ihn erregte.

„Ja, komm für mich."

Seine Hände bewegten sich schneller und passten sich ihrem Rhythmus an. Er konnte spüren, wie ihr Körper unter Wellen erschauderte und sich ihre inneren Muskeln in kurzen Zuckungen um seine Finger spannten. Noch mehr von ihrem Saft lief über seine Finger. Langsam ließ er seine Hand zur Ruhe kommen, sodass sie ihren Höhepunkt genießen konnte.

Samson zog seine Finger heraus, führte sie zu seinem Mund und leckte ihre Erregung von ihnen ab. Er war sich sehr wohl bewusst, dass sie ihn mit angehaltenem Atem beobachtete.

„Mmm, du schmeckst köstlich." Heute Nacht wäre das nicht das letzte Mal, dass er von ihr kosten würde.

„Oh mein Gott!" Ihre Stimme klang rau, als ihre Knie plötzlich nachgaben.

Er fing sie auf und brachte sie zum Sofa. Dort drehte er sie in seinen Armen, um in ihr Gesicht sehen zu können. Sie sah errötet aus und ihre Haut glänzte.

„Befriedigt?"

„Du bist großartig." Sie erwiderte seinen Blick und zog sein Gesicht zu ihrem. Ihre Lippen trafen auf seine und sie küsste ihn leidenschaftlich.

„Heißt das, du wirst heute Nacht mein Bett mit mir teilen?"

„Ich dachte, diese Hürde hätten wir schon übersprungen."

„Ich kann mich nicht daran erinnern, von dir eine endgültige Antwort erhalten zu haben. Auch, wenn ich raten kann."

„Vielleicht sollte ich dir meine Antwort einfach zeigen."

Ihre Hand wanderte zu der Beule in seiner Hose und legte sich darauf. Er spürte, wie ihre Finger langsam den Umriss seines harten Schafts liebkosten, von der Spitze bis zum Ansatz und wieder zurück. Er zog scharf Luft ein. Seine Selbstlosigkeit ihr gegenüber schien sich nun auszuzahlen.

„Ich glaube, nun verstehe ich."

„Lass es mich noch ein wenig deutlicher machen, sodass es später keine Missverständnisse gibt."

Delilah zog am Reißverschluss seiner Hose und öffnete sie langsam. Ihre Hand glitt hinein. Samson spürte, wie die zarte Haut ihrer Handfläche seine Boxershorts beiseite schob und sich seine Erektion an ihre Hand drängte. Sie schloss ihre Finger um ihn und umfasste seinen Schwanz. Ein Tropfen Feuchtigkeit hatte sich schon an der Spitze gebildet. Langsam verteilte sie die Feuchtigkeit auf seiner Haut und massierte sie ein. Samson konnte sich nicht daran erinnern, jemals so sanft berührt worden zu sein.

Sie würde eine sehr aufmerksame Liebhaberin sein, das wusste er. Sie würde genau die richtige Medizin für ihn sein. Eine, die er sehr leicht überdosieren konnte, wenn er nicht vorsichtig war. Dr. Drake hatte vergessen ihm zu sagen, wie viel Sex er mit ihr haben sollte. Sicherlich hatte er nicht nur einmal gemeint?

„Oh Gott, Frau, du quälst mich."

Delilah gab ein leises Kichern von sich. „Ich glaube nicht, dass du die

Bedeutung von Quälerei kennst."

Sie bewegte ihre Hand auf und ab und behielt ihren festen Griff bei, als ob sie wüsste, wie er es mochte. Kein Belehren war notwendig.

"Jetzt kenn ich's", seufzte Samson.

„Bring mich ins Bett, bevor wir Carl in Verlegenheit bringen, wenn er zurückkommt."

Er nahm sie hoch und trug sie in seinen Armen die Treppe hinauf. Dieses Mal protestierte sie nicht dagegen, getragen zu werden. Er mochte das Gefühl, ihren zierlichen Körper in seinen Armen zu halten. Als er sie in sein Schlafzimmer trug, sah er, wie sie einen flüchtigen Blick auf ihre Umgebung warf. Das Himmelbett, die Bodenkissen vor dem großen Kamin, die Gemälde.

Mit Freude bemerkte er, dass nichts ihre Aufmerksamkeit lange gefangen hielt. Stattdessen fiel ihr Blick auf ihn zurück und sie schenkte ihm erneut ein atemberaubendes Lächeln. Seine weltlichen Besitztümer schienen keinen Einfluss auf sie zu haben. Er war sicher, er hätte sie in eine schäbige Hütte tragen können, und solange ein Bett vorhanden war, hätte sie ihn mit der gleichen Erwartung in den Augen angelächelt.

Samson legte sie auf sein Bett und zog ihr schnell die Schuhe aus, bevor er nach einer Fernbedienung auf dem Nachttisch griff. Ein Klick und ein kleines Feuer entfachte im Kamin. Die Lampen auf beiden Nachttischen tauchten den Raum in sanftes Licht. Er ließ seine Augen über Delilah schweifen und genoss den Anblick.

„Wunderschön." Und das meinte er auch. Für ihn war sie das schönste Wesen, das er jemals berührt hatte. Und nun lag sie in seinem Bett. Bereit für ihn.

Einen Augenblick später legte er sich zu ihr und nahm sie in seine starken Arme. Ihr Körper fühlte sich aufreizend gut an.

„Ich vergaß zu erwähnen, selbst wenn ich deine Sicherheit hier garantieren kann, kann ich trotzdem nicht dafür bürgen, dass du heute Nacht viel Schlaf bekommst." Er machte keinen Versuch, das Verlangen in seiner Stimme zu verbergen. „Ich kann dir ganz im Gegenteil sogar garantieren, dass du keinen bekommen wirst."

Nicht einen Hauch von Schlaf, nicht, solange er noch einen Funken Energie in sich hatte. Und als Kreatur der Nacht hatte er diese im Überfluss.

Ihre langen Wimpern flatterten, als sie zu ihm aufsah. „Mach keine Versprechen, die du nicht halten kannst."

Er wusste, dass sie ihn neckte. Als ihre Finger zu seinem Hemd glitten, wo sie einen Knopf öffnete, spürte er seine Haut brennen. Ihre Hand glitt hinein, um ihn zu berühren. Was für weiche Hände.

"Ist das eine Herausforderung?"

„Was wirst du dagegen unternehmen?"

Ohne auf eine Antwort zu warten, öffnete sie zwei weitere Knöpfe seines Hemdes und liebkoste seine Brust ausführlich. Er würde sie garantiert nicht daran hindern.

„Das." Er küsste ihre Wange. „Und das." Er küsste ihren Hals. „Und das."

Samson drückte seine Lippen auf ihre, drang wie zuvor in sie ein, doch dieses Mal heftiger und leidenschaftlicher. Nichts konnte ihn aufhalten. Sie gehörte ihm, und sie wollte ihn aus freiem Willen. Dieser Gedanke machte ihn stark und schürte seine Leidenschaft für sie noch mehr.

Delilah reagierte so willig und vollkommen auf ihn, übergab ihm ihren Körper auf die vertrauenvollste Art und Weise, die er je von einer Frau erfahren hatte. Er verstand es nicht, doch er saugte es in sich auf. Obwohl er ein absolut Fremder für sie war, schien ihr Körper ihm zu vertrauen. Er konnte spüren, wie ihr Körper nach ihm verlangte, als sie sich unter seinen Berührungen wand und immer mehr forderte.

Samson unterbrach den leidenschaftlichen Kuss und zog sich zurück, um ihr in die Augen zu blicken. Diese menschliche Frau hatte Feuer, mehr als er es je in einer Vampirin gesehen hatte.

„Ich will dich", murmelte er und erkannte seine eigene Stimme kaum wieder, so tief und dunkel war sie.

„Du hast mich."

Ihre Hände wanderten über seine Brust, berührten ihn kaum und ließen dennoch seinen Körper durch die elektrisierenden Impulse ihrer Liebkosung erzittern.

Es war Zeit, sie auszuziehen. In weniger als zwei Sekunden hatte er den Knoten ihres Oberteils geöffnet und zog es ihr aus. Dieses Mal trug Delilah keinen BH. Bei dem Anblick ihrer nackten Brüste schnappte er nach Luft. Sie waren rund und fest und ihre zwei weichen Hügel wurden von harten, rosa Knospen gekrönt, die darum bettelten, gestreichelt zu werden. Dieser Bitte würde er jederzeit nachkommen.

Er drückte sanft ihre Brüste, zog an ihren Nippeln und sandte sichtbare Schauder durch ihren Körper.

„Oh ja!" Ihre Stimme war atemlos und nur noch ein Flüstern.

Er beugte seinen Kopf, um mit seinen Lippen über ihre sensible Haut zu streichen. Sie bäumte sich ihm entgegen.

„So ungeduldig." Ebenso wie er.

„Bitte."

Seine Lippen fanden ihren Nippel und saugten langsam daran. Als seine Zunge darüber fuhr, zappelte sie unter seinem Griff. Sie wollte mehr. Er ging zu ihrer anderen Brust über, leckte sie mit seiner feuchten Zunge, knetete sie mit seinen Händen und fühlte, wie Delilah sich unter ihm wand. Süße Qual. Er zahlte ihr zurück, was sie zuvor seinem Schwanz angetan hatte.

„Du schmeckst so gut, dass ich dich aufessen möchte."

„Ich dachte, du hast schon gegessen."

Samson grinste. „Ich habe den Nachtisch ausgelassen."

Weil ich stattdessen dich vernaschen werde.

Sie gab ein leises zustimmendes Glucksen von sich.

Ihre Brüste bekamen die Aufmerksamkeit, die sie verlangten, als er härter an ihnen saugte und jeden Zentimeter mit seinen Lippen, seiner Zunge und seinen Händen erforschte. Seine Augen hatten schon längst ein mentales Bild ihrer Brüste in sein Gedächtnis gebrannt, wo es für immer verweilen würde.

Ihr Duft hüllte ihn ein. Er war schon den ganzen Abend da gewesen, der schwache Lavendelduft gemixt mit dem Duft ihrer Erregung. Er hatte ihn schon im Theater wahrgenommen und dagegen angekämpft so gut er konnte. Nun nicht mehr. Er war bereit, alles in sich aufzunehmen und wie eine Welle über sich schwappen zu lassen.

Sie zog ihn genauso ungeduldig aus wie er sie bis endlich alle Kleidungsstücke auf dem Boden lagen und ihre nackten Körper sich umarmten. Ihre Kurven passten perfekt zu seinem Körper. Maßgeschneidert nur für ihn.

Delilah berührte seinen Schwanz und streichelte seine gesamte, stahlharte Länge. Er war kurz vor dem Höhepunkt und brauchte verzweifelt Erlösung.

„Ich kann nicht länger warten." Er versuchte, sich so gut es ging zu kontrollieren. „Besonders nicht, wenn du mich so berührst."

„Wäre es dir lieber, wenn ich dich nicht so berühren würde?"

„*Wage* es nicht, aufzuhören." Es war keine Drohung, sondern eine Forderung, der sie nur zu willig nachkam.

„Wo bewahrst du deine Kondome auf?"

13

„Kondome?"

Samson erstarrte. Er hatte noch nie ein Kondom benutzt. Vampire übertrugen keine Krankheiten. Aber wie konnte er Delilah sagen, dass sie sich in diesem Hinblick nicht sorgen musste wie bei einem sterblichen Mann?

„Entschuldige, das habe ich komplett vergessen. Ich habe das nicht wirklich geplant …" Das war eine Lüge, die unschuldig genug war.

Delilah lächelte. „Und ich dachte, du wolltest mich von der Sekunde an verführen, in der ich in dein Auto gestiegen bin."

„Das stimmt schon, aber ich habe nicht geglaubt, dass ich erfolgreich sein würde." Natürlich hatte er damit gerechnet, sie in sein Bett zu bekommen. Zumindest hatte er gewusst, dass er alles versuchen würde, um sie herumzubekommen. Auch Gedankenkontrolle?

„Du kommst mir nicht gerade wie der Typ Mann vor, der leicht aufgibt."

„Das stimmt, doch bedeutet das nicht, dass ich immer bekomme, was ich will." Eigentlich bekam er die meiste Zeit das, was er wollte. Nur nicht in letzter Zeit.

„Heute Nacht wirst du es bekommen. Ich habe ein Kondom mitgebracht."

„Bedeutet das, dass du die ganze Zeit geplant hast, mich ins Bett zu bekommen?", fragte er gespielt schockiert.

„Eine Frau muss auf alles vorbereitet sein."

Er küsste sie. „Also, wo sind diese Kondome?"

„In meiner Handtasche. Ich glaube, ich habe sie im Wohnzimmer gelassen."

„Ich hole sie."

Samson rannte die Treppe hinunter, dankbar für die kurze Unterbrechung. Er war durstig und musste unbedingt etwas Blut bekommen, wenn er wollte, dass sie für den Rest der Nacht vor ihm sicher war. Sein Hunger nach Blut durfte seiner sexuellen Befriedigung nicht im Wege stehen.

Er lief in die Küche und trank schnell eine Flasche Blut. Als er den Kühlschrank schloss, fiel ihm ein, dass Delilah am Morgen das Blut darin finden würde. Das durfte nicht passieren. Schnell schrieb er eine Nachricht für Carl, steckte sie in einen Umschlag und befestigte sie mit einem Magneten an der Kühlschranktür. Carl würde sie dort sehen, wenn er die Lebensmittel brachte.

Samson fand Delilahs Handtasche, schnappte sie sich und stürmte die Treppe hoch, indem er zwei Stufen auf einmal nahm. Sie wartete auf ihn.

Als sie ein Kondom aus ihrer Handtasche zog und ihm reichte, konnte er es sich nicht schnell genug überstreifen. Anstatt sich zu ihr aufs Bett zu legen, packte er sie bei ihren Knöcheln und zog sie an sich bis ihre Beine über die Seite baumelten und ihre Pobacken am Rand der Matratze lagen, wo er stand.

Er sah sie an, während er ihre Beine spreizte und sich vor ihr in Stellung brachte. Er zog ihre Beine hoch und legte sie auf seine Schultern. Sie wartete auf ihn, wartete darauf, dass er sie nahm. Seine Erektion pochte an ihrer feuchten Grotte, um ihre Aufmerksamkeit auf ihn zu lenken.

Samson sog ihren Duft ein, schob sich dann langsam vorwärts und drang in sie ein.

Ihr lautes Stöhnen vereinte sich mit seinem.

Er fühlte, wie sich ihre Muskeln fest um seinen Schaft schlossen. Nein, sie war schon eine ganze Zeit lang nicht gefickt worden. Er würde jetzt diese Aufgabe übernehmen. Er zog sich zurück, sodass nur noch seine Spitze in ihr eingetaucht war.

„Mehr!", forderte sie.

Samson stieß wieder zu, tiefer als zuvor. Und nochmals. Ihre Körper kamen zusammen, hart und tief. Sein Schwanz übernahm nun die Führung, drang in sie ein und zog sich in einem Rhythmus zurück, von dem er wusste, dass er ihn über den Rand treiben würde. Er musste wieder die Beherrschung über sich gewinnen und langsamer machen, um das Ende hinauszuzögern.

Er erinnerte sich daran, dass sie ein Mensch war, eine verletzliche Sterbliche mit heißem Blut, das durch ihre Adern floss. Delilah hatte etwas Besseres verdient, als von einer Bestie gefickt zu werden. Er gab ihre Beine frei und ließ sich auf sie gleiten. Sofort schlang sie ihre Beine um seine Hüften und zog ihn näher.

Er presste seine Lippen auf ihre und küsste sie. Sie schmeckte wie eine süße Blüte auf einer Wiese voll Lavendel. Bilder eines warmen Sommernachmittags schwebten in seinen Sinnen. Er tanzte mit ihr auf der Wiese voll Lavendel und die Sonne schien auf ihn, ohne ihn zu verbrennen. Er fühlte die Wärme der Sonnenstrahlen auf seiner Haut, nicht verletzend, sondern streichelnd. Was war das? Er konnte deutlich die

Sonne spüren, den Lavendel riechen und die Wiese sehen. Halluzinierte er? Er blinzelte, und das Bild verschwand ebenso schnell wie es gekommen war.

Sein Tempo verlangsamte sich, und mit mehr Zärtlichkeit als er glaubte, in sich zu haben, bewegte er sich langsam und bedächtig in ihr. Er nahm die Gefühle in sich auf, die diese intime Vereinigung in ihm heraufbeschwor. Er schaute in ihre grünen Augen und spürte, wie Zärtlichkeit ihn überwältigte.

„Das ist wundervoll." Nie hatte sich Sex für ihn so zart angefühlt und solche liebevollen Gefühle in ihm heraufbeschworen – nicht einmal, als er noch ein Mensch war. Diese Frau brachte ihn dazu, mit seinem Herzen fühlen zu wollen und nicht nur mit seinem Körper.

Samson suchte erneut ihren Mund, um ihren süßen Nektar zu kosten. Sofort wurde er wieder in die Sonne entführt, wo er sich unter ihren Strahlen sonnte. Was tat sie mit ihm, dass sie ihm diese merkwürdigen Visionen gab? Oder war seine Sex-Abstinenz für die Bilder in seinem Kopf verantwortlich?

Obwohl er nicht wusste, wie ihm geschah, kämpfte er nicht dagegen an, sondern ließ sich davontragen – bis er plötzlich ihre Muskelzuckungen an seiner Erektion spürte. Sie drückte ihn, als sie kam.

„Nein, noch nicht." Doch es war zu spät. Er konnte sich nicht länger zurückhalten und explodierte. Sie melkte ihn, bis er den letzten Tropfen vergossen hatte.

„Delilah."

Er erkannte das Lächeln auf ihrem Gesicht als das einer befriedigten Frau. Er würde sicherstellen, dass er dieses Lächeln die ganze Nacht lang sah. Ihre Lippen waren noch feucht von seinem letzten Kuss. Sanft strich er eine Haarsträhne von ihrer Wange und ließ einen Kuss auf diese Stelle folgen.

Ein zufriedener Seufzer war ihre Antwort. „Samson."

Er hätte die ganze Nacht auf ihr liegen bleiben können, doch stattdessen rollte er sich zur Seite und streifte das benutzte Kondom ab. Er mochte nicht von ihr getrennt sein und zog sie gleich wieder in seine Arme zurück. Er zog sie auf sich und küsste zärtlich ihre Stirn. Er konnte nichts sagen. Zum ersten Mal in seinem Leben war er sprachlos.

Delilah hob ihren Kopf und sah ihn an, doch kamen keine Worte über ihre Lippen. Stattdessen vergrub sie ihren Kopf in seiner Halsbeuge. Zärtlich streichelte er über ihr Haar. Sie mussten nicht sprechen. Nie zuvor hatte er die Notwendigkeit verspürt, eine Frau so zu halten, wie er Delilah hielt. Noch nie hatte er das Bedürfnis gespürt, mit einer Frau nach dem

Sex zu kuscheln. Warum war es so anders mit ihr? Er hatte keine Antwort auf seine Fragen und im Moment brauchte er auch keine.

Samson legte seine Hand unter ihr Kinn und zog ihr Gesicht zu sich. Ohne ein Wort fanden seine Lippen ihre und er küsste sie leidenschaftlich. Er wusste, dass ihre Lippen und der Rest ihres Körpers am nächsten Morgen wund sein würden, weil er nicht in der Lage war, aufzuhören. Allein dieser eine sexuelle Akt mit ihr hatte ihm gezeigt, dass er mehr von ihr brauchte. Er war noch ganz weit davon entfernt, satt zu sein.

Warum? Vielleicht weil er so ausgehungert nach Sex war, oder weil sich ihr Körper so gut anfühlte. Was auch immer der Grund war, es interessierte ihn im Moment nicht. Er brauchte einfach mehr.

Samson konnte spüren, wie sein Schwanz wieder hart wurde und er seinen Körper erneut mit ihrem vereinigen wollte.

„Kannst du mir bitte ein neues Kondom geben?", fragte er sie, als er ihre Lippen freigab.

„Ich habe nur eins mitgebracht."

„Eins?" Unglaube schob seine sofortige Panik beiseite. Er blickte sie an. „Dachtest du, eins wäre genug?"

„Nun, ich wusste nicht ..."

Er fing ihren Blick auf seine Erektion auf und das Wissen, dass ihr gefiel, was sie sah, machte ihn stolz wie einen Pfau. Sein Schwanz wurde noch härter.

„Du hast aber wenig Vertrauen in mich!"

Er stupste seinen Finger gegen ihre Nase und lachte dabei. „Ich kann die nächsten sechs Stunden nicht mit dir im Bett verbringen, ohne dich zu berühren. Über diese Art Selbstkontrolle verfüge ich einfach nicht. Das darfst du mir glauben."

„Also, was jetzt?"

„Würdest du mir bitte das Telefon vom Nachttisch reichen?"

Delilah griff nach dem schnurlosen Telefon auf ihrer Seite des Bettes und reichte es ihm.

„Was hast du vor?"

Er wählte eine Nummer. „Eine Bestellung aufgeben." Er wartete darauf, dass sein Anruf beantwortet wurde. „Carl. Ich habe etwas vergessen."

Delilah schien zu verstehen, was er im Begriff war zu tun und errötete. Ihre rosa Wangen waren das Niedlichste, das er je gesehen hatte. Er grinste lausbübisch.

„Könnten Sie bitte bei der Drogerie anhalten und mir eine Packung

Kondome holen?" Er zögerte und wusste nicht, wie er Carls Frage beantworten sollte, die auf seine folgte. „Ich weiß nicht." Vielleicht konnte Delilah sie ihm beantworten. „Welche Größe?"

„Extragroß", lachte sie laut heraus.

„Haben Sie das gehört, Carl? Ja, bringen Sie mir ein Dutzend und legen Sie sie einfach vor meine Schlafzimmertür, wenn Sie wieder da sind. Das sollte für heute Nacht alles sein. Und dann keinerlei Störungen mehr. Auch wenn es sich um ein Erdbeben handelt, egal – ich will keine Anrufe und keine Besucher. Lassen Sie das die Jungs auch wissen. Danke, Carl."

Samson legte den Hörer auf und hörte Carls Antwort kaum.

„Extragroß?"

„Ein Dutzend?"

Er zuckte mit den Schultern. „Tja, ich dachte wir können immer noch mehr für morgen Nacht besorgen, aber wenn du meinst, ein Dutzend ist nicht genug für heute, werde ich Carl noch einmal anrufen."

Er unternahm einen halbherzigen Versuch, den Hörer wieder aufzunehmen, bevor Delilah anfing, ihn zu kitzeln. Er lachte und drehte sich zu ihr, um es ihr heimzuzahlen. Sie rollten im Bett herum. Als er begann, sie zu kitzeln, wurde ihr Kichern lauter und unkontrollierter.

„Ich kann nicht glauben, dass du deinem Fahrer aufgetragen hast, dir Kondome zu kaufen."

„Er wird darüber hinwegkommen." Vielleicht dachte sie, es wäre eine peinliche Sache, doch Carl hätte so etwas nicht weniger kümmern können, egal ob er Zahnseide oder Kondome kaufte.

Ihr Lachanfall verging und er zog sie wieder in seine Arme zurück.

„Küss mich!", verlangte sie.

„Es wird mindestens eine halbe Stunde dauern, bis die Kondome hier sind. Ich weiß nicht, wie sicher es ist, dich gerade jetzt zu küssen. Das könnte ziemlich hart für mich werden."

Sie blickte spitzbübisch auf seine Erektion. „Ich denke nicht, dass er noch härter werden kann."

Das Gleiche dachte auch er. Und als ob sie ihrer Meinung Nachdruck verleihen wollte, legte sie ihre Hand um seinen Schwanz und streichelte ihn sanft.

„Ich glaube, dieses Argument habe ich verloren." Er grinste und gab ihrem Wunsch nach.

~ ~ ~

Delilah liebte die Art, wie Samson sie küsste. Zärtlich, leidenschaftlich, wie ein Mann in Flammen. Ohne Zurückhaltung. Er gab ihr das Gefühl, sie wäre die einzige Frau auf der Welt. Sie erbebte unter der Macht, die er über ihren Körper und Geist hatte, und ließ sich jedoch gleichzeitig ohne Bedenken fallen.

Er hatte ihr in der letzten Stunde mehr Genuss bereitet, als sie im gesamten vergangenen Jahr gehabt hatte. Sie erwartete immer noch, aus einem Traum aufzuwachen, und sich tagträumend allein in ihrem Apartment wiederzufinden. Doch alles fühlte sich viel zu echt an, als dass es ein Traum hätte sein können.

„Ich glaube, wir sollten eine andere Beschäftigung finden bis Carl kommt", schlug Samson abrupt vor.

Sie ließ ihre Enttäuschung auf ihrem Gesicht widerspiegeln. Warum hatte sie nur nicht mehr Kondome mitgebracht?

„Es ist nicht so, dass ich dich nicht küssen möchte, aber ich kann dir jetzt schon sagen, wohin das in zwei Minuten führen wird. Und du willst mich nicht abwehren müssen, wenn ich mich nicht mehr beherrschen kann."

„Ich glaube nicht, dass ich mich gegen dich wehren könnte."

„Aber es wäre lustig, wenn du es zumindest versuchen würdest."

Es klang nach etwas, das wirklich sehr viel Spaß machen könnte. „Ah, ein Mann, der es liebt zu jagen."

„Besonders, wenn das Opfer so lecker aussieht." Seine Augen teilten ihr mit, wie appetitlich er sie fand.

Delilah ließ ihre Finger über seine Lippen gleiten. „Komm, probiere, ob du mich fangen kannst."

Samson schloss spielerisch seinen Mund, doch sie zog ihren Finger weg.

„Nicht schnell genug."

Sie würde sich fangen lassen, nur nicht sofort. Zuerst musste er sich dafür ein wenig anstrengen.

„Gib mir noch eine Chance."

Ihr Finger glitt zu seinen Lippen zurück und neckte ihn mit einer sanften Berührung. Sie beobachtete ihn sehr genau in dem Versuch herauszufinden, wann sein Mund sich schließen würde. Sein Pokergesicht gab ihr keinerlei Hinweis. Seine Zunge streckte sich ihrem Finger entgegen, leckte ihn langsam und sinnlich, als ob er keinerlei Absichten hätte, ihn zu fangen. Ein weiterer Schlag mit seiner Zunge und plötzlich stieß sein Mund vorwärts, verschlang ihren Finger und schloss sich darum.

Samson hielt sie gefangen und saugte sanft an ihrem Finger, bevor er ihn wieder freigab.

„Du hast dich von meiner Zunge ablenken lassen – das war ein Fehler”, warnte er sie und seine Augen flackerten. „Wende niemals deine Augen vom Jäger ab. Du weißt nie, wann er zuschlagen wird.”

Er zog sie auf seine Brust. „Wie wäre es jetzt mit einem Kuss für den siegreichen Jäger?”

„Seit wann küsst die Beute das Raubtier?”

„Hast du noch nie von Rotkäppchen gehört?”

„Sie hat den Jäger nicht geküsst.”

„Aber sie küsste den Wolf. Was, wenn ich der Wolf wäre? Würdest du mich küssen?”

„Welche Version von Rotkäppchen hast du denn als Kind gelesen?”

„Die Erwachsenenversion natürlich!” Er wirbelte sie so schnell auf den Rücken, dass sie es kaum mitbekam. Eine Sekunde später war sie unter ihm begraben. Sie beschwerte sich nicht: Sie mochte diese Position.

„Da du mich nicht aus freien Stücken küssen willst, bleibt mir keine andere Wahl, als dich zu foltern.”

Er sprang aus dem Bett und hob sie in seine Arme.

„Wohin gehen wir?“

„Ins Badezimmer für etwas Wasserfolter.” Er lächelte und seine Augen blitzten wie die eines Lausbuben, der einen Streich geplant hatte. Folter klang auf einmal wie etwas, das sie ausprobieren musste.

Sein Badezimmer war riesig und fensterlos. Zusätzlich zu einem überdimensionierten Waschtisch mit zwei Waschbecken gab es eine Badewanne und eine große Dusche. Die Toilette war hinter einer Trennwand versteckt.

„Irgendwie freue ich mich schon auf diese Wasserfolter, die du mir versprochen hast.”

„Willst du mir damit sagen, dass ich dir mit nichts Angst machen kann?”

„Ja. Wenn du aber möchtest, dass ich so tue, als ob …” Sie konnte ein wenig schauspielern, wenn ihn das anmachte. Nicht dass sie dachte, dass es nötig wäre. Sie selbst zu sein schien genug zu sein, um ihn heiß zu machen.

Samson stellte sie auf die Füße und drehte das Wasser in der Dusche auf. Nachdem er die Temperatur kontrolliert hatte, gab er ihr einen kleinen Schubs vorwärts. „Nach dir, Mylady.”

Delilah stieg in die Dusche und fühlte ihn direkt hinter sich. Das Wasser begann, über ihren Oberkörper zu laufen und sie nahm die Wärme in sich auf.

„Schließ deine Augen!”, befahl er, „Ich will, dass du nur deinen

Tastsinn verwendest – nichts anderes."

„Hmm." Sie schloss ihre Augen und war neugierig darauf, was er vorhatte.

Seine Hände berührten ihre Schultern und wanderten langsam ihre Arme hinunter. Sie hielten in ihren Armbeugen inne, bevor sie hinunter zu ihren Handgelenken glitten. Samson umfasste ihre Handgelenke, zog ihre Arme hoch und drückte sie leicht an die Wandfliesen der Dusche, bevor er sie freigab.

„Nicht bewegen."

Seine Anweisung war ruhig und mit der Selbstsicherheit eines Mannes gesprochen, der es gewohnt war, dass seine Befehle befolgt wurden. Sie würde gehorchen, solange sie genoss, was er tat. Einige Sekunden später war sie sich sicher, dass sie ihm so lange gehorchen würde, wie es ihm gefiel.

Seine Hände glitten zu ihren Schultern zurück, bevor sie ihre Schulterblätter hinunter, über ihren Rücken, zu ihren Hüften wanderten und kurz vor ihren Pobacken stoppten. Stattdessen wanderten sie über die Flanken ihrer Oberschenkel. Seine Berührungen sandten heiße Flammen durch ihren Körper. Die Tatsache, dass sie nicht sehen konnte, was er tat, ließ sie alles noch intensiver empfinden.

Delilah hörte, wie er sich hinter ihr bewegte, und fühlte plötzlich beide seiner Hände auf ihrem Hintern, wo sie sich kreisend bewegten, bevor sie wieder höher wanderten. Sie atmete schwer.

„Tiefer." Sie sehnte sich danach, seine Hände wieder auf ihrem Po zu spüren.

„Ich fürchte, ich bestimme hier die Regeln. Bist du jetzt bereit, mir einen Kuss zu geben, oder muss ich dich noch länger foltern?"

Die Wahl war einfach. „Mehr Folter." Wenn das Folter war, was würde geschehen, wenn er sich dazu entschloss, sie stattdessen mit Vergnügen zu überschütten?

Seine Hände glitten unter ihre Arme und langsam an ihren Seiten hinunter zu ihren Hüften, bevor er sie nach innen führte und in der Mitte ihres Pos hinuntergleiten ließ. Sie stöhnte, als seine Hand zwischen ihren Beinen zur Ruhe kam. In der Hoffnung, dass er es nicht bemerken würde, kippte sie ihr Becken nach hinten, um seine Hand nach vorne zu zwingen. Doch er drückte sie zurück an die Wand.

„Nein, nein."

Sekunden später fühlte sie etwas Warmes und Glattes an ihrem Hintern. Seine Zunge leckte jeden Zentimeter ihrer Haut. Samson wusste, wie man eine Frau folterte. Sie spürte, wie heißer Saft zu ihrem schon nassen Fleisch drang und aus ihr herauszutropfen begann. Endlich fühlte sie wie eine seiner Hände unter sie griff, um ihre feuchten Falten zu erkunden.

Mit der anderen Hand zog er ihre Hüfte an sich und spreizte ihre Beine. Delilah spürte, wie er sich umdrehte und schließlich mit seinem Gesicht direkt unter ihr war, zwischen ihren Beinen. Er positionierte sich mit dem Rücken gegen die geflieste Wand, seine Beine vor sich ausgestreckt und sein Gesicht unter ihrem Rumpf. Mit beiden Händen ergriff er ihren Hintern und drückte sein Gesicht in ihr Geschlecht, wo er seine Zunge über ihr warmes Fleisch gleiten ließ.

„Oh Gott!", stöhnte sie.

Er hielt sie fest, sodass sie ihm nicht entkommen konnte, während seine Zunge mit ihrer Klitoris spielte. Seine Bewegungen waren gekonnt und unerbittlich. Sie wusste, dass sie ihn nur stoppen konnte, wenn sie kam. Und sie wollte kommen … direkt in seinen Mund.

Seine Zunge war geschickt darin, die richtige Stelle und den richtigen Druck zu finden, um sie bei jeder Berührung nach Luft schnappen zu lassen. Sein Stöhnen vermischte sich mit ihrem und ließ sie wissen, wie sehr er genoss, sie zu verwöhnen. Noch nie hatte sie einen Mann getroffen, der so selbstlos war, wenn es darum ging, sie zu befriedigen.

Seine Hände streichelten sanft ihren Hintern und seine Zunge neckte sie in einem Rhythmus, der ihren Körper kribbeln ließ. Sie spürte, wie ihr Körper sich aufheizte, von innen heraus brannte, so als wäre sie ein Vulkan, der kurz vor dem Ausbruch stand. Die geschmolzene Lava in ihrem Körper kochte zur Oberfläche. In einer gewaltigen Explosion setzte ihr Körper alle Anspannung frei und schoss Wellen der Befriedigung in jede ihrer Zellen.

Delilah stützte sich mit zitternden Beinen an der Wand ab, als sie spürte, wie Samson aufstand und sie in die Arme nahm.

„Wie wäre es jetzt mit einem Kuss?"

Delilah drehte sich zu ihm und öffnete ihre Augen. Als sie in seine Augen blickte, fand sie, dass sie sich von einem Haselnussbraun in dunkles Gold verwandelt hatten.

„Alles, was du willst." Sie meinte es so. Er musste sie nicht darum bitten.

Seine Lippen vereinten sich mit den ihren und er nahm sie und ließ sie in einem langen und leidenschaftlichen Kuss ertrinken. Seine Hände drückten sie an seinen nackten Körper und sie konnte sein Glied an ihrem Bauch fühlen. Sie fragte sich, wie schwer es für ihn sein musste, sie so zu berühren, während er darauf warten musste, dass Carl mit den Kondomen zurückkam.

Doch es gab etwas, das sie tun konnte, um sein Leiden zu erleichtern. Delilah stieß sich von Samson ab, wobei sie sich einen überraschten Blick von ihm einhandelte.

~ ~ ~

Samson wollte schon wegen der Unterbrechung protestieren, als er fühlte, wie ihre Hand seine Erektion umfasste.

„Darf ich dich jetzt auch foltern?"

„Unter einer Bedingung. Hör nicht auf, mich zu küssen." Er hatte sich noch nie so mit jemand anderem gefühlt. Wenn sie ihn küsste, transportierte sie ihn in eine andere Welt, eine Welt des Sonnenlichts und der Wärme. Er begann, süchtig danach zu werden. Die Bilder waren so lebhaft, dass er beinahe die Sonne auf seinem Körper spüren und die Blumen auf der Wiese riechen konnte. Er hatte jedoch keine Ahnung, warum er diese Visionen mit ihr erlebte.

Er suchte erneut nach ihren Lippen und wurde unverzüglich zurück auf die Sommerwiese transportiert. Ihre Hand glitt seinen Schaft auf und ab, mit jeder Bewegung fester. Ihre Hand war weich und warm und das Wasser, das an ihnen hinablief, machte jede Bewegung geschmeidig.

Delilah wusste, wie sie ihn erregen konnte. Allein ihren Busen an seinem Brustkorb zu spüren, ihre Lippen und ihre Zunge im Duell mit seiner, erregte ihn mehr, als er es mit einer Vampirin je erlebt hatte. Doch die Berührung ihrer Hand – das war etwas Himmlisches. Die Art, wie ihre Hand über ihn glitt, ihn mit dem richtigen Druck bearbeitete und seine Haut vor und zurück bewegte war, als könnte sie seine Gedanken lesen. Als ob sie instinktiv wusste, was er wollte und was ihn immer näher an seinen Höhepunkt brachte.

„Delilah."

Ihre Hand drückte ihn erneut, nun schneller und härter. In einem verzweifelten Versuch seine Kontrolle zu behalten, grub er seine Hände in ihre Hüften und presste einen Oberschenkel zwischen ihre Beine. Doch der Rausch der Empfindungen, die ihre Liebkosung durch seinen Körper jagte, war einfach zu viel. Sein Atem beschleunigte sich und sein Körper versteifte sich, als sein Samen durch seinen Schwanz schoss und auf ihren Bauch spritzte.

Er stützte sich an der Wand hinter ihr ab und vergrub seinen Kopf in ihrer Halsbeuge, um vor ihr zu verbergen, dass seine Beine wie die eines Teenagers zitterten, der soeben seine erste sexuelle Begegnung erlebt hatte. Diese sterbliche Frau trieb jeden vernünftigen Gedanken aus seinem Verstand.

„Ich glaube das ist alles, was ich momentan an Folter ertragen kann."

Das war nicht das, was er ihr sagen wollte. Er wollte ihr sagen, was er fühlte, wenn er mit ihr zusammen war, doch das konnte er nicht. Er kannte sie kaum. Sie würde denken, er wäre verrückt. Und abgesehen davon, es würde nie funktionieren: Er war immer noch ein Vampir. Er sollte nicht einmal die Dinge spüren, die sie in ihm erweckte.

Samson versuchte, sich davon zu überzeugen, dass nur sein Verlangen nach Sex ihn so fühlen ließ. Es würde nur heute Nacht so sein, bis er seinen Hunger nach Sex gestillt hatte. Danach würde sie ihm nichts mehr bedeuten, da war er sich sicher. Garantiert gab es keinen guten Grund, Delilah länger haben zu wollen. Immerhin folgte er nur den Anweisungen des Arztes. Und wer, der bei klarem Verstand war, würde weiterhin ein Medikament nehmen, wenn die Krankheit kuriert war?

14

Delilah stand vor dem Gemälde, das in Samsons Schlafzimmer über dem Kamin hing. Die Szene eines herrschaftlichen Hauses, umgeben von einem weitläufigen Gelände sowie einem kleinen Teich, faszinierte sie. Ihr erschien dieses Bild seltsam vertraut, als ob sie diesen Ort kannte.

Sie merkte, wie Samson hinter sie trat.

„Wann hast du dieses Bild gemalt?", fragte sie ihn, ohne nachzudenken.

„Woher weißt du, dass ich es gemalt habe?"

Aus unerklärlichen Gründen wusste sie einfach, dass es Samsons Werk war. Sie konnte ihn vor einer Staffelei stehen sehen, den Pinsel in der Hand, Hemd und Hose voller Farbflecken von der Ölfarbe.

„Ich weiß nicht. Doch wenn ich es anschaue, weiß ich, dass du es gemalt hast." Sie erstaunte sich selbst mit der Gewissheit, mit der sie die Worte aussprach.

„Du hast recht, es stammt von mir. Dies ist das Haus meiner Vorfahren. Meine Familie kam aus England."

„Es ist wunderschön. Befindet sich das Haus noch im Besitz deiner Familie?"

Es handelte sich vielmehr um ein Schloss als ein Haus, doch die Wärme, die Delilah beim Anblick des Gemäldes fühlte, verdeutlichte ihr, dass es ein wahres Zuhause gewesen war, voller Liebe und Lachen.

Sie drehte sich zu ihm um und sah für den Bruchteil einer Sekunde den Schmerz in seinen Augen, bevor er ein Lächeln auf seine Lippen zwang.

„Nein, nicht mehr. Nach einigen unklugen Investitionen haben sie es verloren. Die Familie verarmte und sie mussten alles verkaufen. Das hat mich hierher gebracht, ich meine, dadurch verschlug es meine Vorfahren in die Vereinigten Staaten. Der einzige Sohn kam im späten 18. Jahrhundert hierher, um sich einen Namen zu machen."

„Und hat er es geschafft? Hat er sich einen Namen gemacht?", fragte Delilah mit Interesse. Sie liebte Geschichte, insbesondere wenn sie mit jemandem verbunden war, den sie persönlich kannte.

„Ja und nein. Am Ende war er geschäftlich erfolgreich, doch hat er seine Eltern nie wieder gesehen. Er bereute zutiefst, seine Eltern zurückgelassen zu haben. Seine Mutter nie wieder umarmt zu haben und mit seinem Vater nie wieder über Dinge gesprochen zu haben, die im

Leben eines jungen Mannes wichtig sind."

Seine Stimme war voller Schmerz. Ihre Brust war schwer von Trauer.

„Du erzählst, als hättest du ihn gekannt. Das war vor über zweihundert Jahren."

Samson blinzelte und lächelte sie an. „Ich habe das Gefühl, als ob ich ihn kannte. Ich hätte das Gleiche in der Situation gefühlt. Es ist schwer, über den Verlust von Familie hinwegzukommen."

Sie verstand das alles nur zu gut. „Wann hast du deine verloren?"

„Vor zu langer Zeit."

Er zog sie in seine Arme und küsste sie auf die Stirn. Sie spürte sein Verlangen nach Zärtlichkeit, schmiegte sich an ihn und schlang ihre Arme um seinen Rücken.

„Komm mit mir zu meinem Lieblingsplatz."

~ ~ ~

Samson zog sie auf die großen Bodenkissen, die vor dem Kamin lagen. Delilah rollte sich auf ihren Bauch und starrte ins Feuer. Die von den Flammen erzeugten Schatten tanzten auf ihrer nackten Haut. Ihr langes dunkles Haar breitete sich über ihre Schultern aus.

Sein Körper war ihr zugewandt und er stützte seinen Kopf auf seine Hand, während er ihre Schönheit bewunderte und mit ihrem Haar spielte. Er genoss es, seine Hand über ihren nackten Hintern zu streicheln und sie zärtlicher zu berühren, als er jemals eine Frau berührt hatte. Ihre Haut war delikat, weich und tadellos.

„Du hast gesagt, du bist auf Geschäftsreise. Wie lange wirst du noch in San Francisco bleiben?"

Samson neigte seinen Kopf, um die entzückende Einkerbung am Ende ihres Rückens zu küssen.

„Bis Mittwoch. Ich nehme den Nachtflug zurück nach New York."

Er fühlte einen scharfen Stich in seiner Brust. Magenverstimmung? Sehr unwahrscheinlich – Vampire bekamen keine Magenverstimmung.

„New York? Ich wohnte früher in New York. Erzähl mir, was du dort machst."

Er wollte sie zum Erzählen bringen, damit er seine Gedanken von dem ablenken konnte, was er wirklich tun wollte – sich immer wieder tief in ihr zu vergraben. Vielleicht würde ihm helfen, die köstlichen Hügel ihres Hinterns anzuknabbern. Er tat genau das und ließ seine Lippen über ihre zarte Haut streichen.

Ihre Antwort darauf war ein dankbares Stöhnen, bevor sie sprach. „Ich arbeite als unabhängige Beraterin. Ich reise viel für meinen Job."

„Welche Art von Beraterin?" Er war nicht wirklich an der Antwort interessiert, doch hatte er Carl bisher nicht zurückkommen hören und wusste, dass er die Zeit irgendwie überbrücken musste.

„Finanzkram. Es ist wirklich nicht sehr interessant."

Es klang, als wollte sie nicht darüber reden. Der Jäger in ihm nahm die Herausforderung an und wollte ihr eine Antwort entlocken.

„Versuch es noch einmal."

„Was?"

„Habe ich das richtig verstanden? Du willst mir nicht erzählen, was du tust?" Samson setzte sich auf.

Sie machte ein Gesicht. „Weil es wirklich nicht so interessant ist. Und wenn du es erst einmal weißt, wirst du denken, dass ich total langweilig bin."

„Ansichtssache. Nie im Leben könnte ich dich anschauen und denken, dass du langweilig bist." Seine Augen glitten absichtlich langsam und hungrig über ihren nackten Rücken und Hintern. Nein, langweilig war wirklich nicht das richtige Adjektiv, um sie zu beschreiben. Köstlich, heiß, sinnlich. Doch selbst diese Worte konnten nicht wirklich ausdrücken, was er sah.

„Du wirst mich auslachen."

„Vertrau ein wenig in meine Fähigkeit, mich beherrschen zu können."

„Ich bin Buchprüferin."

„Buchprüferin?", wiederholte er, bevor er ein unterdrücktes Lachen in seiner Brust aufkommen fühlte. Er versuchte, ein Grinsen zu unterdrücken, doch es war zu spät. Sie hatte Angst, er könnte sie langweilig finden, weil sie Buchprüferin war? Das war einfach zu lustig.

„Du kannst mich jederzeit überprüfen."

„Ich könnte all deine Teile zählen und vermessen, um sicherzustellen, dass sich alles dort befindet, wo es sein sollte."

„Dann solltest du besser ein recht langes Maßband dabei haben."

Eine Sekunde später traf ihn ein Kissen ins Gesicht.

„Ich wusste es! Nur zu, mach dir einen Spaß mit der kleinen Buchprüferin – doch wird mir nichts neu sein. Ich habe schon jeden Witz darüber gehört."

Samson packte das Kissen, warf es zurück zu ihr und begann eine Kissenschlacht. Er wusste, dass sie nicht böse auf ihn war, als er sie kichern hörte. Delilah rollte herum und traf ihn mit einem weiteren Kissen, das er sofort an sich nahm, bevor er sie bewegungsunfähig machte, indem er sie unter sich begrub. Sie keuchte. Er küsste sie, bevor er sie wieder freigab.

„Warum wolltest du Buchprüferin werden?"

„Es war einfach etwas, was ich gut konnte."

„Aber das konntest du nicht wissen, bevor du zu arbeiten begonnen hattest. Es muss etwas gegeben haben, was dich daran interessierte."

„Es war nicht wirklich das Interesse an dem Job, es war mehr … ich weiß nicht, es war, weil ich die Kontrolle über etwas haben konnte."

Die Antwort überraschte ihn. Delilah kam ihm nicht wie ein Kontrollfreak vor. „Ich bin mir nicht sicher, dass ich das verstehe. Was meinst du mit Kontrolle? Willst du Chefin sein?"

Sie war eine starke Frau. Er konnte sie sich sehr gut als führende Kraft auf ihrem Gebiet vorstellen.

Sie schüttelte den Kopf. „Das meine ich nicht. Ich möchte Risiken kontrollieren und sicherstellen, dass nichts falsch läuft."

„Ist es wirklich das, was du jetzt tust? Risiken kontrollieren?" Als hätte sie vor etwas Angst. Was konnte sie schon fürchten?

„In einem kleinen Bereich, ja. Ich sorge dafür, dass Dinge korrigiert werden, wenn sie falsch gelaufen sind. Ich finde den Schuldigen und berichtige die Situation. Somit eliminiere ich zukünftiges Risiko."

„Warum ist das für dich so wichtig?" Samson war nun neugierig. Warum war eine so großartige Frau wie sie so interessiert an einem scheinbar alltäglichen Bereich? Sollte sie sich nicht viel mehr für etwas Weiblicheres interessieren?

„Weil manche Sachen Menschen verletzen können. Wenn ich das Risiko reduzieren kann, kann ich schlimme Situationen verringern."

Interessantes Konzept. „Und damit verhindern, dass Menschen verletzt werden?"

Sie nickte.

„Könntest du nicht besser helfen, wenn du stattdessen Ärztin geworden wärst?" Das schien ein wesentlich einfacherer Weg zu sein, Menschen zu helfen, wenn das ihre Absicht war.

Sie winkte ab. „Oh Gott, nein! Mir wird schlecht, wenn ich Blut sehe. Mit Zahlen kann ich umgehen, aber mit Blut nicht."

Samson schluckte schwer. Wenn sie nicht mit Blut umgehen konnte, könnte es später ein Problem geben, wenn … Was zum Teufel dachte er? Es würde kein später geben. Sie würde nie mit Blut umgehen müssen. Er würde sie nicht beißen.

Zeit das Thema zu wechseln. Aber schnell.

Erneut begrub er sie unter sich, hielt ihre Handgelenke fest und senkte seinen Kopf. Ihr Atem vermischte sich mit seinem. „Du bist die aufregendste Frau, die ich je getroffen habe." War das ein zu abrupter Themenwechsel? Vielleicht, doch es schien sie nicht zu kümmern.

„Bist du deshalb schon wieder hart?"

Es war nicht schwer, seine Erektion zu bemerken, die gegen ihren warmen Schenkel presste.

„Und die scharfsinnigste. Und wenn Carl nicht in den nächsten zehn Minuten auftaucht, kann ich für nichts garantieren." Er unterstrich seine Aussage mit einem ungeduldigen Atemzug.

Delilah rieb ihren Oberschenkel gegen seinen harten Schwanz und führte ihn noch mehr in Versuchung.

Kleines Luder!

„Mach fünf Minuten draus."

Samson lockerte den Griff um ihre Handgelenke und sie befreite eine Hand, um sie ihm an den Nacken zu legen.

„Vielleicht kann ich dir helfen, die Zeit zu überbrücken."

Sie zog ihn herunter und ließ ihre Lippen über seine gleiten. In dem Moment, als er ihre weiche Haut und ihre feuchte Zunge spürte, war es komplett um ihn geschehen. Für ein paar Sekunden gab er sich ihr hin und erwiderte ihren leidenschaftlichen Kuss. Doch die Sehnsucht, in sie einzudringen wurde einfach zu viel für ihn. Mit all seiner verbleibenden Kraft zog er sich von ihr zurück und rollte auf den Rücken.

Er setzte sich auf und rutschte von ihr weg. „Okay. Hier ist mein Vorschlag. Du bleibst dort drüben." Er zeigte auf das eine Ende der Bodenkissen. „Und ich bleibe auf dieser Seite."

„Und dann?"

„Reden wir. Vielleicht sollte ich dir einen Bademantel leihen."

„Einen Bademantel? Also willst du mich nicht weiter ansehen?"

„Da liegst du vollkommen falsch. Doch es könnte Spaß machen, ihn dir vom Körper zu reißen, sobald die Kondome hier sind." Er konnte sich diese Szene schon bildlich vorstellen. Verdammt, war sein Verstand nicht in der Lage, an etwas anderes als Sex zu denken, oder besser, an Sex mit Delilah? Er hatte das Gefühl, als würde er mehr als nur eine Nacht brauchen, um sein Verlangen nach ihr zu stillen.

15

Carl fuhr die Limousine in die Garage und stieg aus. Er brachte sowohl die Einkäufe als auch Delilahs Sachen ins Foyer. Dabei vergaß er auch nicht die Blumen, die Samson ihr geschenkt hatte. Bis auf die leisen Stimmen, die er im ersten Stock hören konnte, war es im Haus still. In der Küche fand er sofort die Nachricht von seinem Boss. Beim Lesen der Anweisung zog er die Augenbrauen hoch. Sein Chef dachte wirklich an alles.

Ohne zu zögern, räumte er alles Blut aus dem Kühlschrank in einen kleineren im Vorratsraum und schloss diesen ab. Delilah würde nichts Außergewöhnliches finden und ihr Geheimnis würde gehütet bleiben. Er mochte es nicht, dass eine Frau im Haus blieb, doch würde er der Letzte sein, der die Entscheidungen seines Chefs in Frage stellte.

Carl war Samson absolut ergeben. Seine Loyalität war unübertroffen und, sollte es jemals notwendig sein, würde er sein Leben für Samson geben. Schließlich hatte Samson ihn wiederbelebt, als ihm ein paar Kriminelle sein Leben geraubt hatten. Ein Vampir zu sein war für Carl allemal besser als tot.

Carl füllte zuerst den Kühlschrank mit menschlicher Nahrung, bevor er Delilahs Gepäck und die roten Rosen ins Gästezimmer brachte. Er wusste, sie würde nicht in diesem Zimmer übernachten, denn er konnte beide in Samsons Schlafzimmer hören.

Vor der Tür zum Schlafzimmer zögerte er einen Moment und stellte dann die Packung Kondome ab, als er Samson lachen hörte. Er hatte seinen Boss schon eine Ewigkeit nicht mehr lachen hören. Endlich war er glücklich, zumindest für eine kurze Zeit. Und es würde nur für eine kurze Zeit sein. Was Carl in Delilahs Sachen gefunden hatte, als er für sie gepackt hatte, beunruhigte ihn. Er musste Samson darauf aufmerksam machen.

Er hob seine Hand, um an die Tür zu klopfen, zögerte jedoch.

Er erinnerte sich an Samsons strikte Anweisung, heute Nacht nicht gestört werden zu wollen. Trotz seiner Beunruhigung brachte Carl es nicht übers Herz, ihn zu stören. Samson brauchte eine Nacht mit Spaß und Spiel. Alles andere musste warten.

Carl verließ das Haus und wusste, dass sein Chef ihn schon auf der Treppe gehört hatte. Es gab keinen Grund, ihn wissen zu lassen, dass er all seine Wünsche erfüllt hatte.

Sobald er wieder im Auto saß, wählte Carl eine Nummer.

„Ja, Carl?", antwortete Ricky sofort.

„Wir müssen reden. Es ist dringend."

„Ich bin mit Amaury unterwegs. Wir sind unten in Dog Patch, hinter der alten Mühle." Dog Patch, Teil der Potrero Hill Nachbarschaft in San Francisco, war eine der zwielichtigeren Gegenden der Stadt und kein Ort, an dem sich Menschen in der Dunkelheit gern herumtrieben. Vampire dagegen hielten sich dort auf, weil es weit weg von den neugierigen Augen der Menschen war.

„Fünfzehn Minuten." Carl trat heftig auf das Gaspedal und das Auto schoss den Hügel in Richtung Embarcadero hinunter.

~ ~ ~

„Was meinst du damit? War er bewaffnet?", zischte John Reardon in sein Handy. Nervös lief er auf seiner Veranda hin und her. Dabei blickte er immer wieder zurück zum Haus und hoffte, seine Frau würde ihn nicht hören.

„Ich weiß nicht, was passiert ist, aber ich sage dir: Mich kannst du abschreiben."

„Das war nicht unsere Abmachung, Billy. Ich habe dich schon bezahlt." Panik wickelte sich wie eine Schlange um Johns Hals.

„Und ich habe mir das Geld verdient, doch die Schlampe hat immer wieder Hilfe. Du hast mir gesagt, die kennt hier keinen und plötzlich ist sie mit einem Typen zusammen, der sie mit seinem Leben verteidigt? Ich sage dir, der Typ hatte was Gruseliges an sich. Leg dich nicht mit ihr an."

„Verdammt, versuch es halt noch einmal. Ich sehe sie morgen im Büro und werde herausfinden, was sie am Abend vorhat. Ich sorge dafür, dass du sie alleine erwischst. Bitte, hilf mir hier."

Er hörte Billy mehrere Male scharf einatmen, bevor dieser endlich sprach. „Wenn du nicht mit meiner Schwester verheiratet wärst, würden wir diese Unterhaltung nicht einmal führen. Okay." Er pausierte erneut. „Doch diesmal erzählst du mir die ganze Geschichte. Danach entscheide ich, ob ich dir helfe oder nicht. Ich werde meinen Hals nicht mehr blind für dich riskieren. Familie hin oder her."

„Es ist besser, wenn du nicht zu viel weißt." So sehr John die Hilfe seines Schwagers auch brauchte, um aus dieser Misere herauszukommen, hielt er es dennoch für sicherer, wenn Billy nicht alles wusste.

„Blödsinn. Rede, oder ich bin raus." Den Ganovenjargon hatte Billy sich bei den mehrfachen Zusammenstößen mit dem Gesetz angeeignet.

„Versprich mir, dass du Karen nichts davon erzählen wirst." John wollte nicht, dass seine Frau von seinen Machenschaften erfuhr. Sie stritten so schon genug über alles Mögliche.

Billy grunzte zustimmend.

„Ich habe die Bücher gefälscht. Am Anfang war es ganz einfach: nur einige Buchungseinträge und ich schrieb feste Anlagen als Schrottwert ab. Danach war es einfach, sie zu verkaufen und das extra Geld einzustecken. Es hat geholfen. Wir brauchten das Geld, nachdem wir das neue Haus gekauft hatten." John wusste, dass das keine Rechtfertigung für Diebstahl war, doch hatte er wirklich keine andere Wahl gehabt. Die Zinsen auf sein Darlehen waren hochgeschossen und er konnte sich die Zahlungen nicht mehr leisten.

„Das ist alles? Tut mir leid, aber das ist nicht Grund genug, um diese Buchprüferin loszuwerden", lehnte Billy ab. „Du weißt noch nicht mal, ob sie was herausfinden wird."

Wenn Billy nur wüsste, was wirklich vor sich ging, doch er konnte ihm nicht trauen, den Mund zu halten.

„Sie wird es herausfinden. Sie ist eine der Besten. Ich habe sie überprüft."

„Na und, sie findet es heraus und du bekommst eine auf die Finger. Das war's."

„Ich werde alles verlieren." John konnte ihm immer noch nicht von dem Mann erzählen, der ihn erpresste. Nein. Er fürchtete diesen Mann zu sehr, um ihn Billy gegenüber zu erwähnen. Als ob der Kerl es irgendwie herausfinden könnte. „Bitte Billy, tu es für Karen."

Es gab eine lange Pause und er dachte schon, Billy hätte das Telefonat beendet.

„Okay, aber es ist das letzte Mal. Wenn sie davonkommt, bist du auf dich allein gestellt. Und du schuldest mir noch 'nen Tausender."

„Danke, Billy."

John beendete das Gespräch. Billy war das geringste seiner Probleme. Zumindest konnte er seinen Schwager leicht manipulieren. Und mit einem Vorstrafenregister so lang wie sein Arm hatte Billy genug Quellen, um solche Aufträge auszuführen. Außerdem war er immer in Geldnot.

John graute vor dem Anruf, den er schon den ganzen Abend aufgeschoben hatte.

Nachdem er begonnen hatte, die Bücher zu fälschen, hatte er gedacht, seine Probleme hätten sich erledigt. Doch eines Tages erhielt er einen Anruf von einem Mann, der über seine Taten Bescheid wusste. Der Mann hatte begonnen, ihn zu erpressen. Im Austausch für sein Schweigen wollte er Zugriff auf die Geschäftsbücher. John hatte nie nach den Gründen gefragt, da er dachte je weniger er wüsste, umso besser wäre es für ihn.

Doch nun, mit dem unerwarteten Auftauchen der Buchprüferin aus New York, hatte er Angst, dass alles herauskam. Seine Karriere wäre vorbei. Er würde strafrechtlich verfolgt werden. Doch das wäre nicht einmal das Schlimmste. Der Mann hatte ihm befohlen, die Buchprüferin loszuwerden, oder er würde John loswerden.

John hatte den Mann noch nie gesehen und nur am Telefon mit ihm gesprochen. Er kannte nicht einmal seinen Namen, doch war er sicher, dass der Kerl es ernst meinte. Was auch immer sein Erpresser vorhatte, es war ein weitaus größerer Betrug als die paar Tausender, die John veruntreut hatte. Warum würde er sonst Johns Benutzernamen und Passwort für das Computersystem der Firma benötigen? Und warum hätte er ihm sonst befohlen, die Buchprüferin loszuwerden?

Als John die Nummer wählte, hoffte er insgeheim, dass er die Voicemail erwischen würde, doch wusste er, wie gering diese Chance war. Egal, zu welcher Zeit er nachts anrief, der Mann nahm immer ab. Wohingegen er tagsüber oft nur die Voicemail erwischte.

„Was gibt's?", antwortete der Mann.

„Sie ist wieder davongekommen."

„Ich weiß."

„Woher?" John fühlte sich nicht wohl dabei, dass er schon von seinem Missgeschick wusste.

„Ich habe überall Augen und Ohren. Du hättest sie erledigen sollen, als du noch die Gelegenheit hattest. Nun wird sie beschützt und ich muss mich der Sache selbst annehmen. Idiot!"

„Es tut mir leid."

„Oh, das wird es, wenn ich mit dir fertig bin. Ich brauche noch eine Woche. Und wenn du bis dahin nicht diesen oder jeden anderen Buchprüfer aus den Büchern heraushalten kannst, muss ich jemand anderen finden, der deinen Job macht. Hast du mich verstanden?" Seine Stimme war scharf.

John zitterte. „Ja. Es wird keine weiteren Probleme geben. Das verspreche ich."

„Gut."

Ein Klicken am anderen Ende beendete den Anruf. Nichts war gut. Instinktiv wusste John das. Schon bald würde die Scheiße auf den Ventilator treffen und er würde direkt davor stehen. Das war keine hübsche Vorstellung.

„John!”, rief seine Frau von hinter ihm, als sie auf die Veranda hinaustrat. „Hast du letzten Monat die Kreditkartenrechnung nicht bezahlt?”

Er wandte sich um und sah die Rechnung, die sie in der Hand hielt. Sie sah mehr als verärgert aus.

„Aber sicher doch, das tue ich doch immer.” Hatte er sie bezahlt? Er konnte sich nicht erinnern, ob er letzten Monat genug Geld dafür gehabt hatte.

„Warum berechnen sie uns dann Gebühren und Zinsen auf dieser Rechnung? Das kann nicht stimmen. Ich werde mal anrufen.”

John schnappte sich die Rechnung. „Ich kümmere mich darum. Sicherlich handelt es sich nur um ein Versehen. Ich werde gleich morgen früh anrufen.”

„Gut, denn ich hasse es, wenn Kreditkarteninstitute ehrliche Leute wie uns betrügen. Das ist entsetzlich!”

Er beobachtete, wie sie ins Haus zurückging, und fuhr sich mit der Hand durchs Haar. Wie lange konnte er das noch aufrechterhalten? Er hörte seinen Jüngsten herumtoben. Wenn er sich nicht um die Kinder sorgen müsste, würde er einfach mit seiner Frau aus der Stadt verschwinden. Doch wie weit würde er mit zwei Kindern im Schlepptau kommen? Und abgesehen davon, er hatte keine Ahnung, ob Karen überhaupt mit ihm gehen würde, sobald sie herausfand, welche Probleme er sich eingehandelt hatte.

16

„Du willst, dass ich *was* tue?" Grinsend steckte Samson ein Kondom in die Tasche seines Bademantels, bevor er sich wieder Delilah zuwandte.

„Fang mich. Und wenn du es schaffst, darfst du mir vielleicht den Bademantel vom Leib reißen."

Sie lachte, sprang aufs Bett und auf der anderen Seite wieder hinunter. Sie trug einen langen, dunkelgrünen Seidenbademantel, den er ihr geliehen hatte. Er war zu lang für sie und war eine Stolperfalle. Nicht, dass er diesen unfairen Vorteil benötigt hätte.

„Das wird eine kurze Jagd werden", warnte Samson sie neckend, „und ich gewinne immer."

„Ich bin schnell."

Verdammt, sie war süß. Und verspielt.

„Ich bin schneller."

Als er sah, wie sie um den Sessel und dann über die Kissen vor dem Kamin lief, sprang er mühelos über das Bett. Er nahm einen anderen Weg, doch ließ er sich dabei Zeit. Er wollte nicht, dass die Jagd zu schnell vorbei war. Er blieb zwei Schritte hinter ihr und sorgte dafür, dass sie immer in Reichweite war, doch gab er ihr gleichzeitig das Gefühl, dass sie jederzeit entkommen konnte, wenn sie es wollte.

Ihr Kichern erfüllte den Raum, der schon viel zu lange kein Lächeln oder Lachen mehr gesehen und gehört hatte. Geschweige denn den berauschenden Widerhall von Delilahs Stimme.

Delilah umrundete den Sessel erneut und Samson hielt ihr gegenüber inne. Sie machte eine Andeutung nach rechts, entkam aber dann nach links. Sie sprang über die Chaiselongue, als wäre es eine Hürde und er musste ihre Flexibilität einfach bewundern. Die Art, wie sie ihre Beine spreizen konnte, würde sich bald als nützlich erweisen. Er konnte an mehr als nur eine Sache denken, wie er ihre Biegsamkeit nutzen konnte: wie ihre langen, wohlgeformten Beine sich um ihn schlangen, wie er sie auf seine Schultern hochziehen würde. Sein Schwanz wurde bei dem Gedanken daran hart.

Samson leckte seine Lippen und verfolgte Delilah, als sie in Richtung Bett lief und hinaufsprang. Das war genau die Stelle, an der er sie haben wollte. Er packte sie bei den Knöcheln und zog sie herunter, sodass sie mit dem Gesicht in die weichen Kissen fiel. Die Wucht nahm ihr beinah den

Atem.

„Ich hab' dich." Er sprang aufs Bett wie ein Tiger, der seine Beute fing, und begrub sie unter sich. „Ich bin hier, um mir meinen Preis zu holen."

Sanft schob er ihr Haar beiseite, um ihren Nacken und ihr Gesicht freizulegen. Ihr Atem ging schwer. Als ihm bewusst wurde, dass er mit seinem Gewicht vermutlich ihr Zwerchfell zusammendrückte, rollte er sich auf die Seite und zog sie mit sich.

Zärtlich schmiegte er seine Lenden an ihren süßen Hintern und seine Brust an ihren Rücken. Er liebte es, mit ihr zu spielen und das, obwohl er nie ein verspielter Typ gewesen war. Noch nie hatte sich der Körper einer Frau für ihn so gut angefühlt. Es musste daran liegen, dass er unter Sexentzug litt.

„Ich habe dich gewinnen lassen", behauptete Delilah, noch immer außer Atem.

„Ich habe fair gewonnen." Samson grinste, während er ihre Seidenrobe beiseiteschob und ihre Beine freilegte. Wie konnte eine zierliche Frau wie sie nur so lange Beine haben? Seine Hand glitt an ihrer geschmeidigen Hüfte hinunter und er bewunderte ihre perfekten Kurven.

„Was willst du?"

„Dich."

„Du hast mich doch schon."

War sie sich bewusst, was sie ihm gegenüber eingestand?

Sanft zog er ihr das Gewand von ihren Schultern. „So, das alles gehört mir?"

Das Wort *mir* sank tief in seine Brust und fühlte sich vollkommen richtig an, als er seine Lippen an ihre Schulter presste. Ohne seine Fangzähne auszufahren, glitten seine Zähne zärtlich über ihre Haut. Er fühlte, wie sie erbebte.

„Wusstest du, dass ein Löwe seine Löwin während der Paarung beißt und ihr dadurch deutlich macht, dass sie ihm gehört?" Der Gedanke, Anspruch auf sie zu erheben, schoss durch seinen Kopf wie ein Querschläger in einem geschlossenen Raum.

„Versuchst du, das gerade zu tun?" Sie entzog sich ihm nicht.

„Führe mich nicht in Versuchung, oder ich werde zum Löwen und beiße dich."

Samson musste seinen Blick von ihrem Hals abwenden, wo er ihre Schlagader unter der Haut pulsieren sah. Die einzige Möglichkeit, nicht an das Blut zu denken, das in ihren Adern floss, war, einen anderen Hunger zu stillen. Einen Hunger, der seinen Schwanz unkontrollierbar pochen ließ.

„Wer sagt, dass ich dich daran hindern würde?"

Bei diesem verlockenden Gedanken nahm Samson einen tiefen Atemzug, bevor er ihren Bademantel weiter hinunterzog und sie in Sekundenschnelle davon befreite. Ebenso schnell befreite er sich von seinem eigenen Bademantel und zog sie wieder an seine Brust. Ihr süßer Hintern schmiegte sich perfekt an seinen harten Schaft.

Er tastete nach dem Kondom und streifte es über. „Ich hatte noch nie zuvor so einen harten Schwanz wie bei dir." Mit ihr war er ständig hart und lusterfüllt.

„Kann ich irgendetwas für dich tun?"

Samson schob sich zwischen ihre Schenkel, fühlte nach ihrem Eingang und rammte seinen harten Ständer bis zum Anschlag in sie hinein. „Ja!" Er stöhnte laut. „Du kannst dich bis zum Sonnenaufgang ficken lassen."

Oder noch länger.

Delilah zog ihre Knie an, um ihm besseren Zugang zu gewähren, während er ihre Hüften packte und noch härter zustieß. Sie war so feucht, dass er trotz seiner Größe mühelos in sie hineinstoßen konnte. Da er sie von hinten nahm, hatte er absolute Kontrolle über sie. Sie war zerbrechlich, doch alles, was er hörte, war ihr lustvolles Stöhnen, das ihr bei jedem seiner Stöße über die Lippen rollte. Es war wie Musik in seinen Ohren. Ein Konzert von magischen Tönen, die seinen Körper befriedigten wie kein anderer Ton zuvor.

Ihr Gesicht zeigte Zeichen der Ekstase; ihr Atem war kurz und heftig und ihr Körper war geschmeidig und reagierte auf ihn.

„Gib mir mehr."

Mehr? Diese menschliche Frau wollte noch härter von ihm gefickt werden? Er würde sie zerbrechen. Er sollte es nicht tun, es war viel zu gefährlich.

„Mehr", bettelte sie erneut, bis er sich nicht länger zurückhalten konnte.

Er spürte, wie seine Fangzähne sich ausfuhren und sein Körper sich versteifte. Der Vampir in ihm wollte sie ficken. Verdammt noch mal, er hatte sich schon so lange zurückgehalten, dass er weder den Willen noch die Selbstkontrolle hatte, um die Verwandlung zu stoppen. Sie wollte gefickt werden. Auf was wartete er noch? Auf eine schriftliche Einladung?

Aber er wollte nicht, dass sie ihn so sah. Nein, nicht mit seinen verlängerten Eckzähnen und rot glühenden Augen. Würde sie ihn so sehen, hätte sie Angst vor ihm. Seine Hand suchte nach dem breiten Seidengürtel ihres Bademantels. Er fand ihn und zog ihn zu sich heran.

„Schließ deine Augen und ich werde dir jeden Wunsch erfüllen." Er versuchte seine Stimme unter Kontrolle zu halten und streifte den Gürtel über ihre Augen. Sie erschrak erst ein wenig, ließ ihn aber dann zu seiner Überraschung den Gürtel hinter ihrem Kopf verknoten.

„Ich verspreche, dir nicht wehzutun."

„Ich weiß." Es war unbegreiflich, dass Delilah ihm vertraute, aber er wusste, dass es so war. Er konnte es spüren.

Samson drang noch ein letztes Mal tiefer in sie hinein, bevor er sich aus ihr zurückzog. Dann drehte er sie auf den Rücken und ließ sich sanft auf sie gleiten.

„Delilah, Süße, schling deine Beine um mich."

Er sank in sie hinein und stieß hart zu. Härter als zuvor. Härter, als er es bei einer Sterblichen tun sollte. Verdammt, er sollte eigentlich überhaupt keinen Sex mit einer Sterblichen haben. Zu spät. Er war bereits viel zu tief eingetaucht, sprichwörtlich sowie körperlich.

Und er würde nicht aufhören – nein. Jetzt, wo er alles hatte, was er wollte, war an Aufhören nicht mehr zu denken. Aufhören, ihren Körper mit Freude zum Vibrieren zu bringen, ebenso, wie sie es mit seinem Körper tat? Nein. Kein Mensch könnte das jemals aufhalten – und ein Vampir erst recht nicht. Er wurde von seiner Lust getrieben. Er war jetzt mehr Tier als Mann.

Seine Fänge sehnten sich nach ihrem Hals und dem Blut, das er unter ihrer bleichen Haut spürte. Haut, so verletzbar, so zerbrechlich, so delikat. Er atmete ihren Lavendelduft ein und wusste, was er brauchte, aber nicht bekommen konnte. Er konnte sie nicht küssen, nicht mit seinen ausgefahrenen Fangzähnen. Verdammt!

Ihre Muskeln schlossen sich so eng um seinen Schwanz, dass Samson wusste, dass sie ihn jeden Moment melken würde. Es gab kein Zurückhalten mehr.

„Oh Gott, ja."

Delilah erwiderte jeden seiner Stöße mit einer ebenso leidenschaftlichen Reaktion. Ihre Körper schlugen so kraftvoll zusammen, dass er dachte, er würde sie in Stücke brechen. Dennoch pfählte er sie weiterhin auf seinem harten Schwanz auf und füllte ihre Enge perfekt aus.

Als sie plötzlich zum Orgasmus kam, drückten ihn ihre Muskeln noch fester – viel zu unerwartet für ihn, als dass er seinen eigenen Höhepunkt hätte stoppen können. Er konnte sprichwörtlich die Wogen durch ihren Körper strömen fühlen. In einem Welleneffekt entzündeten sie etwas, das sich wie Dynamit in seinen eigenen Zellen anfühlte, und ließen ihn mit der Kraft einer Atombombe explodieren. Sein Kopf schoss in Richtung ihres Halses und seine Fangzähne waren bereit, ihre Vene aufzureißen und ihr

Blut zu trinken.

Nimm sie! Sie gehört dir!

In letzter Sekunde riss er seinen Kopf herum und vergrub seine Fänge im Kopfkissen, während er auf ihr niederbrach.

Samson atmete schwer aus, einmal, zweimal, dreimal. Er hätte sie beinah gebissen. Beinah. Es wurde viel zu gefährlich für sie. Und doch wusste er gleichzeitig, dass er nicht aufhören konnte. Er brauchte mehr von ihr und die Nacht hatte nicht genug Stunden übrig, um genug von ihr zu bekommen.

Er spürte, wie sie ihre Augenbinde abnahm und ihren Kopf drehte, doch hielt er seinen weiterhin im Kopfkissen begraben. Langsam zogen sich seine Fangzähne zurück und er konnte spüren, wie die Anspannung in seinem Kiefer nachließ.

„So, also hast du dich beim ersten Mal zurückgehalten", sagte sie und keuchte so schlaff wie er sich fühlte.

Samson hob seinen Kopf. Er wusste, dass seine Fangzähne sich vollständig zurückgezogen hatten und das rote Glühen in seinen Augen verschwunden war. Er würde absolut normal für sie aussehen.

„Morgen wirst du mich verfluchen, wenn du die vielen blauen Flecken siehst, die ich hinterlassen habe. Du bist so zerbrechlich."

„Ich bin nicht zerbrechlicher als jede andere Frau."

Aber wesentlich zerbrechlicher als eine Vampirin.

Und wesentlich leckerer.

Ihre Lippen waren verlockend und er konnte nicht widerstehen. Er küsste sie zärtlich, fing ihre Oberlippe ein und saugte sanft daran.

„Du erstaunst mich. Es scheint, als ob du zwei verschiedene Personen in dir hättest. Eine wilde und eine zärtliche."

„Hmm." Sie hatte keine Ahnung, wie richtig sie damit lag. Anstatt ihr zu antworten, entschied er sich dafür, ihr seine zärtliche Seite zu zeigen und sie weiter zu küssen.

Als er sich aus ihr herauszog, wurde ihm etwas bewusst. „Ich fürchte, das Kondom hat es nicht überlebt." Er warf das kaputte Teil weg.

Delilah zuckte zusammen. „Oh nein!"

Er legte seine Hand unter ihr Kinn und zwang sie, ihn anzusehen. „Süße, ich möchte nicht, dass du dir Sorgen machst. Ich kann dich nicht schwängern und ich garantiere dir, dass ich absolut gesund bin."

Ihre nächste Reaktion überraschte ihn.

„Du kannst keine Kinder zeugen?"

Er dachte, er hörte Enttäuschung in ihrer Stimme mit, doch da musste er sich irren.

„Oh." Sie lehnte ihren Kopf wieder gegen seine Brust.

Plötzlich hatte er das Bedürfnis, das Thema zu wechseln. „Bist du müde?"

„Nicht wirklich. Im Moment kann ich nicht viel schlafen. Seit ich in San Francisco angekommen bin, leide ich unter Schlaflosigkeit."

„Schlaflosigkeit?"

„Ja, es ist seltsam. Ich kann nachts nicht viel schlafen und fühle mich dann während des Tages komplett verausgabt."

„Hattest du das früher schon einmal?" Samson streichelte sanft ihr Haar.

„Nein. Ich bin eher der Typ, der immer und überall schlafen kann. Setz mich auf den Rücksitz eines Autos, fahr los und ich schlafe sofort ein."

„So, was hält dich dann nachts wach? Zu viel Arbeit?"

Delilah schüttelte ihren Kopf, bevor sie ihn wieder an seine Brust legte. „Nein. Die Arbeit ist wie immer. Nur irgendwelche Alpträume. Nichts Wichtiges."

Samson fragte sich, was für Alpträume eine Frau wie sie plagen konnten. „Monster?"

„Nichts Wichtiges. Nur verrücktes Zeug. Ich hätte schwören können, dass ich in der Nacht bevor ich dich traf, von deinem Haus geträumt habe. Aber es war vermutlich nichts weiter. Ich meine, es gibt so viele viktorianische Häuser in der Stadt und bei Nacht sehen alle ziemlich gleich aus."

„Du glaubst, dass du von meinem Haus geträumt hast? Und dass es ein Alptraum war? Das ist nicht gerade etwas, das ein Mann von der Frau in seinen Armen hören möchte. Was ist in dem Alptraum geschehen? Ich hoffe, dass ich nicht darin vorkam."

Sie gab ihm einen leichten Klaps auf den Arm. „Natürlich nicht. Es war vermutlich nicht einmal dein Haus. Es hätte jedes beliebige viktorianische Haus sein können."

„Was ist in dem Haus passiert?"

„Ich war nicht *im* Haus. Ich lief darauf zu, weil mich jemand verfolgte."

„Wie gestern Nacht?"

Er spürte, wie sie ihren Atem für einen kurzen Moment anhielt. „Ja. Wie gestern Nacht." Delilah schwieg für einen Augenblick. „Ich bin mir sicher, dass es nichts bedeutet. Vielleicht liegt es nur am fremden Bett."

Er zwang sie nicht weiter. „Nun, da das hier auch ein fremdes Bett ist, muss ich dich wohl unterhalten." Samson lächelte. „Und vielleicht kann ich dich sogar so müde machen, dass du schlafen kannst."

„Ich sollte dir eine kleine Pause zur Erholung gönnen."

Er nahm ihre Hand und führte sie an seine Erektion. „Nicht nötig."

Sie stützte ihren Kopf auf ihre Hand und sah ihn an. „Ich verstehe das nicht. Wie kann es sein, dass du schon wieder Lust auf Sex hast? Es ist erst zwei Minuten her, seit du mit mir Liebe gemacht hast."

„Glaube mir, das ist auch für mich neu."

Vielleicht nicht ganz neu. Als Vampir hatte er mehr Stehvermögen als ein sterblicher Mann. Trotzdem war es ungewöhnlich für ihn.

„Ich muss mich nur im gleichen Raum mit dir befinden und ich werde hart. Es ist nicht gerade so, als hätte ich Kontrolle darüber."

Er hatte bemerkt, dass sie es *Liebe machen* anstatt *Sex haben* nannte. War es das, was sie fühlte? Dass er mit ihr Liebe machte? War er in der Lage dazu, Liebe zu machen? Das würde mehr beinhalten als nur die körperliche Vereinigung: Es würde bedeuten, dass Gefühle beteiligt waren.

„Ich beklage mich ja nicht. Ich bin nur erstaunt." Delilah lächelte ihn an, während ihre Finger sanft über seinen Schwanz glitten.

„Alles, was ich weiß, ist, dass du mir einen Zauber auferlegt hast." Er sah ihr tief in die Augen und versuchte zu verstehen, warum er so intensiv auf ihren Körper reagierte. Warum er nicht genug von ihr bekommen konnte und sie so schnell wieder begehrte.

17

Mehrere Stunden und Liebesspiele später schien Delilah endlich müde zu werden.

„Süße, wenn du am Morgen aufwachst, werde ich nicht hier sein."

„Warum nicht?"

„Ich habe den ganzen Tag lang Konferenzen und muss früh los", log Samson. „Aber ich sehe dich, wenn du abends zurückkommst. Ich werde Oliver bitten, sich morgen um dich zu kümmern."

„Um mich kümmern?"

„Er wird für den Tag dein Leibwächter sein."

„Ich brauche keinen Leibwächter", protestierte sie und gähnte. „Das ist übertrieben."

„Du wurdest zweimal angegriffen. Ich glaube, du kannst nicht vorsichtig genug sein."

„Ich bin keine Berühmtheit, die einen Leibwächter braucht. Ich kann auf mich selbst aufpassen." Ihre Stimme hatte einen schärferen Ton angenommen, als er bisher von ihr gehört hatte. Warum wollte sie sein Angebot nicht annehmen?

„Ich kann tagsüber nicht bei dir sein und ich werde mich auf nichts konzentrieren können, wenn ich nicht weiß, dass du in Sicherheit bist. Der Gauner ist immer noch da draußen, und sobald er eine Chance hat, wird er es wieder versuchen."

„Samson, du kannst mein Leben nicht einfach so übernehmen. Bis vor zwei Tagen war ich sehr wohl in der Lage, auf mich selbst aufzupassen. Ich brauche das wirklich nicht."

Es schien, als würde sie felsenfest bei ihrem Entschluss bleiben. Da war es wieder, dieses Kontrollproblem. Als Buchprüferin wollte sie alle Aspekte ihres Lebens kontrollieren. Außer vielleicht Sex. Da hatte sie die Kontrolle an ihn abgetreten.

Doch wenn es um alles andere ging, schien es, als wollte sie die Kontrolle weder an ihn noch an irgendjemand anderen abgeben und eine Diskussion wäre zwecklos.

„Bitte, Delilah. Tu es für mich."

„Samson, das ist wirklich lächerlich. Ich brauche keinen Leibwächter."

Delilah würde diese Auseinandersetzung nicht gewinnen, nicht wenn er es verhindern konnte. In jedem Falle würde Oliver sie morgen beschützen, selbst wenn Samson sie durch Gedankenkontrolle dazu zwingen müsste. Doch würde er lieber keine solch drastischen Mittel anwenden müssen.

„Was, wenn es umgekehrt wäre?"

Sie machte große Augen. „Das ist nicht fair."

„Wer sagt, dass ich fair kämpfe? Was, wenn ich in Gefahr wäre? Ich hoffe sehr, dass du mich in Sicherheit wissen wolltest. Es sei denn, es wäre dir egal, wenn mir etwas zustoßen würde."

Als Samson ihr ins Gesicht blickte und das Stirnrunzeln sah, wusste er, dass er sie überzeugt hatte.

„Okay, aber ich muss zur Arbeit gehen."

Er begrüßte ihr Zugeständnis mit einem Kuss. „Du wirst nicht einmal bemerken, dass er da ist."

„Ja, ganz bestimmt."

Augenblicke später kuschelte sie sich an seine Brust und ihre Augen fielen zu.

Samson konnte noch nicht schlafen. Sein Körper war trotz der vorherigen körperlichen Betätigung noch nicht müde genug. Er warf einen Blick auf die halb leere Kondomschachtel. Obwohl eines gerissen war und er ihr versichert hatte, dass nichts passieren konnte, hatte er sie weiterhin benutzt.

Er hätte lieber *in natura* mit ihr geschlafen, um ein noch intensiveres Gefühl ihres Körpers zu bekommen. Vielleicht morgen Nacht. Er wusste, dass es eine weitere Nacht geben musste. Er war nicht einmal annähernd mit ihr fertig. Dr. Drake hatte falsch gelegen mit seiner Annahme, dass Sex mit ihr ihn wieder in sein früheres Selbst verwandeln würde. Es hatte nicht funktioniert. Ja, seine Erektionsprobleme waren verschwunden, aber jetzt hatte er ein ganz anderes Problem: Er wurde süchtig nach Delilah.

Als er ihren schlafenden Körper anblickte, fühlte er das Verlangen, dieses Bild einzufangen. Ihr dunkles Haar breitete sich wie ein Fächer über das Kissen aus, ihre Handflächen waren offen, die Vene pulsierte in ihrem Handgelenk und ihr Busen hob sich mit jedem Atemzug.

Er holte seinen Zeichenblock aus seinem Sekretär in einer Ecke des Schlafzimmers und begann zu zeichnen.

Samson liebte das Zeichnen schon, seit er ein kleiner Junge war. Er hatte eine privilegierte Erziehung in einem der feinsten Haushalte Englands genossen. Seine Eltern waren beide Kunstliebhaber gewesen und hatten ihn schon als kleinen Jungen ermutigt, seiner Leidenschaft zu folgen.

Er war immer davon ausgegangen, Künstler zu werden. Unglücklicherweise hatte sein Vater einige unkluge Investitionen getätigt und die Familie war plötzlich mittellos dagestanden. Was konnte ein junger Mann mit einer künstlerischen Ausbildung tun, um Geld zu verdienen? Nichts. Seine einzige Chance war gewesen, alles Geld zusammenzukratzen und auf ein Schiff zu gelangen, das in die Neue Welt segelte. Es gab Berichte, dass wagemutige junge Männer in Amerika reich werden konnten und er hatte nichts zu verlieren.

Seine Eltern zurückzulassen brach ihm das Herz, doch Samson hatte gehofft, eines Tages als reicher Mann zu ihnen zurückzukehren, um sich dann so um sie zu kümmern, wie sie sich um ihn gekümmert hatten, als er ein Kind war. Er hätte niemals geglaubt, dass er sie das letzte Mal sehen würde, als sie ihm beim Auslaufen des Schiffes zum Abschied winkten.

Ohne nennenswerte Qualifikationen war es schwer für ihn gewesen, eine Anstellung zu finden, bis die gelangweilte Frau eines britischen Offiziers ihn als Lehrer für ihre Kinder einstellte. Das war nicht alles, was sie von ihm erwartete. Wann immer ihr Ehemann aus dem Haus war, kam sie in Samsons Zimmer und forderte seine sexuellen Dienste. Als relativ unerfahrener junger Mann schätzte er den Unterricht in den sinnlichen Künsten, die diese Frau ihm willig erteilte. Er war ein hervorragender Schüler.

Er hatte einen gesunden sexuellen Appetit und was er tat, erschien ihm nicht verkehrt. Irgendwie verbreitete sich diese Tatsache unter den gelangweilten Ehefrauen der Gegend und die Stellenangebote häuften sich. Plötzlich wollte jede Frau ihre Kinder in Kunst unterrichtet haben – und die eigenen sexuellen Bedürfnisse bei Nacht befriedigt bekommen.

Er hatte dabei keine Bedenken und konnte endlich wählen, was er tun wollte. Bis zu dem Tag, an dem er nur noch vor einer Wahl in seinem Leben stand und nur noch eine einzige Entscheidung treffen musste. Sie hieß Elizabeth …

An dem Tag, an dem ihm klar wurde, dass er in sie verliebt war, kam der Regen und kühlte endlich die schwüle Luft. Samson öffnete die Stalltür, um sowohl sich als auch sein Pferd aus dem Regenguss ins Trockene zu bringen.

Er schüttelte das Wasser aus seinem Haar und erlaubte seinen Augen, sich an das schummrige Licht im Stall zu gewöhnen. Ein schwaches Wimmern ließ ihn herumfahren. Dort, zusammengekauert in einer Ecke, war Elizabeth, die 17-jährige wunderschöne Tochter seines Arbeitgebers.

„Elizabeth. Was machen Sie bei diesem Wetter hier draußen?"

Er ließ die Zügel fallen und ging zu ihr. Als sie aufblickte, bemerkte er, dass sie weinte. Instinktiv kniete er sich nieder und nahm sie in seine Arme.

„Was ist passiert?"

„Oh, Samson!", jammerte sie, „ich soll in zwei Wochen heiraten!"

Nein! Nicht Elizabeth; nicht die Frau, die er für sich selbst haben wollte.

„Wer hat das gesagt?"

„Vater hat es heute bekannt gegeben. Er hat Fitzwilliam Hermann für mich ausgewählt. Samson, bitte helfen Sie mir. Ich kann diesen Mann nicht heiraten. Er ist alt, er ist hässlich und er stinkt. Ich mag ihn nicht."

Er streichelte ihr flachsfarbenes Haar und legte dann eine Hand unter ihr Kinn, damit sie ihn ansah. Ihre Augen waren geschwollen von den Tränen, die sie seit Stunden vergossen haben musste.

„Elizabeth, vertrauen Sie mir?"

Sie nickte.

„Ich weiß, es ist wahrscheinlich nicht so, wie Sie sich diesen Tag vorgestellt haben. Und es ist auch nicht der richtige Ort dafür." Er blickte sich im Stall um. „Aber ich habe kaum eine andere Wahl. Ich kann Sie Hermann nicht heiraten lassen. Weil ich Sie liebe."

Ihre Augen weiteten sich.

„Und ich werde es nicht zulassen. Bitte heiraten Sie mich. Wir werden noch heute Nacht fortgehen. Wir werden uns verstecken. Wir werden einen Ort finden, an dem wir zusammen sein können."

Ihre Antwort kam sofort. „Oh, ja, Samson. Bringen Sie mich fort von hier."

Und dann küsste er sie. Zum ersten Mal küsste er die Frau, nach der er sich heimlich schon seit Monaten gesehnt hatte. Die Frau, in die er hoffnungslos verliebt war. Hoffnungslos, weil er wusste, dass ihre Eltern ihn nie akzeptieren würden. Doch all das zählte jetzt nicht – handeln war angesagt. Sie an einen anderen Mann zu verlieren, kam nicht in Frage.

Ihre Lippen waren weich und süß. Seine Elizabeth war rein und anständig – nicht wie die vielen verheirateten Frauen, die sein Bett aufsuchten.

„Wir gehen heute Nacht. Pack nur ein, was wir auf einem Pferd mitnehmen können. Ich warte hier um Mitternacht auf dich. Sei vorsichtig", warnte er sie. „Sag zu niemandem etwas."

Er küsste sie erneut, unfähig, von ihrem süßen Geschmack abzulassen.

„Ich werde da sein."

Sie ging zur Stalltür und wandte sich noch einmal um. „Ich liebe dich."

Die Stunden bis Mitternacht schienen länger als sie sein sollten. Samson war nervös. Was, wenn sie ihre Meinung änderte? Mit ihm, einem mittellosen Mann ohne Zukunft durchzubrennen, konnte nicht das sein, wovon eine reiche Erbin wie sie träumte.

Als die Glocken der nahen Kirche den zwölften Schlag zur Mitternacht läuteten, war er fast so weit, wieder auf sein Zimmer zu gehen. Elizabeth würde nicht kommen. Sie würde in ihrem warmen Bett schlafen, vielleicht weinen, aber sie würde bleiben und tun, was ihre Eltern von ihr verlangten.

Ein Geräusch ließ ihn herumfahren. Sie war in einen dunklen Umhang gehüllt und trug einen kleinen Beutel in der Hand. Elizabeth. Samson zog sie in seine Umarmung und küsste sie. Ihre Lippen löschten jeden Zweifel aus. Ihre Zukunft war ungewiss, doch sein Leben war perfekt. Die Frau, die er liebte, war bereit alles aufzugeben, um mit ihm zusammen zu sein.

Die Pferde waren gesattelt und bereit. Sie ritten für nur eine Stunde, bevor sie angegriffen wurden. Drei Männer, die aus dem Nichts kamen, fielen über sie her. Es geschah so schnell, dass keine Zeit für eine Flucht blieb.

Samsons Pferd fiel als erstes, die Kehle aufgeschlitzt. Als er sich endlich von seinem Pferd befreit hatte, um nicht darunter begraben zu werden, hörte er Elizabeths verzweifelte Schreie.

Was er sah, ließ ihn an seinem Verstand zweifeln, konnte einfach nicht wahr sein. Einer der Männer hatte seine Zähne in ihre Kehle gebohrt und trank von ihrem Hals. Er trank ihr Blut!

Samson kämpfte gegen die anderen zwei, doch er hatte keine Chance. Er konnte Elizabeth nicht erreichen, konnte ihr nicht helfen. Er hatte versprochen, sie zu beschützen. Und dabei versagt.

Da er sie nicht retten konnte, würde er bei dem Versuch, sie zu rächen, sterben. Er kämpfte, schlug um sich und biss mit so großer Wut zu, wie er es nicht für möglich gehalten hätte.

Er fühlte, wie sich Fangzähne in seinen Arm gruben, fühlte, wie das Blut aus ihm herausgesogen wurde. Doch er gab nicht auf. Er warf einen letzten Blick auf Elizabeths toten Körper, bevor er das Ohr seines Angreifers abbiss und ausspuckte. Das Blut des Mannes schmeckte metallisch in seinem Mund. Es war das Letzte, an das er sich erinnerte.

Am nächsten Tag wachte er in einem Schuppen auf. Wie er dort hingekommen war, wusste er nicht.

Zu seiner Überraschung waren die Wunden, die die Männer ihm zugefügt hatten, verheilt. Doch als er die Tür öffnete und ein Sonnenstrahl auf seinen Arm fiel, ließ ihn der brennende Schmerz instinktiv zurückweichen.

In jenem Moment wurde ihm klar, dass er zu einem Leben als Vampir verflucht war; nichts Anderes ergab einen Sinn.

Er war einer der Bösen.

Bestraft für die Sünden des Ehebruchs und der Ausschweifung

Jenseits der Erlösung.

Samson beendete seine Zeichnung. Über die Jahre hatte er seine Zeichenkünste meist nur genutzt, um Informationen an seine Kollegen weiterzuleiten und ihnen dabei zu helfen, gefährliche Personen zu ergreifen. Sein Können wurde mehr zu einer Randerscheinung, doch Delilah zu zeichnen erinnerte ihn an seine einstige Leidenschaft. Sie war die perfekte Muse.

Er schaute auf seine schlafende Schönheit und gab ihr kleine Küsse auf den Hals und die Schultern. Seine Augen schweiften zur Uhr; die Sonne würde in wenigen Minuten aufgehen.

„Ich muss gehen, Süße", flüsterte er ihr zu, doch sie wachte nicht auf. Er legte den Zeichenblock auf seinen Schreibtisch.

Samson griff nach seinem Bademantel, zog ihn an und ging langsam aus dem Schlafzimmer. Normalerweise schlief er bei geschlossenen Vorhängen im Schlafzimmer, doch jetzt, da sie hier war, konnte er nicht riskieren, dass sie einige Dinge seltsam fand, wenn sie aufwachte. Zum einen wäre es schwer, ihn zu wecken, sobald er eingeschlafen war. Und falls sie die Vorhänge öffnete, um die Sonne hereinzulassen, würde seine Haut verbrennen.

Leise ging er die Treppe hinunter. Er hatte im hinteren Teil des Hauses hinter der Garage einen Sicherheitsraum eingebaut, in dem er sich im Notfall aufhielt. Der Raum war mit allem ausgestattet, was er benötigte: genug Blut für mehrere Tage, einem Bett und Kommunikationsausrüstung.

Samson verschloss die Tür von innen und ließ sich auf das Bett fallen. Schnell sandte er eine Textnachricht an Carl, um ihn darüber zu informieren, wo er war, und eine weitere an Oliver, um ihn anzuweisen, sich den Tag über um Delilah zu kümmern. Er ignorierte Rickys Nachricht, dass er mit ihm sprechen musste. Das konnte warten. Dann berührte sein Kopf das Kissen und die Müdigkeit übermannte ihn.

18

Wie ein Metronom hörte sie ein beharrliches Geräusch.

Tropf, tropf.

Das Blut tropfte in konstantem Rhythmus von ihren Fingern.

Tropf, tropf.

Auf dem gefliesten Boden bildete sich eine kleine Pfütze. Jemand beobachtete sie, doch sie war nicht in der Lage, ihren Kopf zu heben. Stattdessen starrte sie weiter auf ihre Hand.

Tropf, tropf.

In ihrem Augenwinkel tauchte ein dunkler Haarschopf auf. Jemand beugte sich über ihre Hand. Sie konnte sein Gesicht nicht sehen, doch hörte sie ihn scharf einatmen. Schnüffelte er an ihrer Hand?

Sie versuchte, ihre Hand zurückzuziehen, doch sie war wie gelähmt. Sie sah die rosa Zunge noch bevor sie sie spürte ... er leckte sie. Er leckte das Blut von ihrer Hand. Es kribbelte angenehm.

Delilah öffnete blitzartig ihre Augen und atmete schwer.

Wieder ein verrückter Traum.

Sie schob ihn beiseite, um für angenehmere Erinnerungen Platz zu machen.

Sie kuschelte sich zurück in die Laken und sog Samsons Geruch ein, so männlich und sexy. Samson war wie angekündigt nicht da, doch sie konnte noch immer seine Haut auf ihrer spüren, konnte ihn noch immer schmecken und riechen. Noch nie zuvor hatte sie eine Nacht wie die letzte erlebt.

Ohne es zu bereuen, hatte sie ihm, einem komplett Fremden, absolute Kontrolle über sich gegeben und dabei jede Sekunde genossen. In Wahrheit war es sogar befreiend gewesen, nicht die Führung übernehmen zu müssen, sondern sich einfach fallen zu lassen. Er hatte sie jedes Mal aufgefangen.

Sie setzte sich auf und blickte sich im Zimmer um. Dunkle Rollos verhinderten den Blick aus den Fenstern. Darüber hingen noch zusätzlich schwere Vorhänge. Delilah lächelte. Da war wohl jemand ein Morgenmuffel.

Sie sprang aus dem Bett und zog ein Rollo hoch. Draußen war strahlend schönes Wetter. Sie warf einen prüfenden Blick auf die antike Uhr auf dem Kaminsims. Elf Uhr dreißig? Wie konnte sie nur bis halb zwölf geschlafen haben? Vielleicht hatte die Tatsache, dass sie die ganze Nacht wilden und leidenschaftlichen Sex – mindestens ein halbes Dutzend Mal – mit Samson gehabt hatte, etwas damit zu tun.

Sie hatte den Schlaf offensichtlich gebraucht, um sich zu erholen.

Delilah eilte ins Badezimmer und trat unter die Dusche. Sogar als sie die Seife nahm und ihre Haut einschäumte, konnte sie nicht aufhören, an die Geschehnisse der letzten Nacht zu denken. Es fühlte sich alles so unwirklich an! Sie hatte noch nie einen Mann getroffen, der so leidenschaftlich und gleichzeitig so zärtlich sein konnte – und so komplett unersättlich. Sie hatte seinen Hunger gefühlt und sehr schnell ihr eigenes Verlangen nach ihm entwickelt.

Sie hatte noch nie mit einem Mann im Bett so viel gelacht und hatte entdeckt, wie verspielt er eigentlich war. Während sie jetzt ganz genau wusste, was er im Bett mochte, was ihn scharf und was ihn absolut wild machte, hatte sie jedoch immer noch keine Ahnung, wer er war oder was er tat. Er hatte ihr gesagt, er hätte den ganzen Tag Konferenzen, daher nahm sie an, dass er eine Art Unternehmensmanager oder Direktor war. Nicht, dass das wichtig war. Solange nicht plötzlich eine Ehefrau von irgendwoher auftauchte, war ihr egal, was er tat.

Mit einem Seufzer wandte sie sich dem Waschbecken zu, um ihre Haare zu kämmen. Sie blickte auf die Wand über dem Waschbecken und erstarrte. Da hing kein Spiegel. Sonderbar. Letzte Nacht hatte sie das nicht einmal bemerkt, denn sie war so sehr auf Samson und seine Wasserfolter fixiert gewesen. Sie wandte sich um und ließ ihren Blick schweifen, doch im ganzen Bad gab es keinen Spiegel.

Sie zuckte mit den Schultern und ging ins Schlafzimmer. Sie hatte einen kleinen Schminkspiegel in ihrer Handtasche. Sie suchte nach ihrer Handtasche und fand sie auf einem kleinen Holzsekretär in der Ecke des Zimmers. Schreibutensilien, alte Bücher und ein Zeichenblock waren darauf verstreut. Sie hob ihre Handtasche hoch, doch verschob sich dadurch etwas darunter und ein Zeichenblock fiel auf den Boden.

Sie bückte sich und hob ihn hoch, als ein Stück Papier herausglitt. Fasziniert nahm sie es in die Hand. Es war die Zeichnung einer Frau, einer nackten Frau im Bett. Sie blinzelte – und erkannte sich selbst. Er hatte sie gezeichnet während sie schlief!

Das Bild war wunderschön. Sie wusste, sie war nicht annähernd so schön wie er sie gezeichnet hatte. Er hatte ihre leicht rundlichen Hüften beschönigt und über die extra Pfunde hinweggesehen, die sie am Bauch trug. Und auf keinen Fall waren ihre Oberschenkel so schlank. Doch die

Frau auf dem Bild war eindeutig sie, jedoch hatte er sie schöner und perfekter gezeichnet. War diese Frau so, wie Samson sie sah? Oder wie er sie gern hätte?

Ein bisschen Unsicherheit machte sich breit. Zeichnete er alle Frauen, mit denen er schlief? Sie war nicht naiv genug zu glauben, dass sie die Einzige war. Eine Untersuchung des Zeichenblocks verlief ergebnislos und offenbarte keine weiteren Bilder. Vielleicht hatte er sie weggeworfen, nachdem er mit den Frauen fertig war. Es war besser, wenn sie nicht weiter darüber nachdachte.

Delilah legte die Zeichnung zurück, wo sie sie gefunden hatte. Ihr Blick schweifte zu dem Gemälde, das sie in der Nacht zuvor bewundert hatte. Ein Bild erschien vor ihren Augen. Ein Junge mit dunklen Haaren zeichnete auf einem weißen Blatt Papier, hob es hoch und reichte es einer eleganten Dame, die er *Mama* nannte. Die Vision verschwand ebenso schnell wie sie gekommen war.

Delilah schüttelte den Kopf. Auf keinen Fall hatte sie genug Schlaf bekommen. Doch sie konnte nicht länger herumtrödeln.

Als sie endlich angezogen war, ging sie die Treppe hinunter. Der Duft von Kaffee durchdrang das Haus und sie folgte dem Geruch in die Küche. War Samson nach Hause gekommen?

„Samson?", rief sie, als sie die Küche betrat.

Die Person, die vor dem Spülbecken stand, drehte sich zu ihr um. Es war derselbe junge Mann, den Samson mit den Blumen und der Einladung zum Theater zu ihr geschickt hatte, Oliver.

„Guten Morgen, Miss Sheridan."

Sie schluckte ihre Enttäuschung hinunter und lächelte ihn an. „Bitte nennen Sie mich Delilah."

Er nickte und lächelte sie schüchtern an. „Ich habe Kaffee gemacht. Milch, Zucker?"

„Nur Milch, danke Oliver." Delilah ergriff dankbar die Tasse, die er ihr reichte, und setzte sich an die Kücheninsel. Sie nippte an dem heißen Kaffee und sah Oliver an. Er war Anfang zwanzig und schien in seiner Rolle total aufzugehen. War er es gewohnt, sich um Samsons Geliebte zu kümmern? Bei dem Gedanken daran, dass andere Frauen an ihrer Stelle gewesen waren, wurde ihr unwohl.

„Wie lange arbeiten Sie schon für Samson?" Sie musste herausfinden, ob sie nur eine unter vielen war. Jetzt, da sie mehr darüber nachdachte, war sein Verhalten in der letzten Nacht zu routiniert gewesen, um eine Ausnahme zu sein.

„Drei Jahre. Er ist ein guter Boss."

Wenn Oliver schon so lange für ihn arbeitete, würde er sicherlich über andere Frauen Bescheid wissen. Doch wie konnte sie das herausfinden, ohne dass es zu offensichtlich war?

„Carl erzählte mir, was letzte Nacht beim Theater passiert ist. Sie können von Glück reden, dass Sie mit Mr. Woodford zusammen waren."

„Er hätte kein solches Risiko eingehen sollen. Der Typ hatte eine Waffe." Sie schauderte noch immer bei dem Gedanken daran, dass Samson sich in Gefahr gebracht hatte.

„Er kann gut auf sich aufpassen. Sie waren nie in Gefahr." Oliver schien sich sehr sicher zu sein.

„Aber er hätte verletzt werden können." Delilah hatte immer noch Probleme, das Bild aus ihrem Kopf zu bekommen.

Oliver lächelte. „Sie mögen ihn."

Hitze schoss in ihre Wangen und sie versteckte ihr Gesicht hinter ihrer Kaffeetasse. „Er ist ein sehr netter Mann."

Anstatt aus ihm Informationen herauszukitzeln, hatte Oliver Informationen aus ihr rausgeholt. Das hier lief offensichtlich nicht so wie sie es geplant hatte.

„So, Sie kümmern sich also um Samsons persönliche Angelegenheiten?"

Oliver warf ihr einen merkwürdigen Blick zu und lächelte dann erneut. „Ich bin sein persönlicher Assistent und Chauffeur und heute werde ich Ihr Leibwächter sein."

„Sind Sie auch Samsons Leibwächter?"

„Er benötigt keinen. Aber seien Sie unbesorgt, ich bin gut ausgebildet. Ich werde Sie beschützen."

„Beschützen Sie alle Frauen in Samsons Leben?" Sie nahm einen weiteren Schluck von ihrem Kaffee und versuchte, so normal wie möglich dreinzublicken, während sie innerlich beinahe vor Spannung platzte, während sie auf seine Antwort wartete.

„Es gibt keine anderen Frauen in Mr. Woodfords Leben."

Entweder war er extrem loyal und verschwiegen oder er sagte die Wahrheit. Sie versuchte sein Gesicht zu lesen, jedoch konnte sie nicht sagen, ob er gelogen hatte oder nicht.

„Er mag Sie. Er hätte mir nicht aufgetragen, Sie zu beschützen, wenn er Sie nicht mögen würde."

Delilah fand darauf keine Antwort. Sie war verlegen darüber, wie durchschaubar sie scheinbar war.

„Möchten Sie etwas essen? Carl war letzte Nacht einkaufen."

Oliver ging zum Kühlschrank und öffnete ihn. Er war von oben bis unten mit Lebensmitteln gefüllt.

„Vielleicht ein wenig Obst." Sie sollte etwas essen. Die Nacht zuvor hatte sie kaum etwas zum Abendessen gehabt und nun war es fast Mittag. „Und etwas Brot mit Marmelade." Plötzlich bemerkte Delilah, wie hungrig sie war.

„Eier, Speck?"

„Lieber nicht. Zu viele Kalorien." Sie winkte ab. Als ob sie noch weitere Pfunde auf ihren Hüften nötig hätte.

„Ich bin sicher, Sie werden sie im Handumdrehen verbrannt haben."

Sie warf ihm einen erstaunten Blick zu. Wusste denn jeder, was sie die ganze Nacht getrieben hatte? Offensichtlich wusste Carl es und hatte Oliver davon erzählt.

„Es tut mir leid. Ich wollte das nicht so sagen. Ich dachte nur, Sie sind doch so schlank und werden nicht zunehmen", stammelte er und war auf einen Schlag total nervös. „Sie werden doch Mr. Woodford nichts davon erzählen, oder?"

Hatte er Angst vor seinem Boss?

„Warum sollte ich? Wie wäre es mit den Eiern und etwas Speck, hm?" Sie lächelte ihn beruhigend an.

„Danke sehr." Er sah sie dankbar an und begann mit der Zubereitung ihres Frühstücks. „Manchmal sollte ich einfach den Mund halten."

„Nichts passiert." Doch vielleicht konnte sie jetzt mehr über Samson herausfinden. Oliver schuldete ihr etwas. „Erzählen Sie mir etwas über ihn."

Oliver zögerte. „Mr. Woodford liebt seine Privatsphäre."

„Ich verstehe." Es schien, als würde er kein weiteres Wort über seinen Arbeitgeber verlieren.

Er servierte ihr Frühstück und sie begann, schweigend zu essen. Das Essen war genau das, was sie brauchte, um ihr Energiefass wieder aufzufüllen.

Schweigend begann Oliver, den Küchentresen zu säubern. Delilah bemerkte die großen Risse in der Marmorplatte, die aussahen, als ob jemand mit einem Hammer darauf geschlagen hätte.

„Was ist da passiert?"

Oliver zuckte zusammen. „Fehlerhaftes Material. Ist gesprungen, als wir ein kleines Erdbeben hatten. Ich habe schon Ersatz bestellt."

Eine halbe Stunde später saß Delilah auf dem Rücksitz der Limousine und Oliver fuhr sie in das Finanzviertel. Als sie das Gebäude erreichten, in dem sie arbeitete, drehte er sich zu ihr um.

„Ich muss sehen, wo ich parken kann. Für welches Unternehmen arbeiten Sie?"

„Scanguards. Es befindet sich in der 20. Etage. Ich kann Sie dort oben treffen, wenn Sie einen Parkplatz finden müssen."

Oliver zog die Augenbrauen hoch und fuhr dann direkt in die Parkgarage des Gebäudes.

„Das ist nicht notwendig."

Er wurde durchgelassen, als er dem Sicherheitsmann einen Ausweis zeigte. Der Wachmann murmelte etwas, das Delilah nicht verstand und zeigte auf einen Bereich mit leeren Parkplätzen. Oliver fuhr den Wagen in eine Parklücke, die mit *Scanguards* markiert war.

Als sie das zwanzigste Stockwerk erreichten und die Eingangshalle betraten, grüßte sie die Empfangsdame mit einem Lächeln.

„Guten Tag, Miss Sheridan."

„Guten Tag, Kathy."

Als Oliver ihr folgte, hielt Kathy ihn an. „Entschuldigung, wen möchten Sie hier sehen?"

Oliver drehte sich herum. „Ich gehöre zu Miss Sheridan."

Sie warf Delilah einen fragenden Blick zu.

„Ja, er gehört zu mir."

„Würden Sie sich bitte hier eintragen?" Kathy zeigte mit einem Stift auf ein Gästebuch und Oliver kam ihrer Aufforderung nach.

Sie lächelte ihn an, als er ihr nach seinem Eintrag den Stift zurückgab. „Ach, ich wusste nicht … Gehen Sie direkt hinein."

Delilah ging zu dem Schreibtisch, den ihr das Unternehmen zur Verfügung gestellt hatte. Sobald sie dort ankam, Oliver dicht hinter ihr, fing sie Johns Blick auf. Er starrte sie durch die Glastrennwand seines Büros an und schien überrascht zu sein, sie hier zu sehen. Er kam sofort aus seinem Büro.

„Ich habe mich schon gewundert, was passiert ist." Johns Ton klang vorwurfsvoll.

„Ich fühlte mich heute Morgen nicht sehr wohl", log Delilah. „Aber jetzt ist alles in Ordnung." Sie setzte sich und fuhr den Computer hoch.

Erst jetzt schien John Notiz von Oliver zu nehmen.

„Kann ich Ihnen helfen?" Sein Ton war noch schroffer, als er es Delilah gegenüber gewesen war. Sie fragte sich, ob er heute Morgen mit dem falschen Fuß aufgestanden war.

Oliver schüttelte den Kopf. „Ich bin mit Miss Sheridan hier." Freiwillig gab er keine weiteren Informationen preis.

„Wer ist das, Delilah?"

Sie blickte von ihrem Schreibtisch auf. „Er begleitet mich heute."

„Entschuldigung? Wir können nicht alle möglichen fremden Leute hier im Büro ein- und ausgehen lassen. Ich fürchte, Ihr Freund muss draußen bleiben."

Delilah biss sich auf die Lippen. Offensichtlich hatte Samson nicht an so etwas gedacht. Oliver konnte nicht den ganzen Tag an ihrer Seite sein, wenn sie arbeitete. Was hatte er sich nur gedacht?

„Ich kümmere mich darum", bot Oliver an.

~ ~ ~

Er zog eine ID-Karte hervor und zeigte sie John. In dem Moment, als John einen Blick darauf geworfen hatte, fühlte er alles Blut aus seinem Gesicht weichen und warf Oliver einen sprachlosen Blick zu.

„In Ordnung", war alles, was er hervorbringen konnte.

Also hatte sie die Kavallerie gerufen und von ganz oben Schutz bekommen. Ein Leibwächter von Scanguards! Und einer mit der höchsten Sicherheitsstufe. Das bedeutete, er konnte überall innerhalb der Firma Zugriff bekommen. Wie hatte sie es nur angestellt, eine dermaßen bevorzugte Behandlung zu bekommen? Sie war nur eine Buchprüferin. Kein Buchprüfer hatte je zuvor einen Leibwächter zugewiesen bekommen. Das war nicht gut.

Als Delilah heute Morgen nicht zur Arbeit erschienen war, hatte John insgeheim schon gefeiert, da er dachte, dass der Mann, der ihn erpresste, einen Anschlag auf Delilahs Leben ausgeführt hatte, nachdem sie miteinander telefoniert hatten. Offensichtlich war das nicht der Fall. Wie schwer konnte es denn sein, eine kleine Buchprüferin loszuwerden?

John wusste, dass das nun so gut wie unmöglich sein würde. Wenn sie von einem Scanguards Leibwächter beschützt wurde, konnte er nichts mehr tun. Sie waren die am besten ausgebildeten Leibwächter des Landes. Es gingen Gerüchte um, dass sie sogar besser wären als der Secret Service. Es beunruhigte ihn, dass er dem Mann, der momentan sein Leben kontrollierte, erzählen musste, dass sie sich einen Leibwächter angeschafft hatte. Das würde ihm nicht gefallen. Er würde wütend sein und niemand wusste, wozu er dann fähig war.

Es sei denn, er war schon darüber informiert.

Als John zurück zu seinem Büro ging, hörte er Delilahs Stimme hinter sich.

„Haben Sie die Akten aus dem Lager bekommen?"

„Ja", bellte er. „Sie sind an der Laderampe. Ich lasse sie gleich raufbringen." Ihm lief die Zeit davon. Nachdem sie die Buchungsdokumente aus den Boxen geprüft hatte, würde sie zweifelsohne feststellen, dass er derjenige war, der das Unternehmen betrog.

19

Samson erwachte aus dem Tiefschlaf, als die Sonne über dem Pazifischen Ozean unterging. Er sah auf die Uhr, hatte aber kein Verlangen, schon aufzustehen. Zum ersten Mal seit Jahren hatte er im Schlaf geträumt, wirklich *geträumt.* Seine Träume fühlten sich wie sanfte Nachbeben seiner Nacht mit Delilah an und ließen ihn die Leidenschaft, die er mit ihr erlebt hatte, noch einmal durchleben.

Sie hatte einen Eindruck auf seinen sexhungrigen Körper hinterlassen. Und er wollte sie wieder. Brauchte sie, um den Schmerz, den er in seinen Lenden spürte, zu stillen. Jetzt sofort.

Er überprüfte seine Nachrichten, bevor er die Treppe hinauf ging. Rickys Nachricht klang dringender als die von gestern Abend.

„Samson, wir müssen reden. Sobald du wach bist."

Als er sein Schlafzimmer betrat, wählte er Rickys Nummer.

„Was gibt es so Dringendes? Habt ihr den Kerl gefunden, der uns angegriffen hat?"

„Thomas folgt einer Spur. Aber es geht um etwas Anderes."

„Schieß los."

„Nicht am Telefon. Wir müssen persönlich darüber reden."

Samson blickte sich in seinem verlassenen Schlafzimmer um. Delilah war vermutlich noch in der Arbeit. „Gut, komm her, aber mach schnell. Delilah wird bald zurück sein und ich habe Pläne für heute Nacht." Pläne, die beinhalteten, sie nackt in seinen Armen zu halten und vielleicht noch einige seiner besten Seidenkrawatten mit ins Spiel zu bringen.

Er unterbrach die Verbindung und warf das Telefon auf den Sessel. Im Badezimmer zog er sich bis auf seine Boxershorts aus und griff sich seine Zahnbürste.

Er konnte Delilah noch immer auf seiner Haut riechen. Verdammt, sie hatte ihn so scharf auf ihren Körper gemacht. Er konnte selbst kaum glauben, als er sich daran erinnerte, dass er sie mehr als ein halbes Dutzend Mal genommen hatte. Er hatte nicht gewusst, dass das in ihm steckte. Doch immer, wenn er glaubte, dass er sich verausgabt hatte, genügte ein Blick auf ihren verführerischen Körper und ihr liebliches Gesicht, um seinen Schwanz wieder strammstehen zu lassen wie ein Steh-auf-Männchen.

Nicht einmal mit einer Vampirin war er jemals in einer Nacht so aktiv gewesen. Diese Sterbliche konnte mit ihm mithalten. Das Feuer und die Leidenschaft, die er in Delilah gesehen hatte, konkurrierten mit seiner eigenen, sofern das überhaupt möglich war.

Samson fragte sich, wie lange sie sein Interesse aufrechterhalten würde, wie lange sie ihn so gefangen halten würde. Ja, er fühlte sich, als ob sie ihn in ihren Bann zog, als ob eine unsichtbare Kraft ihn zu ihr hinzog und er nicht in der Lage war, ihr zu widerstehen. Er tat es als Nebenwirkung seiner langen Sex-Abstinenz ab und dachte, es würde vergehen. Es musste vergehen. Er konnte nicht mit einer Sterblichen weitermachen.

Er war nicht wie Amaury, der keine Skrupel hatte, mit Menschen zu schlafen.

Samson drehte sich um, als er hörte, wie sich die Schlafzimmertür öffnete. Das war schnell, sogar für Ricky. Er trat aus dem Badezimmer und brach in ein strahlendes Lächeln aus, als er seinen Besucher sah.

„Delilah."

Mit wenigen Schritten durchquerte er den Raum und zog sie in seine Arme. Sein Mund war weniger als einen Zentimeter von ihren verführerischen Lippen entfernt. „Wie war dein Tag?"

„Frag nicht." Sie klang erschöpft. Er hatte genau die richtige Medizin dafür.

Samson gab ihr einen federleichten Kuss. „Ich habe dich vermisst." Das hatte er, obwohl er erst seit wenigen Minuten auf war.

„Hmm, das ist besser", murmelte Delilah, als er wieder nach ihren Lippen suchte. Sie umarmte ihn und ihre Hände wanderten langsam tiefer seinen Rücken hinab. Er spürte, wie sie in seine Boxershorts glitten und seinen straffen Hintern berührten. Ah, ihre Hände waren so weich.

„Du bist nicht angezogen."

„Das ist dir aufgefallen, was?" Er lachte leise. „Ich war gerade dabei, unter die Dusche zu springen." Doch warum sollte er allein duschen, wenn sie doch jetzt hier war? „Magst du mitkommen?" Sollte er sie sich einfach über die Schulter werfen oder würde er sich damit zu sehr wie ein Höhlenmensch benehmen? Frau. Sex. Das war alles, woran er denken konnte.

Samson wartete ihre Antwort nicht ab, sondern fing an, den Reißverschluss ihres Rockes zu öffnen und ließ ihn auf den Boden fallen. Ihre Bluse folgte Sekunden später. Sie zeigte keine Anzeichen des Widerstands.

„Ich glaube, ich muss ja gesagt haben", meinte sie grinsend, als sie aus ihren Schuhen schlüpfte.

„Das habe ich jedenfalls verstanden."

Als er ihr den BH und Slip auszog, erwiderte Delilah den Gefallen, indem sie seine Boxershorts auf den Boden fallen ließ. Sein steifer Schwanz sprang stolz hervor und zeigte direkt auf sie. Samson hob sie hoch und trug sie ins Badezimmer.

Bevor er das Wasser in der Dusche anstellte, setzte er sie ab, doch behielt seinen Arm um ihre Hüfte. Ihre Haut war viel zu verführerisch, um loszulassen.

„Ich hatte heute Morgen ziemliche Schwierigkeiten, meine Haare zu richten. Ich konnte keinen Spiegel finden."

Samson zuckte zusammen. Verdammt, sie hatte es bemerkt. Da Vampire kein Spiegelbild erzeugten, hatte er niemals einen im Badezimmer installieren lassen. Was war ihr sonst noch aufgefallen?

„Entschuldige, das tut mir leid. Ich lasse ihn gerade ersetzen. Ich hatte nicht geplant, einen Übernachtungsgast hier zu haben." Er lächelte sie an und küsste sie schnell, bevor sie noch etwas anderes finden konnte, das ihr seltsam vorkam. Sein Kuss brachte sie zum Schweigen, so wie es beabsichtigt war. Er zog sie unter die Dusche, ohne ihre Lippen freizugeben.

Sein Hunger nach ihr hatte sich gerade verdoppelt. War es erst letzte Nacht gewesen, dass er zum ersten Mal mit ihr geschlafen hatte? Es schien, als würde er ihren Körper schon wesentlich intimer kennen als nach nur einer Nacht. Jede Kurve war vertraut und doch so aufregend. Er wusste, dass er ihre Berührung erkennen würde, selbst wenn er blind wäre. Die Art wie ihre Hände ihn liebkosten, wie ihre Finger seine Leidenschaft entflammten – er würde immer wissen, dass sie es war.

„Warum hilfst du mir nicht beim Waschen?" Ohne eine Antwort abzuwarten, drückte er ihr einen Klecks Duschgel in die Hand. Als ihre Hände die Seife auf seiner Haut verteilten, schloss er die Augen. Noch nie hatte er sich entspannter gefühlt, als wenn er mit ihr zusammen war. Er atmete tief ein, als er ihre Hände spürte, die sich mit seinem Schwanz und seinen Eiern beschäftigten. Delilah bewegte ihre Hände absichtlich langsam auf und ab, während der Schaum dabei half, das Ganze geschmeidig gleiten zu lassen.

„Gut?"

Diese kleine menschliche Füchsin hatte es darauf abgesehen, ihn in den Wahnsinn zu treiben und leistete dabei hervorragende Arbeit.

„Du hast keine Ahnung." Er seufzte und ließ sich von ihren Berührungen davontragen. Er zog sie an sich heran.

„Dusch mich ab. Ich möchte nicht voller Seife sein, wenn ich in dich eintauche."

Er sah Delilah lächeln, als sie die Seife von seiner Haut spülte. Sie konnte ihn in Sekundenschnelle erregen. Samson neigte seinen Kopf zu ihr und bedeckte ihren Mund mit leidenschaftlichen Küssen.

Seine Zunge vereinte sich mit ihrer, füllte ihren Mund, so wie er auch den Rest ihres Körpers füllen wollte. Sie schmeckte wie eine wunderbare Sommernacht, wie Regen nach einem heißen Tag. Allein schon ihr Duft machte ihn verrückt, aber in Verbindung mit ihrem süßen Geschmack und der Weichheit ihrer nackten Haut, die gegen seine gepresst war, brachte sie ihn direkt zurück zur vorherigen Nacht. Es gab nur ein Mittel, das sein Verlangen nach ihr stillen konnte. Er musste sich in ihr vergraben und er konnte keine Minute länger warten.

Seine Erektion pulsierte fast schmerzhaft, als er sich positionierte und sich zwischen ihre Schenkel schob, sodass ihre rosafarbenen Blütenblätter auf seinem Schwanz ruhten. Samson glitt vor und zurück, ohne in sie einzudringen, und ließ sie seinen harten Schaft reiten.

„Du fühlst dich so gut an." Sie stöhnte.

Genau das dachte er auch. Nein, nicht nur gut. Unglaublich! Ihr weiches Fleisch war warm und ihre Nässe befeuchtete ihn. Er veränderte seinen Winkel etwas und sein Schaft stieß gegen den Eingang zu ihrer Höhle. Delilah atmete schwer.

„Wir sollten ein Kondom holen", flüsterte sie, doch sie presste ihren Körper an seine Erektion.

„Sollten wir." Doch stattdessen drang er einen Zentimeter in sie ein. Er würde ein Kondom aus dem Schlafzimmer holen, wenn sie darauf bestand. „Ich kann eins holen." Doch er bewegte sich nicht und sie hielt seine Arme fest. Ihre Muskeln spannten sich um ihn, als ob sie ihn näher heranziehen wollte.

„Samson, geh jetzt nicht." Ihre Stimme war rau, aber beharrlich. Sie drängte sich gegen ihn und zwang ihn, tiefer in sie einzudringen. Nun war er halb in ihr und spürte, wie ihre Muskeln ihn mehr und mehr reizten. Zum Teufel, er stand in Flammen.

„Du willst mich so, gleich jetzt?" Samson wartete auf ihren Einspruch, doch es kam keiner. In Zeitlupe drang er tiefer in sie ein, während er in ihre Augen blickte. So schön, so leidenschaftlich und all das gehörte ihm.

„Das ist alles, was ich will."

Ihr Kuss war zärtlich und liebevoll, als sie sich beide im Rhythmus ihrer Herzschläge bewegten. Er zog ihr Bein hoch und schlang es sich um seine Hüfte, sodass er noch tiefer in sie eindringen konnte. Seine Arme stützten sie und pressten sie an die Fliesen. Delilahs Lippen brachten ihn zurück zu der Lavendelwiese und ließen ihn die Sonne auf seinem Rücken spüren wie schon in der Nacht zuvor. Als sie ihn dorthin entführte, tauchte Samson vollkommen in diese Sinneswahrnehmung ein.

Ihre Fingernägel bohrten sich in seinen Hintern, als sie sich an ihm festkrallte und ihn dazu trieb, noch tiefer in sie einzudringen. Nie zuvor war er mit einer Frau zusammen gewesen, die so leidenschaftlich war und für die er alles in seiner Macht Stehende geben würde.

Delilahs Stöhnen war für ihn wie eine Droge, ihre Küsse wie der edelste Wein und ihr Körper versprach vollendete Ekstase. Er würde nie mehr etwas anderes brauchen, nur sie, so wie jetzt, genau in diesem Moment.

Zu spät hörte er, wie sich die Schlafzimmertür öffnete und sich schwere Schritte dem Bad näherten.

„Samson, du wirst das nicht mögen –" Rickys Stimme durchdrang seine Seligkeit.

Mit Lichtgeschwindigkeit wirbelte Samson seinen Kopf herum.

„Verschwinde, Richard!", knurrte er mit leiser, tiefer Stimme. Selbst in seinen eigenen Ohren klang er mehr wie ein Tier als ein Mann. Ricky wusste nur zu gut, dass Samson es ernst meinte, wenn immer er ihn bei seinem vollen Namen nannte. Er tat gut daran, sich sofort zurückzuziehen.

„Es tut mir so leid, Süße!", flüsterte Samson Delilah zu und gab dabei acht, dass seine Stimme wieder weich klang. Sie war vollkommen reglos in seinen Armen, offensichtlich schockiert von der Unterbrechung. Er konnte es ihr nicht übelnehmen.

„Ich werde ein ernstes Wort mit ihm wechseln."

~ ~ ~

Delilah sah ihn an. Seine Augen hatten wieder ihre übliche haselnussbraune Farbe. Doch für einen Augenblick, als er Ricky angebrüllt hatte, hatte sie seine Augen rot glühen sehen. Wie einen Alarm. Wie eine Ampel. Das hatte sie mehr schockiert als Rickys Hereinplatzen. Während sie noch immer an seine merkwürdigen Augen dachte, wurde sie in seinen Armen steif. Das war nicht normal. Wie konnte sich die Augenfarbe von jemandem so verändern?

Sie war froh, dass Samson sie in diesem Moment nicht ansah, sondern seine Wange wieder an ihre drückte. Delilah war sich nicht sicher, ob sie ihren alarmierten Gesichtsausdruck hätte verbergen können.

„Gib mir ein paar Minuten. Ich werde ihn los. Und dann gehöre ich ganz dir."

Er gab ihr einen sanften Kuss auf die Wange und zog sich aus ihr heraus.

„Kein Problem." Plötzlich war ihr kalt. Und sie fühlte sich allein.

Delilah beobachtete, wie er sich ein Handtuch nahm und aus der Dusche stieg. Sie drehte sich um, ließ das Wasser über sich rieseln und gab vor, das Duschen zu genießen. In Wahrheit versuchte sie, ihre Nerven zu beruhigen. Als sie sich einige Sekunden später umdrehte, hatte Samson das Badezimmer schon verlassen. Sie lehnte sich an die Fliesen.

Hatte sie halluziniert? Sie konnte noch genau die Wut in seinen Augen sehen und unter Anbetracht der Missachtung seiner Privatsphäre, konnte sie seinen Ausbruch Ricky gegenüber auch verstehen. Doch sie konnte das Rot in seinen Augen nicht begreifen. War in seinem Auge eine Ader geplatzt? Nein, unmöglich. Sekunden später waren seine Augen zu der normalen haselnussbraunen Farbe zurückgekehrt und das Rot war verschwunden.

Sie presste ihre Hand zwischen ihre Beine, wo sie noch immer seinen pulsierenden Schaft spüren konnte. Etwas war nicht in Ordnung. Irgendetwas stimmte mit Samson nicht und das machte ihr Angst.

20

Ohne Hemd und nur mit einer Jeans bekleidet lief Samson die Treppe hinunter. Er fand Ricky in der Küche an die Insel lehnend. Samson ging direkt auf ihn zu und packte ihn am Hemdkragen.

„Hast du auch nur die leiseste Vorstellung davon, mit welchem Vergnügen ich dir jetzt den Kopf abreißen möchte?" Der Gedanke, dass Ricky seine Delilah nackt gesehen hatte, ließ ihn vor Wut rasen. Niemand hatte das Recht, sie so zu sehen – niemand außer ihm.

Ricky wich so weit wie möglich zurück, um aus seiner Reichweite zu gelangen. „Es tut mir leid, ich wusste nicht, dass sie da ist."

Samson ließ ein lautes und gefährliches Knurren verlauten. „Du sagst mir besser, dass du sie nicht nackt gesehen hast."

Ricky hob seine Arme in einer Geste der Kapitulation. „Habe ich nicht – ich schwöre."

„Wenn ich dich dabei erwische, dass du sie auch nur ansiehst, ist unsere Freundschaft vorbei und du bist deinen Job los. Ist das klar?" Es war ihm ernst. Er hatte kein Problem damit, dass seine Freunde ihn nackt unter der Dusche sahen. Das wäre sicher nicht das erste Mal. Doch hereinzuplatzen, während er mit Delilah zusammen war, war etwas völlig Anderes, das konnte er nicht tolerieren. Kein anderer Mann oder Vampir hatte das Recht, sie so anzusehen. Delilah gehörte ihm. Nur ihm allein.

Nur ihm?

„Kristallklar."

Samson entließ ihn aus seinem Griff. Ricky räusperte sich.

„Du wirst vermutlich nicht mögen, was ich dir zu sagen habe, insbesondere wenn man bedenkt, wie vernarrt du in sie bist –"

Samson unterbrach ihn mit einem Knurren. Er war nicht in der Stimmung, sich Rickys Beobachtungen bezüglich seiner Beziehung mit Delilah anzuhören, insbesondere da er selbst nicht wusste, was er davon halten sollte.

„– aber ich muss dir erzählen, was Carl gefunden hat."

Samson sah ihn mit wachsendem Interesse an. „Spuck's aus."

„Du hattest Carl letzte Nacht beauftragt, ihre Sachen zu packen."

„Erzähl mir nichts, was ich schon weiß."

Ricky musste man normalerweise nicht gerade zum Reden ermuntern. Sein Zögern nährte Samsons Unbehagen.

„Er fand einige Unterlagen in ihren Sachen."

„Was für Unterlagen?"

„Akten von Scanguards."

Samsons Kiefer klappte herunter. „Scanguards?"

Ricky nickte mit ernster Miene. „Finanzunterlagen, Vermögensauszüge, interne Dinge. Ich habe kein gutes Gefühl dabei. Warum hat sie vertrauliche Unterlagen von Scanguards? Meinst du nicht, dass das ungewöhnlich ist? Sie taucht hier vor zwei Nächten auf und hat Unterlagen deines Unternehmens im Gepäck?"

Samson gefiel diese Neuigkeit auch nicht. Das konnte kein Zufall sein. Es gab keinen Grund, warum jemand interne Dokumente seines Unternehmens bei sich hatte, am wenigsten Delilah. Auf was war sie aus?

„Was ist deine Theorie?"

„Sie könnte eine Firmenspionin sein", vermutete Ricky, doch klang er nicht sehr überzeugt.

„Um was zu tun? Unsere Kundenliste an unsere Konkurrenten zu verkaufen?"

Sein Freund zuckte mit den Schultern. „Dabei wäre nicht viel herauszuholen. All unsere Konkurrenten sind kleine Fische. Niemand hat die Kapazität oder das Training, um unsere Klienten zu übernehmen."

Samson nickte. „Gab es in letzter Zeit interne Probleme, von denen ich nichts weiß?"

Erneut schüttelte Ricky den Kopf. „Alles läuft gut, zumindest auf der Vampirseite. Ich habe keine Ahnung, wie der menschliche Betrieb läuft, aber ich habe bisher keine Beschwerden gehört."

Ricky war für die Einstellung und Ausbildung von Vampiren verantwortlich.

„Dann ist es persönlich."

„Könnte sein." Ricky wich seinem Blick aus.

„Was denkst du?" Samson war sich nicht sicher, ob er die zweite Möglichkeit wirklich hören wollte.

„Was ist, wenn sie dich ausgesucht hat?"

„Eine Vampirmörderin?"

„Nein, dafür gibt es kein Anzeichen in ihren Sachen. Aber ich kann alle anderen Anzeichen sehen. Sie hat dich ja schon um ihren kleinen Finger gewickelt."

Samson wollte ihn unterbrechen und die Aussage widerlegen, doch Ricky hob die Hand.

„Ich kann es sehen, allein schon an der Art, wie du vorhin reagiert hast. Sie ist eine Sterbliche. Weißt du, was sterbliche Frauen von einem reichen Mann wie dir wollen?"

Samson starrte seinen Freund an. Lang und intensiv. „Sie will mich meines Geldes wegen ..." Seine Stimme erstarb. Er fühlte einen unangenehmen Stich in seinem Solarplexus. Verdauungsstörungen? Auf keinen Fall! Erinnerungen an Betrug schossen durch seinen Kopf. Erinnerungen, die nicht lange zurücklagen. Er lehnte sich gegen die Kücheninsel.

Die Türklingel verschaffte ihm Aufschub. Er sah auf und warf Ricky einen fragenden Blick zu.

„Amaury hat vermutlich seinen Schlüssel wieder vergessen. Ich mache auf."

Als Ricky die Küche verließ, war Samson mit seinen Gedanken alleine. Könnte es wahr sein? Könnte Delilah wirklich eine Frau sein, die hinter seinem Geld her war? Noch eine, der er nicht wirklich wichtig war? Er hoffte, Rickys erste Vermutung war wahr und sie war nur eine Firmenspionin. Damit könnte er umgehen, aber er könnte es nicht ertragen, wenn Delilah nur hinter seinem Geld her wäre. Nicht sie. Bitte, nicht sie.

Waren all ihre Küsse nur eine Lüge? Und als sie sich ihm so willig hingegeben hatte, war das alles nur gespielt gewesen, um ihn einzufangen? Der Gedanke tat weh, viel mehr, als er sich selbst eingestehen wollte. Die Art, wie sie auf ihn reagiert hatte, zuerst im Auto, dann im Theater, war nicht normal für eine Frau, die einen Mann kaum kannte.

Er rief sich den Moment in Erinnerung, als sie im Theater auf dem Weg zur Bar gewesen und im Türdurchgang stecken geblieben waren. Die Art, wie Delilah ihren Körper an seinen gepresst und ihn praktisch provoziert hatte, sie intim zu berühren, erschien nun wie ein kalkulierter Schachzug. Sie hatte mit ihm die ganze Zeit gespielt. Eine wahre Mata Hari!

Das waren keine guten Neuigkeiten. Insbesondere weil er das, was wie Verdauungsstörungen aussah – wenn Vampire Verdauungsstörungen haben könnten – nun als etwas viel Ernsthafteres erkannte. Jetzt war ihm alles klar.

Gleichzeitig konnte es unmöglich sein. Wie konnte so etwas passieren? Alles, was er gewollt hatte, war, mit seinen Erektionsproblemen klarzukommen und er war Dr. Drakes Anweisungen buchstabengetreu gefolgt. Er hatte nichts Anderes getan als das, was der gute Doktor ihm verschrieben hatte. Er hatte sie gefickt, immer und immer wieder, so wie er andere Frauen zuvor gefickt hatte. Vampirinnen. Er hatte nichts Anderes mit Delilah getan, also warum war das Ergebnis dann so ganz anders?

Anstatt seinen Hunger nach einer Nacht voller Sex mit ihr gestillt zu haben, wollte er mehr. Er begann, nach ihr zu hungern und nur nach ihr allein. Den Gedanken, jemals wieder eine andere Frau zu berühren, empfand er als regelrecht ekelhaft. Alles, was er wollte, war Delilah. Und Samson wusste jetzt auch warum, obwohl er die Ursache dafür nicht kannte.

Er war verliebt, verliebt in eine Sterbliche.

21

Samson erinnerte sich noch allzu lebhaft an den letzten Betrug. Eine Erinnerung, die er aus seinem Gedächtnis verbannt hatte. Doch nun kam sie mit jedem noch so kleinem Detail in sein Bewusstsein zurück …

Samson schloss die Eingangstür leise hinter sich und lauschte auf Geräusche aus dem oberen Stockwerk. Er vernahm den entfernten Klang von Ilonas Stimme und das Plätschern von Wasser. Sie badete.

Zum hundertsten Mal öffnete er heute Abend die kleine Schachtel, die er in der Hand hielt, und starrte auf den riesigen Diamantring, der auf dem grünen Samtkissen lag. Die atemberaubende Fassung umschloss einen dreikarätigen brillanten Diamanten der höchsten Klarheit. Der Juwelier hatte ihm versichert, dass dies der beste Diamant wäre, den man für Geld kaufen konnte.

Sein Herz schlug laut wie eine Trommel in seinen Ohren. Samson ging die Treppe hinauf und vermied dabei die knarrenden Stufen. Er wollte sie überraschen. Sie dachte, er wäre die ganze Nacht beruflich unterwegs.

Leise öffnete er die Tür zu seinem Schlafzimmer. Ilonas Kleidung war achtlos auf dem Bett verstreut.

„Das glaubt er. Hmm..." Sie telefonierte, vermutlich mit einer Freundin. „Warte, bis wir den Blutbund eingegangen sind – dann wird sich die Sache ändern." Ilona hielt kurz inne.

Hatte sie schon vermutet, dass er ihr einen Antrag machen würde? Er war enttäuscht und ernüchtert. Ruhig ging er zu der nur angelehnten Badezimmertür.

„Und wenn ich seinen Schwanz noch einmal lutschen muss, werde ich kotzen!"

Samson blieb bei diesen Worten wie angewurzelt stehen. Er musste sich verhört haben.

„Du redest dich so einfach! Du stehst ja darauf, Schwänze zu lutschen!"

Samson holte tief Atem. Es war, als ob sich eine eiskalte Hand um sein Herz gelegt hatte und fest zudrückte. Er rang nach Luft.

„Es ist mir vollkommen egal, wer ihm einen bläst, wenn wir den Blutbund geschlossen haben, aber ich werd's auf keinen Fall mehr tun. Ich kann es kaum ertragen, seine Hände überall auf meinem Körper zu spüren …"

Samson lehnte sich an die Wand, als Übelkeit ihn übermannte. Es dauerte nur eine Sekunde, bis er sich wieder im Griff hatte.

„Du weißt was du zu tun hast, wenn ich erst einmal Zugriff auf sein ganzes Vermögen habe."

Sein Geld. Das war alles, hinter dem sie her war. Das war der Grund, warum sie mit ihm zusammen war, nur wegen seines Geldes. Samson fühlte sich, als hätte er einen Schlag in die Magengrube erhalten.

Er hörte, wie sie frustriert schnaubte: „Du weißt ebenso gut wie ich, dass ich, sobald ich den Blutbund mit Samson geschlossen habe, sehr vorsichtig sein muss mit dem, was ich denke. Er kann dann meine Gedanken lesen und ich darf nicht dabei erwischt werden, wie ich immer noch darüber nachdenke, verstehst du das? Deshalb musst du es tun …Ja, das mit dem Blutbund nervt. Warum würde jemand überhaupt wollen, ständig im Kopf einer anderen Person zu sein?"

Samson hatte genug gehört. Mehr als genug. Er stieß die Tür mit mörderischer Absicht auf und ging ins Bad, seine Schritte langsam, jedoch bestimmt. Ilona wandte blitzschnell ihren Kopf herum und ließ das Telefon vor Schreck ins Wasser fallen.

„Samson!", schnurrte sie und ließ ein falsches Lächeln auf ihrem Gesicht erscheinen. Ein Lächeln, das er schon tausendmal bei ihr gesehen hatte. Nur dass er jetzt erkannte, was es wirklich war: Schauspielerei. Sie hatte ihm die ganze Zeit nur etwas vorgespielt, so getan als wäre sie in ihn verliebt, obwohl alles, was sie wollte, nur Zugriff auf sein Vermögen war.

Mit zwei Schritten war er bei der Badewanne. Seine Hand ergriff wie ferngesteuert ihren Hals. Sofort schlug sie nach ihm. Wasser schwappte über den Rand der Wanne und sammelte sich auf dem Marmorfußboden.

„Du herzlose Schlampe. Ich sollte dich gleich hier und jetzt umbringen."

Er zog sie an ihrer Kehle aus dem Wasser, während sie gegen seinen eisernen Griff ankämpfte. Es spielte keine Rolle. Er war stärker und seine Wut trug noch mehr zu seiner Stärke bei.

Samson sah ihren nackten Körper an. Sein eigener Körper reagierte nicht mehr auf ihre sinnlichen Kurven. Er bekam keinen Ständer. Er spürte kein Verlangen mehr danach, sie zu berühren. Nichts.

Er bemerkte den Anflug von Angst in ihren Augen, bevor sich seine Hand öffnete und er sie kurzerhand wieder in die Wanne fallen ließ. Das Wasser spritzte um sie beide herum.

„Verschwinde. Ich würde niemals den Blutbund mit jemandem wie dir eingehen. Du bist Abschaum, du bist ein Nichts. Du kannst von Glück sagen, dass du noch lebst. Aber verlass dich nicht darauf, dass es dabei bleibt. Wenn du noch einmal meinen Weg kreuzt, wirst du dich mit einem Pflock in der Brust wiederfinden."

Ilona hatte ihn benutzt. Alles, was sie wollte, war, den Blutbund mit ihm zu schließen, sodass ihr all sein Vermögen, all sein Reichtum und seine Macht gehörten. Wie konnte er nur so blind gewesen sein?

Nachdem er sie in jener Nacht aus seinem Haus und seinem Leben geworfen hatte, verschloss er sich. Er wollte niemanden in seiner Nähe haben. Er wusste, dass es ein Fehler gewesen war, ihr zu vertrauen.

Das war der Moment, an dem all seine Probleme begonnen hatten. Zuerst hatte sein Appetit auf Sex nachgelassen und dann, als er dachte, er sollte sich den sinnlichen Gelüsten hingeben, um sich abzulenken, war er dazu nicht mehr in der Lage. Es war ihm nicht mehr möglich, eine Erektion zu bekommen.

Bis …

Bis Delilah in sein Leben getreten war. Und nun? Hatte auch sie ihn betrogen? War sie auch nur hinter seinem Vermögen her? Allein der Gedanke machte ihn krank.

Amaury betrat hinter Ricky die Küche. „Du siehst nicht gut aus."

An den Küchentresen gestützt sah Samson ihn gequält an. „Wie sollte ich mich denn deiner Ansicht nach fühlen?"

„Sie kann dir doch nicht so unter die Haut gegangen sein, nicht nach nur einer Nacht."

Samson hörte den Unglauben in Amaurys Stimme. Er ignorierte die Bemerkung seines Freundes. „Wir müssen der Sache auf den Grund gehen, und zwar schnell."

„Ich kann ihren Hintergrund überprüfen und herausfinden, wer sie wirklich ist", bot Ricky an.

Samson nickte. „Tu das. Amaury, rede mit Carl und finde heraus, was er sonst noch Auffälliges bei ihren Sachen bemerkt hat. Wenn sie wie sie behauptet, aus New York kommt, gehört die Wohnung, aus der Carl ihre Sachen geholt hat, vermutlich nicht ihr. Finde heraus, wem das Apartment gehört. Dann sprich mit Oliver und finde heraus, was sie heute getan hat. Er war den ganzen Tag mit ihr zusammen."

Rickys Handy klingelte und er nahm den Anruf sofort entgegen.

„Wo?" Er gab Samson und Amaury ein Zeichen. „Okay, wir sind in weniger als einer halben Stunde dort." Er legte auf.

„Das war Thomas. Sie haben den Kerl, der dich und Delilah angegriffen hat."

Samson streckte sich und war erleichtert, etwas Produktives zu tun zu haben.

„Du und ich gehen. Amaury, finde alles über sie heraus, was du kannst. Mach schnell. Carl wird dir helfen. Ricky, wir nehmen dein Auto."

Samson ging in Richtung Tür.

„Hmm, solltest du dich nicht zuerst einmal anziehen?", wunderte sich Ricky.

Samson blickte an sich hinab und bemerkte, dass er nur eine Jeans trug, keine Schuhe und kein Hemd. „Gib mir eine Minute."

Er ging die Treppe hinauf in sein Schlafzimmer. Delilah war mit dem

Duschen fertig und hatte sich eine Jeans und ein weißes T-Shirt angezogen. Sie sah so unschuldig aus. Er zögerte, als er sie sah. Vor wenigen Minuten noch war er in ihrem Körper vergraben gewesen und hatte keine größere Freude empfunden, als sich von ihren Küssen hinwegtragen zu lassen. Doch nun wurde er von Zweifeln zerfressen. Wer war sie? Was wollte sie?

„Ist etwas passiert?" Ihre Stimme klang zittrig.

Vermutete sie etwas? Konnte sie seine Zweifel spüren?

„Nur ein Notfall im Geschäft. Ich muss mich um ein paar Dinge kümmern." Samson griff in seinen Schrank und zog ein schwarzes T-Shirt heraus. Er zog sich schnell an, während Delilah ihn beobachtete.

„Ich dürfte in ein paar Stunden zurück sein. Solltest du Hunger bekommen, weißt du ja, wo die Küche ist."

Er war dabei, aus dem Schlafzimmer zu stürmen, als ihm klar wurde, dass sein Verhalten ihr merkwürdig vorkommen musste. Nur wenige Minuten zuvor war er der heißblütige Liebhaber gewesen, der nicht genug von ihr bekommen konnte. Wenn er sich jetzt so zurückhaltend verhielt, würde Delilah Verdacht schöpfen. Es war wichtig, sie in dem Glauben zu lassen, alles wäre in Ordnung. Sie glauben zu lassen, dass er ihr Spiel noch nicht durchschaut hatte.

Als er auf sie zuging, kam es ihm vor, als würde sie vor ihm zurückweichen, doch konnte er sich dessen nicht sicher sein. Er gab ihr einen leichten Kuss auf die Wange. „Amaury und Carl werden vermutlich hier sein. Sei bitte nicht überrascht, wenn du sie unten sehen solltest."

Er suchte in ihrem Gesicht nach einer Reaktion darauf, ob sie es ungewöhnlich fand, dass er so plötzlich weg musste. Er sah, wie sich ihre Lippen leicht nach oben zogen. Es war kein Lächeln, eher ein Zeichen, dass sie seine Worte zur Kenntnis genommen hatte.

„Sicher, bis später."

~ ~ ~

Sobald sich die Tür hinter ihm geschlossen hatte, atmete Delilah erleichtert auf. Er erschien normal, vielleicht ein wenig gedankenverloren, doch es klang, als ob der Notfall im Geschäft ihn beunruhigte. Ihr wurde bewusst, dass sie ihn nicht wirklich kannte. Sie hatte eine ganze Nacht mit ihm in seinem Bett verbracht, doch sie wusste noch nicht einmal, womit er seinen Lebensunterhalt verdiente, welche Hobbys er hatte oder welches Essen er mochte.

Das waren alles Sachen, über die normale Menschen sich bei ihrer ersten Verabredung unterhielten. War sie verrückt gewesen zuzulassen, dass sie ihre erste Verabredung nur damit beschäftigt war, sich in seinen Armen gehen zu lassen, ohne ihm die wesentlichsten Fragen zu stellen? Es war schon so lange her, dass sie eine Verabredung gehabt hatte, dass sie total vergessen hatte, wie man sich dabei verhielt. Hatte Samson das zu seinem Vorteil ausgenutzt? Hatte er sie als komplett naiv befunden und gedacht, er könnte sie ganz schnell und einfach ins Bett bekommen?

Aber das erklärte immer noch nicht den Zwischenfall in der Dusche. Oh Gott, die Dusche. Sie hatte ohne Kondom Sex mit ihm gehabt. Was, wenn er nicht so gesund war, wie er behauptet hatte? Was, wenn die Sache mit seinen Augen irgendeine verrückte Krankheit war?

Plötzlich erinnerte sie sich an das geplatzte Kondom der vorherigen Nacht. Er hätte sie schon mit allem Möglichen anstecken können. Sie griff sich an den Bauch, als Übelkeit sie überkam. Oh Gott, *nein*!

Delilah spürte, wie sich ein Knoten in ihrer Kehle bildete und ihr die Luft zum Atmen raubte. Ihr Brustkorb hob und senkte sich bei dem Versuch, Luft zu holen und ihre Haut fühlte sich auf einmal klamm an.

Sie fühlte sich so dumm, dass sie sich dermaßen von seiner Zärtlichkeit und Leidenschaft hatte einlullen lassen. Sie hatte bemerkt, wie gekonnt seine Verführung gewesen war, so, als hätte er regelmäßige Übung darin. Nach allem, was sie wusste, machte er das vermutlich jede Woche, und diese Woche war sie sein Opfer. War es ein Fehler, dass sie ihm vertraut hatte?

22

„Ich sage, wir töten ihn gleich jetzt.“

Bei Milos kalten Worten, blickte Thomas ihn verärgert an. „Sei nicht so blutrünstig. Samson hat deutlich gemacht, dass er den Schweinehund selbst verhören will, also verdirb ihm nicht den Spaß.”

Sie befanden sich in einem großen, nur schwach beleuchteten Lagerhaus. Sie trugen beide die gleiche schwarze Lederkleidung. Der Raum war bis zur Decke mit Containern gefüllt und hatte den muffigen Geruch von getragenen Socken, Schimmel, Staub und Schweiß. Es war gespenstisch ruhig bis auf den entfernten Klang der Regentropfen, die auf das Dach trommelten.

„Was habt ihr mit mir vor?” Die Stimme kam von dem Mann, den sie an einen Stuhl gebunden hatten.

„Ach, halt's Maul!”, antworteten beide im Einklang.

„Hey, willst du danach noch in die Clubs gehen? Es ist noch früh”, fragte Thomas.

Sein Freund schüttelte den Kopf. „Tut mir leid, nicht heute Nacht. Ich muss mich noch um ein paar Sachen kümmern.”

„Was ist so wichtig, dass du nicht mit mir ausgehen kannst?”

„Arbeit”, antwortete Milo mit einer abwertenden Handbewegung. „Einige von uns arbeiten für andere Leute und nicht für Samson, also kann ich nicht die ganze Nacht mit dir rumhängen.”

„Das ist doof. Willst du, dass ich dir einen Job bei Scanguards besorge? Du weißt, dass ich das könnte.”

„Auf keinen Fall. Ich will nicht hören, wie jeder sagt, ich hätte den Job nur bekommen, weil mein Liebhaber ein gutes Wort für mich beim Boss eingelegt hat. Vergiss es, das ist einfach zu erniedrigend.”

„Hey, ihr zwei!”, unterbrach der Mann sie.

Thomas warf ihm einen genervten Blick zu. „Kannst du nicht sehen, dass wir hier gerade beschäftigt sind?”

„Wenn ihr mich gehen lasst, kann ich euch bei einigen guten Überfällen mitmachen lassen.”

„Kein Interesse.” Mit Thomas konnte man nicht verhandeln und abgesehen davon, benötigte er kein Geld.

„Sehen wir aus, als ob wir Geld bräuchten?” Milo sprang den gefesselten Mann an und ließ seine Fangzähne blitzen. Sofort riss der

Mann seinen Kopf zurück und versuchte, ihm zu entkommen, doch wurde er von den Seilen, mit denen er gefesselt war, daran gehindert.

„Wenn du unsere Unterhaltung noch einmal störst, werde ich von dir abbeißen", fauchte Milo, sein Gesicht nur wenige Zentimeter von dem Mann entfernt.

Als der Gefangene zurückwich, seine Gesichtszüge wie versteinert, ging Milo zurück zu Thomas.

„Dir ist hoffentlich klar, dass wir deswegen sein Gedächtnis später löschen müssen."

Milo zuckte nur mit seinen Schultern. „Na und."

Thomas legte seine Hand auf die Taille seines Liebhabers und zog ihn dichter heran. Er sprach leiser, sodass nur Milo ihn hören konnte. „Du weißt, dass wir in letzter Zeit nur wenig voneinander hatten. Wie wäre es jetzt mit was Schnellem? Samson wird noch mindestens zehn Minuten brauchen, bis er hier ist." Ein Quickie wäre jetzt nach seinem Geschmack.

Doch Milo entzog sich seiner Umarmung. „Nicht jetzt. Hier stinkt es."

„Du gibst mir einen Korb?"

„Oh Mann, fang nicht wieder damit an. Ich bin einfach nicht in Stimmung."

Thomas sah ihn an. Zweifel kamen in ihm hoch. „Wenn ich es nicht besser wüsste, würde ich sagen, dass du jemand anderen hast."

„Das ist Blödsinn und das weißt du. Ich wünschte, du würdest mit all dem eifersüchtigen Getue aufhören."

„Na schön." Thomas verschränkte seine Arme vor der Brust. Aus dem Augenwinkel nahm er wahr, wie der Mann sie beide anstarrte. „Was glotzt du so?"

Der Mann schreckte bei dem heftigen Ausbruch zurück, aber er hielt den Mund und senkte seinen Blick.

Milo war in den vergangenen Monaten distanzierter geworden und Thomas glaubte, dass sich ihre Beziehung dem Ende näherte. Während er nach außen immer noch der stillere und schüchternere von ihnen war, insbesondere Samson und seiner Gang gegenüber, hatte sich Milo doch zu einem dominanteren Partner entwickelt. Eine Rolle, die traditionell von Thomas eingenommen wurde.

Sie hatten immer noch Sex – und reichlich – doch waren die Dinge nicht mehr so leidenschaftlich wie zu Beginn ihrer Beziehung. Thomas wollte es gern noch in die Länge ziehen, doch er wusste instinktiv, dass ihre Beziehung im Sande verlaufen würde. Wieder kamen nagende Zweifel in ihm hoch. Milos Geheimnistuerei darüber was er tat, wenn sie nicht zusammen waren, wurmte ihn. Er wusste, dass seine Eifersucht vermutlich nicht angebracht war, trotzdem konnte er sie nicht unterdrücken.

Thomas war schon immer ein eifersüchtiger Typ gewesen, seine Verwandlung hatte daran nichts geändert. Schon vor über hundert Jahren hatte er diesen Charakterzug an sich erkannt. Ein Vampir zu werden änderte nicht den Charakter, sondern verstärkte ihn nur. Ein böser Mann würde ein böser Vampir sein und ein guter Mann würde ein guter Vampir sein.

Er bereute seine Wahl, mit der er vor über hundert Jahren konfrontiert worden war, nicht. Schließlich ermöglichte sie ihm, in einem Zeitalter zu leben, in dem er seine Sexualität nicht mehr verstecken musste. Und dafür war er dankbar. In der Zeit, in der er aufgewachsen war, wurden Männer, deren Homosexualität entdeckt wurde, ausgepeitscht oder sogar getötet. Nicht dass er etwas gegen gelegentliches, gepflegtes Auspeitschen hatte, solange dem ein guter Fick folgte. Doch das stand auf einem ganz anderen Blatt. Das Leben war besser im 21. Jahrhundert.

Er sah seinen Liebhaber von der Seite an. Milos Körper erschien zierlich, obwohl er als Vampir beinah unzerstörbar war. Er hatte kein Gramm Fett an seinem Leib, und trotz seiner geringen Größe war er stark. Und unglaublich sexy. Thomas' Lederhosen wurden eng, als er einen Blick auf Milos knackigen Hintern warf. Immer wenn er Milo anschaute, wurde er scharf.

„Lasst uns einen Blick auf diesen Scheißkerl werfen", donnerte Samsons Stimme durch das Lagerhaus.

Mit fliegendem Mantel und Ricky an seiner Seite schritt Samson herein, marschierte direkt auf den Gefangenen zu und stellte sich breitbeinig vor ihn. Der Gebieter war angekommen und sah mit jedem Zentimeter wie der dunkle Racheengel aus, in den er sich verwandeln konnte, wenn er provoziert wurde.

~ ~ ~

Samson hatte vor, den Gauner einzuschüchtern. Es würde die Zeit verkürzen, die er benötigte, alle wichtigen Informationen aus ihm herauszuquetschen. Er verwendete Folter nur selten und war der Überzeugung, dass die Androhung von Schmerz oft bessere Ergebnisse erzielte als der Schmerz selbst.

„Erkennst du mich wieder?", fragte er mit ruhiger aber gefährlicher Stimme.

Ein stummes Nicken war die Antwort.

„Gut. Wie heißt du?"

„Billy."

„Gut, Billy. Da wir uns jetzt mit Vornamen anreden, lass uns ein wenig plaudern. Im Normalfall bin ich nicht gerade begeistert, wenn ich überfallen werde, aber das ist Teil der Arbeit und deswegen kann ich darüber hinwegsehen. Ich kann mich verteidigen. Aber weißt du, was mich wirklich stinksauer macht?"

Samson starrte ihn an und forderte Billy heraus, ihm zu antworten. Der Mann war schlau genug, seinen Mund zu halten und nicht auf diese rhetorische Frage einzugehen.

„Wenn meine Frau angegriffen wird. Dann kenne ich keine Gnade. Hast du das verstanden?" Er beugte sich zu Billy herab und seine Stimme war beinahe ein Knurren. Angsterfüllte Augen blickten ihn an. Billy begann zu zittern.

„Du hast mich in eine schwierige Situation gebracht, Billy. Ein Mann muss seine Liebsten um jeden Preis beschützen. Also, was soll ich mit dir machen?" Er neigte seinen Kopf zur Seite und ließ seine Fangzähne blitzen. Samson hatte schon seit Jahren niemanden mehr gebissen, doch seine Fangzähne waren dennoch in einwandfreiem Zustand – Zahnseide und Zahnpasta halfen sehr, wenn es um die Zahnhygiene eines Vampirs ging.

Billy kreischte. „Ich wollte es nicht tun!"

Das war viel zu einfach. Der Mann war offensichtlich nicht der professionelle Kriminelle, den Samson erwartet hatte.

„Aber du hast es getan. Und nun musst du meinen Freunden und mir erklären, warum du hinter meiner Frau her warst. Rede!"

Er ließ ein weiteres Knurren durch seine zusammengepressten Kiefer dringen. Er konnte den Geruch von Angst an ihm wahrnehmen – einen Gestank, den er verabscheute.

„Ich wurde dafür bezahlt."

Samson richtete sich auf. „Von wem?"

Für den Bruchteil einer Sekunde fragte er sich, ob Delilah das alles selbst inszeniert hatte. Es hätte ein Täuschungsmanöver sein können, um sich in sein Haus und sein Herz zu schleichen. Das würde Sinn machen. Sie hätte damit an ihn herankommen können, um den Beschützerinstinkt in ihm zu wecken und ihn gründlich zu verführen. Mein Gott, und wie sie ihn verführt hatte, nach allen Regeln der Kunst, mit ihrer Stimme, ihrem Körper, ihren Berührungen, ihren Küssen … ihrem Lachen. Er musste die Wahrheit herausfinden, egal wie sehr ihm die Antwort auch im Herzen wehtun würde.

„Wer hat dich bezahlt?"

„Mein Schwager. Er wollte sie aus dem Weg haben", brach es plötzlich aus Billy heraus.

Erleichterung floss durch Samsons Körper. Es war nicht Delilah gewesen, Gott sei Dank. „Wie heißt er?"

„John."

Billy schlotterte vor Angst.

„Ich brauche ein bisschen mehr, wenn's Recht ist."

„John Reardon." Der Name hatte einen vertrauten Klang, doch Samson konnte ihn nicht zuordnen.

„Und wo lebt er, dieser John Reardon?"

Billy gab ihm eine Adresse im Sunset Viertel.

„Warum will er sie aus dem Weg haben?", fuhr Samson mit seiner Befragung fort. Es fiel ihm auf, wie sich Billys Pupillen plötzlich weiteten.

„Ich w—w—weiß es nicht." Woher kam dieses plötzliche Stottern? Gleichzeitig bemerkte er ein Zittern in den Beinen des Mannes, das seinen Körper empor wanderte.

Samson durchforschte die Augen des Mannes. „Du lügst."

Billy zitterte jetzt wie Espenlaub und seine Augen weiteten sich. „Aufhören!", schrie er. „Lass es aufhören!" Seine Hände ballten sich zu Fäusten, als er versuchte, sie zu heben, aber nicht gegen die Fesseln ankam. „Nein!" Eine Sekunde später rollte sein Kopf nach vorne. Er war ohnmächtig.

Samson wirbelte zu seinen Freunden herum. „Hat einer von euch das getan?" Er wäre stinksauer, wenn jemand Gedankenkontrolle benutzt hätte, um Billy zu verängstigen, bevor er alle notwendigen Informationen aus ihm herausholen konnte.

Milo und Thomas hoben beide ihre Hände in Verwirrung, während Ricky seinen Kopf schüttelte.

„Sucht die Umgebung ab und versichert euch, dass keine anderen Vampire hier sind und sich einmischen." Samson blickte zu Thomas und Milo. „Dann fahrt raus zum Sunset und holt diesen John Reardon. Dieser hier bleibt hier, bis wir seinen Schwager haben. Ich weiß noch nicht, was ich mit ihm machen will. Ruft mich an, wenn ihr seinen Schwager habt. Ich will persönlich mit ihm reden."

„Ich muss weg. Ich habe was anderes zu tun", protestierte Milo.

Samson hob eine Augenbraue, machte aber keine Bemerkung. Milo arbeitete nicht für ihn. „Ricky, begleite Thomas. Ich nehme dein Auto und fahre zum Haus zurück."

Ricky warf die Schlüssel in Samsons Richtung und er fing sie. Sobald er in Rickys Auto saß und den Motor angelassen hatte, sah er wie Milo das Gebäude verließ. Mit seinem Handy ans Ohr gepresst eilte er zu seinem Motorrad.

23

Amaury sah Carl überrascht an. „*Clay Hall* hast du gesagt?" Sie standen sich an der Kücheninsel gegenüber.

„Ja, die große Eigentumswohnanlage unten in der Nähe von Taylor. Ich habe ihre Sachen dort abgeholt. Sie hatte nicht viel, nur ein bisschen Kleidung, ihren Computer und diese Unterlagen."

„Das ist ein merkwürdiger Zufall", murmelte Amaury und sprach dabei mehr zu sich selbst. Er glaubte nicht an Zufälle.

„Was für ein Zufall?"

„Du weißt es nicht, was?"

Carl schüttelte verwirrt seinen Kopf. „Weiß was nicht?"

„Dass Scanguards einige der Wohnungen in Clay Hall gehören. Ich sollte so etwas wissen, denn immerhin habe ich sie fürs Geschäft gekauft."

Amaurys Aufgabe bestand darin, sich um Samsons Immobilieninvestitionen zu kümmern, sowohl um die privaten als auch die geschäftlichen. Er besaß eine Maklerlizenz für Kalifornien. Glücklicherweise erwies sich der alte Aberglaube, dass Vampire in ein Heim eingeladen werden mussten, nur als ein Märchen, sodass sie durchaus als Immobilienmakler arbeiten konnten.

„Das muss nicht unbedingt etwas bedeuten. Sie sagte, sie sei aus New York und nur beruflich hier."

„Das können wir einfach überprüfen. In welcher Wohnung hat sie gewohnt?"

Carl starrte ihn ausdruckslos an. „Nun, es war ziemlich weit oben." Es sah aus, als versuche er sich daran zu erinnern, wie er den Korridor der Etage entlangging, um die richtige Tür zu finden. „812."

„*Voilà.* Das ist eine von unseren. Die einzige Möglichkeit, wie sie Zugang zu dieser Wohnung haben konnte, ist, wenn sie für uns arbeitet. Samson hat gesagt, dass Oliver den ganzen Tag mit ihr zusammen war."

Carl nickte zustimmend.

„Hol ihn ans Telefon. Lass uns mal fragen, wohin er sie gebracht hat."

Carl wählte Olivers Nummer und stellte das Telefon dann auf Lautsprecherbetrieb. „Hey Oliver, ich bin's."

„Carl, ich hoffe, dass es wirklich wichtig ist. Ich bin todmüde", kam Olivers schläfrige Stimme durchs Telefon. Amaury schaute auf die Uhr am Herd. Es war kurz nach neun Uhr abends. Ungläubig schüttelte er den

Kopf. Menschen!

„Hey Oliver, hier ist Amaury. Entschuldige die Störung. Ich hoffe, wir haben dich nicht geweckt."

„Kein Problem, Amaury." Es klang, als ob Oliver sich aufrichtete. „Was kann ich für dich tun?"

„Du warst den ganzen Tag mit Delilah zusammen?"

„Ja; Samson bat mich, sie zu beschützen."

„Wohin hast du sie gebracht?"

„In die Innenstadt, zum Büro von Scanguards."

Carl und Amaury wechselten einen Blick. Amaury pfiff durch die Zähne. „Du weißt nicht zufällig, was sie dort getan hat, oder?"

„Sie hat gearbeitet."

„Sie hat gearbeitet?"

„Ja, sie hat gearbeitet. Sie ist so eine Art Buchhalterin oder Buchprüferin oder so was, glaube ich."

„Bist du sicher?"

„Ja, bin ich. Sie war dort bekannt und wurde erwartet. Sie hatten sogar einen Computer für sie bereitgestellt."

„Danke, Oliver."

Amaury legte auf. „Ich vermute, dass das gute Neuigkeiten sind. Immer noch höllisch viele Zufälle, aber immerhin sieht es nicht so aus, als sei sie eine Betriebsspionin."

„Doch erklärt das immer noch nicht, warum sie hier bei ihm ist", warf Carl ein. Amaury konnte Carls Empfindungen fühlen – der Mann beschützte seinen Boss und wollte nicht, dass dessen Gefühle erneut verletzt wurden, am wenigsten von einer Frau. „Meinst du, dass sie weiß, wer er ist?"

Doch bevor Amaury antworten konnte, öffnete sich die Küchentür und Samson kam hereingestürmt.

„Über wen redet ihr?", wollte er wissen.

„Über dich", erwiderte Amaury. „Wir haben uns gefragt, ob Delilah weiß, wer du bist."

~ ~ ~

„Ich wünschte, ich wüsste das selbst." Das war die Wahrheit. Er würde sich tausendmal besser fühlen, wenn er sich im Klaren darüber wäre, was sie über ihn wusste. Wenn er wüsste, ob sie hinter seinem Geld her war oder ob sie wegen ihm hier war, und zwar ohne Hintergedanken. „Wo ist sie?"

Amaury deutete mit dem Kopf in Richtung Obergeschoss. „Sie ist vorhin heruntergekommen, hat sich einen Joghurt geschnappt und ist wieder hoch gegangen." Er hielt kurz inne. „Nun, zumindest wissen wir, wer sie ist."

Erwartungsvoll schaute Samson seine Freunde an.

„Sie ist eine Art Buchhalterin für Scanguards."

Samson ging einen Schritt zurück und zog die Augenbrauen hoch. Das hatte er nicht erwartet. „Sie arbeitet für mich?" Er schlief mit einer seiner Angestellten? Großartig, im besten Fall war er auf dem Weg sich eine Klage wegen sexueller Nötigung einzuhandeln.

„Sieht ganz danach aus. Oliver hat den ganzen Tag mit ihr im Büro von Scanguards in der Innenstadt verbracht. Und die Wohnung, von der du sie abgeholt hast, ist eine von unseren."

Samson rieb sich mit der Hand die Stirn. „Dann stimmt es also. Sie hat mir letzte Nacht erzählt, dass sie Buchprüferin ist."

Amaury grinste. „Ihr zwei hattet Zeit zu reden?"

Ausgerechnet Amaury musste das sagen! Samsons missbilligender Blick hielt Amaury davon ab, noch weitere Andeutungen verlauten zu lassen. Sein alter Freund stellte es so hin, als sei er ein Sex-Besessener. Selbstverständlich hatten sie geredet, sogar Scherze gemacht, sich geneckt und miteinander gelacht. Sogar nachdem Carl die Kondome gebracht hatte. Als ob alles, was er tat, um eine Frau zu unterhalten, darin bestand, mit ihr zu schlafen!

„Sie sagte, dass sie aus New York kommt und wegen einer Buchprüfung hier ist. Habt ihr alles überprüft?"

„Noch nicht, wir waren gerade dabei, unsere Schlussfolgerungen zu ziehen, als du hereingekommen bist."

„Carl, hol' Gabriel Giles ans Telefon."

Gabriel leitete den Hauptsitz in New York, und da er ein Vampir war, war er erreichbar, obwohl es an der Ostküste schon kurz nach Mitternacht war.

„Ich hoffe, dass du recht hast." Samson sah Amaury an und fühlte, wie ein Hoffnungsschimmer in seiner Brust wuchs.

Gabriels Stimme bellte einige Sekunden später aus dem Lautsprecher. „Hey Samson, wie geht es dir?" Er klang mehr wie ein Tony Soprano als ein Vampir. New York konnte das jedem antun.

„Gut, deine Stimme zu hören, Gabriel. Ich will dich nicht lange aufhalten, aber du musst für mich etwas überprüfen. Habt ihr Jungs einen Buchprüfer in die Zweigstelle in San Francisco geschickt?"

„Lass mich mal sehen." Samson hörte, wie er etwas auf einer Tastatur eingab. „Ja, haben wir. Die Buchprüfung hat am Montag angefangen. Stimmt etwas damit nicht?"

„Wie heißt der Prüfer?"

„Delilah Sheridan."

~ ~ ~

Delilah hielt hinter der Küchentür inne, die sie gerade öffnen wollte, als sie ihren Namen über den Lautsprecher eines Telefons hörte. Sie hielt ihren Atem an. Warum sprachen sie über sie?

„Hast du ihren Hintergrund überprüft?" Das war Samsons Stimme, die sie hörte. Eine Hintergrundüberprüfung? Von ihr? Was wollte er finden? Sie hielt weiter den Atem an, um nicht zu verraten, dass sie hinter der Tür stand und lauschte.

„Sie ist sauber", sagte der Mann. „Nichts Ungewöhnliches. Unverheiratet, keine Geschwister, Vater ist in einem Heim, Mutter vor zwei Jahren gestorben. Was willst du über sie wissen?"

„Weiß sie, wer ich bin?" Samsons Stimme klang ungewöhnlich angespannt.

Obwohl sie die Frage hörte, konnte sie nicht verstehen, was er damit meinte.

„Das bezweifle ich", antwortete der Mann. „Wir haben ihr nicht mehr Informationen gegeben, als notwendig war. Du kennst unsere Bestimmungen besser als jeder andere. Und da alles der Treuhandgesellschaft gehört, hätte sie auch deinen Namen auf keinem Dokument sehen können."

Was für Dokumente? Wovon zum Teufel redete der Mann da?

Sie hatte genug gehört. Samson überprüfte sie, aus welchem Grund auch immer. Sie fühlte sich verletzt. Verärgert riss sie die Tür zur Küche auf. Drei Augenpaare starrten ihr entgegen. Drei überrascht blickende Augenpaare: Samsons, Amaurys und Carls. Sie hatten sich alle gegen sie verschworen.

„Sonst noch was?", fuhr der Mann aus dem Lautsprecher fort.

„Danke, Gabriel." Samson wandte seinen Blick nicht von ihr ab, als er das Telefonat beendete.

Delilah starrte ihn an und war sekundenlang nicht in der Lage, etwas zu sagen. Keiner der Männer traute sich, auch nur ein Wort zu sagen, als ob sie auf einen Ausbruch warteten. Den würde sie ihnen bescheren.

„Du hast meinen Hintergrund überprüfen lassen?" Sie bemühte sich, ihre Stimme so ruhig wie möglich klingen zu lassen, um den Schmerz, den sie verspürte, nicht zu zeigen.

„Delilah, es tut mir leid, aber ich kann es erklären." Samson bemühte sich nicht einmal, die Anschuldigung abzustreiten. Das gab ihr die Bestätigung.

Sie schüttelte ihren Kopf. „Ich spare dir den Ärger. Ich verschwinde." Sie drehte sich auf dem Absatz um und stürmte hinaus. Zwei Stufen auf einmal nehmend lief sie die Treppe hinauf. Tränen brannten in ihren Augen, doch sie drängte sie zurück. Er war es nicht wert. Wenn er etwas über sie wissen wollte, hätte er sie fragen können. Sie hätte ihm alles erzählt, jedes noch so kleine Detail ihres Lebens.

Doch er hatte nicht gefragt. Stattdessen hatte er sie hinter ihrem Rücken überprüft, als wäre sie eine Kriminelle. Nach der wunderbaren Nacht voller Leidenschaft, die sie miteinander geteilt hatten, hatte er es für nötig empfunden, sie zu überprüfen? Was hatte er vermutet zu finden?

24

Nachdem sie Billy, ausgestattet mit einer Decke und etwas Wasser, in einen der Container eingeschlossen hatten, verließen Ricky und Thomas das Lagerhaus. Sie waren keine Barbaren.

„Hast du mitbekommen, was Samson über sie gesagt hat?", fragte Ricky.

„Du meinst, wie er sie seine Frau genannt hat?"

„Genau. Glaubst du, er hat es auch so gemeint?"

Thomas zuckte mit den Schultern. „Keine Ahnung. Wenn es um euch Heteros geht, kann ich wirklich nicht sagen, ob ihr in jemanden verliebt seid oder nicht. Ihr versteckt eure Gefühle zu sehr."

„Glaub mir, ich verstehe es auch nicht besser als du. Aber ich habe ihn noch nie so reden hören. Ich hoffe nur, sie geht ihm nicht zu sehr unter die Haut. So was kann nur schlimm enden."

Ricky nahm den Helm, den Thomas ihm reichte, und schwang sein Bein über das Motorrad, um sich hinter Thomas zu setzen.

„Er hätte mir mein Auto lassen und dein Motorrad nehmen sollen, anstatt dass wir uns hier drauf quetschen müssen."

„Was, hast du etwa Angst, weil du dich an mir festhalten musst?", lachte Thomas. „Seit wann bist du so homophob?"

„Bin ich nicht. Ich habe nur Angst um mein Auto. Heute war er schon mal in der Stimmung, mich umzubringen. Ich hoffe, er lässt das nicht an meinem nagelneuen Wagen aus."

Thomas wirbelte den Kopf herum. „Dich umzubringen? Was hast du ihm angetan?"

„Ich bin reingeplatzt, während er es mit Delilah in der Dusche getrieben hat."

„Das kann doch nicht dein Ernst sein. Deswegen wollte er dich töten?" Thomas' Reaktion war nicht ungewöhnlich. Unter ihresgleichen wurde Sex nicht unbedingt als etwas Privates angesehen, außer es passierte zwischen einem Paar, das den Blutbund eingegangen war. Es gab also keinen Grund, warum Samson so aus der Fassung geraten sollte, wenn er dabei beobachtet wurde, wie er es mit Delilah trieb.

„Davon rede ich ja. Er hat mir gedroht, dass ich unsere Freundschaft und meinen Job vergessen kann, wenn er mich nochmals dabei erwischt, dass ich Delilah auch nur eine Sekunde zu lange anschaue."

„Klingt für mich ziemlich besitzergreifend."

"Ja."

"Denkst du, was ich denke?"

"Ja."

"Oh, Mann."

Ricky schlang seine Arme um Thomas' Taille und das Motorrad fuhr los. Es nieselte noch immer leicht. Thomas lenkte die Maschine gekonnt durch den spärlichen Verkehr. Er kannte die Stadt wie seine Westentasche und hatte ein gutes Auge dafür, Hindernisse frühzeitig zu erkennen, was ihm dabei half, Unfälle zu vermeiden.

Sie fuhren in Richtung Sunset Viertel, vorbei an den Häusern der vierziger und fünfziger Jahre, den oft ungepflegten Vorgärten und den kitschigen Läden links und rechts der Straße. Es war eine Gegend, die keiner der beiden besonders mochte. Es war vorwiegend flach und architektonisch uninteressant.

Die Adresse, die sie von Billy erhalten hatten, war ein Eckhaus, das größer wirkte als alle anderen Häuser in dieser Straße. Außerdem schien es komplett neu renoviert worden zu sein. Es stach als das teuerste Haus des ganzen Blocks hervor. Durch mehrere Fenster des Hauses schien Licht.

Thomas parkte sein Motorrad um die Ecke.

„Wie willst du es anpacken?"

„Ganz normal. Wir klingeln", antwortete Ricky.

Ihre Schritte machten so gut wie kein Geräusch, als sie den Bürgersteig entlang gingen. Thomas' Nasenflügel weiteten sich, als sie das Haus erreichten. Er atmete tief ein. Ein merkwürdig vertrauter Geruch stieg ihm in die Nase, jedoch wurde er schnell davon abgelenkt, als er einen Schrei aus dem Haus kommen hörte.

Ricky und er starrten sich für einen Sekundenbruchteil an, bevor sie zur Eingangstür liefen und diese eintraten.

Eine Frau schrie hysterisch. Der Schrei kam aus dem hinteren Teil des Hauses. Kurz darauf mischte sich das Weinen eines Kleinkindes mit den Schreien der Frau, die einem das Blut in den Adern gefrieren ließen.

Als sie die Frau erreichten, verstanden sie auch warum. Sie konnten nichts mehr tun. Sie waren zu spät gekommen.

Thomas hatte keinen Zweifel daran, dass John von einem Vampir getötet worden war. Johns Körper schien beinahe friedvoll, wäre da nicht der blanke Horror gewesen, der für immer in seine Augen geätzt war. Er hatte seinen Mörder gesehen, bevor dieser zugeschlagen hatte. Johns Körper lag auf dem Fußboden des Wohnzimmers. Sein Genick war gebrochen. Thomas ignorierte die Schreie der Frau, kniete sich nieder und schloss Johns Augen. Es gab keinen Grund für die Frau, weiterhin den entsetzten Gesichtsausdruck ihres toten Ehemannes zu sehen.

Sie konnten nicht bleiben, um die Frau zu trösten, doch sie konnten ihre Erinnerung löschen. Thomas legte eine Hand auf ihre Stirn. Ihre Schreie ließen nach und sie wurde ruhig. Er löschte nicht nur jede Erinnerung aus, die sie an ihn und Ricky hatte, sondern auch die Erinnerung an die Augen ihres Ehemannes. Es war besser, wenn sie nicht wusste, wie angsterfüllt er in den letzten Sekunden vor seinem Tod gewesen war. Es würde schwer genug für sie sein, mit ihrem Verlust und ihrem Kummer zurechtzukommen.

25

Delilah warf ihre Kleidung in den Koffer und versuchte, ihre Tränen zurückzuhalten. Sie konnte nicht mit einem Mann zusammen sein, der ihr nicht vertraute. Verdammt, er hatte nicht einmal einen Versuch unternommen, sie kennenzulernen. Stattdessen hatte er hinter ihrem Rücken herumgeschnüffelt. Diese Art von Betrug konnte sie nicht hinnehmen.

Delilah hörte, wie sich die Tür hinter ihr öffnete und wieder schloss und wusste, dass Samson ihr gefolgt war. Sie hatte es erwartet. Sie konnte seine Gegenwart spüren, doch würdigte sie ihn keines Blickes. Er verdiente es nicht.

„Es tut mir leid, Delilah." Seine Stimme war näher, als sie erwartet hatte. Er konnte nicht mehr als einen Schritt von ihr entfernt sein. Sie wollte nicht, dass er ihr so nahe war. Nicht jetzt. Nie wieder.

„Ich werde in zwei Minuten fort sein und keine Sorge: Ich stehle nichts von dir." Ihre Stimme war eiskalt. Sie würde ihm nicht die Befriedigung geben, ihn wissen zu lassen, wie sehr er sie verletzt hatte. Es war nicht das erste Mal, dass sie von einem Mann enttäuscht worden war und es würde vermutlich auch nicht das letzte Mal sein. *Er* würde nicht der letzte Mann in ihrem Leben sein. Sie war es gewohnt, immer die falschen Kerle zu daten. Vielleicht war das der Grund, warum sie es aufgegeben hatte, mit Männern auszugehen. Vermutlich wäre sie mit einem Hund oder einer Katze besser beraten.

„Das habe ich verdient." Samsons Stimme war ruhig. „Bitte, gib mir eine Chance, dir alles zu erklären."

Vermutlich hatte er für solche Gelegenheiten eine Standardansprache vorbereitet. Wie konnte er sonst so unbeteiligt sein?

Sie spürte seine Hände auf ihren Schultern und schüttelte sie ab.

„Okay. Ich werde dich nicht anfassen."

Wut kochte in ihr hoch. Sie konnte sie von ihrem Bauch in ihre Brust hochsteigen spüren wie Lava, das langsam auf ein Haus zukroch.

„Wie konntest du nur? Wie konntest du mich nur so hintergehen?" Delilah drehte sich um, um ihn zu konfrontieren. „Du hättest mich alles fragen können, was du wissen wolltest." Und warum war er immer noch so attraktiv und sexy, obwohl sie doch wütend auf ihn war?

Verdammt, sie hätte sich nicht umdrehen sollen. Sie hätte einfach gehen sollen, ohne ihn auch nur anzusehen.

Sein Bizeps spannte sich und wieder war sie sich seiner körperlichen Kraft und Schönheit bewusst. Die Art und Weise, wie seine haselnussbraunen Augen die ihren suchten, als ob er versuchte, in ihre Seele zu schauen, ließ ihre Knie weich werden. Sie musste ihren Blick von ihm losreißen, wenn sie jemals diesen Raum verlassen wollte.

„Ich habe einen Fehler gemacht. Doch ich musste wissen, wer du bist."

„Ich habe dir gesagt, wer ich bin. Was hast du erwartet? Nach all den Dingen, die wir miteinander getan haben … konntest du mich nicht einfach fragen? Nein. Du musstest meinen Hintergrund überprüfen lassen, als wäre ich eine Kriminelle."

„Süße, bitte –"

Samson hob seine Hand, als wollte er ihr Gesicht berühren, doch er hielt inne, als sie verärgert sagte: „Nenn mich nicht Süße!"

Delilah hatte es gemocht, als er sie in der Nacht zuvor so nannte, als sie miteinander geschlafen hatten, doch nicht jetzt. Sie drehte sich um und schloss ihren Koffer.

„Delilah, ich entschuldige mich. Ich wünschte, ich hätte meinen Instinkten mehr vertraut, doch das habe ich nicht. Als Carl deine Sachen gepackt hat, fand er einige Dinge und lenkte meine Aufmerksamkeit darauf. Ich hätte direkt zu dir kommen und dich danach fragen sollen, aber ich … ich weiß nicht, warum ich es nicht getan habe …"

Er schaute sie mit seinen haselnussbraunen Augen an, bemüht darum, sie zum Zuhören zu bewegen. „Du hattest Unterlagen von Scanguards in deinem Besitz."

„Na und? Ich arbeite für diese Firma. Carl hatte kein Recht, meine Sachen zu durchsuchen."

Samson nickte. „Ja. Aber er hat sie gesehen. Und ich verstehe jetzt auch, dass du ein Recht auf diese Unterlagen hast. Jetzt ist mir das klar. Weil ich jetzt weiß, dass du für mich arbeitest."

Verwirrt schaute sie ihn an. „Ich arbeite nicht für dich. Ich arbeite für Scanguards", beharrte sie und ergriff ihren Koffer. „Und abgesehen davon, was geht es dich an, für wen ich arbeite? Ich dachte nicht, dass du besonders daran interessiert warst, was ich tue." Sie versuchte, sich an ihm vorbeizudrängen, um zur Tür zu gelangen, doch er blockierte ihren Weg.

„Du arbeitest für mich. Ich *bin* Scanguards. Das Unternehmen gehört mir."

~ ~ ~

Delilah hielt inne und Samson erkannte sofort, dass ihr das neu war. Sie hatte nicht gewusst, dass er der Eigentümer von Scanguards war, dass er mehrere Hundert Millionen Dollar schwer war. Sein Herz hüpfte vor Freude, als er diese Erkenntnis wahrnahm und verstand, dass seine Sorgen unbegründet waren. Sie war nicht hinter seinem Geld her, da sie keine Ahnung hatte, wie steinreich er wirklich war.

Samson konnte ihr ansehen, dass sie sich bemühte, in seinen Worten einen Sinn zu finden. Doch dann schien sich eine dunkle Wolke auf ihrem Gesicht auszubreiten. Ihr Unterkiefer klappte herunter und sie starrte ihn an.

„Du hast geglaubt, dass ich hinter deinem Geld her bin? Oh mein Gott! Du hast gedacht, dass ich mit dir geschlafen habe, weil … Oh mein Gott!"

Der Schmerz, den er in ihren Augen sah, traf ihn tief in seiner Brust. Wenn er gedacht hatte, dass dieses Geständnis dabei helfen würde, ihr klarzumachen, warum er sich so verhalten hatte, dann hatte er damit ein Eigentor geschossen. In Wahrheit hatte er alles schlimmer gemacht. Viel schlimmer.

„Mein ganzes Leben habe ich mich noch nie so billig und schmutzig gefühlt. Ich habe mich sauberer gefühlt, als du gedacht hast, ich sei eine Stripperin. Doch du hast geglaubt … du hast geglaubt, ich würde … nein, nein …"

Sie lief zur Tür, doch er holte sie ein und stoppte sie. Er wollte sie in seine Arme nehmen und ihren Schmerz wegküssen, sich mit seinem gesamten Körper für alles, was er getan hatte, bei ihr entschuldigen. Doch er wusste, dass sie ihn fortstoßen würde. Er hatte sie verletzt, seine sterbliche Geliebte, und es tat ihm mehr weh, als wenn er selbst verletzt wäre. Im Moment würde er alles tun, um ihr den Schmerz zu nehmen.

„Bitte sag mir, was ich tun kann, um es wieder gutzumachen."

Sie schaute ihn an und in ihren Augen glitzerten Tränen, die sie versuchte zurückzuhalten. „Glaubst du wirklich, ich sei käuflich? Hast du mich nicht schon genug erniedrigt? Behalt dein verdammtes Geld und geh mir aus dem Weg!"

„Bitte halt für einen Moment still und hör mir zu."

„Warum? Weißt du mittlerweile nicht schon alles, was du wissen wolltest? Ist das nicht der Grund, warum du mir heute einen *Leibwächter* zugewiesen hast? Dass du mich ausspionieren konntest? Kontrollierst du alle deine Frauen so?"

„Delilah, das war zu deiner eigenen Sicherheit. Ich wollte dich nie verletzen, bitte glaub mir. Doch du hast mir Angst eingejagt." Er hatte mächtige Angst; Angst davor, was sie seinem Herzen antun konnte. Vielleicht war es besser, ihr gleich zu gestehen, was sie ihm angetan hatte.

„Ich mache dir Angst? Warum? Weil du es mit einer kleinen Buchprüferin getrieben hast? Ja, das ist wirklich beängstigend!"

„Sag das nicht. Es sind die Dinge, die du mich fühlen lässt, wenn ich mit dir zusammen bin. Das ist es, was mir Angst macht."

„Hör auf, mich anzulügen." Sie schoss an ihm vorbei und riss die Tür auf. Mit ihrem Koffer in der Hand rannte sie die Treppe hinunter. Samson war direkt hinter ihr und nicht dazu bereit, sie gehen zu lassen.

Die Eingangstür öffnete sich Sekunden bevor Delilah sie erreichte. Ein kalter Windstoß blies in das Foyer und mit ihm traten Ricky und Thomas ein. Ricky starrte zuerst Delilah an und dann Samson, der nur einen Schritt hinter ihr war.

„Du darfst sie nicht gehen lassen, Samson." Er schlug Delilah die Tür vor der Nase zu. Samson hörte ihr frustriertes Schnauben, als sie versuchte, an Ricky vorbeizukommen.

„Ich lasse sie nicht gehen."

„Gut, denn jemand hat John Reardon umgebracht. Und sie könnte die Nächste sein."

„John?" Delilahs Stimme war nur ein raues Flüstern. Sie ließ ihren Koffer mit einem dumpfen Schlag auf den Boden fallen.

Samson wechselte erstaunte Blicke mit seinen zwei Freunden. Kannte sie ihn?

Delilah hielt sich an der Garderobe fest. Im Bruchteil einer Sekunde war Samson bei ihr, legte seine Arme um sie und führte sie ins Wohnzimmer. Er würde sie nicht gehen lassen, nicht jetzt und nicht später. Niemals.

Samson setzte sie sanft auf das Sofa und blieb dicht bei ihr. Er hielt sie noch immer im Arm und war erleichtert, dass sie ihn nicht wegschob.

„Ricky, würdest du Delilah bitte einen Brandy einschenken?"

Sein Freund kam der Bitte sofort nach und reichte ihm kurz darauf ein Glas. Samson führte es an Delilahs Lippen und ließ sie daran nippen, während er ihr eine Haarsträhne aus dem Gesicht strich.

„Hier, meine Süße." Seine Stimme nahm einen milden Ton an, während er zärtlich ihren Arm streichelte. Sie protestierte nicht. Er wusste, dass sie ihm noch nicht vergeben hatte, doch nun war sie in einem Schockzustand und er würde alles tun, damit sie sich besser fühlte. Später würde er sie um Verzeihung bitten. Und dann gab es noch eine andere

Hürde, die er nehmen musste – doch dafür war sie noch nicht bereit.

In den Sekunden, in denen er ihr die Treppe hinunter gefolgt war, hatte er eine Entscheidung getroffen. Er würde sie nicht zurück nach New York gehen lassen. Die Tatsache, dass sie ein Mensch war, war unwichtig. Sie gehörte ihm. Er brauchte sie und er konnte sie glücklich machen. Tief in seinem Herzen wusste er das.

Er bemerkte, wie Ricky einen Blick mit Thomas wechselte und dieser nickte. Keiner von beiden hatte Samson jemals solche Zärtlichkeiten mit einer Frau austauschen sehen. Samson gab Delilah einen sanften Kuss auf die Stirn und kümmerte sich nicht darum, was seine Freunde von seinem Verhalten hielten.

„Delilah, sag mir, was du über diesen Mann weißt. Er war derjenige, der den Mann angeheuert hat, der dich überfallen hat."

Plötzlich starrte sie ihn mit großen, ungläubigen Augen an. „John? John hat diesen Kerl angeheuert?" Sie schaute zu Ricky und Thomas auf. Beide nickten.

„Ja, er war das. Wer war er?", fragte Samson erneut.

„Er arbeitet für dich."

„Für mich?"

„Er ist einer der Buchhalter bei Scanguards", sagte sie.

26

Samson schickte Ricky und Thomas los, um den Mord des Buchhalters zu untersuchen. Sie würden ebenfalls Johns Hintergrund und den aller weiteren Personen, mit denen er bei Scanguards gearbeitet hatte, überprüfen. Amaury blieb mit Samson und Delilah im Haus.

„Ich glaube, es ist eindeutig klar, dass es nicht Johns Idee war, dich aus dem Weg zu räumen. Offensichtlich hat er für jemanden gearbeitet, und dieser Jemand hat ihn getötet", vermutete Samson.

„Aber warum sollte mich jemand aus dem Weg räumen wollen? Ich habe John erst diese Woche kennengelernt und ich kenne sonst niemanden hier in San Francisco. Ich habe keine Feinde", protestierte Delilah.

„Diese Person wusste, dass wir ihm auf der Spur waren, vergiss das nicht", warf Amaury ein, „und derjenige hat John vor uns erwischt. Sollte uns das nicht zu denken geben?"

Samson nickte. „Genau. Wer auch immer es war, er wollte nicht, dass wir John verhören und herausfinden, wer hinter all dem steckt oder worum es hier überhaupt geht. Kannst du dir irgendeinen Grund vorstellen, warum er oder sonst irgendjemand dich aus dem Weg schaffen will?"

Der Gedanke daran, dass dort draußen immer noch jemand herumlief, der die Frau, nach der er so sehr verlangte, verletzen wollte, war für Samson unerträglich. Jemand, der ihr auch nur ein Haar krümmen würde, müsste es mit ihm aufnehmen. Und das würde hässlich werden.

„Ich bin nur hier, um die Bücher zu prüfen, nichts weiter. Ich bin es gewohnt, dass die Leute nicht allzu glücklich sind, mich zu sehen, doch das bedeutet nicht unbedingt, dass sie mir etwas antun wollen."

„Es muss etwas damit zu tun haben. Es ist deine einzige Verbindung zu John und San Francisco. Das ist die einzige Erklärung. Hat die Buchprüfung irgendetwas ergeben?", fragte Samson neugierig.

Sie zuckte mit den Schultern. „Nichts Ungewöhnliches, zumindest bisher nicht. Ich hatte Probleme, einige der Originalunterlagen für einige der Einträge zu bekommen, die ich noch näher untersuchen will. Doch ich habe noch bis Mittwoch Zeit und deshalb bin ich mir sicher, dass ich herausfinden werde, ob etwas nicht korrekt läuft." Delilah wirkte selbstbewusst. „Ich habe bisher immer gefunden, was zu finden war."

„Ist das dein Ruf? Ist das der Grund, warum New York dich engagiert hat?" Samson ließ seine Augen über ihre zierliche Figur wandern. War sie eine Art Superdetektivin? Würde sie auch ihn bald durchschaut haben? Wieviel Zeit blieb ihm noch, bis sie sein Geheimnis entdecken würde? Wie lange noch, bis sie schreiend aus seinem Haus lief?

„Ich führe keine herkömmlichen Rechnungsprüfungen durch. Ich arbeite nur an Sonderprüfungen. Wenn jemand die Bücher fälscht, dann finde ich es heraus. Ich habe schon einige Hinweise darauf, dass jemand das Unternehmen betrügt. Nun muss ich nur noch bestätigen, wer dahinter steckt."

Ein Hauch von Selbstvertrauen, beinahe Stolz, lag in ihren Worten. Er glaubte ihr sofort. Wenn sie sagte, sie würde es herausfinden, dann würde sie das auch. Natürlich bedeutete das auch, dass er selbst sehr vorsichtig sein und schnellstmöglich eine Strategie entwickeln musste, um ihr zu beichten, was er wirklich war. Er musste ihr gestehen, dass er ein Vampir war, denn er würde sie nicht gehen lassen.

„Nimm dir so viel Zeit, wie du brauchst – ich verlängere deinen Vertrag auf unbestimmte Zeit." Das würde den Zeitdruck verringern. Mittwoch war einfach viel zu früh.

„Kannst du das so einfach tun?" Delilah schaute zuerst Samson an und dann Amaury. „Kann er das tun?"

Amaury grinste. „Er ist der Boss. Was er sagt wird gemacht."

„Bei dir klingt es, als sei ich ein Tyrann." Er sah seinen Freund unwillig an. „Ich versichere dir, ich bin nichts dergleichen. Aber der Boss zu sein hat seine Vorteile. Du kannst von hier aus arbeiten. Mein Büro steht dir zur Verfügung. Du bekommst unbeschränkten Zugriff auf alle Dateien, nicht nur auf die aus der Zweigstelle in San Francisco, sondern auch von allen anderen Zweigstellen. Was immer für Informationen du benötigst, ich kann sie dir alle besorgen."

„Das wird nicht notwendig sein. Ich kann im Büro in der Innenstadt arbeiten. Abgesehen davon brauche ich den Karton mit den Buchungsunterlagen, die ich John habe holen lassen. Ich bin damit noch nicht fertig. Sie sind immer noch im Büro."

Samson schüttelte seinen Kopf. „Ich lasse sie von jemandem herholen. Ich lasse dich nicht aus den Augen. Wenn jemand es geschafft hat, an John heranzukommen, um ihn zu töten, werden sie das Gleiche bei dir versuchen. Das Risiko kann ich nicht eingehen." Bei dem Gedanken daran, dass jemand ihr etwas antun könnte, lief ihm ein kalter Schauer den Rücken hinunter.

„Bekommst du immer, was du willst?" Ihre Stimme klang harsch. Er verstand warum. Sie war immer noch böse auf ihn, weil er sie überprüft hatte.

„Nein, nicht immer. Aber diesmal werde ich bekommen, was ich will. Keine weitere Diskussion. Du wirst von hier aus arbeiten. Einer von uns wird immer bei dir sein." Er nickte Amaury zu und bat seinen Freund stumm um Unterstützung. Im Moment schien Delilah mehr auf andere zu hören als auf ihn.

„Er hat recht, Delilah. Wenn es jemandem so wichtig ist, dich loszuwerden, wird dieser nicht einfach aufgeben, nur weil wir John und seinen Schwager gefunden haben."

~ ~ ~

Großartig, nun hatten sich beide gegen sie verschworen. Vielleicht befand sie sich noch immer in einem Schockzustand, doch sie war immer noch sauer auf Samson, weil er ihr nicht vertraut hatte. Sie war verwirrt wegen der widersprüchlichen Signale, die sie von ihm bekam, und der Gedanke, dass jemand hinter ihr her war, um sie aus dem Weg zu räumen, ängstigte sie. Wenn zwischen ihr und Samson alles in Ordnung gewesen wäre, hätte sie mit diesem Arrangement kein Problem gehabt. Doch nun standen die Dinge anders. Wenn er dachte, er könne sie wieder in sein Bett locken, nur weil er sie in seinem Haus festhielt, dann würde es für ihn ein böses Erwachen geben.

Sie würde es ihm gleich jetzt sagen, sodass er wusste, wie die Dinge standen. „Gut, ich bleibe, bis ich die Prüfung abgeschlossen habe. Aber ich lasse mich nicht mit Kunden ein."

An seiner Reaktion konnte sie sehen, dass er diese Worte nicht erwartet hatte. Sein Mund stand offen. Er brauchte einige Sekunden, bis er seine Fassung wieder gefunden hatte.

„Das werden wir später unter vier Augen diskutieren."

Den Teufel würden sie tun. Je weniger sie mit ihm alleine war desto besser. Sie würde ihm keine Gelegenheit bieten, sich wieder in ihr Herz zu schleichen, nur um sie dann erneut zu verletzen. Sie musste sich gegen ihn verschließen. Das hier war nur ein Job, nichts weiter. Und genau so würde sie ihn von jetzt an behandeln.

„Ich mache mich lieber an die Arbeit."

„Jetzt?" Samson hob eine Augenbraue.

„Ich kann sowieso nicht schlafen." Delilah wusste, dass sie nach allem, was geschehen war, sowieso kein Auge zumachen konnte. „Aber du musst nicht meinetwegen wach bleiben. Zeig mir einfach dein Büro und gib mir

Zugang zu den Dateien."

Samsons Büro war größer als Delilah erwartet hatte. Es war mit warmem, dunklem Holz verkleidet und eine Wand wurde komplett von Regalen eingenommen, die von oben bis unten voll mit Büchern waren. Es gab einen großen Schreibtisch mit zwei Computerbildschirmen, ein Sofa, mehrere Sessel und einen Kaffeetisch.

Sie hatte angenommen, Samson würde ihr nur das Computersystem zeigen und sie dann allein lassen. Stattdessen blieben sowohl Samson als auch Amaury und begannen mit ihr zu arbeiten. Sie halfen ihr bei der Durchsicht von Akten, verfolgten Buchungen und machten Anrufe nach New York, um Informationen zu überprüfen. Es schien, als ob auch mitten in der Nacht noch Leute im Hauptquartier arbeiteten. Mit dem direkten Zugriff auf alle Unternehmensunterlagen würde ihre Arbeit wesentlich einfacher sein.

Delilah fand es merkwürdig, dass er ihr auf einmal so vertraute. Einer von Samsons Angestellten hatte den Karton mit den Dokumenten, an denen sie tagsüber gearbeitet hatte, vom Büro geholt. Nun saßen er und Amaury über die Unterlagen gebeugt, die auf dem Kaffeetisch verteilt waren, während sie in seinem bequemen Bürostuhl saß und die Computerdateien durchsah.

Er hatte ihr seinen Benutzernamen und sein Passwort gegeben und sie hatte freie Hand.

Delilah schaute zu Samson, der seinen Kopf in den Papieren vergraben hatte und sich leise mit Amaury unterhielt. Seine langen Wimpern waren ebenso dunkel wie sein dichtes Haar. Letzte Nacht hatte sie ihre Hände wild in seinen Haaren vergraben und ihn näher an sich herangezogen. Selbst jetzt, obwohl er sie so verletzt hatte, fand sie ihn begehrenswerter als jeden anderen Mann.

Als hätte er ihren Blick auf sich gespürt, hob er plötzlich seinen Kopf und sah sie an. Erwischt! Er lächelte sie an und sie spürte Hitze in ihren Wangen aufsteigen. Dieser Mann konnte sie höllisch verwirren. Schnell drehte sie sich wieder dem Bildschirm zu. Sie musste einen kühlen Kopf bewahren. In wenigen Tagen war ihre Arbeit hier getan, insbesondere wenn sie das Wochenende durcharbeitete. Dann stand es ihr frei zu gehen. All das würde bald nur noch eine entfernte Erinnerung sein.

Die Stunden vergingen und zu ihrer Überraschung wurden die beiden Männer nicht müde. Sie wusste, dass Samson in der Nacht zuvor kaum geschlafen hatte als sie ... *ach vergiss es.* Und dann war er den ganzen Tag über in Konferenzen gewesen. Nun, das ging sie nichts an. Er war ein erwachsener Mann. Wenn er der Meinung war, keinen Schlaf zu benötigen, dann würde es sie auch nicht kümmern. Wenigstens war morgen Wochenende und niemand musste früh aufstehen.

Plötzlich musste sie ein Gähnen unterdrücken und sah auf die Uhr.

„Oh, schon nach sechs Uhr morgens."

Samson und Amaury wechselten einen Blick.

„Verdammt!", entfuhr es Amaury.

Samson sagte etwas zu ihm, das Delilah nicht hören konnte und Amaury nickte.

„Ich gehe lieber schlafen. Gute Nacht", sagte sie, stand auf und machte den Computer aus.

Samson erhob sich ebenfalls und folgte ihr aus dem Raum. „Gute Nacht, Amaury."

„Gute Nacht."

Ihr Koffer stand noch immer an der gleichen Stelle im Foyer, wo sie ihn zuvor hatte fallen lassen. Noch bevor sie ihn aufheben konnte, hatte Samson ihn schon geschnappt und ging damit die Treppe empor. Müde folgte sie ihm.

„Ihr hättet nicht so lange mit mir aufbleiben müssen. Ich hätte das auch allein geschafft."

„Mach dir keine Sorgen um uns. Wir sind es gewohnt, lange aufzubleiben. Abgesehen davon ist es mein Unternehmen. Ich habe großes Interesse daran herauszufinden, wer versucht, uns auszunehmen."

Als sie am Ende der Treppe angekommen waren, ging er in Richtung seines Schlafzimmers, während sie sich in Richtung Gästezimmer drehte. Sie hielt inne, als sie sah, wohin er mit ihrem Koffer wollte.

„Ich brauche meinen Koffer." Delilah streckte ihm die Hand in der Erwartung entgegen, dass er ihr den Koffer reichen würde.

„Deswegen habe ich ihn auch mit hochgenommen. Komm." Er öffnete die Tür, drehte sich um und wartete darauf, dass sie ihm folgte.

„Ich glaube, du hast nicht verstanden, als ich dir sagte, dass ich mich nicht mit Kunden einlasse. Das war kein Scherz."

„Ich fürchte, dann muss ich dich entlassen."

„Sei nicht albern."

„Bin ich nicht. Ich bin eher praktisch veranlagt." Er wartete noch immer bei der offenen Tür.

Delilah verschränkte ihre Arme vor der Brust und nahm eine defensive Haltung ein. Sie benötigte alle Kraft, die sie aufbringen konnte. „Selbst wenn du mich feuerst, werde ich nicht in einem Zimmer schlafen. Ich gehe ins Gästezimmer." Sie drehte sich auf dem Absatz um.

„An deiner Stelle würde ich das nicht tun." In seiner Stimme lag keine Bosheit, nur feste Entschlossenheit.

„Warte es ab." Sie machte ihre Position deutlich. Wenn er wirklich dachte, er könne sie so einfach zurückbekommen, dann war er komplett verrückt.

„Ich würde es hassen, Amaury verprügeln zu müssen."

„Was?" Sie drehte sich zu ihm um. Was hatte Amaury damit zu tun? Das ergab überhaupt keinen Sinn. Falls Samson geplant hatte, sie zu verwirren, war ihm das gelungen. Jetzt war sie ganz Ohr.

„Ich würde es wirklich hassen, euch beide zusammen im Gästezimmer vorzufinden. Amaury schläft heute hier. Wenn du also nicht unbedingt einen Kampf zwischen zwei guten Freunden anzetteln willst, dann schlage ich vor, dass du bei mir bleibst."

„Du kannst mir nicht einreden, dass du in diesem riesigen Haus nur zwei Schlafzimmer hast."

„Die anderen Zimmer sind nicht möbliert, weil ich sie gerade renovieren lasse."

„Das hast du geplant, nicht wahr? Weißt du was? Ich kann auf dem Sofa im Wohnzimmer schlafen."

Samson schüttelte den Kopf. Sein sanfter Blick war voller Wärme und berührte sie. Es war nicht fair.

„Ich bin immer noch wütend auf dich."

„Das weiß ich. Du hast mein Wort – ich werde dich nicht anfassen. Ich weiß, wann ich einen Fehler begangen habe und ich weiß, wann ich mich zu entschuldigen habe. Doch würdest du mir bitte wenigstens eine Chance geben, dir alles zu erklären, sodass du mir vielleicht verzeihen kannst?" flehte er. „Ich will das nicht enden lassen."

Delilah begegnete seinem Blick. „Wovon sprichst du?"

„Von uns. Ich will nicht, dass es zwischen uns aus ist." Er streckte ihr seine freie Hand entgegen. „Bitte, sprich mit mir."

Sie ging zögernd auf ihn zu, mehr ihren Füßen folgend als ihrem Verstand, der sie davor warnte, erneut auf seinen Charme hereinzufallen. Sekunden später war sie in seinem Schlafzimmer und hörte, wie er die Tür hinter ihnen schloss. Sie war allein mit ihm. Ihr gehörte wirklich gehörig der Hintern versohlt. Hatte sie sich nicht selbst vor nur fünf Minuten versprochen, sich von ihm fernzuhalten?

Samson zündete das Feuer im Kamin an, kniete sich davor nieder und blickte in die Flammen. „Ich wollte dich nie verletzen."

„Das hast du aber." Sie würde es ihm nicht leicht machen. Wenn er ihre Vergebung wollte, musste er dafür arbeiten. Hart arbeiten. So verdammt unwiderstehlich auszusehen würde ihn nicht aus diesem Schlamassel befreien.

„Es tut mir wirklich leid. Ich weiß, dass ich es nicht zurücknehmen kann, doch ich wünschte, du könntest meine Seite der Dinge sehen. Du bist bei mir aufgetaucht, völlig unerwartet und verführerisch. Und dann hast du mich sofort um deinen kleinen Finger gewickelt …"

„Habe ich nicht!", protestierte Delilah, doch innerlich musste sie lächeln. Dachte er wirklich, sie hätte ihn um ihren Finger gewickelt? Kein Mann hatte das je von ihr behauptet. Sie war keine Verführerin. War es nie gewesen und würde es nie sein. Sie wüsste nicht einmal, wo sie da anfangen sollte.

Er lächelte sie an. „Hast du doch. Du hast so willentlich mein Bett geteilt. Glaube mir, kein Mann hat so viel Glück."

Delilah sah ihn an. Meinte er das wirklich ernst? Hatte er in letzter Zeit mal in den Spiegel geschaut? Kerle wie er *hatten* so viel Glück. Ständig.

„Das ist immer noch nicht Grund genug, hinter meinem Rücken zu spionieren."

„Nein, aber die Angst vor einem weiteren Betrug ist Grund genug. Wie lautet das Sprichwort: Ein gebranntes Kind scheut das Feuer?"

Nun war sie neugierig. „Betrug?"

27

Samson blickte Delilah an. Sollte er ihr die Wahrheit erzählen, die ganze Wahrheit? Es würde ihr helfen zu verstehen, warum der Gedanke daran, dass sie ihn auch betrügen könnte, ihn auf eine solche Talfahrt geschickt hatte.

„Es gab eine Frau."

„Die Rothaarige."

Wie konnte sie das wissen?

„Du hast so angespannt ausgesehen, so voller Wut, als du mit ihr gesprochen hast."

Er gab ihr mit der Hand ein Zeichen, sich neben ihn zu setzen. Delilah folgte seiner Aufforderung und setzte sich neben ihn auf die Bodenkissen. Er wollte sie dicht bei sich fühlen, wenn er ihr erzählte, was geschehen war. Nicht einmal seine Freunde wussten die Einzelheiten, die er bereit war, mit ihr zu teilen. Sie wussten lediglich, dass er herausgefunden hatte, dass Ilona hinter seinem Geld her gewesen war.

„Ich wurde ihr von einem entfernten Bekannten vorgestellt. Ilona war neu in der Stadt. Wir begannen miteinander auszugehen und sie ließ mich glauben, dass sie etwas für mich empfand. Ich hatte einen Punkt in meinem Leben erreicht, wo ich nicht mehr allein sein wollte."

„Hast du sie geliebt?"

Keine Frau wollte die Beichte eines Mannes hören, dass er eine andere geliebt hatte. Selbst er wusste das.

„Damals glaubte ich es. Jeder sagte mir, was für ein großartiges Paar wir abgaben. Somit dachte ich, wenn jeder es so sah, musste es wahr sein. In der Nacht, in der ich ihr einen Antrag machen wollte, überraschte ich sie. Sie hatte mich nicht erwartet. Ich hörte durch Zufall, wie sie am Telefon mit einer Freundin sprach. Die Dinge, die sie sagte …"

Samson spürte, wie Delilahs weiche Hand sanft seinen Unterarm streichelte. Es fühlte sich so gut an, wenn ihre warme Hand ihn so liebkoste. Ihre Finger waren tröstend und beruhigend.

„Sie sagte, dass sie es hasste, von mir berührt zu werden, dass sie es nicht ertrug, mit mir zu schlafen und, dass sie sobald sie mit mir verbu … verheiratet wäre, sich nicht darum scheren würde, wer sich um meine sexuellen Bedürfnisse kümmern würde. Sie würde es jedenfalls nicht tun. Sie sagte, sie müsste sich übergeben, wenn sie mich noch einmal küssen müsste.” Selbst jetzt konnte er ihre exakten Worte nicht wiederholen.

Delilah starrte ihn mit weit aufgerissenen Augen an.

„Alles, was sie wollte, war mein Geld.” Und wenn sie es erst einmal gehabt hätte, hätte sie jemanden gefunden, um ihn loszuwerden. Er konnte es nicht beweisen, doch er vermutete es.

„Aber hattet ihr denn keinen Ehevertrag vorgesehen? Jeder in Kalifornien hat heutzutage einen.”

Er schüttelte seinen Kopf. „So funktioniert das mit mir nicht. Kein Ehevertrag. Der Frau, die ich eines Tages heirate, wird alles was ich besitze zusammen mit mir gehören. Sie wird meine Partnerin im Leben als auch im Geschäft sein. Wenn ich mich jemandem hingebe, dann ohne Zurückhaltung.”

Ein Blutbund war mehr als nur eine Ehe. Ein Blutbund war eine Ehe ohne Ehevertrag und ohne Scheidung. Ein Blutbund galt wirklich bis dass der Tod sie schied. Er musste es ihr eines Tages erklären. Bald.

„Oh.”

„Doch das ist noch nicht alles. Nachdem ich mit ihr Schluss gemacht hatte, konnte ich keiner anderen Frau trauen. Ich wollte niemanden sehen, niemand interessierte mich.”

„Das ist ganz normal nach so einer Trennung”, sagte sie sanft. Anteilnahme stand ihr deutlich ins Gesicht geschrieben.

Samson schüttelte den Kopf. „Es ist nicht normal für einen Mann, plötzlich keinen sexuellen Appetit mehr zu haben. Und es ist *definitiv* nicht normal, neun Monate lang keine Erektion zu bekommen.”

Bei seinem Geständnis blieb ihr der Mund offen stehen.

„Es ist wahr.” Er nickte und beobachtete sie.

„Deine Freunde wissen von all dem?”

„Nur die groben Umrisse. Ich habe ihnen nie erzählt, was wirklich vorgefallen ist oder was sie gesagt hat. Du bist die einzige Person, die das weiß.”

Er hatte sich ihr anvertraut, ihr allein. Er spürte, wie sie näher rückte.

„Also wollten dir deine Freunde helfen und haben dir eine Stripperin besorgt …” Delilah ließ den Satz im Raum stehen.

„Und stattdessen bist *du* aufgetaucht und plötzlich erwachte alles wieder zum Leben. Zuerst konnte ich nicht glauben, was geschah, doch als ich dich zum ersten Mal geküsst habe und du gegen mich angekämpft hast, hat mich das so heiß gemacht … plötzlich ist alles, was so lange geruht hatte, wieder aufgewacht.”

Ihre Wangen nahmen einen wundervollen rosa Farbton an.

„Kannst du dir vorstellen, was für Befürchtungen ich hatte, als Carl die

Unterlagen bei deinen Sachen fand und ich annehmen musste, dass unser Treffen kein Zufall war? Dass du nur mit mir gespielt hast? Dass du nicht mich, sondern nur mein Geld wolltest? Ich hatte gerade begonnen wieder etwas zu fühlen und ausgerechnet dann dachte ich, du wärst … Bitte verzeih mir. Ich hätte sofort mit dir reden und dich nach den Unterlagen fragen sollen. Ich hätte uns all das ersparen können."

~ ~ ~

Delilah legte ihren Finger auf seine Lippen. "Schhhh…!"

Wie konnte sie noch weiter auf ihn böse sein, wenn er sich ihr gegenüber so offenbarte? Welcher Mann würde schon zugeben, dass er Erektionsprobleme hatte, insbesondere einer Frau gegenüber, die er ins Bett bekommen wollte? Das konnte kein billiger Trick sein. Sie sah ihm in die Augen und suchte nach Anzeichen dafür, dass sie mit ihrer Vermutung, ihm trauen zu können, falsch lag. Doch sie fand nichts dergleichen.

Doch blieb immer noch eine Frage offen. Sie wollte diese Frage nicht stellen, doch sie musste es tun. Sie war es sich selbst schuldig. Wenigstens würde sie dann wissen, woran sie bei ihm war.

„Es tut mir leid, aber ich muss dich das fragen. Bedeutet das, dass du nur Sex willst? Ich meine, das wäre schon in Ordnung", fügte sie hastig hinzu. Sie wollte weder prüde noch sexbesessen klingen. „Wenn das alles ist, was du willst. Unter den gegebenen Umständen kann ich das verstehen. Ich meine, welcher Mann würde nicht alles nachholen wollen, richtig? Neun Monate sind eine lange Zeit für einen Mann. Und wir sind beide erwachsen. Ich meine, das ist ja nur eine Affäre. Wie dem auch sei, ich wohne nicht einmal hier. Ich muss zurück nach New York …"

Sie war nur am Plappern. Sie wusste, dass es keine gemeinsame Zukunft gab. Wenigstens wusste sie nun, dass der Grund, warum er sie wollte, darin lag, dass er ausgehungert nach Sex war. Das war ja in Ordnung. Sie waren Erwachsene. Sie konnte damit umgehen, oder nicht? Konnte sie das?

Samsons Hand näherte sich ihrem Gesicht und sein Daumen strich sanft über ihr Kinn. Sein Blick wanderte von ihren bebenden Lippen zu ihren Augen. Sie zitterte, doch nicht vor Kälte.

„Ich will mehr."

„Mehr Sex?" Ihre Stimme bebte und sie vermied seinen Blick.

„Mehr von allem. Mehr von dir, nicht nur mehr Sex. Das hier dreht sich nicht mehr um Sex. Und das werde ich dir beweisen. Heute Nacht —

”

„Es ist bereits Tag.”

„Dann eben Tag. Alles, was ich heute will ist, dass du in meinen Armen schläfst. Kein Sex. Ich will dir nur ganz nah sein. Du musst nicht einmal nackt sein. Es wäre sogar besser, wenn du nicht nackt wärst. Ich erwarte nicht, dass du mir sofort vergibst; ich weiß, dass du immer noch wütend auf mich bist, doch ich muss dich in meiner Nähe haben. Ich muss dich neben mir atmen spüren, ich brauche deine Wärme. Bitte.”

~ ~ ~

Obwohl Samson ausgehungert nach ihrem Körper war und sich danach sehnte sich in ihr zu versinken, so schuldete er ihr doch zumindest das. Er musste ihr beweisen, dass er sie nicht nur zu seinem sexuellen Vergnügen wollte, sondern dass er ihre Entscheidungen respektierte. Wenn er seinen sexuellen Drang für ein oder zwei Tage im Zaum halten und ihr damit beweisen konnte, dass er sie für mehr als nur Sex brauchte, dann standen seine Chancen gut, ihre Liebe für immer zu gewinnen. Das war dieses Opfer wert. *Sie* war dieses Opfer wert.

„Du willst mich nur bei dir haben? Du wirst mich nicht küssen?”

Er blickte auf ihre leicht geöffneten, feuchten Lippen. Sicherlich wollte er sie küssen, aber wie könnte er danach aufhören? Er zog Delilah in seine Arme und drückte ihren Kopf gegen seine Brust. Seine Hand strich zärtlich über ihr Haar. „Ich habe dir versprochen, dich nicht anzurühren, wenn du heute in meinem Schlafzimmer bleibst. Ich werde mein Versprechen halten.”

„Aber du berührst mich doch schon.”

„Du weißt genau, was ich meine, also lass uns keine Haarspalterei betreiben.” Er lachte leise und wusste, dass sie nicht mehr allzu böse mit ihm war, da sie anfing, ihn zu necken.

Samson gab ihr die Gelegenheit, sich im Badezimmer umzuziehen, während er sich bis auf seine Boxershorts im Schlafzimmer entkleidete. Er benutzte das Bad am Ende des Flurs, um sich bettfertig zu machen.

Die Sonne war bereits aufgegangen.

Er legte sich ins Bett und deckte sich zu. Nach wenigen Minuten hörte er, wie sich die Badezimmertür öffnete. Dann sah er Delilah. Wollte sie ihn etwa verführen?

Delilah trug das heißeste Baby-Doll-Nachthemd, das er je gesehen hatte – das einzige, das er je gesehen hatte – aus einem so dünnen Stoff, dass es kaum noch Fantasie bedurfte, um zu erahnen, was darunter lag.

Nicht, dass er sich überhaupt etwas hätte vorstellen müssen. Er hatte ein geistiges Bild von jedem Zentimeter ihres Körpers sicher in seinem Gedächtnis gespeichert.

Sie schlüpfte unter die Decke und direkt in seine Arme. Ihr nachgiebiger Körper schmiegte sich perfekt an seinen. Er hoffte, dass der Schlaf ihn bald ergreifen würde, sodass er sein Versprechen halten konnte. Doch wusste er instinktiv, dass es nicht schnell genug gehen würde.

„Du hast gesagt, du willst, dass ich in deinen Armen schlafe, richtig?"

„Ja, aber ich habe auch gesagt, du sollst nicht nackt sein." Er zog sie dichter an sich. Er konnte jeden Muskel ihres Körpers spüren.

„Ich bin nicht nackt."

„Darüber könnte man streiten." Für ihn fühlte sie sich nackt an. Sein Körper reagierte automatisch darauf. Blut schoss in seine Lenden, als hätte jemand die Schleusen eines Dammes geöffnet.

Sie bewegte ihren Kopf näher und führte ihn mit ihrem süßen Duft in Versuchung. „Bekomme ich keinen Gutenacht-Kuss?"

„Lieber nicht." Er konnte kaum noch sprechen und versuchte den Drang, sie zu vernaschen zu unterdrücken. Erinnerungen an ihren glänzenden Körper, der sich an seinen presste, kamen in ihm hoch. Wie sich ihre Körper in Harmonie bewegt hatten, wie sein harter Schwanz sie aufgespießt hatte. Er spürte, wie sich kleine Schweißperlen auf seiner Stirn bildeten. Hitze raste durch seinen Körper, als er versuchte, gegen seine wahre Natur anzukämpfen.

„Findest du mich nicht mehr attraktiv?"

Sie wusste genau was sie tat, umso mehr noch, als er spürte, wie ihre Hand von seiner Brust über seinen Bauch bis zu seinen Shorts wanderte. Er konnte sie nicht aufhalten, nicht weil er die körperliche Kraft nicht dafür hatte, sondern weil alle rationalen Gedanken aus seinem Kopf verschwunden waren. Als ihre Hand sich um seine Erektion schloss, wusste er, dass er den Kampf verloren hatte. Dennoch unternahm er noch einen letzten Versuch, sein Versprechen zu halten.

„Du solltest aufhören. Ich habe dir etwas versprochen." Das Sprechen fiel ihm schwer. Alles, woran sein Gehirn momentan denken konnte, war, wie sich ihre sanfte Hand an seinem Schwanz auf und ab bewegte.

„Aber ich nicht. Und das bedeutet, dass ich dich anfassen kann, soviel ich will."

Er konnte seinen Ohren nicht trauen. Der Grund, warum er ihr versprochen hatte, sie nicht zu berühren, war, dass er ihr Vertrauen wiedergewinnen und ihre Vergebung verdienen konnte. Und was tat sie?

Sie verführte ihn schamlos.

„Das kann nicht dein Ernst sein. Du bist sauer auf mich, erinnerst du dich?"

Delilah sah zu ihm auf und schüttelte den Kopf. „Nicht mehr. Wäre ich immer noch sauer auf dich, dann wäre ich jetzt nicht mit dir im Bett. Und ich würde dich nicht so anfassen wie ich es gerade tue." Ihre Hand umfasste ihn noch ein wenig fester, während sie an seiner stählernen Länge entlang glitt. „Also würdest du bitte aufhören so zu tun, als wärst du prüde und könntest du mich jetzt küssen?"

„Prüde? Ich glaube, das hat noch nie jemand von mir behauptet." Er spürte, wie sie ihr Gewicht verlagerte und sich blitzschnell mit gespreizten Beinen auf ihn setzte. Mit einer schnellen Bewegung zog sie ihr Nachthemd aus und warf es auf den Boden. Seine Augen verschlangen sie, ihre wundervolle Nacktheit, ihre seidene Haut und ihre Kurven. Er starrte auf ihre runden Zwillingshügel, die so perfekt in seine Handflächen passten.

Langsam nahm Samson ihr Gesicht in beide Hände und zog sie zu sich herunter. „Ich hätte mein Versprechen gehalten, aber du lässt mir keine andere Wahl."

Er eroberte ihren Mund und verschlang sie. Er war ausgehungert, ausgehungert nach ihrem Geschmack. Sekunden später zog er sich zurück. „Da ist noch etwas, das du wissen musst. Kein Sex mehr. Von jetzt an machen wir Liebe." Für ihn war es wichtig, diese Unterscheidung zu machen. Er hatte genug von bedeutungslosem Sex. Mit ihr wollte er eine andere Form der Intimität. Alles, was er jetzt wollte, war, ihr zu zeigen, was er für sie empfand. Er wollte ihr Herz und ihr Vertrauen gewinnen, damit er ihr bald das letzte seiner Geheimnisse und seine wahre Identität enthüllen konnte.

Samson küsste sie. Seine Finger umkreisten den Umriss ihres Gesichtes, streichelten ihre Haut und neckten ihren hinreißenden Hals. Sein Kopf füllte sich mit Bildern des Glücks, wie sie beide in der Sonne in einem Meer aus Blumen tanzten.

Samson ließ einen kurzen Augenblick von ihr ab. „Ich kann nicht genug von dir bekommen. Geh am Mittwoch nicht."

„Aber ich muss doch zurück, wenn diese Buchprüfung abgeschlossen ist. Ich habe keinen Grund …"

„Ich kann dir hundert Gründe nennen, um zu bleiben." Er nahm ihre Oberlippe zwischen seine Lippen und saugte sanft daran. „Das ist einer." Er fuhr mit seiner Zunge über ihre Lippen. „Und hier ist ein weiterer. Wir können heute Abend darüber reden. Doch jetzt …"

Gekonnt drehte er sie herum und positionierte sich über sie. Er sah ihr für eine Ewigkeit in die Augen. Er nahm sich, was sein war und Delilah ergab sich seinem Mund, seiner Zunge, seinen Händen und seinem Körper. Er war zärtlicher mit ihr, als er je gedacht hätte, dazu fähig zu sein. Es gab keine Eile, seinen Körper mit ihrem zu vereinen. Sie würden mehr als genug Zeit haben, sich gegenseitig zu erforschen.

Dieses Mal wollte er sie nur spüren, die Hitze ihres Körpers fühlen und wie ihr Herz mit einem aufgeregten Rhythmus gegen seine Lippen schlug. Er spürte, wie sie unter seinen Händen und seinem Mund zum Leben erwachte und sich öffnete.

Jedes Mal, wenn seine Hand sie von ihrem Hals bis zum Bauchnabel liebkoste, bog sich Delilah ihm entgegen. Wie Magellan umkreiste er ihre Brüste und segelte nach Süden, um kurz vor dem Südpol einen Umweg einzuschlagen. Er navigierte den schmalen Kanal zwischen ihren Brüsten wie den Bosporus und war nicht in der Lage, sich zu entscheiden, ob er seine Aufmerksamkeit zuerst auf Europa oder Asien lenken sollte. Beide sahen gleichermaßen verlockend aus.

Welch perfekte Berge mit steinharten Gipfeln. Seine Zunge spielte mit ihren vergrößerten Nippeln und entlockte ihrer Kehle ein unterdrücktes Stöhnen.

„Süße, ich habe noch nicht mal angefangen."

Ihr Atem stockte. "Oh, Gnade."

Gnade war nicht das, was er im Sinn hatte. Nein, er war auf dem Weg zu dem üppigen Baldachin weiter südlich, der einen Schatz unter sich hütete – einen, mit dem er sich wieder vertraut machen würde.

Seine suchenden Finger fanden ihren Lustknopf und strichen darüber. Sofort kam ihm Delilahs Becken entgegen und drängte seine Finger gegen ihre feuchten Schamlippen. Nicht in der Lage zu widerstehen, ließ er einen Finger in ihre heiße Spalte eindringen.

„Ich will dich, jetzt."

Samson hatte ihre Stimme noch nie mit einem so rauen Unterton gehört.

„Du hast mich." Er unterstrich seine Aussage dadurch, dass er mit seinem Finger tiefer in sie eindrang. Sie hatte keine Vorstellung davon, wie vollkommen sie ihn besaß – seinen Körper und seine Seele. Er würde es ihr bald gestehen, sehr bald.

Das Drängen ihres Körpers wurde intensiver. Ihre Hüften bewegten sich im Einklang mit seiner Hand, ritten diese genauso, wie sie seinen Schwanz reiten würden. Und Delilah konnte ihn reiten, wann immer sie wollte. Er würde nie in der Lage sein, sie abzuweisen.

Mit langsamen Bewegungen brachte Samson sich über sie und zentrierte seinen pochenden Schwanz. Zentimeter für Zentimeter ließ er sich nieder, bis er sich tief in ihr befand. Jeder Stoß ließ ihn tiefer eindringen und verband ihre Körper immer mehr, bis sie sich wie eine Einheit bewegten.

Sie waren nicht nur durch seine Erektion verbunden, auf die er sie pfählte, sondern ebenso durch ihre verschlungenen Arme und Beine und ihre verschmolzenen Lippen. Ihr Körper passte sich seinem so perfekt an, als hätte jemand sie für ihn erschaffen.

Samson hatte sich einer Frau noch nie näher gefühlt wie in diesem Moment. Er konnte spüren, wie ihre Erregung zunahm, als ihr Becken begann, sich noch drängender an ihn zu reiben. Er antwortete ihr, indem er sich in dem von ihr geforderten Rhythmus bewegte.

Samson hielt sich zurück und verweigerte sich seinen Höhepunkt, bis er sicher sein konnte, dass sie kurz vor ihrem stand. Ihr Verlangen übernahm die Kontrolle, forderte ihn auf, härter und tiefer zuzustoßen und er kam dieser Aufforderung nur zu gern nach; auch wenn es ihn Kraft kostete, seinen eigenen Höhepunkt zurückzuhalten.

„Hör nicht auf."

Ihr Wunsch war sein Befehl. „Auf keinen Fall."

Ihre Fersen bohrten sich tiefer in seine Oberschenkel und ihre Fingernägel hätten blutige Spuren auf seinem Rücken hinterlassen, hätte er die verletzliche Haut eines Menschen gehabt. Dann fühlte er ihren Orgasmus. Und wie bei einem Dominoeffekt traf es ihn, zog ihn mit, entzündete seinen eigenen Höhepunkt und ließ ihn seinen Samen in ihren Körper schießen.

Doch es war noch nicht vorbei. Er bewegte sich weiterhin in ihr vor und zurück, küsste ihre Lippen und hielt sie, bis er spürte, dass auch ihre letzte Zuckung nachließ.

Als er ihr in die Augen schaute, konnte er nicht sprechen. Und wollte auch nicht diesen magischen Moment des kompletten und vollkommenen Glücks zerstören. Er rollte sich auf die Seite und zog sie mit sich, unfähig sie aus seiner Umarmung zu entlassen, unwillig, ihren Körper zu verlassen.

Als er endlich sprach, hallte seine Stimme in seinen Ohren wider: rau, durchzogen mit Leidenschaft und Verlangen und etwas anderem, was er lange nicht gefühlt hatte – Zuneigung.

„Ich kann dir eine Million Gründe nennen, warum du nicht gehen sollst." Und er würde jeden Einzelnen benutzen, um sie davon zu überzeugen zu bleiben.

28

Es kam häufiger vor, dass Amaury die Nacht in einem fremden Bett verbrachte, doch normalerweise aus anderen Gründen als heute. Als er und Samson von ihrer Arbeit aufgeblickt hatten, war es schon beinahe Sonnenaufgang und somit zu riskant für ihn, nach Hause zu gehen. So sehr er es auch hasste, die beiden Liebenden zu stören, hatte er keine andere Wahl, als sich im Gästezimmer einzuquartieren.

Welches unglücklicherweise Wand an Wand mit dem Schlafzimmer lag.

Sein empfindliches Gehör nahm mehr wahr, als er mitbekommen wollte, deswegen fertigte er sich aus Wattebällchen, die er im Badezimmer gefunden hatte, Ohrstöpsel an. Es half ein wenig. Wenigstens konnte er ihre Stimmen nicht mehr hören. Doch der Schwall ihrer Gefühle war eine ganz andere Sache, die Amaury zu schaffen machte. Es war für Amaury so gut wie unmöglich abzuschalten. Der Versöhnungssex zwischen den beiden schien ausgezeichnet zu laufen.

In all seinen Jahren als Vampir hatte er noch nie eine Frau getroffen, die ihn so beeinflusst hatte wie Delilah jetzt Samson. Amaury war um einiges älter als sein Freund, um beinahe zweihundert Jahre, und er hatte sie alle ausprobiert. Er war sich nicht sicher, wie er so lange überlebt hatte, insbesondere da er sich sowohl unter den Vampiren als auch unter den Menschen genug Feinde gemacht hatte.

Er hatte im 16. und 17. Jahrhundert schwierige Zeiten in seinem Heimatland Frankreich durchlebt, bevor er zu dem Entschluss gekommen war, dass es Zeit war, einen Neuanfang auf einem anderen Kontinent zu wagen, wo ihm sein Ruf als Halunke und Schürzenjäger nicht vorauseilte. Außerdem hatte er schon jede Frau im Alter zwischen fünfzehn und fünfzig gehabt, sodass ihm langsam aber sicher die willigen Bettgenossinnen ausgingen. Er war erfolgreicher als Don Juan oder Casanova, auch wenn sein Name es nicht in die Geschichtsbücher geschafft hatte. Auch gut – er brauchte keine Werbung.

Das Gästezimmer war komfortabel, doch seine ganz persönlichen Alpträume weckten ihn früh, eine Stunde vor Sonnenuntergang. Die Alpträume waren ihm vertraut und hatten sich in den letzten paar hundert Jahren nicht geändert. Obwohl er mit Dr. Drake an den Schuldgefühlen, die ihn plagten, arbeitete, konnte er sich nicht von den Bildern befreien, die seinen Schlaf jeden Tag quälten.

Es gab keinen Grund, im Bett zu bleiben, wenn er sowieso nicht schlafen konnte. Eine schnelle Dusche war erfrischend, ebenso wie das Blut, das er im Kühlschrank der Vorratskammer fand. Er kannte die Kombination dafür. Er war oft bei Samson, sodass er mit allen Vorratsschränken vertraut war. Leider hatte er im Moment nicht genug Zeit, um auf die Jagd nach einer frischen Mahlzeit zu gehen. Wie Samson sich von diesem abgepackten Zeug ernähren konnte, war ihm schleierhaft.

Amaury bevorzugte die warme und leckere rote Flüssigkeit, die direkt aus einem noch atmenden Menschen strömte. Vorzugsweise aus einer Frau, mit der er gleich zwei seiner Bedürfnisse auf einmal befriedigen konnte – zwei Fliegen mit einer Klappe schlagen sozusagen. Offengesagt müsste er sich ziemlich bald darum kümmern, dass seine fleischlichen Gelüste befriedigt wurden. Er kam nur sehr selten eine Nacht ohne es aus.

Amaury befand sich in keiner festen Beziehung mit einer Frau. Stattdessen nahm er, was er bekommen konnte, von jeder willigen Frau, die verfügbar war. Dank seines guten Aussehens gab es immer genügend Frauen, die daran interessiert waren, sich mit ihm im Heu zu vergnügen. Na ja, heutzutage war es nicht mehr im Heu, da er eigentlich eine weiche Matratze mit hochwertigem ägyptischen Baumwollbezug bevorzugte. Sich anzupassen hatte auch seinen Luxus.

Er nahm sich die Zeitung, die Oliver früher am Tag hereingebracht hatte. Oliver war schon längst gegangen. An seiner Stelle würde Carl bald nach Sonnenuntergang die Arbeit antreten.

Kurz nachdem er sich in die Zeitung vertieft hatte, hörte er Schritte auf der Treppe. Es waren nicht Samsons schwere Schritte, sondern die wesentlich leichteren von Delilah, die sich näherten. Sekunden später kam sie in die Küche und strahlte einen warmen Glanz aus.

„Guten Morgen!", begrüßte sie ihn mit einem Lächeln.

„Guten Abend, Delilah. Ist Samson schon auf?"

„Nein, ich habe ihn schlafen lassen. Er schien erschöpft zu sein."

Er grinste. „Das überrascht mich nicht."

Das Haus war wie bei einem Erdbeben erschüttert, mit dem Epizentrum direkt im Schlafzimmer. Oder vielleicht war es auch einfach nur Amaurys Sensibilität für Gefühle, seine besondere Gabe – die höllisch schmerzhaft war – die ihn fühlen ließ, als hätte das nächste große Beben San Francisco heimgesucht.

Delilah errötete so sehr auf seine Bemerkung hin, dass eine reife Tomate blass neben ihr ausgesehen hätte. Sie würde sich daran gewöhnen. Falls er die Gefühle der beiden während der letzten Nacht richtig gedeutet hatte, würde Delilah ein fester Bestandteil dieses Haushaltes werden.

„Ich bin am Verhungern. Soll ich dir auch ein belegtes Brot machen, wenn ich schon dabei bin?" Delilah öffnete den Kühlschrank und begann Brot, Aufschnitt und Salat herauszunehmen.

„Nein danke; feste Nahrung ist so kurz nach dem Aufstehen nichts für mich."

Das war keine Lüge. Feste Nahrung war nichts für ihn, aber nicht nur zum Frühstück nicht. Er hätte jedoch gern ein saftiges Steak gegessen, wenn das möglich wäre. Als Franzose hatte ihn der Verlust von gutem Essen am härtesten getroffen, nachdem er in einen Vampir verwandelt worden war.

Delilah begann, einige Tomaten zu waschen. „Weißt du, ich habe gestern Nacht etwas in den Buchungen gefunden."

„Lass hören." Amaury besaß mehr als nur Grundwissen in Buchhaltung und war außerdem ein guter Partner um Ideen auszutauschen.

„Also stell dir vor, du wolltest die internen Kontrollen umgehen, um Anlagewerte aus dem Unternehmen zu ziehen – was würdest du tun?"

Er zuckte mit den Schultern. „Ich bin mir nicht sicher, worauf du hinaus willst. Du kannst nicht einfach Anlagewerte aus dem Unternehmen abziehen, ohne es von einer höheren Stelle der Betriebsleitung absegnen zu lassen. Ich bin sicher, du weißt das genauso gut wie ich."

„Stimmt. Aber John hatte Zeichnungsbefugnis für andere Dinge. Wenn er beispielsweise einen alten Computer ausrangieren wollte, musste er nur unterschreiben und dann ging der Computer an einen Verkäufer weiter, der alte Elektronik recycelt", erklärte sie, während sie Butter auf eine Scheibe Brot strich.

„Sicher, aber du müsstest eine ganze Menge kleiner Dinge ausrangieren, um damit überhaupt einen Gewinn zu erzielen. Und abgesehen davon, die Sachen, die du ausrangierst, haben vermutlich nur einen sehr geringen Wert, also worauf willst du hinaus? Ich kann nicht erkennen, wie man auf diese Weise einen großen Vermögenswert aus der Firma ziehen könnte. Man wäre Jahre damit beschäftigt."

„Das habe ich zuerst auch gedacht. Aber was wäre, wenn der wahre Wert der Gegenstände nicht nur Schrottwert hätte, sondern wesentlich mehr ausmachen würde?"

„Wie das?"

„Abschreibung."

„Abschreibung?" Amaury verstand das nicht sofort. Natürlich war er vertraut mit dem Konzept der Abschreibung eines Wertgegenstandes über dessen Nutzungszeitraum. Dadurch wurde ein genauer Wert in den Büchern wiedergegeben und die Unkosten auf dem Gewinn und Verlustkonto des Unternehmens eingetragen. Doch damit endete sein Wissen auch schon.

„Ja. John war autorisiert, alte Anlagen unter einem Wert von 2.500 Dollar abzuschreiben, ohne eine weitere Unterschrift vom Hauptsitz zu benötigen. Er beschleunigte die Abschreibung, um den Wert der Anlagen unter diesen Schwellensatz zu bekommen, den er abzeichnen konnte, und umging somit die internen Kontrollen."

Er musste zugeben, dass das vielversprechend klang. „Und dann?"

„Dann musste er die Anlage an jemanden außerhalb des Unternehmens weiterleiten, der die Gegenstände zu ihrem wirklichen Wert verkaufte. Er gab den Abschreibungswert der Firma zurück und behielt die Differenz." Sie biss in ihr belegtes Brot und kaute.

„Aber wieviel Geld hätte er auf diese Art und Weise stehlen können? Was, wenn es sich um fünfzig- oder hunderttausend Dollar handelt? Das ist ja kaum Trinkgeld. Und nicht Grund genug, um einen Mörder auf dich anzusetzen. Du hast selbst in den Unterlagen, die wir gestern durchgegangen sind, gesehen, dass das seit höchstens einem Jahr vor sich geht."

„Aber das ändert nichts an der Tatsache, dass er die Firma betrogen hat. Die Buchungsdokumente deuten alle auf ihn. Seine Unterschrift war überall zu sehen. Er veranlasste und autorisierte die Buchungen. Sicher, es war nicht gerade ein ausgeklügelter Betrug und auch bestimmt nicht der Neueste, doch vielleicht bedeutete dieser Geldbetrag für ihn mehr als nur Trinkgeld. Und vielleicht hat er auch nicht versucht, mich umbringen zu lassen, sondern wollte mich nur erschrecken?"

„Weshalb? Der nächste Buchprüfer würde kommen und dort weitermachen, wo du aufgehört hast. Bestenfalls wäre es eine vorübergehende Lösung."

„Vorübergehend? Hmm." Sie dachte darüber nach.

„Vielleicht hatte er noch etwas anderes geplant."

Sie zog die Brauen zusammen. „Du meinst einen größeren Betrug?"

„Warum nicht? Früher oder später werden Kriminelle gierig. Glaub mir, ich habe eine Menge Gier in meinem Leben gesehen." Amaury übertrieb nicht. Er hatte mehr als seinen Anteil an Gier in seinem langen Leben mitbekommen.

„Gier. Hmm. Das erinnert mich an etwas, was mein Lehrer einmal zu unserer Klasse gesagt hat. Wenn du unterschlagen willst, dann musst du im großen Stil unterschlagen. Hol dir, was du willst in einem einzigen großen Schlag und verschwinde so schnell du kannst. Langfristige Betrugsvorhaben funktionieren nie.”

„Interessanter Lehrer. Was für eine Schule hast du denn besucht?” Amaury lächelte sie amüsiert an.

„Er war mein Dozent für Rechnungswesen an der Uni. Ob du es glaubst oder nicht, Buchhalter und Buchprüfer müssen wirklich lernen, wie man einen Betrug verübt, um ihn später in den Büchern aufdecken zu können.”

„Wie ein Sicherheitsspezialist einige Tresore geknackt haben muss, was?”

„Genau. Trainiert Scanguards so seine Leute?”

Delilah hatte ihr Brot aufgegessen und stellte das restliche Essen in den Kühlschrank zurück.

Amaury warf ihr einen Blick von der Seite zu. Sie hatte vermutlich keine Ahnung, wie nah ihre Frage der Wahrheit kam. Nicht nur beschäftigte Scanguards eine große Anzahl an Vampiren, von denen einige weniger zahm waren als andere, sondern viele der menschlichen Angestellten waren ehemalige Kriminelle.

„Ich fürchte, ich kann nicht verraten mit welchen Methoden –”

“Amaury, das war eine rhetorische Frage.”

Er stieß ein nervöses Lachen aus und wechselte das Thema. „Weißt du was mich am meisten überrascht bei dieser Sache mit John? Er macht diesen komplizierten Betrug, um ein bisschen Geld zu stehlen, wenn es doch vermutlich viel einfacher gewesen wäre, an Scanguards' liquide Mittel zu kommen. Du bist mit unseren Bilanzen vertraut. Wir haben nur sehr wenig Anlagevermögen; viele der Gebäude, in denen wir arbeiten, sind nur gemietet, die Fahrzeuge sind normalerweise geleast. Aber wir arbeiten mit hoher Liquidität. Also warum hat er sich nicht an das Bargeld herangemacht? Wäre das nicht viel einfacher gewesen?”

Delilah schürzte ihre Lippen. „Eure internen Kontrollen in Bezug auf Bargeld sind recht solide. Jeder Bargeldtransfer benötigt eine zweifache Genehmigung. Ich habe das Verfahrenshandbuch gelesen. Er hätte es nicht alleine machen können.”

Sie legte ihr Geschirr in die Spüle und begann es abzuwaschen.

„Ich glaube wir übersehen etwas. Lass uns die Fakten noch mal durchgehen. Du überprüfst das Unternehmen. John wird nervös, weil er von uns unterschlagen hat. Er heuert seinen Schwager an, um dich zu töten oder …”

„… oder mich zu verscheuchen …"

„… oder dich zu verscheuchen. Und gerade als wir ihm auf die Spur kommen, wird er umgebracht. Es war nicht sein Schwager, weil wir den schon hatten. Es war kein zufälliger Mord. Es war vorsätzlich. Also, was hätte John uns erzählen können, wenn wir ihn zuerst erwischt hätten? Hätte er die Unterschlagungen zugegeben? Vielleicht. Doch das hätte nur ihm selbst geschadet."

„Jemand wollte ganz klar vermeiden, dass wir ihn konfrontieren. John kannte diese Person und wusste, was sie oder er tat, beziehungsweise was John für *ihn* tat."

„Das ist richtig. Es gibt keinen besseren Grund dafür, jemanden umzubringen als zu glauben, dass man auf frischer Tat entdeckt werden könnte. Und deshalb muss dieser Betrug gravierender sein als nur beschleunigte Abschreibung und der Verkauf von kleinen Anlagen. Viel gravierender."

Delilah drehte sich zu ihm. Interesse flackerte in ihren Augen. Sie gestikulierte wild, ohne sich bewusst zu sein, dass sie ein scharfes Messer in der Hand hielt. Als ihr die Klinge aus der Hand glitt, machte sie den Versuch danach zu greifen, doch fing sie nur das scharfe Ende zwischen ihren Fingern. Mühelos schnitt es in das weiche Fleisch ihrer Finger, bevor es auf dem Boden landete. Sofort floss Blut an ihrer Hand hinab.

„Verdammt!"

„Oh Scheiße!", rief Amaury aus. Das war alles, was er jetzt brauchte – den Geruch von frischem Blut auf fast nüchternen Magen. „Lass mich dir beim Verbinden helfen." Je schneller er die Wunde verbunden hatte, umso besser für alle.

Er öffnete eine Schublade und nahm eine saubere Serviette heraus. „Lass mich sehen."

Delilah presste ihre gute Hand gegen ihren Magen. „Oh Gott, ich kann nicht hinsehen."

„Es ist nur ein bisschen Blut", beruhigte er sie und musste feststellen, dass sie bleich geworden war.

Amaury nahm ihre Hand, um einen genaueren Blick darauf zu werfen, wie tief die Wunde war. Er hielt eine Serviette unter ihre Hand um das Blut daran zu hindern, auf den Fußboden zu tropfen. Amaury hielt seinen Atem an, um nicht von ihrem total verlockenden Duft übermannt zu werden.

~ ~ ~

Samson witterte Blut, als er, frisch geduscht und angezogen, aus seinem Schlafzimmer kam. Es gab keinen Zweifel darüber, wessen Blut es war und woher es kam. Seine Nüstern bebten und sein Körper spannte sich.

Delilah!

Er kannte Amaurys Vorliebe für warmes Blut besser als jeder andere und machte sich Vorwürfe, dass er ihn in seinem Haus hatte übernachten lassen, während Delilah bei ihm war.

Als er die Treppe hinunter und in die Küche stürmte, war er kampfbereit – um seine Frau vor seinem besten Freund zu retten. Wenn Amaury sie gebissen hatte, würde er ihn umbringen. Zorn überkam ihn, als seine Augen sich auf die Szene in der Küche konzentrierten: Amaury war über Delilahs blutende Hand gebeugt.

Ohne nachzudenken, stürzte sich Samson auf seinen besten Freund und mit einem lauten Schlag krachten beide auf den harten Küchenboden.

„*Neeeeeeeiiiiiiin!*", schrie Samson.

Er ließ seine Fänge aufblitzen und knurrte, während er Amaury unter sich begrub und mit seinen Fäusten bearbeitete. Sein Freund riss verteidigend die Arme hoch und versuchte sein Gesicht zu schützen.

„Stopp!"

Aber er hörte nicht auf Amaury. Samsons Faust traf erneut das Kinn seines Freundes. Seinen nächsten Schlag blockierend hielt Amaury ihn in Schach.

„Samson!" Delilahs Stimme drang endlich zu ihm durch.

„Ich habe nichts getan!", fauchte Amaury.

„Samson! Was geht hier vor?"

Er riss seinen Kopf herum. Als er ihre Reaktion sah, wusste er sofort, dass er sich nicht so hätte zeigen sollen. In seinem Wahn hatte er alles vergessen. Er hatte nicht daran gedacht, was sie sehen würde: den Vampir in ihm.

Delilah kreischte mit aufgerissenen Augen und weit geöffneten Mund. Sie hielt sich am Tresen fest, während sie zurückwich.

„Oh mein Gott!" Ihre Brust hob und senkte sich, als ob sie nicht genug Luft bekommen konnte. „Oh mein Gott, was bist du?" Das war nicht wirklich eine Frage. Es war eher eine Aussage.

Jetzt steckte er in der Klemme.

29

Samsons Augen leuchteten rot wie ein Alarm.

Seine Augen sahen genauso aus wie gestern, als Ricky sie beide unter der Dusche gestört hatte. Sie hatte sich nicht geirrt, so sehr sie sich auch bemüht hatte, es weg zu erklären. Doch das konnte sie jetzt nicht mehr, nicht beim Anblick seines Mundes, aus dem zwei lange Zähne hervorragten.

Nein, keine Zähne.

Fänge!

Spitze, scharfe Fänge. Wie die eines Tieres. Wie die eines Säbelzahntigers.

Sie konnte nicht daran denken, nein, denn denken würde es wahr machen. Es konnte nicht wahr sein. So etwas existierte nicht. *Er* existierte nicht, nicht so.

War das wieder einer ihrer seltsamen Träume? Wann würde sie aus diesem Alptraum aufwachen? Wann?

Delilah griff fester nach dem Tresen, um ihre zittrigen Knie zu stützen und spürte den Schmerz an der Hand, wo sie sich geschnitten hatte. Nein, das war kein Alptraum, das war Realität. Bizarre Realität.

Sie beobachtete, wie Samson Amaury aus seinem Griff entließ und aufstand und sich ihr langsam näherte.

„Nein!" Ihr stockte der Atem.

Brauche Luft. Brauche jetzt Luft.

„Delilah, alles ist in Ordnung." Seine Stimme war ebenso sanft wie in der Nacht zuvor.

„Komm mir nicht zu nahe!" Sie wich weiter vor ihm zurück, bis sie die Wand im Rücken spürte. Sie hatte es fertiggebracht, sich in eine Ecke zu manövrieren. Und er kam weiter auf sie zu, langsam aber stetig. *Verdammt!* Ihre Kehle wurde trocken. Ihre Stimmbänder waren gelähmt. Sie musste den Tatsachen nun ins Auge sehen. Sie konnte es nicht länger leugnen.

Sie hatte mit einem Vampir geschlafen, immer und immer wieder.

Dracula. Ein Vampir.

Samson war ein Vampir, ein Vampir, der sie mit seinem Mund verschlungen hatte, dessen Fänge so dicht an ihrer Halsschlagader gewesen waren, dass er sie mit einem Biss hätte töten können.

„Ich werde dir nicht wehtun."

Sie stieß ein hysterisches Lachen aus. „Nein, du wirst mich nur beißen. Das ist doch, was du willst, oder? Oh Gott, warum war ich nur so dumm?"

Wirklich, wie hatte sie nur so naiv sein können? Warum hatte sie es nicht kommen sehen? Sie fühlte sich wie eine dieser dummen Heldinnen in einem zweitklassigen Horrorfilm, die in ihrem Nachthemd die Treppe hinauf lief, während der Mörder ihr dicht auf den Fersen war.

Delilah blickte sich hektisch nach etwas um, das sie als Waffe benutzen konnte.

„Amaury, würdest du uns bitte einen Moment allein lassen", bat Samson.

Amaury rieb sein Kinn. „Meinst du, dass das eine gute Idee ist?"

„Ich will, dass Amaury bleibt." Delilah hoffte, dass wenigstens er ein wenig Schutz gegen Samson bieten konnte.

Samson warf ihr einen überraschten Blick zu. „Du glaubst also, zwei Vampire in einem Raum zu haben ist sicherer als nur einen?"

In dem Moment fiel es ihr wie Schuppen von den Augen. Sie atmete tief ein. Sie waren beide gefährlich; sie waren beide Vampire. Bei Amaury sah sie keine Fänge, und als sie jetzt Samson wieder anstarrte, hatten sich seine auch zurückgezogen. Seine Augen hatten wieder ihren üblichen, haselnussbraunen Farbton. Hatte sie halluziniert? War sie überhaupt wach?

„Samson, ich habe sie nicht angegriffen. Ich habe ihr dabei geholfen, die Wunde zu bandagieren."

Sie tauschten einen Blick aus, bis Samson schließlich nickte. „Es tut mir leid, dass ich dich falsch eingeschätzt habe, aber ich konnte das Risiko nicht eingehen, dass jemand sie verletzt. Die Situation –"

„Ich bin nicht so blutdürstig wie du denkst und ich würde niemals deine Frau anfassen." Amaury klang ein wenig verletzt.

Ein Vampir, der durch Worte verletzt war?

Werd klar im Kopf! Du bist ja verrückt.

Delilah bewegte sich langsam an der Wand entlang, während die beiden Vampire sich unterhielten. Sie hörte kaum zu, als sie an der Wand entlang der Küchentür entgegen schlich. Nur noch wenige Schritte und sie wäre an der Tür.

„Wohin willst du, Delilah?"

Sie blieb wie angewurzelt stehen. So viel zu ihrer Flucht. Sie biss sich auf die Lippe.

„Lass uns erst mal deine Hand verbinden, bevor der Blutgeruch noch einen von uns verrückt macht."

Seine Stimme klang ruhig, doch das konnte ein Trick sein. Nach allem, was sie über Vampire wusste, würde er sie aussaugen, sobald er das Blut von ihren Fingern tropfen sah.

Samson ging auf sie zu und sie drückte sich dichter an die Wand. Doch es gab keinen Ausweg mehr. Er war nur noch Zentimeter von ihr entfernt.

„Bitte, es tut mir leid, dass du es so herausfinden musstest. Ich hatte vor, es dir zu sagen –"

„Wann? Bevor oder nachdem du mich gebissen hast?" Sie sollte ihm ihre Angst nicht zeigen. Das machte sie noch verwundbarer, aber sie hatte keine Ahnung, wie sie ihre Angst verstecken sollte. Und Tiere wie er griffen an, sobald sie Angst rochen, oder nicht? Würde er das tun? Würde er sie angreifen, wenn er erkannte, dass sie bis ins Mark erschüttert war?

Sie konnte seinen Atem auf ihrem Gesicht spüren. Es erinnerte sie daran, wie er sie geküsst hatte, wie er mit ihr geschlafen hatte, wie er sie intim berührt hatte. Wie konnte er derselbe Mann sein? Nein, er war kein Mann. Er war ein Vampir.

Wach auf!

„Ich werde dir nie wehtun, Süße. Ich habe versucht, dich zu beschützen. Ich roch Blut und dachte, Amaury hätte dich angegriffen."

Musste er so tödlich sexy aussehen, wenn er nur Zentimeter von ihr entfernt war? Das war nicht fair. Sie spürte, wie seine Hand nach der ihren griff, und sie versuchte sich zu entziehen, doch er hielt sie fest.

„Amaury, wir brauchen Pflaster."

Amaury lachte leise. „Wozu denn?"

„Du hast recht", meinte Samsun und hob ihre Hand an seinen Mund. Delilah schrie auf. Er würde ihr Blut trinken. Sie wusste es! Es war genau wie in ihrem Alptraum.

Er bemerkte ihren ängstlichen Blick. „Ich werde deine Wunde lecken. Mein Speichel wird sie versiegeln und es wird aufhören zu bluten. Vertrau mir."

Ihm vertrauen? Machte er einen Scherz?

Hilflos beobachtete Delilah, wie seine Zunge sanft über ihre Wunde strich und das Blut aufleckte. Sie fühlte ein warmes Prickeln an ihren Fingern und sah, dass der Blutfluss sofort aufhörte. Als er seinen Mund schloss, sah sie, wie er schluckte und tief einatmete.

Seine Augen trafen ihre. „Oh Gott, sogar dein Blut schmeckt nach Lavendel."

Sie sah, wie sich sein Mund näherte, doch sie konnte ihn nicht stoppen. Seine Lippen streiften leicht gegen ihre, bevor er ihren Mund in Besitz nahm und sie gefangen hielt. In dem Moment wusste sie mit absoluter Sicherheit, dass sie nicht träumte. Sie kannte seine Berührung, seinen Geschmack, seinen Geruch. Er war echt und er war ein Vampir.

Sie konnte ihren Körper nicht daran hindern, genauso auf ihn zu reagieren wie in der Nacht zuvor; sie erlaubte seiner Zunge einzudringen und sie zu liebkosen.

Doch dies war nicht wie in der Nacht zuvor – er war nicht derselbe. Er war ein Vampir, nicht der Mann, den sie glaubte zu kennen. Sie musste ihm entfliehen.

~ ~ ~

Samson war so sehr darin versunken, sie zu küssen, dass ihn ihr Knie in seinem Unterleib wie ein Vorschlaghammer traf. Sofort ließ er von ihr ab und krümmte sich zusammen. Übelkeit überkam ihn. Als Vampir konnte er Schmerzen wegstecken, aber selbst für ihn war dieser Schmerz genauso schlimm wie das Ziehen von Fingernägeln.

Als er aufsah, erhaschte er noch einen Blick auf Delilah, wie sie aus der Küche lief. Er war immer noch nicht in der Lage ihr zu folgen, also wies er seinen Freund an: „Bring sie zurück."

Als Amaury mit ihr zurückkam, hatte sich Samson so weit von seinem Schmerz erholt, dass er aufrecht stehen konnte. Amaury hielt sie fest, zu fest für Samsons Geschmack. Ein stechender Schmerz der Eifersucht überkam ihn. Das war nicht gut.

„Süße, du musst aufhören, mich zu schlagen. Ich bin sicher, wir können eine andere Methode für dich finden, um deine Zuneigung zu zeigen." Er musste es ihr lassen. Sie hatte eine Menge Mumm und sie zu zähmen würde Spaß machen, wenn es auch erschöpfend und ab und an schmerzhaft sein würde.

„Ich bin nicht deine Süße!"

Ah, das war mehr nach seinem Geschmack. Er hatte den angsterfüllten Blick nicht gemocht, den sie ihm vorher zugeworfen hatte. Er bevorzugte es, wenn sie kämpfte. Das war etwas, mit dem er umgehen konnte.

„Kann Amaury dich jetzt loslassen oder wirst du wieder fortlaufen?"

Delilah schüttelte Amaurys Arm ab. Sofort verschränkte sie die Arme vor ihrer Brust. Definitiv kampfbereit. Nicht, dass sie gewinnen würde. Niemals. Doch er würde es sie versuchen lassen.

„Können wir jetzt reden?"

Delilah antwortete nicht und presste ihre Lippen nur noch fester zusammen. Er wusste genau, wie er diese Lippen öffnen konnte, doch war es vermutlich besser, das nicht zu versuchen so lange sie noch sauer auf ihn war. Er wollte sich keinen weiteren Tritt in seine Eier einhandeln.

„Soll ich euch beide alleine lassen?"

Er nickte seinem Freund zu. „Danke. Mach es dir im Wohnzimmer bequem. Das hier wird eine Weile dauern."

Als sie alleine waren, sah er sie an. Ihr Ausdruck hatte sich nicht verändert. Er konnte die Anspannung in ihrem Körper und Gesicht sehen, die heftige Entschlossenheit, nichts an sich herankommen zu lassen. Sie war nicht bereit, ihm zuzuhören, das wusste er. Doch er musste es dennoch versuchen.

„Delilah, ich bin immer noch derselbe Mann."

Sie schüttelte schweigend den Kopf. Ah, die Schweige-Behandlung. Das Vorrecht einer Frau.

„Was wir zusammen haben –"

„Wir haben nichts zusammen", unterbrach sie ihn. „Du hast mich angelogen."

Wenigstens redete sie jetzt. Das war ein Anfang.

„Ich wollte es dir sagen. Aber das ist nicht gerade einfach zu erklären. Was hätte ich sagen sollen? *Schatz, lass mich dich zum Essen ausführen und übrigens: Ich bin ein Vampir, also bestell dir, was immer du magst, während ich ein Glas Blut trinke.*"

„Du hast niemals die Absicht gehabt, es mir zu sagen. Alles, was du wolltest, war ein kleines Sex-Spielzeug."

„Das ist nicht wahr und das weißt du auch. Ich habe dir letzte Nacht gesagt –"

Sie unterbrach ihn. „Lügen. Die hast du mir aufgetischt. Ich bin sogar auf deine nette Geschichte mit der Potenzstörung hereingefallen. Erzählst du das allen anderen auch?" Delilah nahm die Arme von der Brust und stemmte die Fäuste in die Hüften.

„Es gibt nur dich. Und was ich dir letzte Nacht erzählt habe, ist die Wahrheit."

„Blödsinn. Ist das der Grund, warum dich der Rotschopf hat fallen lassen? Hat sie herausgefunden, dass du ein Vampir bist?"

„Erstens ist sie auch ein Vampir und zweitens habe *ich* sie verlassen." Er starrte in ihr schockiertes Gesicht. Dass Ilona ein Vampir war, hatte sie offensichtlich nicht erwartet zu hören, doch sie hatte sich schnell wieder im Griff.

„Also was, sind dir die Vampirfrauen ausgegangen, sodass du eine menschliche Frau ficken musst?"

„Es ging nicht um Sex, zumindest nicht nach gestern Nacht."

„Lügner."

„Du wiederholst dich."

„Weil du die gleichen Geschichten auftischst."

„Weil sie wahr sind. Ich gebe zu, in der ersten Nacht ging es nur um Sex, doch danach, verdammt noch mal, danach ging es nicht mehr darum. Ich wollte dich, und nicht nur für mein körperliches Vergnügen. Du kannst mir nicht sagen, dass du das nicht gespürt hast, als wir uns geliebt haben."

~ ~ ~

Delilah hatte es gespürt, doch es musste eine Illusion sein. Er hatte sie ausgetrickst. Sie hatte mit einem Vampir geschlafen, sie hatte ihn in sich hinein gelassen, nicht nur in ihren Körper, sondern in ihr Herz. Leute wie er sollten nicht einmal existieren. Mit dieser Welt war wirklich etwas nicht in Ordnung.

„Du bist ein Vampir. Ein Vampir."

Als ob er verschwinden würde, wenn sie das wiederholte. Er war ein Vampir und er stand in seiner Küche und sah sie an. Sie hatte das Gefühl, als ob sie eine Kopfverletzung hätte und nun aus einer Betäubung erwachte. Aber sie hatte sich nicht den Kopf angestoßen. Er war wirklich ein Vampir.

„Ich habe mit einem Vampir geschlafen." Sie ließ die Arme fallen und ihre Schultern sackten herunter.

Samson nickte. „Und du mochtest es genauso wie ich."

„Nein."

Sie musste es leugnen, um ihre geistige Gesundheit zu bewahren. Was würde passieren, wenn sie plötzlich zugeben müsste, dass sie es gemocht hatte, nein, *geliebt* hatte, mit einem Vampir zu schlafen? Alles in ihrer Welt würde zusammenbrechen. Kreaturen wie er sollten – konnten! – nicht existieren. Vampire waren ein Mythos, Folklore, Geschichten, die man am Lagerfeuer erzählte, um Leute zu erschrecken. Sie lebten nur in Filmen, aber niemals im wirklichen Leben. Jedes Kind wusste das! Genau wie jeder wusste, dass es den Osterhasen nicht gab. Das hier konnte gar nicht passieren. Nichts davon konnte wahr sein. Ableugnen war die einzige Möglichkeit.

„Ich muss gehen. Ich muss jetzt zurück nach New York."

Er schüttelte langsam den Kopf und kam näher. „Nein. Du wirst nicht gehen." Mit seinen Knöcheln streichelte er sanft ihre Wange. „Ich brauche dich."

„Du bist ein Vampir."

„Meinst du, das weiß ich nicht? Es ändert nichts daran, was ich für dich empfinde."

„Lass mich in Ruhe." Sie nahm all ihre Kraft zusammen um ihn abzuweisen, während ihr Körper versuchte, sich an ihn zu lehnen. Er hatte immer noch die gleiche Macht über sie wie schon seit ihrer ersten Begegnung. Sie wollte ihn, wollte jedes Stückchen Haut von ihm mit ihrer Zunge lecken. Sie wollte seinen harten Körper an ihren pressen und spüren, wie er sie aufspießte. Obwohl doch ihr einziger Gedanke sein sollte, *ihn* aufzuspießen – mit einem hölzernen Pfahl direkt durchs Herz! Sofern er überhaupt ein Herz hatte.

„Fass mich nicht an!"

Bei ihrem Ausbruch zog er sofort seine Hand zurück, als ob sie ihn geschlagen hätte. Sie konnte sehen, wie Wut in ihm aufkochte und seine Augen plötzlich rot schimmerten. Er sah aus, als würde er seine ganze Kraft benötigen, um sich zu beherrschen.

„Amaury! Komm rein." Samsons Stimme war scharf.

Sie zuckte zusammen. Würde er sie schlagen? Sie beißen?

Sein Freund erschien unverzüglich in der Küche.

„Pass auf sie auf!", befahl Samson und stürmte aus der Küche.

Ihre Augen folgten ihm, bevor sie Amaury anschaute, der sich lässig gegen die Kücheninsel lehnte, so als wäre nichts geschehen.

„Er wollte mich umbringen, stimmt's?"

Amaury nickte. „Ja, und er wird es tun – zwischen den Laken, immer und immer wieder." Er grinste sündhaft.

Sie gab ihm einen entwürdigenden Blick.

„Hey, gib nicht mir die Schuld. Ich lese nur seine Gefühle."

Seine Gefühle lesen? Wovon zum Teufel sprach Amaury nur?

„Spezielle Gabe. Die reinste Folter." Dann winkte er ab. „Und keine Angst. Ich werde ihm nicht sagen, was du fühlst. Das muss er schon selbst aus dir rausbekommen."

Sie lauschte auf die Schritte im oberen Stockwerk. Samson lief auf und ab.

„Mach dir keine Sorgen. Er wird sich wieder abkühlen. So, um zu unserer Unterhaltung zurückzukommen, bevor wir so unhöflich unterbrochen wurden. Hast du –"

„Du willst über die Buchprüfung reden, als wäre nichts passiert?"

„Sicher, wir müssen dieser Sache auf den Grund gehen. Nur weil du weißt, dass wir Vampire sind, ändert das nichts an der Tatsache, dass jemand in Samsons Unternehmen herumpfuscht und dich aus dem Weg räumen will.”

Delilah schüttelte ihren Kopf. „Was seid ihr bloß für Typen? Wie kannst du jetzt an das Geschäft denken? Solltest du mich jetzt nicht beißen und mein Blut trinken?”

„Danke für das Angebot, aber Samson würde mir gewaltig in den Hintern treten, wenn ich das mache, und ja, mich höchstwahrscheinlich in Staub verwandeln. Somit, nein danke. Du bist vor mir sicher.”

„Ich habe nicht angeboten …” War sie wirklich vor Amaury sicher? Er sah viel zu entspannt aus, so wie er gegen den Küchentresen lehnte, als dass er planen würde, sie anzugreifen.

„Weiß ich doch. Wie dem auch sei, während Samson und du euren Streit hattet, habe ich etwas nachgedacht. Hast du mal nachgesehen, was John sonst noch getan haben könnte, mal abgesehen von diesen Abschreibungen?”

Wenn er über die Buchprüfung reden wollte, auch gut. Wenigstens würde das wieder ein wenig Normalität in ihr kaputtes Leben bringen. „Was meinst du?”

„Hat er noch andere Transaktionen autorisiert? Auf welche Informationen hat er zugegriffen? Ich denke wir müssen hier auf alles achten, was er getan hat.”

Delilah hatte eine Idee. „Zeichnet das Computersystem auf, welcher Benutzer auf welche Dateien zugegriffen hat?”

„Aber sicher doch”, nickte Amaury und verstand offensichtlich, worauf sie hinauswollte.

„Dann lass uns mal sehen, wo er seine Finger drin hatte.”

30

Er hatte Mist gebaut.

Samson war nicht wütend auf Delilah, sondern auf sich selbst, weil er die Situation falsch gehandhabt hatte. Da er ihr Vertrauen schon zuvor missbraucht hatte, als er ihren Hintergrund überprüfen hatte lassen und dabei von ihr erwischt worden war, gewährte sie ihm offensichtlich keinen Spielraum mehr.

Er konnte ihr das nicht einmal übelnehmen. Akzeptieren zu müssen, dass sie mit einem Vampir geschlafen hatte – und es genossen hatte – war vermutlich zu viel, um es in einem Stück zu verdauen. Doch er musste sie dazu bewegen, die Tatsachen zu akzeptieren. Und nicht nur das, er musste sie sogar dazu bringen, diese Umstände bereitwillig anzunehmen, *ihn* bereitwillig anzunehmen, da er sie nie im Leben aufgeben konnte. Als er ihr Blut gerochen hatte, war ihm klar geworden, dass er verloren war, doch als er es gekostet hatte, *sie* gekostet hatte, wusste er, dass es nur eine einzige akzeptable Lösung für ihre Situation gab: den Blutbund.

Auch wenn Dr. Drake ihm nicht geholfen hatte, seine Probleme zu lösen, so hatte er jedoch in einem Punkt recht gehabt. Ein Vampir konnte den Bund mit der Person wahrnehmen, die für ihn bestimmt war, noch bevor das Ritual vollzogen war.

Samson spürte diese besondere Verbindung mit Delilah. Er konnte dieses Gefühl nicht beschreiben, doch er wusste, dass es richtig war. Es war fast wie ein natürlicher Instinkt. Jedes Mal wenn er in ihre Augen blickte, verlor er sich darin und wusste, dass sie es auch spüren musste. In der vorherigen Nacht hatte er so viel Einvernehmen in ihren Augen wahrgenommen, dass er sich sicher war, nicht falsch zu liegen.

Selbst wenn er versuchen würde, ihr all dies zu erklären würde sie ihm nicht zuhören. Nicht jetzt. Aber vielleicht würde sie auf einen Fachmann hören. Er durfte nichts unversucht lassen.

Amaury und Delilah waren nicht mehr in der Küche. Samson lauschte und konnte leise Stimmen in seinem Büro hören. Was hatten die beiden vor? Als er sich seiner Bürotür näherte, sah er Delilah in seinem Stuhl hinter dem Schreibtisch sitzen. Amaury war über sie gebeugt und beide starrten auf den Computerbildschirm.

Er wusste, dass Amaury sich nie an seine Frau heranmachen würde, dennoch mochte Samson nicht, wie dicht er hinter ihr stand. Sein Magen zog sich zusammen. Würde er immer so eifersüchtig sein, wenn ein anderer Mann ihr so nahe kam? Fühlte es sich so an, wenn man jemanden liebte?

Er blieb an der offenen Tür stehen, ohne einen Ton von sich zu geben.

„Ich bin mir nicht sicher, warum er auf diese Datei zugegriffen hat", sagte Amaury.

„Wäre das nicht Teil seines Jobs?"

„Nicht wirklich."

„Kannst du überprüfen, welche codierten Transaktionen er sonst noch übermittelt hat?"

„Sicher. Es wird aber nicht einfach sein. Wir sollten Thomas zu Hilfe holen. Er ist der IT-Experte, nicht ich."

Delilah, Süße.

Sie sah auf, als hätte sie seine Stimme gehört, obwohl er nicht gesprochen hatte. Seine Augen trafen ihre. Ja, auch sie spürte die Verbindung, vermutlich ohne sich dessen bewusst zu sein.

„Woran arbeitet ihr zwei?", fragte Samson, als er das Büro betrat.

„Wir versuchen herauszufinden, auf welche Dateien John in letzter Zeit zugegriffen hat", antwortete Amaury. Delilah war still geworden, als er den Raum betreten hatte.

Samson hob anerkennend eine Braue. „Gute Idee, Amaury."

„Es war nicht meine, sondern Delilahs."

Samson schaute sie stolz an. „Noch besser. Geh dem nach. Aber ich muss dir Delilah jetzt stehlen. Wir müssen reden." Er sah sie an, aber Delilah machte keine Anstalten aufzustehen.

„Es gibt nichts, worüber wir reden müssen. Ich beende meine Buchprüfung und dann gehe ich. Je eher desto besser." Wieder hatte sie diesen harten, unnachgiebigen Ton in ihrer Stimme.

„Wir haben viel zu besprechen. Es ist an der Zeit, dass wir unsere Beziehungsprobleme lösen." Er ging um den Schreibtisch herum, während Amaury Platz machte.

Delilah blitzte ihn herausfordernd an. „Wir haben keine Beziehungsprobleme, da wir keine Beziehung haben. Ich gehe nicht mit einem Vampir aus."

„Vertraue mir, du wirst noch viel mehr mit diesem Vampir tun, als nur mit ihm ausgehen. Dr. Drake erwartet uns." Er nahm ihren Arm und zog sie aus dem Stuhl. Sie versuchte erfolglos, sich aus seinem festen Griff zu befreien.

„Oh mein Gott – du willst mich in einen Vampir verwandeln. Wer ist der Typ, irgendein teuflischer Chirurg, der aus Menschen Vampire macht?", schrie sie panisch.

„Delilah, ich würde dich nie in einen Vampir verwandeln! Wie kannst du das nur von mir denken? Glaubst du wirklich, ich würde das jemandem wünschen, an dem mir so viel liegt?" Der Gedanke ekelte ihn an. „Dr. Drake ist mein Psychiater."

~ ~ ~

Delilah schnappte nach Luft und bemühte sich, seine Worte zu verdauen. „Du hast einen Seelenklempner?"

Seit wann lagen Vampire auf der Couch? Ein Sarg käme dem Ganzen schon viel näher. Das war alles viel zu bizarr. Erstens sollten Vampire überhaupt nicht existieren. Sie waren nur Legende, ein Mythos oder wie auch immer man es nannte. Und zweitens würden Vampire kein normales, menschliches Leben führen – mit Besuchen bei einem *Seelenklempner*!

„Ja, hab ich. Auch wenn ich vermute, dass er lieber als Psychiater bezeichnet werden will." Ein kleines Lächeln umspielte seine Lippen.

„Er ist ein guter Arzt, auch wenn seine Methoden ein wenig unorthodox sind", behauptete Amaury hinter ihr.

„Du auch?" Sie konnte ihren Schock nicht verbergen. Sie waren beide *total verrückt*.

„Hey, wir alle haben unsere Probleme. Es ist nicht gerade einfach, als Vampir zu leben." Amaury warf die Hände in die Luft.

„In welcher Art von Parallel-Universum bin ich denn hier gelandet? Ihr Typen seid verrückt, oder?" Sie war in einem Haus mit zwei verrückten Vampiren gefangen.

„Ich versichere dir, dass ich absolut geistig gesund bin. Auch wenn ich das von meinem Freund hier nicht behaupten kann." Samson grinste.

Okay, dann vielleicht nur ein verrückter Vampir. Ja, klar!

Anstatt darauf zu antworten, schüttelte Amaury nur leicht den Kopf und verdrehte die Augen.

„Lass uns gehen. Wir wollen nicht zu spät zu unserer Paartherapie-Sitzung kommen."

Samson zog sie aus dem Raum und die Treppe hinunter in die Garage. Zu ihrer Überraschung ließ er sie nicht von Carl chauffieren. Er öffnete die Beifahrertür eines silber-schwarzen Audi R8. Das Auto sah eher aus, als ob es auf eine Rennbahn gehörte und nicht auf die Straßen von San Francisco.

Nachdem er wie ein perfekter Gentleman die Beifahrertür hinter ihr geschlossen hatte, glitt Samson in den Fahrersitz. Sie warf ihm einen Seitenblick zu, als er aus der Garage schoss.

Sie konnte in all dem, was sie erfahren hatte, einfach keinen Sinn entdecken. Wenn er ein Vampir war, warum hatte er sie nicht gebissen? War das nicht das, was Vampire machten? Sollten nicht sowohl er als auch Amaury an ihrem Hals hängen und ihr Blut trinken?

Und was das betraf, warum zum Teufel war er nicht kalt? Vampire waren tot, richtig? Oder untot – in beiden Fällen sollten sie keine normale Körpertemperatur haben. Manchmal war er regelrecht *heiß* – sie schüttelte den Kopf, um die Bilder von Samson loszuwerden: über ihr, hinter ihr, neben ihr, sie aufspießend, zustoßend – verdammt! Genug von *dieser* Art Vernunft. Wie dem auch sei, es war nur eine der Millionen von Fragen, die sie im Moment hatte.

Der Gedanke, dass Samson ein Sicherheitsunternehmen führte, ergab auch keinen Sinn. Sollte er nicht als Vampir Menschen angreifen, anstatt sie zu beschützen? Und warum lebte er nicht mit Fledermäusen in einer Höhle? Okay, das war wohl eher Batman. Falscher Superheld.

Nein, nicht Superheld. Monster. Richtig, er war ein Monster.

Und hall*ooo* – seit wann sahen Monster so verdammt gut und sexy aus?

Stopp!

Keine solchen Gedanken mehr. Wenigstens war sie sich jetzt sicher, dass sie keine Angst vor ihm hatte. Er schien keinerlei Anstalten zu machen, sie anzugreifen. Er hatte sogar angewidert geklungen, als sie ihn beschuldigte, sie in einen Vampir verwandeln zu wollen. Als ob ihm dieser Gedanke nie gekommen wäre.

Delilah sah auf ihre Hand. Die Schnitte waren verheilt, als er sie mit seiner Zunge abgeleckt hatte. Das kribbelnde Gefühl, das sie gespürt hatte, war durch ihren gesamten Körper geschossen, nicht nur durch ihre Hand. Sie bekam Gänsehaut, als sie daran zurückdachte.

Samson machte die Heizung im Auto an. „Es wird gleich warm werden. Entschuldige, ich hätte einen Pullover für dich mitnehmen sollen."

Seine Sorge um sie war offensichtlich. Seine Hand strich leicht über ihre, bevor er sie wieder an das Lenkrad legte. Es war so eine flüchtige Geste, dass sie sie geträumt haben könnte. Doch das kribbelnde Gefühl auf ihrer Haut bestätigte ihr, dass es wirklich geschehen war. Seine Berührung war ebenso echt wie er.

Ihre Instinkte hatten sie unter der Dusche nicht getäuscht, als sie seine Augen rot leuchten gesehen hatte. Und nun verstand sie auch, warum er keinen Spiegel im Badezimmer hatte. Wenn es stimmte, dass Vampire kein Spiegelbild hatten, dann gab es keinen Grund für ihn, einen Spiegel zu haben.

Die kleinen Zeichen waren da gewesen, doch sie hatte sie nicht gesehen oder nicht sehen wollen. Sogar seine enorme Kraft und Schnelligkeit, als er die Waffe aus der Hand des Gauners getreten hatte, kam vermutlich daher, dass er ein Vampir war.

Ich kann dich nicht schwängern.

Delilah erinnerte sich plötzlich an seine Worte, als er festgestellt hatte, dass das Kondom gerissen war. Also stimmte es: Als Vampir konnte Samson keine Kinder zeugen. Warum war sie darüber nicht erleichtert? Sollte sie nicht wenigstens glücklich darüber sein, dass sie wenigstens nicht schon schwanger war und den Spross eines Vampirs in sich trug? Eigenartigerweise füllte sie dieser Gedanke mit Bedauern anstatt mit Erleichterung.

Sie erinnerte sich auch an die seltsamen Träume, die sie gehabt hatte. Sie war sich sicher, dass das Haus, von dem sie geträumt hatte, Samsons war. Und der Biss in den Hals, von dem sie geträumt hatte? War es eine Warnung vor dem was kommen würde? Würde er sie eines Nachts während sie schlief, beißen und aussaugen? Wenn sie schlau war, würde sie diese Warnung beachten.

Als der Wagen an einer roten Ampel stoppte, wunderte sie sich, warum sie nicht flüchtete. Sie könnte ganz einfach die Autotür öffnen und hinausspringen. Sie war schnell und würde ihm entkommen können. Es wäre so einfach. Sie sah zum Türgriff und streckte ihre Hand aus.

„Bitte lauf nicht fort."

Samsons Stimme war kein Befehl, sondern eine Bitte. Sie erwiderte seinen Blick und bemerkte einen goldenen Glanz in seinen Augen. Denselben Glanz, den er gehabt hatte, als er am Morgen mit ihr geschlafen hatte. Delilah zog ihre Hand zurück und vermied seinen Blick. Er sollte sie nicht so anschauen. Dieser Blick verwirrte sie total.

Sie wusste, dass sie ihr Ziel erreicht hatten, als er den Wagen vor einem edwardianischen Haus parkte. Er führte sie jedoch nicht durch den Haupteingang, sondern zu einem Nebeneingang, der in den Keller des Gebäudes führte. Sie zögerte an der Tür.

„Niemand wird dir wehtun", flüsterte er hinter ihr. „Ich gebe dir mein Wort darauf."

Das Wort eines Vampirs. Sie musste verrückt sein, ihm zu glauben, nach all den Lügen, die er ihr schon aufgetischt hatte.

Die blonde Tussi an der Rezeption gönnte ihr kaum einen zweiten

Blick, sondern sah stattdessen direkt Samson an.

„Er ist mit seinem letzten Patienten fast fertig. Es wird nur noch ein paar Minuten dauern."

Sie deutete auf die Couch. Delilah machte keine Anstalten, sich hinzusetzen und Samson blieb an ihrer Seite. Sie blickte sich im Wartezimmer um. Es gab mehrere bequeme Sessel, einen kleinen Tisch mit Zeitungen … Hatte sie richtig gesehen? *SF Vampire Chronicle* stand da. Die Vampire hatten ihre eigene Zeitung? Sie warf Samson einen neugierigen Blick zu und bemerkte, dass er sie beobachtete.

„Wir lesen, genauso wie ihr."

Klugscheißer!

Sie wandte sich von ihm ab und fuhr fort, den Raum zu inspizieren. Sie war nicht in der Stimmung, sich mit ihm zu unterhalten. Ihr Blick blieb an einem Automaten hängen. Plötzlich hatte sie Durst. Vielleicht konnte sie eine Flasche Wasser oder einen Saft bekommen. Als sie einen Schritt auf den Automaten zuging, fühlte sie Samsons Hand auf ihren Arm. Sie warf ihm einen genervten Blick zu, doch er schüttelte nur langsam den Kopf.

„Ich gebe dir etwas zu trinken, wenn wir zuhause sind", verkündete er.

„Ich will aber jetzt etwas trinken." Sie wusste, dass sie wie ein trotziges Kind klang, aber das war ihr egal.

„Ich glaube nicht, dass du magst, was sie hier anbieten."

Delilah blickte zurück auf den Automaten und konzentrierte sich auf die Flaschen hinter dem Glas. Flaschen, kleine Plastikflaschen mit rotem Saft. Tomatensaft?

Sie trat einen Schritt näher. Oh nein. Das konnte unmöglich das sein, wonach es aussah! Die Etiketten auf den Flaschen sagten einfach *A, B, AB* und *0*.

Ihr Magen revoltierte. Blut. Blut in einem Automaten!

Sie schoss Samson einen fassungslosen Blick zu. Er zuckte einfach nur mit den Schultern.

Bevor sie noch etwas sagen konnte, öffnete sich die Tür und ein Mann trat heraus. Er schien Samson zu kennen und warf ihm ein kurzes Lächeln zu.

„Wie geht es dir, Samson?" Sie schüttelten die Hände. „Du wirst doch nicht erwähnen …" Er deutete auf das Büro des Arztes.

Samson schüttelte den Kopf. „Selbstverständlich nicht. Schön dich zu sehen, G."

Als der Mann, der ihr merkwürdig bekannt vorkam, an ihr vorbeiging, verharrte er plötzlich und atmete tief ein. Er drehte sich zu Samson um und grinste.

„Eine Sterbliche? Ausgerechnet du?" Er sah sie von oben bis unten an und räusperte sich anerkennend.

Sofort legte Samson einen schützenden Arm um sie und zog sie näher.

„Keine Sorge, alter Freund. Ich weiß sehr wohl nicht anzufassen, was dir gehört. Aber wenn du möchtest, dass ich den Segen gebe, wäre ich mehr als glücklich …"

Samson nickte, ließ Delilah jedoch nicht los. „Ich werde eventuell darauf zurückkommen."

Der Mann ging und schließlich erinnerte sich Delilah, wo sie ihn zuvor gesehen hatte. „War das der –"

„Der Bürgermeister von San Francisco, ja."

„Ist er auch …?"

Samson nickte. „Ja, ist er."

„Was meinte er mit *den Segen geben*?"

„Das erzähle ich dir später."

„Dr. Drake hat nun Zeit für Sie", unterbrach die Tussi. „Gehen Sie hinein."

„Sag es mir jetzt."

„Später."

Delilah war sich nicht sicher, wie sie sich Dr. Drakes Büro vorgestellt hatte, aber garantiert kam darin nicht die Sarg-Couch vor. Wenn Samson sie nicht durch die Tür geschubst und ihr den Ausgang blockiert hätte, hätte sie auf dem Absatz kehrt gemacht und wäre fortgelaufen.

Sie verdaute immer noch die Neuigkeit, dass der Bürgermeister von San Francisco ein Vampir war. Die Tatsache, dass Samson sie sofort besitzergreifend an sich gezogen hatte, als der Bürgermeister mehr als nur ein flüchtiges Interesse an ihr gezeigt hatte, war ihr auch nicht entgangen. Sie hatte seine Eifersucht praktisch körperlich spüren können und ein Schauder durchlief sie bei der Intensität seines Gefühls.

Zumindest schien Samson sie nicht körperlich verletzen zu wollen. Ebenso wenig wollte er sie teilen. *Besser der Vampir, den du kennst …*

Und wenn sie ehrlich war, würde sie zugeben, dass seine Berührung sie beruhigte. Doch noch war sie nicht bereit, sich das einzugestehen. Ebenso wenig würde sie zu dem Seelenklempner ehrlich sein, wenn er überhaupt ein richtiger Arzt war. Delilah musterte den Mann. Er erschien normal und menschlich, auch wenn sie sicher war, dass er es nicht war. Sie sah, wie er tief einatmete. Nein, auf keinen Fall menschlich. Mussten sie alle wie die Hunde an ihr schnüffeln?

„Ah, die menschliche Frau nehme ich an. Delilah?"

Sie war überrascht, dass er ihren Namen kannte. Wieviel hatte Samson ihm schon erzählt?

„Ja, das ist Delilah." Da klang etwas in Samsons Stimme mit, das sie noch nie zuvor gehört hatte. Stolz?

Samson führte sie zu einem Sessel, wo sie sich setzte, während er sich an einen Aktenschrank in ihrer Nähe lehnte.

Der Doktor schnüffelte wieder und zog die Augenbrauen hoch. „Wie kann ich Ihnen dieses Mal helfen?"

„Diese Frage würde bedeuten, dass Sie mir das letzte Mal geholfen hätten", antwortete Samson sarkastisch.

Der Doktor schien davon unbeeindruckt zu sein. „Ich weiß, dass mein Rat offensichtlich gewirkt hat. Ich kann Sie immer noch an ihr riechen. Sie riecht durchdringend nach Ihnen."

„Doktor, ich würde es begrüßen, wenn Sie Kommentare wie diese für sich behalten würden. Delilah und ich sind hier, weil wir etwas Hilfe in unserer Beziehung brauchen."

„Beziehung?", fragte der Psychiater.

„Wir haben keine Beziehung!", protestierte Delilah. Es war besser, die Dinge von vornherein klarzustellen.

„Ah, ich denke, ich sehe, wo das Problem liegt."

„Nein, das wissen Sie nicht. Das letzte Mal sagten Sie mir, ich solle mit ihr schlafen und alles wäre wieder in Ordnung."

„Nun, hatten Sie eine Erektion? Waren Sie in der Lage, den sexuellen Akt auszuführen?"

Delilah war der offene Austausch peinlich und sie spürte, wie ihr die Röte in die Wangen schoss. Also stimmte es. Er hatte einen Psychiater aufgesucht, um seine Erektionsprobleme in den Griff zu bekommen. Zumindest hatte er sie in diesem Punkt nicht belogen.

„Ja."

„Nun, dann sehe ich nicht, wo das Problem ist."

„Das Problem ist, dass ich nicht genug von ihr bekommen kann. Jedes Mal wenn ich sie anschaue, will ich mehr. Wann immer ich sie berühre, kann ich nicht aufhören. Wenn ich nicht bei ihr bin, vermisse ich sie. Wenn ein anderer Mann sie anschaut, könnte ich ihn umbringen. Können Sie sich jetzt ein Bild davon machen?"

„Sie können mich dafür nicht verklagen. Ich sagte Ihnen, Sie sollten einmal mit ihr schlafen und dann weiterziehen." Der Doktor hob abwehrend die Hände.

„Ach, halten Sie die Klappe, Sie Quacksalber!", unterbrach Delilah die beiden. „Welche Art von Arzt sagt seinem Patienten, er solle mit jemandem schlafen? Wo haben Sie Medizin studiert? In einem Puff?" Wenn er überhaupt Medizin studiert hatte. Sie bezweifelte es.

Drake wollte protestieren, doch sie fuhr unverwandt fort. „Was? Komme ich der Wahrheit zu nahe? Machen Sie sich nicht die Mühe zu antworten, da es mich nicht interessiert, was Sie zu sagen haben. Hätten Sie ihm nicht einfach Viagra verschreiben können? Nein, Sie mussten ihm verschreiben, mit einem Menschen zu schlafen."

„Viagra wirkt bei Vampiren nicht", warf Samson ein.

„Ich kann sehen, warum Sie sie mögen." Der Arzt warf Samson einen wissenden Blick zu. „Sie ist Ihnen sehr ähnlich."

„Ich bin überhaupt nicht wie er!"

„Doch. Ebenso dickköpfig und unverschämt. Es überrascht mich nicht, dass Sie sich zueinander hingezogen fühlen."

„Ich fühle mich nicht zu ihm hingezogen. Ich will keine Beziehung mit einem Vampir. Verdammt, er hat mich hierher geschleppt."

Der Arzt schüttelte seinen Kopf. „Das ist das, was Ihr Kopf sagt, doch Ihr Körper spricht lauter. Wie sind Sie hierher gekommen?"

„Was hat das damit zu tun?" Abwehrend verschränkte Delilah die Arme vor ihrer Brust. Wenn er versuchte, sie auszutricksen, wäre sie auf der Hut.

„Wie sind Sie hierher gekommen?"

„In meinem Auto", antwortete Samson an ihrer Stelle.

„Also freiwillig."

„Nein."

„Sie haben sie gefesselt?"

Mussten die beiden über sie reden, als wäre sie nicht im gleichen Raum mit ihnen?

Samson schüttelte seinen Kopf. „Delilah hatte genug Möglichkeiten zu entfliehen."

„Und doch haben Sie das nicht getan – weil Sie nicht weglaufen wollten. Nicht vor ihm und nicht vor dieser Beziehung."

„Das ist nicht wahr!", schrie sie ihn an.

„Nur weil Sie lauter werden, macht es die Dinge nicht wahrer. Wen versuchen Sie zu überzeugen? Mich? Samson? Oder vielleicht sich selbst?"

Delilah antwortete nicht. Sie hasste es, wenn jemand ihre Schwachstellen fand und sie manipulierte.

„Lassen Sie uns zurück zum Anfang gehen. Als Sie Sex miteinander hatten, haben Sie vermutlich nicht gewusst, dass Samson nicht menschlich ist?"

„Genau.” Nie im Leben hätte sie mit ihm geschlafen, wenn sie gewusst hätte, dass er ein Vampir war. Oder?

„Nun, hatten Sie das Gefühl, dass etwas nicht stimmte, als Sie mit ihm schliefen?”

„Nicht stimmte? Nein, alles fühlte sich richtig an.” Ihr Liebesspiel war perfekt gewesen.

„Es war perfekt”, sagte Samson leise.

Sie sah ihn an und wusste nicht, ob sie ihm antworten sollte oder nicht.

„Ich habe in meinem ganzen Leben nichts Besseres gefühlt“, fügte Samson hinzu.

Es schien, als ob er die Gedanken direkt aus ihrem Kopf pflücken würde. Ihre Wangen röteten sich bei Samsons Eingeständnis und sie wandte sich von ihm ab.

„Also hatten Sie Sex. Und dann? Was geschah dann?” Der Doktor beugte sich nach vorne.

„Wir hatten wieder Sex. Und wieder. Soll ich fortfahren?” Samson grinste selbstgefällig.

Genoss er diese Sitzung?

Der Arzt winkte ab. „Ich denke, ich verstehe.”

„Du hast etwas Wesentliches ausgelassen”, schnappte sie. „Nämlich, dass du mich ausspioniert hast, weil du mir nicht vertraut hast. Du hast geglaubt, ich sei hinter deinem verdammten Geld her. *Ich* hätte eher *dich* überprüfen sollen!”

„Ich habe dir meine Gründe erklärt und ich habe mich dafür entschuldigt.”

„Und dann hast du dich umgedreht und gleich weiter gelogen!”

„Was hattest du denn erwartet? Zum ersten Mal in meinem Leben begegne ich einer Frau, die mich all das fühlen lässt, was ich nie zuvor gefühlt habe; die mich an einen anderen Ort entführt, wenn sie mich küsst; die mich die Sonne auf meiner Haut spüren lässt … und dann soll ich ihr die eine Sache erzählen, die sie dazu bringen würde, vor mir wegzulaufen? Also habe ich gehofft, dass du dich zuerst in mich verliebst, sodass ich dann eine Chance hätte, dich zu überzeugen bei mir zu bleiben, nachdem du weißt, was ich bin. Ich brauchte mehr Zeit. Ich wollte es dir sagen.” Samsons Stimme war flehend, als er sie drängte, ihm zuzuhören. Sie wusste nicht, wie sie darauf reagieren sollte.

„Erzählen Sie mir mehr über die Sonne auf Ihrer Haut”, forderte der Psychiater. „Ich bin neugierig.”

Samson blickte Delilah an, während er die Frage beantwortete. „Wenn du mich küsst, entführst du mich auf eine Wiese voller Lavendel. Ich kann den Sonnenschein auf meiner Haut spüren, doch er brennt nicht und meine Haut bekommt keine Blasen. Ich spüre die Wärme und kann den Lavendelduft in der Luft riechen, als ob ich tatsächlich dort wäre und über weiches Gras liefe."

Mit jedem Wort erkannte Delilah, was er beschrieb. Es war ein wirklicher Ort, ein Ort, den sie kannte, ein Ort, an dem sie gewesen war. Es gab keine Erklärung dafür, wie er davon wissen konnte. Das war unmöglich.

„Woher kennst du diesen Ort?" Sie musste wissen, ob die Hintergrundprüfung es offenbart hatte, auch wenn es absolut unwahrscheinlich erschien. Niemand wusste, was diese Wiese für sie bedeutete. Es war alles, was sie noch von ihrer Kindheit übrig hatte. Die einzigen guten Erinnerungen, die sie an ihren kleinen Bruder hatte, bevor das Undenkbare geschehen war.

Samson warf ihr einen ungläubigen Blick zu. „Du meinst dieser Ort existiert wirklich?"

„Natürlich! Wie hast du es herausgefunden? Als du mich überprüft hast?"

Er schüttelte seinen Kopf. „Nein, ich habe dir gesagt, dass du mich dorthin entführst, wenn du mich küsst. Ich spüre es. Es ist, als ob du mich dorthin teleportierst. Ich kann es mit all meinen Sinnen spüren. Ich kann es riechen, ich kann es berühren, ich höre die Geräusche, sehe die Sonne. Alles."

„Das ist nicht möglich. Du lügst."

Der Psychiater unterbrach sie. „Erzählen Sie uns von diesem Ort. Was ist dessen Bedeutung?"

„Ich teile diese Erinnerung nicht mit jedem. Das ist privat." Sie senkte ihre Augen.

Samson rückte näher zu ihr, kauerte sich vor ihren Sessel und sah zu ihr auf. „Du hast es schon mal mit mir geteilt. Du hast mich dorthin mitgenommen. Bedeutet das nicht, dass du es mir zeigen wolltest?"

Sie schüttelte den Kopf. Das war zu persönlich. Wenn sie ihn zu nahe an sich heran ließ, würde er ihr wehtun.

„Schließ mich bitte nicht aus."

„Was willst du von mir?" Delilah sprang aus dem Sessel auf. „Kannst du nicht ein anderes Sexspielzeug finden, mit dem du spielen kannst?"

„Ich spiele nicht mit dir. Und es dreht sich nicht um Sex."

„Es geht nicht um Sex?", unterbrach der Arzt.

„Warum meinen Sie, dass es hier um Sex geht?" Samson warf seinem

Psychiater einen frustrierten Blick zu. „Hat irgendjemand hier auch nur ein Wort von dem gehört, was ich gesagt habe? Für was zum Teufel bezahle ich Sie überhaupt? Muss ich es buchstabieren? Es geht darum, dass ich einen Blutbund mit Delilah eingehen will."

31

Ihr Handy ans Ohr gepresst starrte Ilona aus den Fenstern ihrer Eigentumswohnung, ohne die herrliche Aussicht bewundern zu können.

„Nein, du hörst jetzt zu. Ich habe genug, du unfähiger Dummkopf!" Sie stieß ein frustriertes Stöhnen aus. „Wenn wir es gleich von Anfang an so gemacht hätten, wie ich es wollte, wären wir erst gar nicht in diese missliche Lage gekommen. Aber nein, du hast gedacht, du könntest es besser. Wage nicht, mich zu unterbrechen." Sie machte eine kurze Pause, doch der Anrufer am anderen Ende hatte endlich angefangen, ihr zuzuhören und gab keinen Laut von sich.

„Gut, du wirst Folgendes tun und dabei ist es mir egal, wie du es tust, solange du es heute Nacht auf die Reihe bringst. Ich will, dass sie verschwindet. Als ob es nicht genug ist, dass sie herausfinden wird, was wir mit seinem Unternehmen geplant haben, nein, er hat sie sogar zu seiner Geliebten gemacht. Hast du eine Vorstellung davon, wie mich das trifft? Ist dir das klar?"

Vom anderen Ende der Leitung kam keine Antwort.

„Ich rede mit dir." Sie war wütend. Kein Wunder, dass alles auseinanderbrach, wenn sie sich auf ihre Familie verlassen musste.

„Ich dachte, du wolltest nicht, dass ich noch etwas sage", antwortete ihr Bruder schließlich.

Hatten sie wirklich dieselbe DNA? Das war kaum vorstellbar.

„Idiot! Ich kann nicht glauben, dass ich mit dir verwandt bin."

„Hey, ich bin nicht so dumm, wie du mich hinstellst. Ich habe dir alle Insider-Informationen geholt, die du haben wolltest. Vergiss das nicht. Und immerhin kann ich meinen Mund halten, im Gegensatz zu dir."

„Wage es nicht, noch einmal davon zu sprechen!" Ihr eigener Fehler saß wie ein Stachel in ihrem Fleisch, sogar noch nach neun Monaten. Sie war so kurz davor gewesen! Sie hatte den Sieg praktisch schon riechen können.

Ihr Bruder brauste auf. „Oh ja, ich spreche davon, wann ich will! Wenn du nur weiterhin seinen Schwanz gelutscht hättest, bis du den Blutbund mit ihm eingegangen wärst, hätte all sein Geld dir gehört und du hättest mich ihn einfach umbringen lassen können. Aber nein, meine große Schwester kann nicht schlucken, oder?"

„Vielleicht wär's besser gewesen, *du* hättest ihm den Schwanz gelutscht!"

„Ich bin nicht sein Typ. Also versuch's erst gar nicht so hinzudrehen, als ob ich derjenige war, der alles versaut hat. Du hast dich selbst in diese Situation gebracht. Hast du überhaupt eine Ahnung, was ich alles durchmachen muss, um diesen Scheiß für dich auszubaden? Nein, du glaubst, es sei alles so einfach."

Sie hatte zu lange an dieser Sache gearbeitet und der Preis war endlich wieder in Reichweite. Nur noch wenige Tage und Samsons gesamtes Vermögen würde ihr gehören.

„Ach, hör auf zu jammern. Wenn alles vorbei ist, wirst du in Geld schwimmen. Bist du bald fertig mit dem Hochladen?"

„Ich arbeite an den Verschlüsselungen. Nur noch einige Stunden Arbeit und wir können mit den Autorisationen beginnen. Wir sind fast so weit."

Ilona stieß einen Seufzer der Erleichterung aus. „Gut. Doch wir müssen uns immer noch um sie kümmern. Wir können nicht riskieren, dass sie herausfindet, was wir tun und uns kurz vor der Ziellinie noch in die Quere kommt."

„Ich werde sie loswerden. Es ist gut, dass er sie zu seiner Geliebten gemacht hat. Samson wird so am Boden zerstört sein, dass er nicht einmal mitbekommen wird, was mit seiner Firma passiert. Er spielt uns genau in die Hände."

Was schwafelte ihr Bruder da? „Am Boden zerstört? Er fickt sie doch nur."

„Fickt sie nur? Träum weiter. Er liebt sie, nennt sie *seine Frau.* Es sieht so aus, als wäre er endlich über dich hinweg. Hat lange genug gedauert. Ich melde mich, wenn alles erledigt ist."

„Warte!", versuchte sie ihn aufzuhalten, doch er hatte die Verbindung schon unterbrochen. Samson war in diese kleine Schlampe verliebt? Sie scherte sich einen Teufel um Samsons Liebesleben, doch von einer Sterblichen ersetzt zu werden? Das tat weh. Schweinehund!

Ilona warf das Telefon auf das Sofa und kickte ihre Stilettos von den Füßen. Auf dem Weg zu ihrem Schlafzimmer glitt sie aus ihrem Kleid und ließ es auf den Boden fallen. Ihre Angestellten würden später aufräumen. Sie hatte wichtigere Dinge zu tun.

~ ~ ~

Amaury wählte Thomas' Handynummer und hatte ihn sofort am

Telefon.

„Ich brauche deine Fachkenntnisse."

„Worüber?" Thomas klang abgelenkt. Im Hintergrund konnte er jemanden reden hören.

„Du musst für mich ein paar Dateien durchgehen. Du bist besser mit dem IT-Kram als ich."

Das stimmte. Thomas war der IT-Experte für alles, was mit Scanguards zu tun hatte. Egal was benötigt wurde, Thomas wusste immer, was zu tun war.

„Jetzt? Ich bin gerade sehr beschäftigt."

Amaury verdrehte die Augen. „Hör auf, Milo zu ficken und setz deinen Hintern in Bewegung. Ich habe etwas gefunden, das mich vermuten lässt, dass John Reardon in etwas Größeres verwickelt war, als nur einige Tausender zu veruntreuen. Er hat verschlüsselte Daten zur Zentrale hochgeladen und ich muss wissen, was sie enthalten."

„Dafür brauchst du mich nicht. Du kannst doch die Verschlüsselungen selbst knacken."

„Ich weiß, dass ich das kann. Doch bei mir dauert es länger als bei dir. Also tu es."

Thomas zögerte spürbar, bevor er schließlich einlenkte. „Gut, ich mach mich an die Arbeit. Wo sind die Dateien gespeichert?"

Amaury informierte ihn über den Server-Standort und den Code, mit dem Johns Dateien identifiziert werden konnten.

„Wir teilen uns die Arbeit auf. Ich starte von unten und arbeite mich hoch. Du fängst von oben an. Ruf mich an, wenn du was Verdächtiges findest", wies Amaury ihn an und beendete das Telefonat.

Amaury hatte die vergangene Stunde damit verbracht durchzusehen, woran John den letzten Monat gearbeitet hatte und insbesondere, auf welche Dateien er zugegriffen hatte. Delilahs Vorschlag, alles zu überprüfen, worauf unter seinem Benutzernamen zugegriffen worden war, hatte sich als erfolgreich erwiesen. John war überall gewesen, hatte seine Nase in Dateien gesteckt, die ihn in seiner Position nichts angingen. Dateien, an denen andere Angestellte hätten arbeiten sollen, nicht er.

Carl steckte den Kopf ins Büro. „Amaury, ist Mr. Woodford bei dir?"

Amaury schüttelte den Kopf. „Du kannst ihn Samson nennen, weißt du. Ich weiß, dass er es dir oft genug angeboten hat."

„Das möchte ich lieber nicht tun."

„Er ist mit Delilah unterwegs. Was brauchst du?"

„Mir ist etwas eingefallen, was mich stört." Carl trat von einem Fuß auf den anderen.

Amaury deutete auf den Stuhl auf der anderen Seite des Schreibtisches und forderte Carl auf, Platz zu nehmen.

„Es hat mit Miss Ilona zu tun."

„Ilona?" Amaury konnte seine Überraschung nicht unterdrücken. Niemand hatte in den letzten neun Monaten ihren Namen in Samsons Haus erwähnt.

„Sie hat viel Zeit hier verbracht. Ich weiß, sie hat mich nie gemocht, also versuchte ich, ihr so gut wie möglich aus dem Weg zu gehen. Ich wollte Mr. Woodford nicht verärgern, und nachdem sie gegangen war, gab es nie einen günstigen Augenblick, es Mr. Woodford gegenüber zu erwähnen. Er war für lange Zeit so unnahbar."

Amaury erinnerte sich noch allzu gut. Sein Freund hatte sich sehr zurückgezogen und die Einsamkeit der Gesellschaft seiner Freunde vorgezogen. Er hatte viel Wut aufgestaut und diese Wut hatte sich in Depressionen verwandelt, bis er schließlich zu seinem alten Selbst zurückgekehrt war. Bis auf die Tatsache, dass er danach die Nähe von Frauen mied.

„Und dann habe ich es einfach vergessen, ich dachte es sei nicht wirklich wichtig."

„Carl, du schwafelst." Amaury wollte sich unbedingt wieder den verschlüsselten Dateien zuwenden.

„Entschuldige, Amaury. Nur, ich weiß nicht einmal, ob es wichtig ist."

Amaury warf ihm einen unmissverständlichen Blick zu. Entweder rede oder verschwinde aus dem Zimmer.

„Miss Ilona. Ich sah sie eines Tages an seinem Computer, während er ausgegangen war. Ich bin mir nicht sicher, ob sie sich anmelden konnte oder nicht, aber als sie mich bemerkte, tat sie, als würde sie nach einem Stift und Papier suchen. Später, in derselben Nacht, warf Mr. Woodford sie hinaus. Beim Anblick von Miss Delilah letzte Nacht am Computer fiel es mir wieder ein."

„Ich wusste nicht, dass du letzte Nacht zurück ins Haus gekommen bist."

„Ihr wart alle so in die Arbeit vertieft, dass ihr mich nicht gehört habt. Und ich wollte nicht stören."

Amaury nickte. Es stimmte; sie waren so vertieft gewesen, dass sie die Zeit vergessen und den Sonnenaufgang verpasst hatten.

„Erwähne Samson gegenüber nichts von Ilona. Es wird ihn nur aus der Fassung bringen. Ich denke, wir sollten das für uns behalten. Ich werde einige Anfragen machen und sehen, was ich herausfinden kann."

Carl stand auf. „Danke, Amaury. Ich bin mir sicher, es ist nichts. Es war nur merkwürdig. Besonders wenn man bedenkt, dass er nie jemand anderen an seinen Computer lässt bis auf dich und jetzt Miss Delilah."

Amaury lächelte. „Ich glaube wir sollten uns alle darauf vorbereiten, dass er Delilah eine Menge mehr tun lassen wird."

„Glaubst du, dass sie die Herrin hier im Haus wird?"

„Herrin? Ich denke diese Beschreibung ist so gut wie jede andere. Sie hat ihn ganz sicher in der Hand. Auch wenn sie sich dessen nicht bewusst ist." Amaury schüttelte den Kopf und lächelte. Wie eine Frau nur so blind sein konnte und nicht sah, welche Wirkung sie auf einen Mann hatte, war ihm einfach unverständlich.

„Wenn sie bleibt, wird es nicht einfach sein zu verheimlichen, was wir sind."

Er warf Carl einen erstaunten Blick zu und schlug sich dann mit der Hand vor die Stirn. „Ach, stimmt ja, du weißt das ja noch nicht."

„Weiß was nicht?"

„Sie hat vor einigen Stunden herausgefunden, dass wir Vampire sind."

Nun war es Carl, der einen erstaunten Gesichtsausdruck hatte. „Und sie ist immer noch mit ihm zusammen?"

Ein lauter Knall bedeutete ihnen, dass jemand die Tür zugeschlagen hatte. Sekunden später wurde die Tür erneut geöffnet und ein zweites Mal zugeschlagen.

„Die Diskussion ist noch nicht zu Ende!" Das war Samsons wütende Stimme.

„Oh doch, ist sie. Ich heirate keinen Vampir!", gab Delilah laut zurück.

Carl und Amaury wechselten einen Blick.

„Hundert Dollar, dass sie ihn nicht heiraten wird", schlug Carl vor.

Amaury schüttelte seinen Kopf. „Du musst noch eine Menge über Frauen lernen. Sie wird ihn nicht nur heiraten, sie wird auch den Blutbund mit ihm eingehen."

Er streckte seine Hand aus, um die Wette zu besiegeln und Carl ergriff sie. „Und du musst noch viel über Mr. Woodford lernen. Er liebt nichts mehr als seinen Frieden und ein ruhiges Zuhause. So wie es sich anhört, wird sie ihm keines von beiden geben."

Amaury lachte laut. Carl mochte in den letzten achtzehn Jahren mehr Zeit mit Samson verbracht haben als Amaury, aber Amaury war derjenige, der seinen Freund wahrlich am besten kannte. Und Frieden und Stille waren nicht wirklich das, was Samson zu Hause am meisten liebte. Ganz bestimmt nicht.

Es gab eine Sache, die sein Freund sich mehr ersehnte als alles andere in seinem Leben, etwas, das er nie gehabt hatte, seit er ein Vampir geworden war, trotz der Freundschaften, die er gefunden hatte: Familie. Aber Carl konnte das nicht wissen. Sein Freund hatte seinen größten Wunsch nie in Worte gefasst, doch Amaury hatte es immer gespürt.

Noch eine Tür schlug zu und er wusste, dass Delilah Samsons Schlafzimmer betreten hatte.

32

Zum zweiten Mal in ebenso vielen Tagen schwang Delilah ihren Koffer aufs Bett und warf die Sachen, die sie vorher herausgenommen hatte, wieder hinein. Sie versuchte, den Blick auf die zerwühlten Bettlaken zu vermeiden – Beweis für ihre Nacht der Leidenschaft.

Wie hatte das nur geschehen können? Sie befand sich im Haus eines Vampirs. Sie hatte Sex mit ihm gehabt, unglaublichen Sex und er hatte sie zu einem Psychiater geschleppt und dort bekannt gegeben, dass er sie heiraten wollte. Und nicht nur das. Er wollte einen Blutbund mit ihr eingehen, was auch immer das bedeutete. Sie hatte nicht auf eine Erklärung gewartet.

Nicht, dass eine junge Frau nicht gern einen Heiratsantrag bekam, aber von einem Vampir? In der Praxis eines Psychiaters? Es konnte nicht merkwürdiger werden. Hatte Samson wirklich geglaubt, sie würde auf diese Idee anspringen?

Sie konnte den Mann, mit dem sie so intim gewesen war, nicht mit dem Vampir in Einklang bringen, der ihr das Blut von der Hand geleckt hatte. Das waren zwei verschiedene Personen. In die eine, das wusste sie, hatte sie sich verliebt, die andere kannte sie nicht einmal.

Der Schmerz in ihrer Brust fühlte sich unerträglich an und machte ihr klar, dass sie ihn verlassen musste. Dieser Mann hatte sie nach Strich und Faden belogen. Sie würde sich nie sicher sein, was die Wahrheit war und was nicht.

„Schließ mich nicht aus", erklang Samsons Stimme hinter ihr.

Sie hatte gehört, dass er das Zimmer betreten hatte.

„Bitte Delilah, rede mit mir." Sein Atem umspielte ihren Hals.

Sie schüttelte nur ihren Kopf.

„Wovor hast du Angst? Ich weiß, dass du keine Angst vor mir hast, das kann ich spüren." Samson berührte ihre Hand und verflocht seine Finger mit ihren.

Seine Berührung war das Letzte, das ihre Psyche ertragen konnte.

„Lass mich bitte gehen. Ich kann nicht mit dir zusammen sein."

„Ich kann dich nicht gehen lassen. Ich bin mit dir verbunden. Und du bist mit mir verbunden. Kannst du das nicht spüren? Ich habe mich noch nie jemandem so nahe gefühlt. Ich kann Dinge über dich wahrnehmen … die Lavendelwiese … als ob ich in deinem Kopf wäre …"

„Bitte, nicht."

„Da ist noch mehr. Ich kann die Traurigkeit spüren, aber ich verstehe sie nicht. Sie ist da, wenn du an die Wiese denkst. Als ob ein Schmerz damit verbunden ist. Delilah, lass mich rein …"

Wie konnte er von dem Schmerz wissen, wenn sie selbst versucht hatte, ihn tief in ihrer Erinnerung zu vergraben?

„Ich kann nicht."

„Süße, ich muss dich verstehen. Ich muss es wissen."

„Du kannst es nicht wissen. Niemand darf je wissen, wie es war. Was ich getan habe!"

„Ich bin für dich da. Bitte sag mir, was diesen Schmerz verursacht. Ich kann ihn hier spüren." Er presste seine Hand auf sein Herz.

Sie konnte nicht erklären, warum er etwas von ihrer Vergangenheit wusste, doch sie selbst hatte merkwürdige Visionen gehabt, die alle mit ihm zu tun hatten.

„Die Wiese", begann sie, „befindet sich in der Nähe eines kleinen Dorfes in Frankreich."

Sie blickte in sein Gesicht, aber sie konnte ihn nicht sehen. Alles, was sie sah, war die Wiese und sich selbst als ein acht Jahre altes Mädchen …

Delilah wog ihren kleinen Bruder in ihren Armen.

„Vorsichtig", mahnte ihre Mutter. „Er ist zerbrechlich. Halte seinen Kopf mit deinem Arm hoch."

„Ich kann das, Mom, keine Sorge. Ich bin ein großes Mädchen. Siehst du?" Sie zeigte ihrer Mutter, dass sie wusste, wie sie den kleinen Peter halten musste. „Er ist so klein. War ich auch so klein?" Mit großen Augen sah sie zu ihrer Mutter auf, die ihr ein warmes Lächeln schenkte.

„Genauso klein. Und genauso niedlich wie er." Ihre Mutter küsste sie auf den Kopf.

„Da sind ja meine zwei Lieblings-Mädchen!" Die Stimme ihres Vaters hallte von dem Pfad wider, der zur Lavendelwiese führte, als er sich ihnen näherte.

Wenn er mit dem Unterrichten fertig war, fand er sie fast jeden Nachmittag hier, faulenzend und die langen Sommertage genießend, auf der Wiese. Sie verbrachten ihre Nachmittage lachend, spielend und sich unterhaltend; die perfekte Familie. Eine liebevolle Mutter, ein Vater und ein kleiner Bruder. Alles, was sie sich je gewünscht hatte.

Delilahs Kindheit war perfekt. Es hatte sie nie gestört, dass sie in einem Land lebten, dessen Sprache sie kaum sprach und dass sie in der Schule neue Freunde finden musste. All ihre Schwierigkeiten waren vergessen, als ihr kleiner Bruder geboren wurde. Er machte ihre kleine Familie perfekt.

Er war so etwas wie eine kleine Puppe, mit der sie den ganzen Tag lang spielte. Und sie wurde dessen nie müde. Sie liebte ihren Bruder mehr als all ihre Spielsachen zusammen.

Ihre Eltern vertrauten ihr mit ihm. Eines Nachts, gegen Ende des Sommers, wollten ihre Eltern ihren Hochzeitstag feiern, indem sie in ein Restaurant essen gingen. Es war nur einen Block von ihrem Haus entfernt und so ließen sie Delilah mit ihrem kleinen Bruder alleine zu Hause.

Es würde ein frühes Abendessen sein und sie würden nicht länger als eine Stunde fort sein. Peter schlief, als sie das Haus verließen. Er war gefüttert und gebadet worden und war ein glücklicher kleiner Junge, als er zu Bett gebracht wurde. Im Falle dass ihr Bruder aufwachen würde, sollte Delilah die ältere Dame rufen, die in der unteren Wohnung lebte und diese würde wiederum ihre Eltern aus dem Restaurant holen.

Nachdem ihre Eltern sich auf den Weg zum Restaurant gemacht hatten, wurde alles still. Delilah spielte mit ihren Puppen. Sie schaute nach Peter, um sicherzugehen, dass er auch zugedeckt war. Das war der Moment, als sie bemerkte, dass etwas nicht stimmte.

Peter war zu still. Sie konnte keinen Ton hören. Er lag einfach dort in seiner Wiege, umgeben von Stille. Sie schüttelte ihn.

„Peter, wach auf!" Er wachte nicht auf, wie er es normalerweise tat, wenn er Stimmen hörte. Sie schüttelte ihn wieder, doch er reagierte nicht. Vielleicht schlief er wirklich nur sehr tief. Vielleicht war er so müde, dass er sie nicht hören konnte.

Doch er war nicht müde und er schlief nicht tief. Angst ließ sie an Ort und Stelle erstarren. Sie blickte hinunter auf seinen stillen Körper. Kein Atem, keine Bewegung war zu sehen. Und Delilah stand dort, schockiert und unfähig, sich zu bewegen, unfähig, eine Entscheidung zu treffen. Sie war nicht vorbereitet. Sie stand einfach nur da.

Delilah hatte sich immer noch nicht von der Wiege entfernt, als ihre Eltern zwanzig Minuten später nach Hause kamen. Sie hörte kaum die Schreie ihrer Mutter, als ihr Vater Peters leblosen Körper aus seinem kleinen Bett hob.

Er war gestorben, weil sie gezögert hatte. Es war ihre Schuld. Sie hatte die Verantwortung für ihn und sie hatte ihre Eltern enttäuscht und ihre Familie zerstört.

Nach Peters Tod zogen sie zurück in die Staaten. Ihre Eltern gaben ihr nie offen die Schuld, doch sie wusste, dass sie schuldig war. Sie sah ihre Mutter nie wieder lachen. Und ihr Vater … er versuchte alles, um mit dem Verlust zurechtzukommen und seiner Frau so gut es ging zu helfen. Doch der Verlust seines Sohnes war auch für ihn zu viel und es schien, als hätte alle Freude ihn verlassen.

Delilah blinzelte die Tränen fort, als sie spürte, wie Samsons kräftige Arme sich um sie schlangen.

„Du warst acht Jahre alt."

„Das ändert überhaupt nichts. Ich war wie gelähmt. Ich habe nichts unternommen, wenn ich ihn doch hätte retten können."

Er schüttelte seinen Kopf. „Nein, Süße. Es hätte nie deine Verantwortung sein sollen."

„Aber es war meine." Seine Umarmung fühlte sich gut an, auch wenn sie wusste, dass es nur vorübergehend war. Sie wollte so viel wie möglich davon aufnehmen, bevor sie ihn verlassen musste.

„Sch. Denk an die Wiese. Denke daran, wie glücklich du damals warst. Ich war mit dir dort."

Sie schaute auf. „Aber wie? Es ist unmöglich."

„Jedes Mal wenn du mich küsst, nimmst du mich dorthin mit. Weil es der Ort ist, an dem du glücklich warst und das ist genau das, was du mir zeigen wolltest. Einen Ort zum Glücklichsein. Nimm mich jetzt mit dorthin, Delilah."

Samson schob seine Hand unter ihr Kinn und hob ihren Kopf an. Seine Lippen trafen ihre zuerst für eine sanfte Berührung, dann eine tiefere Verbindung, bis sie sich abrupt von ihm losriss.

„Ich kann nicht. Ich kann nicht bei dir bleiben."

„Warum nicht?"

„Ich kenne dich nicht. Du hast mich zu oft belogen. Das ist keine Basis für eine Beziehung."

„Ich habe mich dafür entschuldigt und dir erklärt, warum ich es getan habe."

Delilah schüttelte den Kopf und streifte seine Hand ab. „Du willst ein *für immer* von mir. Ich kann dir kein *für immer* geben. Ich weiß nicht einmal, wie ich mich morgen fühlen werde oder in einer Woche."

„Ich weiß, es ist schwer zu akzeptieren, was ich bin, aber du weißt, dass ich dich nie verletzen werde –"

„Darum geht es nicht. Du willst, dass ich eine Entscheidung treffe, die den Rest meines Lebens bestimmen wird. Ich kenne dich erst seit drei Tagen. Wie kannst du nach so kurzer Zeit schon eine lebenslange Bindung von mir erwarten? Wie kannst du dir überhaupt sicher sein?"

Sie sah, wie sich ein Lächeln auf seinen Lippen formte. Sein Gesicht war weich und sanft. „Ich spüre den Bund zwischen uns. Ich weiß, dass du die Richtige bist. Ich habe das noch nie zuvor gespürt – nicht mit Ilona oder irgendjemandem vor ihr. Ich weiß, dass wir füreinander bestimmt sind, den Blutbund einzugehen."

„Du sagst das mit so großer Sicherheit. Ich habe diese nicht. Und Blutbund? Ich weiß noch nicht einmal, was das bedeutet. Ich weiß nichts über dein Leben. Wie kannst du mich drängen, eine Wahl zu treffen zwischen meinem bisherigen Leben und einem neuen, wenn ich noch nicht einmal weiß, was es ist, das ich wähle?" Delilah war verwirrt. Nichts ergab einen Sinn. Was Samson von ihr wollte, war zu groß. Es war etwas, das sie nicht kontrollieren konnte.

„Ein Blutbund ist ein einzigartiger Bund zwischen zwei Personen, die sich lieben. Es wird uns für alle Ewigkeit miteinander verbinden. Wir werden zueinander gehören. Alles, was mein ist, wird dein sein."

„Ich will dein Geld nicht. Ich will gar nichts. Ich weiß nicht, was ich will. Verstehst du nicht? Das ist zu viel, zu schnell …" Sie spürte, wie sich Tränen in ihren Augen sammelten. „Wie kannst du dir überhaupt sicher sein, mich zu lieben? Du weißt nichts über mich."

Samson schüttelte seinen Kopf. „Ich weiß alles über dich." Er legte seine Hand auf sein Herz. „Ich kann dich in mir fühlen. Wenn dir etwas weh tut, kann ich deinen Schmerz fühlen. Wenn du glücklich bist, habe ich Anteil an deinem Glück."

„Das ist nicht möglich. Du willst mich nur, weil du wieder Sex haben wolltest, weil du mich brauchst wie eine Droge um deinen *Zustand* zu reparieren. Was du jetzt spürst wird vergehen, und dann? Was wirst du dann tun? Mich wegwerfen? Nein, ich kann da nicht mitmachen."

„Delilah, was ich für dich empfinde ist echt. Es wird nicht verschwinden. Selbst wenn wir uns erst seit drei Tagen kennen. Hast du noch nie von Liebe auf den ersten Blick gehört? Ich habe mich in dem Moment in dich verliebt, als du mir in die Arme gefallen bist, als ich die Tür geöffnet habe. Ich wusste es zu dem Zeitpunkt nur noch nicht. Wenn ich mit dir zusammen bin, ist meine Welt perfekt. Die Dinge, die du mich spüren lässt … ich war noch nie ein zärtlicher Mann, aber mit dir sehne ich mich danach, zärtlich und liebevoll zu sein. Du bringst das Beste in mir hervor. Du beruhigst mich, du wärmst mein Herz. Ich weiß, ich habe Fehler gemacht, aber für dich fange ich noch einmal ganz von vorne an. Ich gebe dir alles, was du in der Welt begehrst. Ich würde alles tun, um dich glücklich zu machen."

Seine Worte berührten sie. Das konnte sie nicht leugnen. Aber sie war noch nicht bereit, eine solche Entscheidung zu treffen. Eine Entscheidung, die sich nicht mehr rückgängig machen ließ. *Für immer* war für sie ein zu fremdes Konzept.

„Samson, ich kann nicht –"

Ein lautes Klopfen an der Tür unterbrach sie.

„Samson!" Es war Amaury.

„Nicht jetzt!", war Samsons Antwort. „Bitte Delilah, bleib bei mir. Sei mein. Lass mich dein sein."

„Wir haben einen Verräter in unserer Mitte!" Amaurys Stimme klang hartnäckig.

Samson riss die Tür auf.

„Ich glaube Thomas steckt dahinter."

Samson erstarrte. „Oh Gott, nein."

Er blickte über seine Schulter zurück zu Delilah. „Wir reden später, Delilah. Du bist jetzt mein Leben, ob du es willst oder nicht."

~ ~ ~

Delilah gab ihm keinen Hinweis darauf, ob sie ihm Glauben schenkte oder nicht, doch Samson konnte nicht länger warten. Die unvergossenen Tränen in ihren Augen taten ihm im Herzen weh und mehr als alles andere wollte er sie in die Arme schließen. Doch er musste sich erst um dieses Problem kümmern. Ausgerechnet Thomas. Er wollte es nicht glauben.

Er rannte in sein Büro, Amaury an seiner Seite.

„Zeig es mir."

Amaury öffnete die Transaktionsfenster und erklärte, was passierte. „Hier, schau, Thomas ist angemeldet, während wir hier reden und er autorisiert alle verschlüsselten Dateien von John Reardon."

Der Bildschirm war gefüllt mit Pop-up-Fenstern, die Genehmigungs-Codes zeigten.

„Was bedeuten die?" Samson beobachtete den Bildschirm.

„Überweisungen. Er überweist unser gesamtes Bargeld auf Übersee-Konten."

„Alles?"

„Ja, alles, was er in die Finger bekommt. Millionen. Wenn wir ihn nicht aufhalten, wirst du dein Unternehmen morgen zumachen müssen – wir könnten nicht mal die Gehälter für die nächste Woche bezahlen."

Die Neuigkeiten waren niederschmetternd. Thomas, seit fast hundert Jahren sein Freund, betrog ihn, stahl von ihm. Und nicht nur das, er war derjenige, der versucht hatte, Delilah etwas anzutun. Es spielte keine Rolle mehr, wie lang seine Freundschaft mit ihm bestand, jetzt gab es nur noch eins zu tun.

„Lass uns gehen", befahl er Amaury. „Carl?", rief er den Flur entlang, während sie hinausliefen. Carl erschien aus dem Nichts.

„Ja, Sir?"

„Beschütze Delilah."

„Ja, Sir."

Sie sprangen in Amaurys Porsche, der auf der Straße geparkt war, und rasten zu Thomas' Haus. Samson zog sein Handy hervor und wies Ricky an, sich dort mit ihnen zu treffen und zwei seiner Männer mitzubringen. Ein Vampir außer Kontrolle war ein gefährliches Tier. Sie mussten auf alles vorbereitet sein.

„Kann das Ding nicht schneller fahren?" Samson konnte seine Ungeduld nicht verbergen.

„Ich fahre so schnell ich kann, ohne jemanden umzubringen. Ich bin genau so wütend wie du", gestand Amaury.

„Ich weiß." Samson sah aus dem Fenster und rief sich in Erinnerung, was Delilah ihm erzählt hatte.

„Liebst du sie?" Amaurys Frage kam unerwartet.

Samson blickte ihn von der Seite an. „Mehr als mein Leben. Aber sie versteht nicht, was das bedeutet. Sie sträubt sich. Ich glaube, sie hat mir noch nicht vergeben, dass ich Sachen vor ihr verborgen habe."

„Weiß sie, dass du sie nie verletzen würdest?"

Er nickte. „Und ich habe ihr gesagt, dass ich ihr alles geben würde, was sie jemals haben will. Ich habe ihr erklärt, dass sie ein Anrecht auf alles hat, was mir gehört."

Amaury schüttelte seinen Kopf. „Manchmal bist du so dumm, dass es nicht mehr lustig ist."

Zum Teufel, worüber sprach sein Freund da nur? „Ich bin nicht dumm."

„Sicher bist du das. Eine Frau wie Delilah will kein Geld oder weltliche Güter. Sie will einen Mann, der immer ehrlich zu ihr ist. Jemand, der sie nie belügt und auf den sie sich immer verlassen kann."

„Aber ich habe ihr doch gesagt, dass ich sie liebe und dass ich ihr nie wehtun werde. Ich habe mich sogar bei ihr dafür entschuldigt, dass ich sie belogen habe. Ich habe alles getan, was ich konnte." Samson fühlte sich ausgelaugt.

„Worte. Alles nur Worte. Sie traut deinen Worten nicht mehr. Sie traut nur noch deinen Handlungen. Du musst ihr zeigen, was du für sie empfindest. Du musst etwas für sie tun, das ihr beweist, dass du meinst, was du sagst."

„Aber was?"

„Woher soll ich das wissen? Du hast die letzten Tage mit ihr verbracht. Du weißt, was ihr wichtig ist. Du spürst den Bund mit ihr."

„Du weißt das?"

„Hast du vergessen, dass ich deine Gefühle wahrnehmen kann? Ich weiß, dass du die Bindung mit ihr fühlst. Nutze sie, um einen Weg zu finden, sie zu überzeugen. Gib ihr, wonach sie sich sehnt, tief in ihrem Herzen sehnt, und sie wird dir gehören."

Die Worte seines Freundes machten Sinn. Samson schloss seine Augen und öffnete sein Herz, um sie zu erreichen. Zu viel Schmerz trübte ihr Herz. Sie musste diesen Schmerz loslassen, bevor sie erkennen konnte, was sich noch in ihrem Herzen verbarg. Er musste ihr dabei helfen. Plötzlich wusste er, was er zu tun hatte und hoffte, dass es das Richtige war.

Samson wählte Gabriel Giles' Nummer in New York. Der Anruf wurde sofort angenommen.

„Gabriel, ich brauche deine Hilfe."

33

Thomas' Haus lag am Hang unterhalb von Twin Peaks und gewährte einen atemberaubenden Blick auf San Francisco. Das Haus war modern, mit deckenhohen Fenstern, die die Stadt überblickten und einer Höhle, die in den Berg reichte. Dort befand sich Thomas' Schlafzimmer, geschützt vor Tageslicht.

Ricky kam zur gleichen Zeit dort an wie Samson und Amaury und wurde von zwei weiteren Vampiren, die bei Samson angestellt waren, begleitet. Diese Situation musste mit Fingerspitzengefühl behandelt werden und Samson war froh, dass Ricky zwei seiner loyalsten und diskretesten Angestellten, Finn und Jay, ausgewählt hatte. Während Samson die wenigsten seiner menschlichen Angestellten kannte, kannte er praktisch jeden Vampir, der für ihn arbeitete.

Sie nickten sich alle gegenseitig zu. Rickys normalerweise fröhliches Gesicht war von Ernsthaftigkeit überschattet. Es spiegelte Amaurys Gesicht wider. Niemand freute sich auf das, was vor ihnen lag. Sie waren eine eingeschworene Gemeinschaft. Herauszufinden, dass einer von ihnen ein Verräter war, traf sie alle gleichermaßen schwer.

„Amaury, kannst du ihn spüren?", fragte Samson seinen Freund.

Amaury blickte auf das Haus und schloss seine Augen. „Ja, er ist hier."

„Lasst uns gehen", befahl Samson.

„Wartet!" Amaurys Stimme war ein Befehl und ließ die vier Vampire auf der Stelle stoppen. „Etwas stimmt nicht. Seine Gefühle ergeben keinen Sinn."

„Was meinst du damit?", wollte Samson wissen.

„Zu viele Emotionen auf einmal. Alle durcheinander."

„Könnte es sein, dass er nicht alleine ist?", warf Ricky ein.

Amaury schüttelte seinen Kopf. „Ich kann nur ihn wahrnehmen."

„Wir müssen jetzt hinein." Samson zog einen Holzpfahl aus seiner Tasche. Was er tun musste war schmerzhaft, doch er hatte keine andere Wahl. Thomas war seit vielen Jahren sein Freund, deshalb würde er es wenigstens schnell machen. Keine Folter, kein Schmerz für Thomas. Zumindest so viel war er ihm schuldig.

Samson fing die Blicke seiner Freunde auf, als sie den Pfahl in seiner Hand sahen, und schauderte innerlich. Doch er durfte jetzt keine Schwäche zeigen. Dieser Betrug verlangte nach der Höchststrafe.

Die zwei Vampire, die Ricky mitgebracht hatte, wurden außerhalb des Hauses positioniert, um Thomas an der Flucht zu hindern.

Ricky öffnete die Eingangstür mit seinem Ersatzschlüssel – eine Sicherheitsmaßnahme, die sie vor vielen Jahren ins Leben gerufen hatten, um sicherzustellen, dass die vier Freunde im Notfall jederzeit Zugang zu den Häusern der anderen hatten. Als sie eintraten, wurden sie von Stille und Dunkelheit begrüßt.

Samsons Augen gewöhnten sich an das Dämmerlicht und er sah sich schnell im Inneren um. Niemand war in dem großen Wohnraum, den sie betreten hatten, ebenso wenig wie in der angrenzenden Küche und Bar. Eine Wand, in die eine Tür eingelassen war, teilte das Haus in zwei Teile: den öffentlichen Teil und die dunklen Privatquartiere dahinter.

Samson gab Amaury und Ricky ein Zeichen, das signalisierte, dass er zuerst gehen würde. Der Flur war noch dunkler als der vordere Bereich des Hauses, doch ebenso leer und still. Er ging langsam vorwärts, wobei seine Füße so gut wie kein Geräusch machten.

Ricky und Amaury folgten, beide ebenso leise wie er. Ein schmaler Lichtstreifen schien unter der Tür hindurch, die zu Thomas' Schlafzimmer führte. Sie hielten direkt davor an.

Samson war sich bewusst, dass – obwohl sie alle drei leise gewesen waren – Thomas sie gehört haben würde. Ein Vampir hatte ein sehr empfindliches Gehör und Thomas würde jedes Geräusch, das sie verursacht hatten, wahrgenommen haben. Es war merkwürdig, dass er bisher nichts unternommen hatte, es sei denn, er hätte eine Falle für sie vorbereitet.

Samson wappnete sich, als er den Türknauf drehte und die Tür aufstieß. In Sekundenbruchteilen stürzte er in den Raum und begutachtete die Szene. Ricky und Amaury folgten ihm blitzschnell und positionierten sich jeweils an einer Wand, sodass sie ein Dreieck formten. Von dieser Position aus konnten sie angreifen.

Nur, dass es niemandem anzugreifen gab. Der Raum war leer. Thomas war nicht hier.

„Amaury?"

„Ich kann ihn immer noch wahrnehmen. Er ist im Haus." Erneut schloss Amaury seine Augen und konzentrierte sich. „Unten, in der Garage."

Unter dem Haus war eine Garage, sowie andere Räume, die in den Hang gebaut waren.

„Mittlerweile sollte er sich unserer Gegenwart bewusst sein", bemerkte

Ricky.

Samson nickte. „Das gefällt mir nicht."

Sie schlichen die Treppe hinunter und fanden ihren Weg in die Garage, die mit mehreren Motorrädern und Autos voll stand. Nichts Ungewöhnliches war zu erkennen.

„Hinter dieser Tür. Ich kann ihn spüren."

Samson wollte gerade seine Hand auf den Türknauf legen, als Amaury ihn zurückriss.

„Nicht!"

Samson warf ihm einen fragenden Blick zu.

„Thomas hat Schmerzen."

„Schmerzen?"

„Silber."

Alle starrten auf den Türknauf und erst jetzt bemerkte Samson, dass er mit Silberfolie bedeckt war. Er zog seine Jacke aus, wickelte sie sich um die Hand und berührte erst dann den Knauf. Sogar durch den dicken Stoff konnte er die Wirkung des Silbers spüren, doch war sie gedämpft.

Silber war das einzige Metall, das in der Lage war, die Haut eines Vampirs zu verbrennen. Es diente als einziges Mittel, einen Vampir zu fesseln.

Samson nickte seinen Freunden zu und riss die Tür auf. Vor ihnen lag eine Folterkammer. Samson hatte schon immer vermutet, dass Thomas über einen Raum verfügte, in dem er einige seiner dunkleren Fantasien ausleben konnte. Jedoch hatte er nie erwartet, dass solch ein Raum eher dem Folsom Straßenfest der Schwulen glich. Peitschen im Überfluss. Nichts für ein zartbesaitetes Herz.

Samson stürmte in den schwach beleuchteten Raum, Ricky und Amaury folgten ihm. Der Grund für Thomas' Qualen wurde sofort offensichtlich. Er war mit Silberketten an eine Wand gefesselt. Ketten, die unzerbrechlich waren. Seine Haut war dort, wo das Silber ihn berührte, von schmerzhaften Wunden bedeckt.

Sofort durchströmte Samson ein Gefühl der Erleichterung. Thomas hatte ihn nicht betrogen. Jemand hatte Thomas überwältigt.

„Thomas!"

Thomas' Kopf hob sich einen Zentimeter, doch schien er zu schwach zu sein, um seine Freunde anzuschauen.

"Ricky, Amaury!", befahl Samson mit einer Kopfbewegung in Richtung der Ketten.

Ricky und Amaury taten es Samson gleich und zogen ihre Jacken aus, wickelten sie um ihre Hände und machten sich daran, die Ketten zu lösen.

Als die letzte Kette fiel, fing Samson den verletzten Thomas auf und legte ihn auf eine Liege in einer Ecke des Raumes.

„Ricky, hol ihm etwas Blut von oben."

Er streichelte mit einer Hand über Thomas' Gesicht und hörte ihn stöhnen.

„Wer hat dir das angetan?"

Thomas' Lippen bewegten sich. „Milo."

„Amaury, finde ihn."

Thomas griff sofort nach Amaurys Hand, um ihn zurückzuhalten.

„Nein."

Samson schaute Thomas verständnislos an.

„Er ist gefährlich."

Ricky kam mit dem Blut. „Trink." Er führte eine Flasche mit Blut an Thomas' Lippen und sorgte dafür, dass dieser schluckte. Sekunden vergingen. Amaurys Ungeduld kam zum Vorschein.

„Milo hat mein Passwort gestohlen. Er will dich ruinieren", presste Thomas hervor. „Es tut mir leid, Samson; ich habe es nicht kommen sehen." Aufrichtige Reue glitzerte in Thomas' Augen.

„Keiner von uns hat es kommen sehen. Wir kriegen ihn, keine Sorge." Samson war jetzt ruhiger. Zu wissen, dass er seinen Freund nicht töten musste, hatte seinen Schmerz gelindert.

„Ich kann es rückgängig machen. Bringt mich nach oben zu meinem Computer. Ich kann es schaffen."

Samson und Amaury halfen ihm auf. „Kannst du stehen?"

Thomas nickte. „Mir geht es besser. Aber ihr müsst euch beeilen. Ansonsten kommt Milo davon und Ilona auch."

„Ilona?" Samson erstarrte.

„Ja, sie ist seine Schwester. Er tut es für sie. Sie ist die ganze Zeit schon hinter deinem Geld her."

Also hatte sie nicht aufgegeben, nachdem er mit ihr schlussgemacht hatte. Er hätte es wissen müssen.

„Wie hast du das herausgefunden?"

„Nur so eine Ahnung, dass Milo etwas vor mir verbarg. Und dann, als Ricky und ich uns auf den Weg machten, um John zu finden … als wir zu seinem Haus kamen …" Er zögerte und blickte Ricky direkt an. „Ich weiß, ich hätte damals schon was sagen sollen, doch dann schrie Johns' Frau und wir liefen ins Haus."

„Was ist geschehen?", fragte Samson.

„Ich nahm einen vertrauten Geruch wahr. Er war nur schwach, aber ich dachte er käme mir bekannt vor. Nun bin ich mir sicher. Es war Milo. Er hat den Buchhalter getötet."

Samson schluckte schwer. „Ich erinnere mich, dass er es sehr eilig hatte, das Lagerhaus zu verlassen. Das hätte mich stutzig machen sollen, doch ich war mit meinen Gedanken wo anders."

„Keiner von uns hat es bemerkt … und von uns allen hätte ich ihm schon viel eher auf die Schliche kommen müssen. Ich verbrachte die meiste Zeit mit ihm. Ich hätte es sehen müssen."

Ricky winkte ab. „Er hat dich getäuscht. Es ist nicht deine Schuld."

Amaury nickte zustimmend. „Wenn überhaupt, dann hätte ich seine Gefühle wahrnehmen müssen. Ich hätte ihm auf die Schliche kommen sollen."

„Stopp, alle!", sagte Samson. „Was geschehen ist, ist geschehen." Er sah Amaury an. „Milo hat irgendwie seine Gefühle vor dir abgeschirmt. Er wusste von deiner Gabe. Und von einem Liebhaber hintergangen zu werden – jedem von uns ist das schon einmal passiert. Dich trifft keine Schuld, Thomas. Ich bin nur froh, dass er dich nicht umgebracht hat." Er legte eine Hand auf Thomas' Schulter und drückte sie verständnisvoll. „Was geschah dann?"

„Ich glaube es war ganz gut, dass ich ein eifersüchtiger Typ bin." Er lachte bitter. „Ich konnte gestern ein Programm auf sein Handy hochladen, um seine Gespräche aufzuzeichnen. Als Amaury mich anrief, um ihm bei den verschlüsselten Dateien zu helfen, hörte ich die Aufzeichnungen gerade ab –"

„Mir war so, als hätte ich Milos Stimme im Hintergrund gehört."

Thomas nickte. „Ich erkannte Ilonas Stimme, als er mit ihr sprach. Sie sind Bruder und Schwester. Mir war nie eine Ähnlichkeit zwischen den beiden aufgefallen, aber jetzt, da ich es weiß, kann ich sehen, wie sie sich in ihren Gesten ähneln." Er blickte Samson an. „Du kannst froh sein, den Blutbund nicht mit ihr geschlossen zu haben. Hättest du das getan, wärst du jetzt schon tot."

Samson hatte das bereits vermutet. „Tot? Getötet von einer blutgebundenen Gefährtin?"

„Nein. Ermordet von ihrem Bruder. Sie wäre nicht in der Lage gewesen, ihre tödlichen Gedanken vor dir zu verheimlichen, wenn ihr blutgebunden gewesen wärt. Das hättest du gespürt. Doch wenn sie vorher alles mit Milo arrangiert hätte, hättest du von ihrem Vorhaben nichts mitbekommen", erklärte Amaury anstelle von Thomas.

„All das nur wegen Geld?" Samson schüttelte ungläubig seinen Kopf.

„Ilona wird vor nichts zurückschrecken, um zu bekommen, was sie haben will. Deshalb hat Milo unsere Gruppe infiltriert. Es ergibt jetzt alles einen Sinn, sogar das Timing.” Thomas schaute seine Freunde an. „Direkt nachdem du Ilona losgeworden bist, tauchte Milo auf. Erst gewann er mein Vertrauen und dann versuchte er herauszufinden, wie er an dein Geld kommen konnte. Er hat ja lang genug dafür gebraucht. Dann fand er heraus, wen er erpressen musste, um einerseits an die Bücher zu kommen, und klaute dann meinen Benutzernamen und mein Passwort, um es zu beenden. Kein Wunder, dass er nicht wollte, dass wir mit dem Buchhalter reden.”

„Weißt du, wo er jetzt ist?”

Thomas schüttelte verneinend den Kopf. „Nein, aber wir können sein Handy verfolgen. Wenn er es noch dabei hat, werde ich ihn finden.”

Sie erreichten Thomas’ Büro im oberen Stockwerk und Thomas ließ sich in seinen Stuhl fallen. Seine Hände flogen über die Tastatur und verschiedene Fenster öffneten sich.

„Er ist irgendwo in der Nähe von Ilonas Wohnung. Vermutlich sind sie gerade dabei, ihre Sachen zu packen und die Stadt zu verlassen. Ihr müsst sofort los.”

„Glaubst du, dass du die Überweisungen rückgängig machen kannst?”

„Ja, vertrau mir. Die sind in einer Zeitverzögerungsschleife. Ein kleines Programm, das ich vor einigen Wochen als Sicherheitsmaßnahme installiert habe. Wir bekommen dein Geld zurück. Sie kommen damit nicht davon. Du musst nur sicherstellen, dass du die beiden schnappst, bevor sie noch jemanden verletzen können.”

Samson legte eine Hand auf Thomas’ Schulter und drückte sie.

Eine Minute später waren sie aus dem Haus.

„Ricky, ruf Verstärkung. Wir brauchen ein Dutzend Männer, um sie einzukreisen. Es dauert für uns zu lange, um von hier zu Ilonas Wohnung zu gelangen. Bis dahin sind sie schon über alle Berge.”

Ricky wählte sofort eine Nummer auf seinem Handy und gab Anordnungen an seine Untergebenen.

Samsons Handy vibrierte in seiner Tasche.

„Carl?”

„Miss Delilah ist verschwunden.”

Samsons Kehle schnürte sich zu und sein Herz erstarrte. Alle Kraft wich aus seinem Körper.

34

Der bunte Drachen, der an Stäben von noch bunter gekleideten jungen Chinesen getragen wurde, wand seinen Weg durch die festlichen Straßen. Die chinesische Neujahrsparade war in vollem Gange und die Massen an Menschen, die das Fest besuchten, drängten sich durch die schmalen Gassen von Chinatown. Laternen und Lichter hingen an jedem Geschäft und Restaurant entlang des Weges.

Delilah hatte Carl ausgetrickst. Sie hatte ihn unter dem Vorwand sie hätte Magenkrämpfe auf einen getürkten Botengang zur Apotheke geschickt und war überrascht, wie einfach er ihre Lüge geschluckt hatte. Sie wusste, dass Samson ihn vermutlich später dafür bestrafen würde, dass er sie allein gelassen hatte. Doch konnte sie es sich nicht erlauben, jetzt Mitleid mit Carl zu empfinden. Sie musste entkommen.

Eine gemeinsame Zukunft mit Samson war einfach unmöglich. Und je schneller sie all dem ein Ende bereitete, desto besser wäre es für alle Beteiligten. Die letzten Tage und Nächte hatten ihren Glauben an die Realität tief erschüttert. Plötzlich war sie mit einer Welt konfrontiert worden, in der Vampire nicht nur existierten, sondern sogar vorgaben, ähnlich normale Leben wie Menschen zu führen.

Ebenso hatte sie während der letzten Tage festgestellt, dass alle Mauern, die sie um sich herum aufgebaut hatte, anfingen zu zerbröckeln. Sie hatte nie jemandem von dem Schmerz erzählt, den sie schon so lange mit sich herumtrug, und sie konnte immer noch nicht begreifen, warum sie Samson davon erzählt hatte. Von allen Personen hatte er ihr Vertrauen am wenigsten verdient.

Er hatte sie immer wieder belogen. Und er würde sie weiterhin belügen. Sie hatte in seinen Augen gesehen, wie verzweifelt er sie haben wollte, sie ganz für sich wollte. Was für Lügen würde er ihr noch auftischen, nur damit sie bei ihm blieb? Sie kannte ihn kaum und der Gedanke daran, alle Ewigkeit mit ihm zu verbringen, war ihr viel zu fremd. Es war alles zu viel, zu früh. Sie wusste, dass sie nicht klar denken konnte, wenn sie mit ihm zusammen war. Er würde es ihr unmöglich machen, klar zu denken, indem er sie immer wieder verführte. Und Delilah wusste, dass sie ihm nicht widerstehen konnte.

Doch sie konnte keine so wichtige Entscheidung treffen, die bedeutete für immer mit einem Vampir zusammen zu sein, während sie in seinen

Armen lag und ihr Gehirn weich wie Butter war.

Es war pures Glück, dass Amaury sie unterbrochen hatte und für sie schien es wie ein Zeichen, dass sie entkommen musste. Jetzt oder nie. Endlich hatte sie begonnen, auf ihren Verstand zu hören, und die kleine Stimme, die aus ihrem Herzen kam, auszublenden – die Stimme, die ihr zuflüsterte, dass sie einen großen Fehler beging.

Delilah wusste, dass sie es nicht bis zum Flughafen schaffen würde, um den letzten Flieger zu erwischen, da es schon zu spät war. Doch sie konnte sich in einem kleinen Hotel verstecken, irgendwo wo er sie nicht finden konnte. Sie würde unter falschem Namen einchecken und bar bezahlen. Und morgen früh wäre sie im ersten Flieger nach New York. Sie war zuversichtlich, dass sie alle Vorsichtsmaßnahmen berücksichtigt hatte, denn sie war sich durchaus bewusst, dass Samson sehr einfallsreich war und alles daran setzen würde, sie zu finden.

Delilah hatte die Parade völlig vergessen. Die Menschenmenge erschwerte es ihr, durch die Straßen zu kommen und es gab keine Taxis. Sie musste es bis ganz nach unten jenseits des Union Squares schaffen und hoffen, dass sie dort bessere Chancen hatte, ein Transportmittel zu finden.

Ihr Koffer fühlte sich immer schwerer an, je länger sie ihn hinter sich her zog. Sie hatte alles eingepackt was ihr gehörte, um sich keine Ausrede für eine Rückkehr zu geben. Sie war sowieso schon schwach genug in ihrem Vorsatz.

Als sie versuchte, sich den Bürgersteig entlang zu drängen, wurden ihre Gedanken teilweise von der Musik und dem Lärm der Menschenmenge ertränkt. Alle paar Sekunden rempelte sie jemand an oder ihr wurde auf den Fuß getreten. Sie war sich sicher, dass ihre Zehen schon bluteten.

Unter anderen Umständen hätte sie die bunte Parade vielleicht genossen, einige der exotischen Speisen probiert und vielleicht sogar ein oder zwei Souvenirs gekauft. Doch eine Besichtigungstour durch San Francisco war das Letzte, an das sie jetzt dachte.

Verschiedene Sprachen flogen an ihren Ohren vorbei, als sie sich durch die Massen drängte. Junge und alte Gesichter zogen an ihr vorbei, Männer und Frauen, Kinder und Erwachsene, Weiße und Asiaten. Sie brauchte mehr als fünfzehn Minuten, um einen einzigen Block voranzukommen.

Delilah war erleichtert, als sie es endlich durch die verrückte Menschenmenge geschafft hatte und sich in einer ruhigeren Seitenstraße wiederfand. Von hier aus konnte sie den größten Teil der Menschenmenge umgehen und sich den Hügel hinunter Richtung Union Square aufmachen.

Das Geräusch, das die Räder ihres Koffers auf dem Kopfsteinpflaster hinterließen, hallte durch die schmale Straße. Im Hintergrund vermischte sich die Musik mit dem Klang von Autos und Motorrädern.

Ein anderes, leises Geräusch ließ sie herumfahren, doch sie konnte nichts Verdächtiges sehen. Sie war immer noch viel zu nervös. Das würde sich bald geben. Ihre Vorstellungskraft spielte ihr nur einen Streich.

Delilah bog in die nächste Straße ein, die breiter war als die Gasse, aus der sie kam. Zu ihrer Linken befand sich eine Sackgasse, also wandte sie sich nach rechts. Die Straße war gesäumt von dreistöckigen Wohnhäusern, deren Eingänge durch Eisentore mit bedrohlich in den Himmel ragenden scharfen Spitzen abgeschirmt waren. Sie ging den Bürgersteig entlang und verlor sich wieder in ihren Gedanken.

Sie musste sich immer wieder einreden, dass es richtig gewesen war, ihn zu verlassen.

Viel zu spät hörte Delilah das Geräusch hinter sich – ein heranbrausendes Motorrad. Sie wandte sich um und sah, wie es geradewegs auf sie zukam. Eine mit Leder bekleidete Person fuhr es.

Sie fing an zu laufen und ließ ihren Koffer fallen. Sie rannte, doch das Motorrad war schneller und das Geräusch der Maschine wurde lauter je näher es kam, lauter und bedrohlicher mit jeder Sekunde. Sie konnte ihm nie und nimmer entkommen. In Panik sah sie sich nach beiden Seiten um, um ein Versteck zu finden, wohin ihr das Motorrad nicht folgen konnte.

Aus dem Augenwinkel bemerkte sie eine Bewegung, aber alles geschah zu schnell, um zu registrieren, was es war.

„Delilah!"

Der Ruf hallte durch die Straße und prallte von den Gebäuden ab. Ein Ruf von jemandem, der eindeutig entsetzt war. Bevor sie sich umdrehen konnte, spürte sie, wie Arme sie aus dem Weg stießen und auf den Asphalt warfen. Sie stürzte. Der Aufprall quetschte ihre Rippen und sie stöhnte laut auf.

Die Motorradlichter blendeten sie für eine Sekunde, als sie ihren Kopf herumriss. Sie sah gerade noch, wie das Motorrad die Person, die sie aus dem Weg gestoßen hatte, überfuhr. Sie sah, wie der Körper zuerst wie eine Puppe in die Luft gewirbelt wurde und dann herab fiel. Der Fall endete jäh, als der Körper von den Spitzen eines der eisernen Tore durchbohrt wurde.

Der gepfählte Leib hing reglos da.

Das Motorrad schlitterte und der Fahrer stürzte, rollte sich ab und stand auf, augenscheinlich unverletzt. Der Motor starb plötzlich ab und Stille umgab sie.

Als Delilah sich bewegte, schmerzten ihre Rippen beim Versuch aufzustehen, doch es blieb ihr keine andere Wahl, da der Motorradfahrer geradewegs auf sie zu kam. Er warf einen flüchtigen Blick auf den aufgespießten Körper.

Delilah rappelte sich auf. Es war viel zu dunkel, um zu erkennen, wer dort aufgepfählt war, dennoch wusste sie es trotzdem. Die Stimme, die ihren Namen gerufen hatte, war ihr nur allzu vertraut. Er hatte sie aus dem Weg gestoßen und ihr das Leben gerettet, wenn auch nur für ein paar Minuten.

Aber sie wollte sich nicht eingestehen, dass sie wusste, wer er war, denn ihre gesamte Welt würde zusammenbrechen, wenn sie das zuließe. Die Person, die sie retten wollte und aus dem Weg gestoßen hatte, war jetzt tot.

Delilah wollte sich bewegen, doch ihre Füße waren wie festgefroren, als der Motorradfahrer auf sie zukam. Es war, als würde sie von unsichtbaren Seilen festgehalten werden. Sie versuchte, einen Fuß vor den anderen zu setzen, doch nichts bewegte sich. Sie war wie gelähmt.

Etwas erregte ihre Aufmerksamkeit und sie wandte ihren Kopf nach rechts. Mehrere Männer in schwarzer Kleidung näherten sich. Ihr war klar, dass sie keine Chance hatte. Es war vorbei. Sie kamen wegen ihr. Sie würden sie töten, wie der Motorradfahrer ihren Retter getötet hatte.

Delilah blickte zurück zu dem Motorradfahrer, der sich plötzlich von ihr abwandte und in die entgegengesetzte Richtung lief, fort von den Männern. Was?

„Delilah?”, hörte sie eine andere, vertraute Stimme. Eine Sekunde später stand Amaury neben ihr. „Ist alles in Ordnung?”

Sie nickte, benommen. Plötzlich bewegten sich ihre Muskeln wieder und sie brach beinahe zusammen. Amaury fing sie auf.

„Samson?” Sie wandte ihren Kopf in Richtung Eisentor. Sie wollte die Antwort nicht hören. Sie sah mit Entsetzen zu, wie zwei Männer ihn von den Spitzen hoben und ihn auf den Boden legten. Eine kleine Bewegung erweckte ihre Aufmerksamkeit. Hatte er sich von alleine bewegt?

„Samson!”

Delilah versuchte zu dem Mann zu laufen, der auf dem Bürgersteig lag. Samson. Eine starke Hand zog sie zurück.

„Nein!”, sagte Amaury. „Du darfst ihn so nicht sehen.”

Sie riss sich von ihm los. „Es ist meine Schuld!”

Sie lief zu ihm und kauerte sich neben ihn auf den Boden. Samsons Körper lag schlaff auf dem Asphalt. Blut sickerte aus mehreren großen

Wunden. So viel Blut! Zu ihrer Überraschung fühlte sie nicht die Übelkeit, die sie normalerweise überkam, wenn sie Blut sah.

Delilah blickte in sein Gesicht. Es war mit Blut verschmiert, doch seine Augen waren geöffnet.

„Samson." Sie streichelte seine Wange. Ihre Augen füllten sich mit Tränen, als sie sah, welche Schmerzen sich auf seinem Gesicht widerspiegelten. Sie hatte noch nie jemanden in so einem qualvollen Zustand gesehen.

Im Hintergrund konnte sie hören, wie Amaury Befehle gab, doch alles, was sie wahrnehmen konnte, war Samson, der Mann, vor dem sie weglaufen wollte. Warum? Sie konnte sich nicht mehr daran erinnern.

„So helft ihm doch! Wir müssen ihn zu einem Arzt bringen!", rief Delilah Amaury zu. Kalte Angst überkam sie, als er ihr nur einen traurigen Blick zuwarf.

„Ein Spender ist unterwegs."

Sie verstand nicht. „Ein Spender?"

Samson versuchte zu sprechen, doch seine Stimme war nur ein schwaches Gurgeln. Delilah beugte sich dichter über ihn und versuchte ihn zu beruhigen. Aber sie wusste nicht, was sie tun sollte. Sie hatte keine Kenntnisse in Erster Hilfe und selbst wenn, würden diese überhaupt bei einem Vampir helfen? Sie war hilflos.

„Versuch nicht zu sprechen. Wir werden dir Hilfe holen. Alles wird wieder in Ordnung kommen, bitte, halte durch." Sie versuchte, ihm Mut zu machen und wusste doch, dass ihre Worte eine Lüge waren, die hohl in ihren Ohren klang.

Samson bewegte seinen Kopf hin und her.

„Nein!", schrie sie, als sie verstand, was er damit meinte. „Amaury, sag mir, was ich tun muss!"

Amaury war an ihrer Seite. „Seine Verletzungen sind zu schwer. Er weiß das. Es tut mir leid, doch wenn er nicht sofort menschliches Blut bekommt, wird er sterben."

„Dann ruf einen Krankenwagen und besorg ihm eine Transfusion." Sie erinnerte sich an den Automaten in Dr. Drakes Praxis. „Kannst du nicht irgendwo einige Flaschen Blut auftreiben?"

„Blut aus der Flasche funktioniert nicht, nicht diesmal. Seine Verletzungen sind zu schwer. Er braucht Blut, das direkt aus einer menschlichen Vene kommt. Er braucht die Lebenskraft eines Menschen, um ihm bei der Heilung zu helfen."

„Ich gebe ihm meins." Ohne zu zögern, schob Delilah den Ärmel ihres Pullovers hoch.

„Nein …" Samsons Stimme war schwach, aber bestimmt. Er warf einen flehenden Blick in Amaurys Richtung.

„Er wird es nicht zulassen", erklärte Amaury.

Delilah sah ihn überrascht an und schüttelte dann den Kopf. Es war ihr vollkommen egal, was er sie tun oder nicht tun lassen wollte. Sie würde nicht tatenlos zusehen und ihn sterben lassen.

„Das ist mir egal. Er wird mein Blut trinken."

„Das kann ich nicht zulassen Delilah. Samson verbietet es."

Tränen strömten über ihre Wangen, als sie Samson wieder ansah. „Ich kann dich nicht sterben lassen."

Er blickte sie an, als ob er versuchte zu lächeln, doch auf seinem Gesicht spiegelte sich nur Schmerz wider.

Sie drückte ihr Handgelenk an seinen Mund. „Beiß!", befahl sie entschlossen.

Doch er biss nicht zu. Stattdessen drehte er seinen Kopf von ihrem Handgelenk weg.

„Du sturer, dickköpfiger Vampir! Gut, wenn du nicht beißen willst, werde ich einen deiner Freunde dazu bringen, mich zu beißen und dann werde ich dich mit meinem Blut zwangsernähren. Hast du verstanden?"

Sie sah etwas in Samsons Augen aufblitzen. Unglaube?

„Amaury, beiß mich ins Handgelenk", befahl sie und streckte Amaury ihren Arm hin.

Er schüttelte seinen Kopf. „Ich kann nicht."

Sie warf ihm einen scharfen Blick zu. „Sonst jemand? Du!", rief sie einem der Männer zu, der geholfen hatte, Samson vom Tor zu heben. „Du bist ein Vampir – beiß mich, verdammt noch mal, damit ich Samson nähren kann."

Der Vampir zögerte und blickte zwischen ihr, Samson und Amaury hin und her.

Auf einmal fühlte Delilah eine Hand auf ihrem Arm und wandte ihren Kopf. Samson hatte nach ihr gegriffen.

„… will dich … nicht verletzen", presste er mit kaum hörbarer Stimme hervor.

Jetzt hatte er beschlossen, sie nicht verletzen zu wollen? Was war mit den ganzen Lügen vorher? Das Timing dieses Mannes war unmöglich. Unglaublich. Darüber musste sie mit ihm reden, aber erst später.

„Du kannst mich nur verletzen, wenn du mich verlässt. Bitte verlass mich nicht."

Sie legte ihr Handgelenk erneut auf seinen Mund, doch er bewegte sich nicht. In diesem Augenblick explodierte sie. Wut überkam sie. „Beiß mich, verdammt noch mal oder ich trete dir so gewaltig in die Eier, dass du bis ins nächste Jahrhundert hinein brüllst! Hast du mich verstanden?"

Eine Sekunde später fühlte sie den scharfen Schmerz ihrer aufplatzenden Haut und das Tropfen von Flüssigkeit. Sekundenbruchteile später war der Schmerz vergangen und Samsons Fangzähne waren fest in ihrem Handgelenk verankert. Er saugte ihr Blut. Seine Augen waren geschlossen.

Mit ihrer freien Hand strich sie ihm das Haar aus seinem blutverschmierten Gesicht. „Nimm was du brauchst, mein Liebster."

Delilah fühlte seinen Seufzer mehr als dass sie ihn hörte. Sie beugte ihren Kopf zu seinem und küsste ihn auf die Stirn. „Ich bin hier Samson, ich bin hier."

Amaury half ihr, Samsons Kopf in ihren Schoß zu legen, sodass es einfacher für sie war, ihn zu ernähren.

„Danke."

Amaury schüttelte seinen Kopf. „Samson kann sich glücklich schätzen, dass er dich hat."

Hinter ihnen gab es plötzlich Aufruhr. Delilah drehte ihren Kopf.

Zwei Vampire brachten den sich wehrenden Motorradfahrer mit sich. Der Helm war verschwunden und was zum Vorschein kam, war ein Kopf mit langem, kastanienbraunem Haar. Sie hatte die Frau schon einmal gesehen, im Theater.

Ilona Hampstead, Samsons Ex-Freundin.

35

Ilona versuchte, dem Griff der beiden Vampire zu entkommen, doch so sehr sie sich auch bemühte, gelang es ihr nicht. Die zwei Vampire waren stärker als sie. Wütend starrte sie Delilah direkt an.

„Was? Glaubst du wirklich, du kriegst ihn, nur weil du ihn dein Blut trinken lässt? Träum weiter, Schwester!" Ihre Stimme war giftig.

Delilah erwiderte ihren niederträchtigen Blick mit einem ihrer eigenen Mörderblicke. „Schlampe! Um dich kümmere ich mich später!"

Sie wollte der Frau den Hals umdrehen, weil sie Samson verletzt und beinahe getötet hatte. Delilah blickte auf ihn nieder, wie er von ihrem Handgelenk trank und sah, wie Samsons Augen sich schockiert öffneten.

„Alles wird gut, mein Liebster; sie haben sie erwischt. Sie kann dir nicht mehr wehtun", flüsterte sie ihm zu. Seine Augen schlossen sich wieder und er ließ von ihrem Handgelenk ab. Sie sah Amaury erschrocken an.

„Es ist in Ordnung. Er nimmt sich so viel, wie sein Körper auf einmal verarbeiten kann. Er wird später noch mehr brauchen. Bis dahin haben wir einen Spender", beruhigte Amaury sie.

Sie schüttelte den Kopf. „Nein, das werde ich nicht erlauben."

„Wie süß!", spuckte Ilona.

Delilah ignorierte sie. „Er wird nur von mir trinken, von niemand anderem."

„Aber das ist viel zu gefährlich. Er braucht viel zu viel Blut", warnte Amaury sie.

Sie hob ihre Hand abwehrend. „Nur von mir."

Dann warf sie Ilona einen weiteren Blick zu und zog ihre Jacke aus. Sie rollte sie zusammen und schob sie unter Samsons Kopf, bevor sie, immer noch wackelig auf den Beinen, aufstand. Ihre Rippen schmerzten und sie presste eine Hand an ihre Seite.

Amaury bot ihr seinen Arm an, um sie zu stützen und erleichtert nahm Delilah sein Angebot an.

„Was wollen wir mit ihr machen?", fragte Delilah ihn.

„Wir?" Amaury warf ihr einen verwunderten Blick zu.

„Ja, wir. Und denk nicht einmal daran, mich aus der Sache raus zu lassen. Ich habe jedes Recht –"

„Du wirst dich doch wohl nicht von einer kleinen Sterblichen herumkommandieren lassen, oder?", stichelte Ilona, während sie versuchte, dem Griff der beiden Vampire zu entkommen. „Schlappschwanz!"

Amaury schenkte ihr ein nonchalantes Lächeln. „Du solltest wissen, dass mir deine Beleidigungen nicht nahegehen, Ilona."

„Wirst du sie auch vögeln, sobald Samson genug von ihr hat? Oder vielleicht sogar schon vorher?"

„Ich glaube, du solltest den Mund halten, solange du noch eine Zunge hast", warnte Amaury sie. Delilah warf ihm einen überraschten Blick zu.

„Oh ja, Schlampe. Das tut er, der hochmoralische Amaury. Er fickt Samsons abgelegte Frauen."

„Als ob du nicht darum gebettelt hättest."

Ilona lachte bitter. „Ich frage mich, ob dein Freund davon weiß. Vielleicht sollte ihn jemand darüber aufklären."

Delilahs Blick sprang zwischen den beiden hin und her. Ganz offensichtlich kannten sie sich auf eine intimere Art als jeder vermutete. War Amaury irgendwie in die Trennung von Ilona und Samson verwickelt? Hatte er seinen besten Freund betrogen?

„Es funktioniert nicht, Ilona. Du kannst dich diesmal nicht herauswinden. Also, wo ist Milo?"

"Milo?", wiederholte Delilah.

Amaury warf ihr einen Seitenblick zu. „Wir haben gerade erst herausgefunden, dass Milo Ilonas Bruder ist und hinter dem ganzen Komplott steckt, Millionen aus Samsons Unternehmen zu stehlen. Er hat Thomas betrogen und Zugang zu dessen Passwort bekommen."

Delilah starrte ihn schockiert an. „Milo hat das alles geplant?"

Ilona fauchte: „Der Idiot kann gar nichts planen. Er konnte noch nicht einmal richtig ausführen, was ich ihm aufgetragen habe. Ansonsten würdest du Schlampe die Gänseblümchen schon von unten bewundern. Aber nein, er musste diesen Job an irgendeinen idiotischen Menschen geben, der immerzu versagte. Ich hätte mich von vornherein selbst um alles kümmern sollen."

„Hätte, wäre, könnte", erwiderte Delilah sarkastisch.

Ilona knurrte sie an. „Du glaubst, dass du ihn und sein ganzes Geld haben kannst? Er spielt nur mit dir: Samson hat außer sich selbst noch nie jemanden geliebt. Er ist ein egoistischer Mann und ein noch egoistischerer Liebhaber. Er wird deiner müde werden und dich bald fallen lassen."

„Nur weil du ihm nicht geben konntest, was er braucht, heißt das nicht, dass ich es auch nicht kann. Und was egoistisch angeht: warum schaust du nicht ab und zu mal in den Spiegel – dann könntest du sehen, wer egoistisch ist. Oh, ich vergaß: Du kannst ja nicht in einen Spiegel schauen, richtig? Dann hast du wohl auch keine Vorstellung davon, *wie* hässlich du in Wahrheit bist."

Ilona fauchte und versuchte, sich von den beiden Wächtern loszureißen. Mordlust stand ihr ins Gesicht geschrieben. „Lass mich deine Kehle aufreißen und ich werde dir zeigen, wie hässlich ich wirklich sein kann!"

„Genug! Wo ist Milo?" Amaury gab den beiden Vampiren ein Signal, woraufhin sie Ilona härter packten und ihre Arme unnatürlich und schmerzhaft nach hinten bogen. Sie wimmerte.

„Ich habe keine Ahnung, wo dieser Idiot ist."

„Gut, dann haben wir keine Verwendung mehr für dich."

Delilah sah Amaury an. „Du wirst sie doch nicht laufen lassen, oder?"

„Sie laufen lassen? Nein, wir werden sie töten."

Amaury zog einen hölzernen Pfahl aus seiner Jackentasche. Delilah starrte erst den Pfahl und dann Ilona an, deren Augen sich geweitet hatten. Sie wusste, was kam. Ja, sie würde sterben, aber Delilah wollte diejenige sein, die ihr den Rest gab. Es war ihr Mann, den Ilona beinahe getötet hatte und somit hatte sie das Recht, diese Frau zu bestrafen.

Delilah versuchte den Pfahl aus Amaurys Hand zu reißen, doch er hielt sie davon ab.

„Nein, das wird mir ein Vergnügen sein. Samson ist das Beste, das mir je im Leben passiert ist. Jeder, der ihm Schaden zufügen will, muss es zuerst mit mir aufnehmen."

Delilah musste klein beigeben. Amaurys Entschlossenheit war spürbar.

„Danke für den großartigen Sex, doch wie ich schon sagte, es war alles bedeutungslos. Ich sehe dich in der Hölle."

Ilonas Augen weiteten sich, als könne sie nicht glauben, dass er es tatsächlich tun würde. Ihre Lippen öffneten sich, doch sie brachte kein Wort hervor. Amaury hob seinen Arm und stieß den Pfahl in ihr Herz. Für den Bruchteil einer Sekunde breitete sich Unglaube auf Ilonas Gesicht aus, eine Sekunde später verwandelte sie sich in Staub. Der Wind nahm die kleinen Staubpartikel auf und trug sie fort.

Als Amaury sich zu Delilah umdrehte, sah er sie lange an. „Ohne Gefühle ist alles bedeutungslos."

Amaury organisierte Samsons Transport zurück zum Haus, während noch mehr Vampire auf die Suche nach Milo geschickt wurden.

Carl erwartete sie bei ihrer Rückkehr und hatte in der Zwischenzeit schon Samsons Schlafzimmer vorbereitet. Carl und Amaury schnitten die zerrissene Kleidung von Samsons Körper und reinigten seine Wunden, bevor sie ihn auf das Bett legten und ihn mit einem weißen Laken zudeckten.

„Er wird alle paar Stunden frisches Blut benötigen", sagte Amaury. „Du kannst deine Meinung ändern, das weißt du. Er würde nie von dir erwarten, soviel zu geben. In Wahrheit würde er wollen, dass ich dich davon abhalte, weiterzumachen."

Delilah schüttelte ihren Kopf. „Ich bin der Grund dafür, dass er verletzt wurde. Ich werde ihm geben, was er braucht."

Sie hatte sich ein T-Shirt und Leggings angezogen und setzte sich neben Samson aufs Bett.

Amaury nickte. „Carl, wir werden Delilah ein stärkendes Tonikum mixen müssen, damit sich ihr Blut schneller regeneriert. Wir haben alles, was wir dafür brauchen in der Küche."

Samson bewegte sich unruhig.

„Er braucht dich jetzt."

Amaury und Carl verließen das Schlafzimmer. Delilah beugte sich zu Samson hinunter und legte ihr Handgelenk an seinen Mund. Ohne die Augen zu öffnen, senkte er seine Fangzähne in ihre Haut.

„Trink, mein Liebster. Wir sind jetzt Zuhause."

Sie bettete seinen Kopf in ihren Schoss, während er von ihr trank. Schon jetzt konnte sie sehen, dass einige seiner Wunden anfingen, sich zu schließen. Der Blutfluss hatte aufgehört. Das Blut begann zu gerinnen und eine Kruste bildete sich über den Wunden. Der Heilungsprozess hatte begonnen.

Das Saugen an ihrem Handgelenk war nicht schmerzhaft; im Gegenteil, es füllte sie mit Frieden.

Als Samson schließlich von ihrem Handgelenk abließ, bewegten sich seine Lippen. „Delilah", flüsterte er und sank sofort wieder in die Bewusstlosigkeit zurück.

Delilah hielt ihn fest umschlungen, während sie jede Bewegung seines Körpers beobachtete. Dieses Mal hatte sie sofort gehandelt und nicht gezögert. Dieses Mal hatte sie nicht einfach dagestanden und jemanden, den sie liebte, sterben lassen. Sie hatte gehandelt. Sie hatte sich selbst überrascht, wie stark sie dort auf der Straße gewesen war. Der Mut, den sie gespürt hatte, als sie Ilona gegenüberstand, war ihr neu. Doch das Wissen, dass die Vampire, die um sie herumstanden, auf ihrer Seite waren, hatte ihr geholfen.

Amaury kam zurück ins Schlafzimmer und brachte ihr eine ekelhaft aussehende Flüssigkeit aus widerwärtig riechenden Zutaten.

„Was ist das?"

„Ich glaube nicht, dass du das wissen willst. Aber es wird dir helfen, deinem Blutverlust entgegenzuwirken."

Delilah glaubte ihm. Wie hatte sich ihre Welt nur so verändern können? Sie lag mit einem Vampir im Bett, dem sie so viel Blut geben würde, wie er brauchte, trank bereitwillig die widerwärtigste Flüssigkeit, die jemals ihre Lippen berührt hatte, und vertraute dem Vampir, der ihr diese reichte.

„Ich werde dir Gesellschaft leisten." Amaury zog den Sessel dichter ans Bett, bevor er sich setzte. „Er wird ungefähr vierundzwanzig Stunden brauchen, um sich zu erholen."

„Aber er wird es überstehen, richtig?"

„Mit deiner Hilfe wird er es schaffen."

Amaury lehnte seinen Kopf an die hohe Rückenlehne des Sessels.

„Erzähl mir, was geschehen ist", forderte Delilah ihn auf.

Amaury nickte. „Samson hat dir von Ilona und der Trennung erzählt?"

„Ja. Er hat mir von ihr erzählt. Aber er hat nicht erwähnt, dass du und sie …" Delilah räusperte sich.

„Er wusste es nicht." Sein Blick war aufrichtig, als er sie ansah. „Hör zu, es gibt keinen Grund, dass er das erfahren muss. Ich habe ihn nicht betrogen. Nachdem er sie aus seinem Leben geworfen hat, kam sie zu mir. Hey, ich bin nicht stolz darauf, doch ich bin nicht gerade wählerisch, wenn es um Frauen geht."

„Du hast sie getötet, als hättest du nichts für sie empfunden." Der Gedanke daran ließ sie erschaudern. Was für ein Liebhaber konnte nur so eiskalt sein? Als sie ihm in die Augen blickte, sah sie Schmerz.

„Sex ist für mich nur Sex. Nicht mehr und nicht weniger. Es ist etwas, das ich brauche und dabei kümmert es mich wenig, wer ihn mir gibt. Ich will dich nicht schockieren, aber so bin ich nun einmal. Das ändert jedoch nicht, wo meine Loyalität liegt." Sein Blick schweifte zu Samson und sie verstand. „Ohne Samson wäre ich heute nicht hier. Er hat mein Leben unzählige Male gerettet. Er ist ein guter Mann."

Sie nickte und streichelte Samsons Wange. „Und er gehört mir." Sie blickte gerade rechtzeitig zu Amaury zurück, um sein warmes Lächeln zu sehen. „Was hatte Ilona geplant?"

Er seufzte. „Sie wollte die Herrin über Samsons Multimillionen-Dollar-Reichtum sein. Sie wollte das, was ihm gehörte. Wenn Samson den Blutbund mit ihr eingegangen wäre, hätte Milo ihn getötet. Und das gesamte Vermögen hätte ihr gehört."

„Oh mein Gott, sie wollte ihn töten?" Kalte Angst packte sie.

„Die Gier löst das in manchen Leuten aus. Es war nicht genug für sie, nur von seinem Reichtum zu leben."

„Was meinst du damit?"

„Wenn ein Vampir den Blutbund eingeht, hat sein Gefährte oder seine Gefährtin einen Anspruch auf alles, was ihm gehört. Sie werden gleichberechtigte Eigentümer. Offensichtlich war ihr das nicht genug. Sie wollte alles haben. Als Samson sich von ihr trennte, löste sich ihr Traum in Luft auf. Somit musste sie eine andere Lösung finden."

Delilah schüttelte den Kopf und versuchte, die Bilder in ihrem geistigen Auge zu verscheuchen. „Was hatte sie vor?"

„Zunächst infiltrierte ihr Bruder unsere Gruppe. Wir hatten keine Ahnung. Sie war neu in der Stadt und plötzlich tauchte Milo auf und … nun, es fiel ihm nicht besonders schwer, Thomas zu verführen, vermute ich. Thomas ist im Grunde ein richtiger Softy und, ganz ehrlich, selbst in San Francisco gibt es nicht viele schwule Vampire. Seine Auswahl war also immer ein wenig eingeschränkt."

Amaury atmete aus.

„Milo fand genug über die internen Methoden von Scanguards heraus, um zu wissen, dass es nicht genügte, Thomas' Passwort zu stehlen. Also wühlte er in den Dateien herum und muss über Johns kleinen Abschreibungs-Betrug gestolpert sein, sodass er ihn damit erpressen konnte. Das reichte. Du warst auf der richtigen Spur, weißt du, mit deiner Überprüfung. Du hättest es vermutlich früher oder später herausgefunden."

Er warf ihr einen anerkennenden Blick zu.

„Du hast die Hälfte der Arbeit gemacht", meinte sie.

„Erst nachdem du mich auf den richtigen Weg gebracht hast. Ilona war clever. Carl hat mir heute erzählt, dass er sie einmal an Samsons Computer gesehen hatte. Vermutlich bei dem Versuch in Samsons Systeme einzudringen, da er ihr nie seinen Benutzernamen oder sein Passwort gegeben hatte. Also hatte sie diese Idee offensichtlich schon früher gehabt."

„Bist du sicher? Er hat mir sein Passwort gegeben und er kennt mich wesentlich weniger als er sie kannte."

„Noch nicht einmal ich kenne sein Passwort und ich bin sein bester Freund. Er vertraut dir, wie er noch nie jemandem zuvor vertraut hat. Ich glaube, er hat Ilona *nie* vertraut, auch wenn er bereit war, sie zu heiraten. Ich vermute, es war die Einsamkeit, die ihn schwach machte. Er wollte schon immer eine Familie haben."

Amaury lächelte sanft und sein Blick wanderte zu Samson.

„Nachdem Milo Johns Passwort hatte, war er in der Lage, verschlüsselte Überweisungen hochzuladen. Er musste sich dann nur noch einmal mit Thomas' Passwort anmelden, um sie zu genehmigen."

„Thomas muss am Boden zerstört sein."

„Milo hat ihn heute Nacht überwältigt und mit Silber angekettet."

„Mit Silber?"

„Es ist das einzige Metall, das wir nicht brechen oder biegen können. Vampire können Silberketten nicht entkommen. Und es verbrennt unsere Haut. Es war ein Glück, dass wir schnell genug bei Thomas waren. Er hatte wahnsinnige Schmerzen, aber er wird wieder ganz der Alte werden. Mich persönlich überrascht, dass Milo ihn nicht getötet hat. Vielleicht waren ja letztendlich doch auch Gefühle mit im Spiel …"

„Es tut mir leid, dass Thomas so von seinem Liebhaber hintergangen wurde. Glaubst du, John wusste, was Milo vorhatte?"

„Wahrscheinlich nicht", vermutete Amaury. „Und selbst wenn er eine Ahnung gehabt hätte, hätte er es wahrscheinlich ignoriert in der Annahme, je weniger er wüsste desto besser für ihn. John war wirklich nur eine Schachfigur in diesem Spiel. Nicht ganz unschuldig, aber er hatte es garantiert nicht verdient zu sterben."

„Was wird mit seiner Familie geschehen? Er hatte eine Frau und Kinder." Delilah konnte nur ahnen, welchen Schmerz seine Frau gerade durchlebte.

„Samson wird sich um sie kümmern. Wir haben einen großen Wohltätigkeitsfond, der den Familien unserer Angestellten hilft, die während eines Arbeitseinsatzes ums Leben kommen. Das passiert manchen unserer Leibwächter ab und an. Und auch wenn John nicht während eines Einsatzes starb, wird Samson der Familie dennoch helfen."

„Und der Mann, der uns angegriffen hat?"

„Ich habe zwei Männer losgeschickt, um ihn zu befreien. Sie haben Anweisung, seine Erinnerung an alles zu löschen, was in Zusammenhang mit Samson, dir und jedem anderen Vampir steht. Es gibt keinen Grund, ihn zu bestrafen. Johns Frau wird jede Unterstützung benötigen, die sie bekommen kann."

„Andere an eurer Stelle wären nicht so nett."

„Du meinst, weil wir Vampire sind?" Amaury klang nicht beleidigt.

„Menschen wären grausamer. Ich habe diese Art von Freundlichkeit garantiert nicht von Vampiren erwartet – und das meine ich nicht beleidigend."

Amaury schüttelte seinen Kopf. „Es hat nichts damit zu tun, Vampir zu sein oder nicht. Unter uns gibt es Gute und Böse, ebenso wie es Gute und Böse bei euch Menschen gibt. Sich in einen Vampir zu verwandeln bedeutet nicht, dass man böse wird. Und Mensch zu sein macht einen nicht automatisch gut."

„Und du und Samson, ihr seid beide gut."

„Wir sind keine Heiligen, doch wir versuchen, so gut wie möglich zu sein. Es ist ein andauernder Kampf, doch wir gewinnen öfter als dass wir verlieren."

Delilah lächelte ihn an. „Wie hat Samson mich rechtzeitig gefunden?"

„Dein Duft. Er hätte dich in der gesamten Stadt aufspüren können. Er kannte deinen Duft so gut, und da er dein Blut von deiner Hand geleckt hatte – das machte es einfacher für ihn. Als Carl ihm sagte, dass du verschwunden bist und wir wussten, dass Milo und Ilona sich in der Stadt herumtrieben … Ich habe ihn noch nie so in Panik gesehen. Er war bereit, jemanden umzubringen."

„Es tut mir leid." Und das meinte sie von Herzen.

„Das nächste Mal, wenn du planst ihn zu verlassen, lass es mich rechtzeitig wissen, okay? Dann kann ich wenigstens aus der Schusslinie gehen."

Sie würde ihn nicht noch einmal verlassen. Wenn er sie immer noch wollte, gehörte sie ihm. Sie gab Samson einen Kuss auf die Stirn und ließ ihre Hand durch sein Haar gleiten.

„Das wird nicht notwendig sein, Amaury." Sie lächelte ihn an und sah, dass er sie verstand.

„Wenn er aufwacht, wird er sich freuen, das zu hören. Warum schläfst du nicht ein wenig? Ich wache über ihn und sorge dafür, dass er von dir trinkt, wenn er es braucht."

„Danke, Amaury, du bist ein guter Freund."

Ihre Augenlider waren schwer und innerhalb von Minuten schlief sie ein, Samsons Kopf immer noch in ihrem Schoß.

36

„Delilah, wach auf." Amaurys Stimme durchdrang ihre Träume. Sie versuchte ihn zu ignorieren, doch schaffte es nicht. „Delilah."

Sie öffnete ihre Augen und sah, wie Amaury ihr ein Glas mit derselben schrecklichen Flüssigkeit hinhielt, die sie schon zweimal hatte trinken müssen. Sie hatte keine Ahnung, was sie enthielt und auch keine Absicht, es jemals herauszufinden. Nach allem, was sie wusste, könnte es Krötenscheiße sein.

„Schon wieder?" Als sie die Flüssigkeit das letzte Mal getrunken hatte, hatte sie sich beinahe übergeben müssen.

„Tut mir leid, aber du brauchst das. Er hat viel Blut von dir genommen." Sie trank und versuchte, den fürchterlichen Geschmack zu ignorieren.

Dann folgte Delilah Amaurys Augen zu Samson, der neben ihr lag. Er sah besser aus. Seine Wunden hatten sich geschlossen und neue Haut bildete sich darüber.

„Wie lange noch?"

„Bald. In der Zwischenzeit wirst du unten im Büro benötigt. Da ist jemand, der mit dir reden möchte."

„Wer?"

„Das wirst du schon sehen."

Ihr Blick schweifte zu Samson zurück. Sie wollte ihn nicht verlassen, nicht einmal für ein paar Minuten. „Was ist, wenn er aufwacht, während ich nicht da bin?"

„Ich werde hier sein. Ich rufe dich sofort."

Widerstrebend verließ sie das Bett. Sie fühlte sich benommen, als sie so plötzlich aufstand. Ihr Körper schwankte und Amaury griff nach ihr, um sie zu stützen. Ein leises Knurren kam aus Richtung Bett.

Beide drehten sich erstaunt um und blickten auf Samson hinab. Er schlief immer noch, doch seine Fänge waren zu sehen. Amaury ließ Delilahs Arm sofort los und Samsons Fänge zogen sich zurück und seine Lippen schlossen sich wieder.

„Er kann dich sogar im Schlaf wahrnehmen. Er mag es nicht, wenn du von einem anderen Mann berührt wirst."

„Aber du hast doch nur versucht, mir zu helfen!"

„Ein Vampir, der seine Gefährtin gefunden hat, ist sehr

besitzergreifend.“

Delilah lächelte Samson an. Sogar während er schlief versuchte er, sie zu beschützen. „Ich werde bald zurück sein, mein Liebster.”

Sie sah, wie sich ein zufriedenes Lächeln auf Samsons Lippen ausbreitete, so als ob er sie hören konnte.

Carl erwartete sie in Samsons Büro.

„Bitte nehmen Sie hier am Computer Platz, Miss Delilah.”

„Carl.”

„Ja?“

„Es tut mir leid. Habe ich Ihnen Ärger mit Samson beschert? Ich werde mit ihm reden, sobald es ihm besser geht. Ich möchte nicht, dass Sie dafür bestraft werden, dass Sie mich entkommen ließen”, sagte sie reuevoll.

„Es spielt keine Rolle, was mit mir geschieht, es ist nur wichtig, dass Mr. Woodford wieder gesund wird.”

„Was wird er mit Ihnen machen?”

„Ich hatte die Anweisung, Sie zu beschützen und habe versagt. Alles was zählt ist, dass er Sie rechtzeitig gefunden hat.”

„Aber es war meine Schuld. Ich habe Sie ausgetrickst.”

Er lächelte sie an. „Das spielt keine Rolle, Miss. Ich hätte mich nicht von Ihnen hinters Licht führen lassen dürfen. Wenn ich so sagen darf: Für einen Menschen sind Sie sehr clever.”

„Und wenn ich so sagen darf: Für einen Vampir sind Sie sehr nett.”

Er nickte. „Mr. Woodford hat für Sie eine Telekonferenz arrangiert.”

Carl deutete auf den Bildschirm. Sie setzte sich auf den Stuhl, den er ihr bereithielt.

„Eine Telekonferenz? Wofür?”

Carl machte den Monitor an. Sie sah etwas, das einem Krankenhauszimmer glich. Er justierte die kleine Kamera, die oben auf dem Monitor angebracht war, und richtete sie direkt auf Delilah.

„Mr. Woodford möchte, dass Sie mit jemandem reden.”

„Sind wir verbunden?” Eine Stimme kam über den Lautsprecher und eine Sekunde später war ein großer Mann auf dem Bildschirm zu sehen.

„Ja, wir können dich klar und deutlich sehen und hören, Gabriel”, antwortete Carl. “Miss Delilah, das ist Gabriel Giles. Er leitet die Zentrale in New York. Gabriel ist einer von uns.”

„Ein …?” Sie sah sich den Mann auf dem Monitor genauer an. Sein langes Haar war zu einem Pferdeschwanz gebunden und sein ansonsten attraktives Gesicht zeigte eine hässliche Narbe, die von seinem Ohr bis zum Kinn reichte. Ja, irgendwie hätte sie vermutet, dass er einer von ihnen war.

Gabriel nickte. „Ja, Miss Sheridan, ich bin ein Vampir. Es ist mir eine Freude Sie kennenzulernen. Ich hoffe, ich habe später einmal die Gelegenheit, Sie persönlich zu treffen. Samson spricht in den höchsten Tönen von Ihnen." Delilah erkannte die Stimme als die wieder, die sie über den Lautsprecher in der Küche gehört hatte.

„Danke sehr. Wollen Sie mit mir über die Buchprüfung reden?"

„Nein, diesbezüglich ist alles geregelt. Wir sind im Bilde darüber, was Milo und seine Schwester Ilona vorhatten und arbeiten daran, alle Aktionen der beiden rückgängig zu machen. Nein, das hier ist mehr persönlicher Natur." Er räusperte sich. „Samson bat mich, Ihren Vater zu besuchen."

„Meinen Vater?" Delilah schnappte nach Luft. Hatten sie vor, ihm etwas anzutun? Sofort schob sie diesen Gedanken beiseite. Nach ihrer Unterhaltung mit Amaury hatte sie keinen Anlass zu glauben, dass jemand sie oder ihre Familie verletzen wollte. „Was haben Sie mit ihm vor?"

„Seien Sie nicht beunruhigt, Miss Sheridan. Sie haben sowohl mein als auch Samsons Wort, dass Ihr Vater in Sicherheit ist. Wir verstehen, dass er sich in einem späten Stadium von Alzheimers befindet und Sie nicht mehr erkennt. Doch es gibt etwas, über das Sie mit ihm reden müssen, etwas, das Sie seit über zwanzig Jahren mit sich herumtragen. Sie müssen Ihre Vergangenheit abschließen und nur Ihr Vater kann Ihnen das ermöglichen."

Delilah schüttelte ihren Kopf. Zwar verstand sie, worauf er anspielte, doch das spielte keine Rolle. „Das kann man nicht abschließen. Sie sagten es selbst. Mein Vater erkennt mich nicht mehr. Er hat keine Erinnerung mehr daran, was geschehen ist."

„Das ist so nicht ganz richtig. Er hat immer noch die alten Erinnerungen, jedoch sind sie verschlossen."

„Mr. Giles, es tut mir wirklich leid, dass Sie Ihre Zeit vergeuden, aber ich kann nicht mehr mit meinem Vater sprechen."

„Bitte lassen Sie mich erklären. Ich kann seine Erinnerungen lange genug aufschließen, um Ihnen zu ermöglichen, mit ihm so zu reden, als wäre er gesund. Es wird Ihnen die Möglichkeit geben, ihm zu sagen, was Sie auf dem Herzen haben."

„Das ist unmöglich."

„Doch, es ist sehr wohl möglich. Einige von uns haben spezielle Gaben. Das ist meine. Ich würde mich freuen, sie zu diesem Zweck zu verwenden. Doch Sie werden nur wenige Minuten haben, bevor sich sein

Verstand wieder vernebelt, also nutzen Sie die Zeit weise. Sagen Sie es ihm einfach."

Delilah schluckte schwer. Die Kamera bewegte sich weg von Gabriel und schwenkte zu einem Stuhl. Sie erkannte ihren Vater sofort. Sein Blick war leer und seine Schultern nach vorne gebeugt. Ihn so zu sehen, ließ ihr Tränen in die Augen schießen. Nichts würde ihn zurückbringen. Sie konnte ihn nie um Verzeihung bitten.

Gabriel stellte sich hinter ihren Vater und hielt seine Hände über den Kopf des alten Mannes. Gabriel schloss seine Augen. Einige Sekunden später füllten sich die Augen ihres Vaters mit Leben und er blickte direkt in die Kamera.

„Delilah!", rief ihr Vater erfreut aus. „Schatz, es tut so gut, dich zu sehen."

„Daddy?" Ihre Stimme brach. Er erkannte sie. Nach so vielen Jahren erkannte er sie endlich wieder.

„Was ist los, mein Schatz? Warum weinst du? Hat dir jemand wehgetan?" Seine Stimme war voller Sorge.

„Nein, Daddy, ich bin nur so froh, dich zu sehen."

„Ich auch, ich auch." Er gab ihr ein hinreißendes Lächeln, das sie daran erinnerte, wie er sie immer angesehen hatte, als sie noch ein kleines Mädchen war. „Es ist schon eine Weile her. Deine Mutter und ich vermissen dich. Du arbeitest zu viel, weißt du das?"

Delilah blinzelte. Er wusste nicht, dass ihre Mutter tot war. Er hatte keine Erinnerung daran. Sie verstand warum. Ihre Mutter war gestorben, als er bereits an Alzheimers erkrankt war. Es gab keinen Grund für sie, darüber zu sprechen. Sie wollte ihm keinen unnötigen Schmerz zufügen.

„Ich weiß, Daddy. Ich komme dich und Mom an meinem nächsten freien Wochenende besuchen. Wie hört sich das an?", log sie, da sie es nicht übers Herz brachte, ihm die Wahrheit zu sagen.

„Das hört sich sehr gut an."

Delilah räusperte sich. Sie wusste nicht, wie sie anfangen sollte. Zu viele Jahre hatte sie ihre Schuld mit sich herumgetragen und jetzt, wo sie die Möglichkeit hatte, mit ihrem Vater darüber zu reden, fehlten ihr die Worte. Die richtigen Worte, um dieses Gespräch zu beginnen, gab es einfach nicht.

„Denkst du noch manchmal an unsere Zeit in Frankreich?"

Er lächelte. „Sehr oft, mein Schatz."

„Ich auch. Ich denke sehr viel daran."

„Du warst damals noch so klein, es wundert mich, dass du dich überhaupt daran erinnerst." Seine Stimme klang sanft, doch gleichzeitig von Schmerz durchzogen.

„Ich erinnere mich an alles von damals."

Er hob eine Hand, um ihr Einhalt zu gebieten. „Manche Dinge bleiben lieber vergessen."

„Wie kann ich das je vergessen?"

„Denke nur an die schönen Dinge und verweile nicht bei den schlechten."

Sie schüttelte den Kopf, zu erschüttert, um zu sprechen.

„Habe ich dir jemals erzählt, was für eine Freude du für deine Mutter und mich warst? Ich kann immer noch dein Lachen hören, wenn ich dir bei der Schaukel Schwung gab und du immer höher schaukeln wolltest. Du warst so ein abenteuerlustiges kleines Mädchen. So mutig. Immer so mutig." Er schenkte ihr ein breites Lächeln.

„Das bin ich nicht immer."

„In meinen Augen schon."

„Oh, Daddy, es tut mir so leid!" Tränen traten ihr in die Augen.

Er runzelte die Stirn. „Was tut dir leid? Was ist los, mein Kind?"

„Peter", presste sie hervor. „Ich hätte etwas tun sollen. Ich …" Eine einzelne Träne rollte ihre Wange hinab und hinterließ eine brennende Spur auf ihrer Haut.

„Peter?" Ihr Vater klang überrascht. „Aber, Schatz, du hättest seinen Tod nicht verhindern können, ebenso wenig wie deine Mutter oder ich. Peter starb am Plötzlichen Kindstod. Selbst wenn wir in jener Nacht zuhause gewesen wären, hätten wir nichts tun können. Wir haben uns immer schuldig dafür gefühlt, dass wir dich mit ihm allein gelassen hatten. Ich werde das Entsetzen auf deinem Gesicht nie vergessen. Ich wünschte, wir hätten dir das ersparen können. Du hättest ihn niemals sterben sehen sollen. Wir waren so in Sorge um dich."

„Aber Mom war die ganze Zeit über so traurig. Ich dachte, ihr habt mir die Schuld gegeben."

„Dir die Schuld gegeben? Oh Gott, Delilah, nein!" Er beugte sich in seinem Stuhl vor und rang mit seinen Händen. „Wir haben uns selbst die Schuld gegeben. Wenn wir dich nicht gehabt hätten, hätten deine Mutter und ich es nie durch diese dunklen Zeiten geschafft. Du warst unser einziger Lichtblick. Du warst der einzige Sonnenschein, aber wir fühlten uns so schuldig für die Alpträume, die du hattest, in denen du ihn immer wieder tot in seiner Wiege gesehen hast. Wir wussten nicht, was wir tun sollten, also haben wir nie darüber gesprochen. Wir haben immer gedacht, dass die Zeit alle Wunden heilt und dass Kinder vergessen. Rückblickend hätten wir dir professionelle Hilfe holen sollen, doch wir wussten einfach nicht, was wir tun sollten. Es tut mir so leid, dass wir dich im Stich gelassen haben. Bitte vergib uns." Die Augen ihres Vaters füllten sich mit Tränen.

Delilah ließ ihren Tränen, die sie über all die Jahre aufgestaut hatte, schließlich freien Lauf. „Oh, Daddy. Da gibt es nichts zu verzeihen. Ich liebe dich."

„Ich liebe dich auch, mein Schatz, und auch deine Mutter liebt dich. Du musst mir etwas versprechen."

„Alles", stimmte sie ohne zu zögern zu.

„Hör auf, in der Vergangenheit zu verweilen und denk an die Zukunft. Deine Zukunft."

„Das verspreche ich dir."

„Auf Wiedersehen, Delilah", sagte er und sein Blick wurde wieder leer.

Delilah sank in ihrem Stuhl zusammen. Tränen liefen ihre Wangen hinunter. Ihr Vater liebte sie und gab ihr keine Schuld an Peters Tod. Sie war frei, endlich befreit von der Schuld, die sie so lange mit sich herumgetragen hatte.

Kräftige Arme hoben sie hoch und trugen sie zur Couch. Sie öffnete ihre tränennassen Augen und blickte auf den Mann, der sie in seinen Armen hielt.

„Samson!"

„Weine nicht, Süße", flüsterte er und setzte sich auf die Couch, während er sie auf seinem Schoß hielt. Er trug einen langen Bademantel und sah so lebendig wie immer aus.

„Es tut mir so leid, Samson; ich habe dich in solche Gefahr gebracht." Ihre Tränen flossen wieder.

„Du hast mein Leben gerettet."

Er zog ihren Kopf näher heran, senkte seine Lippen auf ihre und küsste sie sanft.

„Ich dachte, ich hätte dich verloren", sagte sie.

Samson schüttelte seinen Kopf und lachte leise. „Ich bin ziemlich schwer zu töten, auch wenn es dieses Mal recht knapp war, viel zu knapp. Ohne dein Blut –"

Sie legte ihm einen Finger auf die Lippen. „Schh. Das war ich dir schuldig."

Seine Gesichtszüge verhärteten sich. „Du hast dich verpflichtet gefühlt? Deshalb hast du mich gerettet?" Seine Schultern sanken herab, als wäre plötzlich wieder alle Energie aus seinem Körper gewichen.

„Ich konnte dich nicht sterben lassen. Ich habe dich in diese Situation gebracht. Wäre ich nicht fortgelaufen, wärst du nie verletzt worden."

„Ich verstehe."

37

Also hatte Delilah es aus einem Schuldgefühl heraus getan? War das alles, was sie fühlte? Samson spürte, wie sich sein Herz schmerzhaft verkrampfte. Sie hatte ihn gerettet, nur um ihn später wieder umzubringen, indem sie ihn verließ. Er spürte, wie ihr Blut in seinen Adern pulsierte, und konnte ihr ganzes Wesen wahrnehmen. Und doch hörte er zur gleichen Zeit ihre Worte. Worte, die er nicht hören wollte. Sie hatte ihn gerettet, weil sie ihm etwas schuldig war.

Abrupt schob er sie von seinem Schoß, setzte sie auf das Sofa und stand auf.

„Es tut mir leid, dass du so empfindest. Du schuldest mir nichts. Ich werde Carl bitten, Vorkehrungen für deine Rückkehr nach New York zu treffen."

Kaum hatte er die Worte herausgepresst, verließ er den Raum und lief die Treppe hinauf. Sekunden später knallte er die Tür zu seinem Schlafzimmer zu. Delilah liebte ihn nicht. Er hatte sie völlig falsch eingeschätzt.

Wie nobel von ihr!

Ein bitterer Geschmack breitete sich in seinem Mund aus. Er musste sie jetzt aus seinem Leben verbannen, bevor sie ihm sein Herz herausriss und es den Löwen zum Fraß vorwarf. Alles, was ihn an sie erinnerte, musste verschwinden. Er nahm den Zeichenblock von seinem Sekretär.

Die Zeichnung, die er von Delilah während ihrer ersten gemeinsam Nacht gemacht hatte, flatterte auf den Boden. Samson beugte sich hinunter und fuhr mit seiner Hand darüber, als ob er Delilah anstatt ihr Bild berührte. Er sehnte sich wieder nach diesen Momenten, als er sie in seinen Armen gehalten hatte.

„Die Zeichnung ist wunderschön", flüsterte Delilah sanft hinter ihm.

Wie hatte sie sich nur an ihn heranschleichen können, ohne dass er sie gehört hatte? Er schrieb es seinem noch geschwächten Zustand zu.

„Du hast mich gezeichnet."

Er drehte sich nicht um. „Du hast geschlafen. Ich wollte deine Schönheit festhalten." Es schien nun schon so lange her zu sein. „Wenn du packen willst, kann ich dich allein lassen." Er nahm das Bild und stand auf, um sich abzuwenden, doch dann spürte er ihre Hand auf seinem Arm.

„Bitte, sieh mich an", flehte sie mit sanfter Stimme.

Gegen sein besseres Wissen kam Samson ihrer Bitte nach.

„Wenn du denkst, dass ich mein Blut jedem gebe und dann einfach verschwinde, hast du dich getäuscht. Willst du wirklich wissen, warum ich dich nicht habe sterben lassen? Willst du das?" Sie machte eine Pause. „Zum ersten Mal wollte ich etwas, das nur mir gehört und ich habe mich nicht um die Konsequenzen geschert. Als du dort im Sterben lagst, konnte ich nur an mich denken. Nenne mich egoistisch, aber ich konnte mir nicht vorstellen, ohne dich zu leben. Deshalb gab ich dir mein Blut, weil ich dich wollte. Und immer noch will."

Samsons Kinnlade klappte auf, die Zeichnung entglitt seinen Fingern und sank erneut zu Boden.

„Du willst mich? Egal was kommt?"

Delilah nickte. „Ich liebe dich, und wenn das bedeutet, dass du mich in einen Vampir verwandeln musst, damit ich mit dir zusammen sein kann, dann soll es so sein."

„Dich verwandeln …? Nein!" Er zog sie in seine Arme. „Nein, ich liebe dich zu sehr, als dass ich dir das antun könnte."

Er senkte seine Lippen auf ihre und nahm sie in Besitz. Das war nicht der sanfte Kuss, den er ihr in seinem Büro gegeben hatte, sondern der besitzergreifende Kuss eines Vampirs, der auf seine Gefährtin Anspruch nahm. Delilah gehörte ihm.

„Schließ den Blutbund mit mir." Er blickte ihr tief in die Augen.

„Bitte erkläre es mir noch einmal. Das letzte Mal war ich nicht in der Lage zuzuhören."

„Ein Blutbund bedeutet, dass du für immer mir gehören wirst, genau wie ich für immer dir gehören werde."

„Für immer? Aber ich werde altern und du nicht."

Samson lächelte. „Nein, wirst du nicht. Wenn wir den Blutbund eingegangen sind, wirst du ein Teil meines Wesens. Du wirst menschlich bleiben, doch du wirst nicht altern so lange ich lebe. Ich trinke nur dein Blut und du wirst meins trinken. Du wirst in der Lage sein, mich wahrzunehmen, weil mein Blut in deinen Adern fließen wird. Wir werden verbunden sein. Du wirst immer wissen, was ich fühle und ich werde wissen, was du fühlst."

„Aber ich werde immer noch menschlich sein?"

„Ja, du wirst immer noch in die Sonne gehen können. Du wirst immer noch richtige Nahrung zu dir nehmen. Doch du wirst meine Frau sein, meine Gefährtin für den Rest des Lebens und ich werde dich nie wieder gehen lassen. Es gibt kein Zurück, wenn du deine Entscheidung getroffen hast. Wir werden ein Teil des anderen, einer unvollständig ohne den anderen, zwei Hälften, die ein Ganzes ergeben."

Sie sah ihm direkt in die Augen. In ihrer Antwort lag kein Zögern. Sie strich ihr Haar zur Seite und legte ihren Hals vor ihm bloß. „Dann beiß mich."

Einen Moment später füllte sich das Schlafzimmer mit seinem Lachen. Es war wie eine Erleichterung für ihn. Sie hatte auf ihre eigene, schrullige Art angenommen. „Süße, es gehört ein wenig mehr zu diesem Ritual als nur ein Biss. Und glaube mir, du wirst jede Sekunde davon genießen."

Die Eingangstür schlug laut zu. Samson spitzte die Ohren. Mehrere Männer hatten sein Haus betreten.

„Wir haben Besucher."

Schnell zog er sich eine Jeans und ein T-Shirt an, bevor er Delilahs Hand ergriff und seine Finger mit ihren verschränkte.

Der Tumult im Wohnzimmer wurde lauter. Als Samson und Delilah das Foyer erreichten, wusste Samson schon, wer alles versammelt war: Ricky, Amaury, Carl und Milo, wobei dieser von zwei kräftigen Vampirwächtern festgehalten wurde.

„Also habt ihr ihn gefunden." Samson betrat den Raum und nickte seinen Freunden zu. Er sah Milo an, der spöttisch grinste.

„Deine Schwester richtet schöne Grüße aus der Hölle aus", begrüßte Samson ihn.

Milo fauchte Delilah an. „Schlampe!"

„Wenn du über deine Schwester sprichst, muss ich dir zustimmen. Ansonsten hältst du lieber die Klappe oder ich schneide dir die Zunge heraus."

„Nur zu. Da du mich sowieso töten wirst, tu dir keinen Zwang an." Milos Stimme war kalt und teilnahmslos.

„Ich werde dich nicht töten", sagte Samson langsam und beobachtete Milo wie dieser scharf ausatmete. Er ließ ihn einen kurzen Moment der Erleichterung spüren. „Das werde ich Thomas überlassen. Er wäre sehr verärgert, wenn ich ihm diese Genugtuung vorenthalten würde."

Er weidete sich an Milos schockiertem Gesichtsausdruck. Dieser hatte für einen kurzen Moment geglaubt, dieser Sache unbeschadet zu entkommen.

„Das war alles meine Schwester. Sie hat das alles eingefädelt. Sie hat mich gezwungen, mitzumachen", jammerte Milo „Sie ist doch schon tot, du hast doch deine Rache schon."

Die Eingangstür öffnete und schloss sich wieder.

„Ich sorge dafür, dass du dein Geld zurückbekommst. Ich habe

Zugriff auf die Konten in den Caymans – ich werde alles zurücküberweisen."

„Das wird nicht notwendig sein", sagte Thomas aus dem Flur. Kurz darauf kam er herein. „Ich habe alle Überweisungen rückgängig gemacht. Samson, das Geld ist wieder sicher auf deinem Konto."

„Danke, Thomas."

„Wie?" Milo klang verwirrt.

Thomas ging auf ihn zu und blieb kurz vor ihm stehen. „Du magst mich zwar bezüglich deiner Gefühle betrogen haben, aber wenn es um IT geht, kannst du mir nicht das Wasser reichen. Ich habe jede einzelne deiner Transaktionen rückgängig gemacht."

„Thomas", sagte Samson.

Zum ersten Mal sah Thomas ihn direkt an. „Ja, Samson?"

„Was willst du mit ihm machen?"

„Ich?"

„Ja, er hat dich betrogen. Du wirst sein Richter sein. Amaury hat sich um Ilona gekümmert. Und da Delilah darauf bestanden hat, mir ihr Blut zu spenden, habe ich Ilonas Angriff überlebt. Somit habe ich keinen weiteren Grund für Rache. Aber du hast noch eine Rechnung mit ihm offen."

Thomas sah Delilah mit Bewunderung an. „Samson kann sich glücklich schätzen."

Samson bemerkte ihr schüchternes Lächeln und drückte zustimmend ihre Hand. „Das weiß ich. Und noch mehr seit Delilah zugestimmt hat, den Blutbund mit mir einzugehen."

Plötzlich sprachen alle durcheinander. Die Aufregung, die auf einmal in der Luft lag, war spürbar.

„Siehst du, ich hab's dir ja gesagt."

„Wer hätte das gedacht?"

„Du schuldest mir hundert Dollar, Carl!"

„Glückwunsch!"

„Ich freu mich so für euch beide!"

„Welche hundert Dollar?"

„Wir hatten eine Wette laufen."

„Wann wird dieses glückliche Ereignis stattfinden?"

„Oh verdammt, tötet mich jetzt gleich, bevor ich kotzen muss!", rief Milo und ließ alle verstummen.

„Anscheinend teilt hier jemand unsere Freude über deine Verbindung nicht, Samson", bemerkte Ricky spitz.

„Glücklicherweise schere ich mich einen Dreck darum was Milo denkt.” Er fing sich wieder und sah Delilah an. „Entschuldige Süße, ich sollte nicht vor dir fluchen.”

Sie lachte. „Du bist lustig, weißt du das? Glaubst du wirklich, ein Schimpfwort oder zwei würden mich schockieren, nach allem was ich in den letzten paar Tagen durchgemacht habe? Ich glaube, wenn ich einen Vampir heiraten kann, kann ich wohl auch mit einigen Schimpfwörtern klarkommen.”

„Wie süß!”, sagte Milo sarkastisch.

„Halt die Klappe, du Idiot!”, fuhr Delilah ihn an.

Alle außer Milo brachen in schallendes Gelächter aus. Samson schlang seine Arme um sie und zog sie an sich heran. „Ich sehe schon ganz deutlich, dass wir in unserem gemeinsamen Leben viel Spaß haben werden.”

Er hielt sich davon ab, sie gleich hier vor seinen Freunden zu vernaschen. Was zwischen ihnen war, war privat. Schon bald würde er mit ihr allein sein und sie würde für immer ihm gehören.

„Hast du eine Entscheidung getroffen, Thomas?”

Thomas nickte und wandte sich seinem ehemaligen Liebhaber zu. „Du hast unter falschen Vorgaben mein Vertrauen erschlichen. Du hast mich betrogen, du hast von mir gestohlen und mich hinters Licht geführt. Du hast mich beinahe getötet und unschuldige Menschen umgebracht. Und deine Handlungen brachten Personen in Gefahr, die mir am Herzen liegen. Du bist Abschaum, Ungeziefer. Ich bereue den Tag, an dem ich dir begegnet bin. Die Welt wäre ohne Leute wie dich besser dran. Aber ich bin kein Mörder und auch du wirst mich zu keinem machen. Du bist hier nicht länger willkommen. Und ich werde dies an jeden Klan in den Vereinigten Staaten verbreiten lassen: Wenn dir irgendjemand Schutz bietet, werde ich zuerst hinter denen her sein, die dir helfen, und dann hinter dir. Wenn du jemals wieder einen Fuß in dieses Land setzt, *werde* ich dich zerstören.”

Milo schien von Thomas’ Urteil schockiert zu sein. „Du wirst mich nicht töten?”

Thomas richtete das Wort an die zwei Wächter. „Begleitet ihn aus der Stadt und sorgt dafür, dass er das Land verlässt.”

Die zwei Wächter sahen Samson an, der nickte. Einige Sekunden später führten sie Milo aus dem Haus.

Samson legte eine Hand auf Thomas’ Schulter. „Das war eine weise Entscheidung. Ich bewundere dich dafür.”

Thomas schüttelte den Kopf. „Es war die Entscheidung eines Feiglings.” Er drehte sich um und Samson sah den Schmerz in seinem Gesicht. „Ich konnte ihn nicht töten, weil ich ihn immer noch liebe.”

Thomas verließ das Haus nur eine Minute später. Samson verstand sein Bedürfnis, zu trauern und mit seiner Entscheidung ins Reine zu kommen. Ihn zum Bleiben zu überreden, um Samsons eigenes Glück zu feiern, wäre grausam gewesen.

„Er wird schon wieder", sagte Amaury, als sich die Tür hinter Thomas geschlossen hatte. „Gib ihm etwas Zeit."

„Carl, wie wäre es mit etwas zu trinken, um Samsons und Delilahs bevorstehende Vereinigung zu feiern?", schlug Ricky vor.

„Champagner?", fragte Carl.

„Du weißt, dass wir keinen Champagner trinken, Carl." Ricky lachte.

„Ja, aber ich dachte es sei unhöflich, in gemischter Gesellschaft Gläser voller Blut zu servieren." Carl warf einen vorsichtigen Blick in Delilahs Richtung.

„Carl, wenn Sie von gemischter Gesellschaft reden, meinen Sie dann Männer und Frauen oder Menschen und Vampire?", fragte Delilah und lächelte.

„Ich meine Menschen und Vampire."

„Bringen Sie das Blut, Carl und ein Glas Champagner für mich. Ich bin keine Mimose und ich will nicht wie eine behandelt werden. Ich werde beim Anblick von Blut nicht ohnmächtig. Zumindest nicht mehr."

Carl atmete erleichtert auf.

„Du hast die Herrin des Hauses gehört." Samson grinste. Delilah würde perfekt in sein Leben passen.

„Ja, Sir."

38

Als Delilah aus dem Bad kam, waren ihre Wangen rosig und der Schein der vielen Kerzen, die Samson im Schlafzimmer angezündet hatte, ließ ihre Haut golden schimmern. Er hatte noch nie einen schöneren Anblick gesehen. Sie trug einen Bademantel, darunter war sie nackt, so wie er es von ihr erbeten hatte.

Endlich waren sie allein im Haus; seine Freunde waren ein paar Minuten zuvor gegangen. Er stand wartend vor dem Kamin, ebenfalls nur mit einem Bademantel bekleidet, unter dem er nichts trug. Sein Schwanz regte sich bei ihrem Anblick und dem Gedanken daran, was sie gleich tun würden. Er hatte sich nie vorstellen können, wie es sein würde, aber jetzt, da er kurz davorstand, war er sich sicher, dass er noch nie zuvor auch nur annähernd so etwas wie die Liebe gefühlt hatte, die er für Delilah empfand.

„Danke, dass du es mir ermöglicht hast, mit meinem Vater zu reden."

„Ich werde immer alles in meiner Macht Stehende tun, um dich glücklich zu machen. Egal was dafür nötig ist." Er streckte seine Arme nach ihr aus.

Delilah ging langsam auf ihn zu, bis er sie in seine Arme zog.

„Bist du bereit, den Rest deines Lebens zu beginnen?"

„Mit dir an meiner Seite bin ich für alles bereit." Ihre Stimme klang wie Musik in seinen Ohren.

Er streichelte die blasse Haut ihres Halses und spürte, wie ihre Ader unter seinen Fingern pulsierte. Ihre Augenlider flatterten.

„Wird es wehtun?"

„Du wirst keinen Schmerz spüren, nur Vergnügen. Wir werden uns auf dem Höhepunkt der Ekstase verbinden, wenn unsere Körper vereinigt sind. Du wirst mein Blut trinken und ich werde deins trinken. Wir werden wahrhaftig Eins sein, ein Körper, eine Seele. Du wirst alles wahrnehmen, was ich spüre und ich werde alles spüren, was du fühlst. Es wird keine Geheimnisse zwischen uns geben. Willst du das?"

Samson musste ihr eine letzte Gelegenheit geben, ihre Meinung zu ändern, denn wenn sie erst einmal den Blutbund eingegangen waren, waren sie für immer verbunden. Er wusste, dass er das wollte. Die Gewissheit, die er spürte, war berauschend und zugleich beängstigend. Wenn sie ihn jetzt ablehnte, würde ihm das sein Herz brechen.

Ihre grünen Augen funkelten, als sie ihn ansah. „Samson, ich habe in den letzten Tagen seltsame Dinge verspürt. Ich habe Dinge von dir wahrgenommen, die ich unmöglich wissen konnte. Wie die Tatsache, dass du dieses Bild gemalt hast." Sie neigte ihren Kopf zu dem Bild, das über dem Kamin hing. „Wenn ich es anschaue, sehe ich einen kleinen Jungen, der seiner Mutter eine Zeichnung zeigt."

„Das sind meine Erinnerungen, Süße."

„Aber wir sind den Blutbund noch nicht eingegangen. Wie ist das möglich?"

Er lächelte. „Diejenigen, die wahrlich füreinander bestimmt sind, haben schon einen Bund miteinander. Das ist der Grund, warum du mich schon wahrnehmen kannst und warum ich von der Wiese wusste. Wir sind bereits verbunden."

„Sollen wir es offiziell machen?", flüsterte Delilah, ihre Lippen rot und voll.

In Zeitlupe näherten sich seine Lippen den ihren, bis sie in einem Kuss der reinen Liebe miteinander verschmolzen. Während er ihre Lippen mit seinen einfing, und mit seiner Zunge in ihren Mund eindrang, öffnete er sein Herz. Er war nicht da, um zu plündern, sondern um zu teilen. Ihre Zunge traf seine und gab ihm das, was er nie ohne ihr Einverständnis nehmen könnte: ihr Vertrauen. Es war an ihr, es ihm zu schenken.

Ihre Münder verschmolzen in leidenschaftlicher Hingabe. Keiner war Eroberer oder Eroberter. Sie waren ebenbürtige Partner in der Liebe, gleich stark und gleich schwach, beide mächtig und zugleich ohnmächtig.

Samson fühlte wieder Bilder in seinen Verstand eindringen, Bilder von Lavendel, der Wiese, der Sonne. Sie öffnete sich ihm, um ihn zu einem Ort des vollkommenen Glücks zu führen, an einen Ort ohne Sorgen, einen Ort, an dem er nur Mann war und nicht Biest.

Ohne den Kuss zu unterbrechen, hob er sie in seine Arme und trug sie zu seinem Bett, nein, ihrem gemeinsamen Bett. Er legte sie auf die frisch gestärkten Laken und bedeckte sie mit seinem Körper. Das Einzige, das sie trennte, waren ihre dünnen Gewänder, die kaum ein Hindernis für ihre Leidenschaft boten.

~ ~ ~

Mit eifrigen Händen zog Delilah an Samsons Gewand, bis dieses nachgab und sich öffnete, sodass sie seine Haut unter ihren Fingern spüren konnte. Nicht einmal in ihren wildesten Träumen hätte sie gedacht, dass sie einen Mann ohne Vorbehalte lieben könnte, so wie sie Samson liebte.

Spannung pulsierte in ihren Adern, als sie seine Hände spürte, die sie von ihrer Kleidung befreiten.

Endlich verband sich Samsons nackte Haut mit ihrer. Sie konnte es praktisch knistern hören, als ihre nackten Körper aufeinandertrafen, den Nervenkitzel, der durch ihren Körper raste, die Vorfreude, die in ihr ausgelöst wurde. Sein Schaft presste gegen ihren Oberschenkel, nicht um eingelassen zu werden, sondern um sie daran zu erinnern, was er vorhatte. Sie zu nehmen, zu besitzen, sein Innerstes mit ihr zu teilen.

Seine Hände glitten freizügig über ihren Körper, ohne Eile, aber mit Entschlossenheit. Sie erwiderte seine liebevolle Berührung mit der gleichen Leidenschaft wie er. Kein Zentimeter seines Körpers würde ihr entgehen. Ihre Finger, ihr Mund und ihre Zunge würden nichts auslassen.

Wo Stunden zuvor noch klaffende Wunden ihn durchlöchert hatten, hatte sich neue Haut gebildet, ebenso makellos wie der Rest seines Körpers. Sie presste sich an ihn und er verstand, was sie wollte. Er rollte sich auf den Rücken und zog sie auf sich.

Delilah setzte sich auf und blickte ihn an. Er war schön, wenn man einen Mann schön nennen konnte. Seine Schultern waren breit und muskulös, seine Brust unbehaart und voller Muskeln. Sie ließ ihre Finger an seinem Oberkörper entlang gleiten. Sie bemerkte, wie er sie von unter halb gesenkten Wimpern beobachtete, während sie seinen Körper erkundete. Sie nahm ein tiefes Verlangen in ihm wahr, doch er bewegte sich nicht, sondern gab ihr die Zeit, die sie brauchte, um ihn zu erkunden.

Sie würde ihn zum ersten Mal im vollen Bewusstsein darüber, was er war, lieben. Ihn, einen Vampir.

Delilah konnte immer noch nicht verstehen, warum ein so erstaunlicher Mann wie Samson sich in sie verliebt hatte, doch stellte sie es nicht länger infrage. Was sie in seinen Augen sah, bestätigte ihr, dass seine Liebe echt war. Samson gehörte ihr. Ihr Mann. Ihr Vampir. Ihr Gefährte.

Ihre Hand durchquerte das Tal seines Bauches, um das dunkle Nest seiner Locken zu finden, die sein stolzes Glied umgaben. Ihre Lippen folgten dem Weg ihrer Hände zu dem Ort, von dem sie wusste, dass er sich nach ihrer Berührung sehnte.

Sie fühlte ihn scharf einatmen, als ihre Finger den runden, samtweichen Kopf seiner Erektion berührten. Vollends der Wirkung bewusst, die ihre Berührung auf ihn hatte, ließ sie ihre Finger von der Spitze bis zum Ansatz wandern. Langsam, sehr langsam. Sie atmete tief ein und inhalierte den Duft seiner Erregung.

Sie leckte ihre Lippen und befeuchtete sie. „Ich will dich, Samson", flüsterte sie, bevor ihre Zunge die Spitze seines Schwanzes berührte und den langen Abstieg bis zur Wurzel begann.

„Delilah, ich gehöre dir." Seine Stimme war fast nicht wiederzuerkennen, tief und heiser.

~ ~ ~

Samson grub seine Fingernägel in die Laken, um sich daran zu hindern, sich gegen sie zu drängen. Das Gefühl ihrer Zunge auf seinem Schwanz raubte ihm beinahe die Kontrolle. Was hatte er je in seinem Leben getan, um eine Frau wie sie zu verdienen? Delilah hatte ihn von ganzem Herzen akzeptiert und zeigte ihm mit jeder Berührung ihre Liebe.

In dem Moment, als sie ihn in den Mund nahm, wurde er, Samson, ein starker und mächtiger Vampir, hilflos in ihren Armen. Verletzlich und ihrer Gnade ausgeliefert. Und gleichzeitig sicher.

Er stöhnte, bewegte seine Hüften aufwärts und bat um ein tieferes Eindringen. Und sie gab seiner Bitte nach und ließ ihre Lippen an seinem harten Schaft entlang gleiten, bis er tief in ihrer Kehle war. Ihre Wärme und Feuchtigkeit umschlossen ihn, wogen ihn in Sicherheit. In der Obhut ihres Mundes wurde er noch härter. Ihr Saugen und Lecken wurde intensiver und er presste seinen Kopf zurück in die Kissen, um einen Schrei der Lust zu unterdrücken.

Samson spürte, wie seine Fänge juckten, gierig nach ihrem Blut. Wie er jemals in der Lage gewesen war, sich während der Nächte, die sie gemeinsam verbracht hatten, zurückzuhalten, wusste er nicht. Sie so zu spüren, wie er sie jetzt spürte, machte ihm klar, dass er sie nie hätte gehen lassen können, nachdem er sie das erste Mal geküsst hatte.

Seine Fänge verlängerten sich, als ein Schrei seine Brust verließ. Er rief nach seiner Gefährtin. „Delilah!"

Er spürte, wie sie zögerte, von seinem Schwanz abzulassen, doch zog er sie mit starken Armen nach oben und sah ihr in die Augen. „Nimm mich in dich auf."

Ihre Hände berührten sein Gesicht, dann ließ sie einen Finger über seine Fänge gleiten. Er sah keine Angst in ihren Augen, nur Erregung.

Ohne den Augenkontakt zu unterbrechen, positionierte sie sich über ihm und ließ sich langsam auf ihn niedergleiten. Die Spitze seines Schwanzes berührte ihr feuchtes Zentrum und er stöhnte. Ihr Körper senkte sich weiter nach unten, nahm ihn in ihre heiße Grotte auf, umschlang ihn fest, nahm ihn immer tiefer auf, bis er bis zum Anschlag in ihr war.

Für einen Moment lang konnte er sich nicht bewegen aus Angst, dass er sofort kommen würde. Sie schien zu verstehen und verweilte regungslos.

Samson drehte seinen Kopf zum Nachttisch. Der zeremonielle Dolch schimmerte im trüben Kerzenlicht, als er ihn in seine Hand nahm. Delilahs Augen folgten seinen Bewegungen. Er führte die Klinge an seine Schulter und drückte sie an seiner Halsbeuge nieder. Er bewegte den Dolch vorwärts und schnitt durch seine Haut.

Sofort spürte er ein Rinnsal an Blut und legte den Dolch beiseite.

„Trink von mir."

~ ~ ~

Delilah sah, wie das Blut aus dem Schnitt tropfte, und beugte sich über seinen Oberkörper.

„Ich liebe dich, Delilah."

Ohne zu zögern, legte sie ihren Mund über die offene Haut und saugte. Die warme Flüssigkeit lief über ihre Zunge und ihre Kehle hinunter, der Geschmack überraschend süß. Sie sog härter an seiner Schulter und wollte mehr. Delilah spürte seine Arme um sich, wie er sie fester an sich zog und sein Schwanz sich stoßend und pumpend in ihr bewegte.

Mit einer Bewegung, die sie kaum wahrnahm, drehte er sie beide um, brachte sie unter sich und drang tiefer in sie hinein.

„Nun gehen wir den Bund ein", hörte sie ihn sagen, bevor sie seinen Mund an ihrem Hals spürte. Seine Zunge leckte ihre Haut, ließ sie kribbeln, und dann brachen seine Fänge durch ihre Haut und vergruben sich in ihr.

Es gab keinen Schmerz, nur Vergnügen als sie seine saugenden Bewegungen spürte und wusste, dass ihr Blut nun von ihrem Körper in seinen floss. Dann hallte Samsons tiefes, kehliges Stöhnen in ihrem Körper wider.

Eine Benommenheit breitete sich in ihr aus, so, als ob sie auf einer Wolke schwebte und sie nahm mehr von ihm. Sein Blut lief ihre Kehle hinunter und wärmte sie von innen, weckte jede Zelle und ließ ihren gesamten Körper kribbeln. Wie Elektrizität wanderte es durch ihre Venen, löste zuvor unbekannte Empfindungen aus und entzündete ein Feuer in ihr.

Ihre Gebärmutter verkrampfte sich vor Verlangen und sie akzeptierte seinen Körper und seine Seele und bot sich ihm im Gegenzug an. Delilah spürte seine rohe Kraft und Stärke, als sein Schwanz immer tiefer in sie eindrang, sie ausfüllte und vervollständigte.

Sie rieb sich an ihn und forderte mehr. Samsons Körper spannte sich unter ihrer Forderung noch mehr an und er wuchs noch mehr in ihrem schon engen Kanal. Mit jeder Bewegung, jedem Rückzug und erneutem Eindringen neckte er jedes Nervenende in ihrem Körper und ließ die Flammen in ihr noch heißer lodern.

Es gab keinen Grund zu sprechen, da sie alles wahrnahm, was er fühlte. Wie er ihr Blut in sich brauchte, wie sich sein Schwanz nach Erlösung sehnte, sich in ihr zu ergießen und seinen Samen zu pflanzen. Ihr eigenes Begehren, ihn zu empfangen, wuchs mit jeder Sekunde.

Delilah spürte, wie jede Zelle ihres Körpers brannte und sie ihrem eigenen Höhepunkt entgegen trieb. Er war dort mit ihr, am Rande des Abgrunds, als ihre Körper Erlösung miteinander fanden. Schwebend, sich gegenseitig tragend, verbunden.

Als sie seine Schulter freigab, fühlte sie, wie er dasselbe tat. Einen Moment später glitt seine Zunge über die Bissstelle.

„Oh, Samson!"

Er küsste sie, fing sie auf, als ihr Höhepunkt verebbte. „Ich bin hier, Süße, ich bin hier."

Sie keuchte schwer. Hatte sie überhaupt ein einziges Mal während der ganzen Zeit geatmet? Sie konnte sich nicht erinnern. „Du hast mir nicht gesagt, dass es so wunderbar sein würde."

Samson lachte leise. „Je tiefer die Liebe, desto intensiver ist die Bindung."

Delilah strich ihre Lippen über seine. „Ich konnte dich fühlen."

„Und ich konnte dich fühlen. Dein Herz ist rein. Ich fühle mich geehrt, dass du es mir geschenkt hast." Er küsste sie zärtlich.

„Ich werde es lieben, hier mit dir zu leben", sagte sie.

„Wir sollten allerdings morgen mit Amaury darüber reden, ein anderes Haus für uns zu finden. Das hier wird zu klein werden", behauptete Samson.

Zu klein? Samsons Haus war groß. Ihre eigene kleine Wohnung in New York passte mindestens fünfmal in sein Haus. „Das ist groß genug für uns. Es sind ja nur du und ich. Ich brauche nicht viel Platz."

Sie bemerkte, wie sich ein sanftes Lächeln um seinen Mund bildete.

„Ja jetzt, aber es werden nicht immer nur du und ich sein. Erst mal werden wir ein Kinderzimmer brauchen, und wenn die Kinder etwas größer sind, werden sie vermutlich jeder ein eigenes Zimmer haben wollen und –"

„Kinder?"

„Ja, unsere Kinder. Ich weiß, dass du welche willst."

„Aber du hast mir erzählt, dass du keine haben kannst. Vampire können keine Kinder haben."

„Das stimmt auch im Allgemeinen, doch es gibt eine Ausnahme. Wenn ein Vampir eine Verbindung mit einer menschlichen Frau eingeht, ändert das Ritual die DNA. Nachdem du deinen ersten Zyklus nach unserem Blutbund durchlaufen hast, kann ich dich schwängern."

„Unmöglich." Sie schüttelte ihren Kopf.

„Erinnerst du dich an den Bürgermeister?"

Delilah nickte.

„Ich sagte dir, er sei ein Vampir, doch das ist nicht die ganze Wahrheit. Er ist ein Vampir-Hybride, ein Vampir mit einer menschlichen Mutter und einem Vampir als Vater. Es gibt nur wenige von ihnen, aber sie existieren. Sie haben vampirische und menschliche Züge. Sie können sowohl von Blut als auch menschlicher Nahrung leben. Sie können in der Sonne sein, ohne zu verbrennen und haben die Stärke und Schnelligkeit eines Vampirs. Sie haben die Stärken beider Spezies, aber nicht deren Schwächen. Unsere Kinder werden aufwachsen wie menschliche Kinder, und wenn sie ihre Reife erreichen, werden sie wie andere Vampire aufhören zu altern."

Delilahs Augen füllten sich mit Tränen. „Wir können Kinder haben?"

„So viele du willst. Ich werde jedes Einzelne von ihnen lieben."

Delilah schniefte. „Warum hast du mir das nicht vorher erzählt?"

Samson küsste ihre Tränen weg. „Ich wollte dir eine letzte Überraschung bereiten. Von nun an wird es ziemlich schwierig werden, dich zu überraschen."

Sie lachte. Er hatte recht. Schon jetzt konnte sie andere Dinge wahrnehmen, als ob sie in seinem Kopf wäre. „Also, wann werden wir die menschliche Hochzeit haben, die du planst?"

Samson lachte laut. „Siehst du, was ich meine? Ich kann nichts mehr vor dir geheim halten. Woher wusstest du es?"

„Als du den Bürgermeister erwähnt hattest, wanderte dein Gedanke zu dem, was er im Büro des Psychiaters gesagt hat. Dass er seinen Segen geben wollte. Er hat angeboten, die Hochzeitszeremonie abzuhalten, richtig?"

„Wenn unsere Kinder nur halb so schlau sind wie du, werden wir einen Haufen Einsteins am Hals haben. Ich hoffe, du bist dafür bereit."

„Mit dir zusammen bin ich zu allem bereit." Sie lächelte und küsste ihn.

„Zu allem? Ich kann mir da so ein oder zwei Dinge vorstellen …" Sein sündiges Grinsen gepaart mit seiner Erektion, die sich an sie drängte, ließen wenig Zweifel an seiner Absicht.

„Nur ein oder zwei Dinge?", neckte Delilah ihn. „Glaubst du, das ist genug?"

„Mit dir, niemals."

Doch für diese Nacht wären ein oder zwei Dinge ein Anfang.

Lesereihenfolge der Scanguards Vampire & Hüter der Nacht

Scanguards Vampire

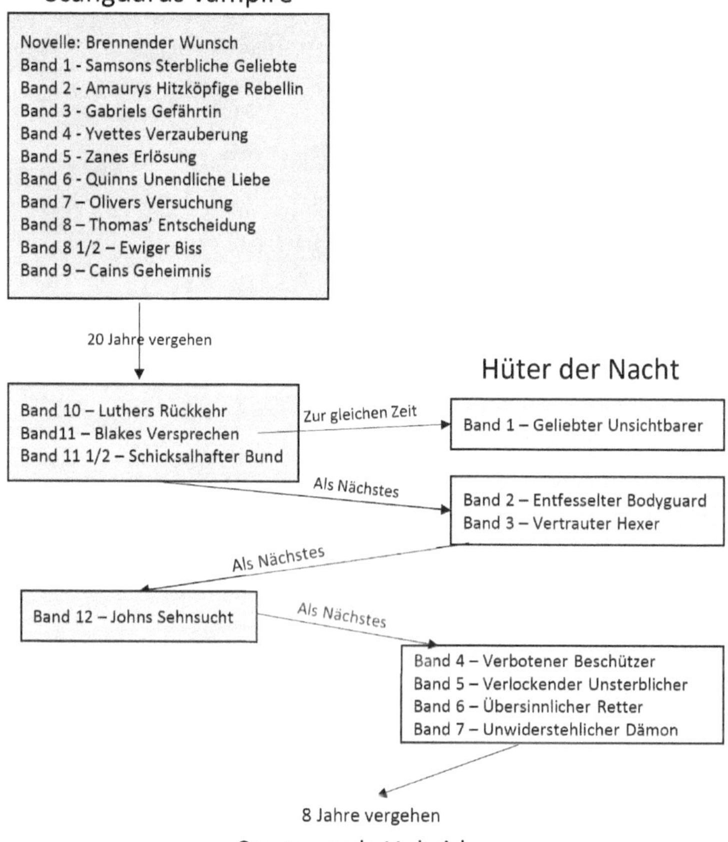

Scanguards Hybriden

Die Bände in der Scanguards Hybriden Serie werden zusätzlich auch in der Scanguards Vampir Serie nummeriert. (SV Band 13 = SH Band 1)

Band 1 (SV 13) – Ryders Rhapsodie
Band 2 (SV 14) – Damians Eroberung
Band 3 (SV 15) – Graysons Herausforderung
Band 4 (SV 16) – Isabelles Verbotene Liebe

ÜBER DIE AUTORIN

Tina Folsom ist gebürtige Deutsche und lebt schon seit über 25 Jahren im englischsprachigen Ausland, seit 2001 in Kalifornien, wo sie mit einem Amerikaner verheiratet ist.

Im Herbst 2008 schrieb sie ihren ersten Liebesroman.

Vampire haben es ihr schon immer angetan. Mittlerweile hat sie 46 Bücher in Englisch sowie Dutzende in anderen Sprachen (Französisch, Spanisch und Deutsch) herausgegeben.

Webseite: https://tinawritesromance.com/deutscheleser/
Instagram: http://www.instagram.com/authortinafolsom
Facebook: http://www.facebook.com/TinaFolsomFans
YouTube: https://www.youtube.com/c/TinaFolsomAuthor
Sie können ihr auch eine Email schicken: tina@tinawritesromance.com

Zeitfracht Medien GmbH
Ferdinand-Jühlke-Straße 7
99095 Erfurt, Deutschland
produktsicherheit@kolibri360.de